Le Souffle d'Aoles

Du même auteur

Le cycle d'Ardalia, tome 2 : Eau Turquoise (2011, roman)
Le cycle d'Ardalia, tome 3 : Les Flammes de l'Immolé (2013, roman)
Les Explorateurs, (2011, nouvelles)
Le Vagabond et quatre autres thrillers (2014, nouvelles)

Alan Spade

Ardalia

Tome 1 : Le Souffle d'Aoles

Editions Emmanuel Guillot

A Laurent qui, au milieu du tunnel,
m'a guidé vers la lumière

CHAPITRE PREMIER

LE DESTIN DU TANNEUR

Il faisait chaud dans la tannerie en dépit des portes et fenêtres ouvertes sur l'extérieur, maintenant en permanence un courant d'air. Malheureusement en ce premier mois du renouveau, l'air était déjà ardent et sec dans les Canyons de Panjurûb. Les exhalaisons des charognes dominaient tout dans l'atelier. C'était à peine si l'odorat pourtant sensible des hevelens parvenait à distinguer leur propre transpiration de cette infection. Chargés de la découpe des peaux et des différentes opérations de tannage, les six ouvriers portaient pour tout vêtement un pagne et des sandales en tissu. A l'instar de la plupart de leurs concitoyens vivant à Durepeaux, ces six-là avaient le crâne rasé. La sueur faisait luire leur peau cuivrée, coulait le long de leurs yeux globuleux mais ne ralentissait pas l'activité de leurs mains à quatre doigts.

Le plus jeune de ces tanneurs se nommait Pelmen Arimal. Son cuir chevelu était entaillé de zébrures plus ou moins récentes, ses mains parsemées de cicatrices. Le silex qu'il utilisait en était en grande partie responsable. Il s'essuya le front, observant du coin de l'œil son père Zenel. Celui-ci, hevelen au visage ridé et aux yeux jaunes, s'affairait à plonger des pelages dans des bains de tan. Ses gestes étaient précis et sûrs.

Pelmen soupira. Parfois, il enviait cette sérénité qui ne semblait pas devoir abandonner son père. Lui-même était si loin de la ressentir ! Au contraire, lorsqu'il se représentait la vie de son géniteur, depuis toujours simple ouvrier dans cette tannerie et qui mourrait comme tel, son cœur ne pouvait s'empêcher de se révolter. L'idée que ce destin pouvait être le sien lui était insupportable. Tant de choses à découvrir de par le monde, et il fallait demeurer cloîtré dans cet endroit pestilentiel ? Zenel, pour sa part, avait une réponse d'une simplicité désarmante. « Je sais rien faire d'autre. » On aurait pu croire qu'il était résigné sur son sort, mais la vérité était bien pire. Comme Pelmen ne l'ignorait pas, son père aimait son métier. Peut-être en était-il venu à se complaire dans les effluves qui vous submergeaient chaque matin en pénétrant dans l'atelier et par la suite, vous agressaient les narines au moindre mouvement... Ou bien à apprécier la compagnie des parasites infestant les pelages de nidepoux, qui à longueur de journée vous couvraient de boutons, rendant votre peau presque aussi dure que le bois. Pas même si cela faisait sourciller Zenel ! C'était à croire que son père n'avait pas été conçu sur le même moule que lui.

Les heures s'écoulaient, interminables. Comme souvent ces derniers temps, Pelmen en appela à l'image d'Alicène. Ses traits délicats, son joli nez busqué et ses pommettes rondes représentaient l'ultime îlot de beauté auquel se raccrocher. Elle était si loin, aussi inaccessible que la déesse Tinmal, et pourtant vivait si près ! Galn Boisencroix, le père de la jeune fille, était menuisier et maître d'œuvre à Falsine, le bourg d'à côté. Si l'ordre des choses avait été respecté, un simple tanneur, un Déshérité tel que Pelmen aurait à peine dû croiser leur route.

Après le travail, il est venu observer le fils du charpentier de Falsine, comme il en a pris l'habitude depuis ce fameux jour où Zenel l'a amené chercher du tan. Teleg, le sourire en coin, manie son silex avec vivacité et les copeaux s'entassent à ses pieds. Ils n'échangent pas un mot et c'est très bien ainsi. Pelmen est heureux. Teleg sait qu'il n'est qu'un Déshérité, et pourtant il lui fait l'honneur d'accepter sa présence, lui permet de l'admirer découper ou polir le bois. Depuis le temps, le jeune hevelen aux boucles blondes a sans doute deviné que lui, Pelmen, préférerait travailler ce noble matériau plutôt que la chair sanguinolente et le pelage. Pelmen n'oserait jamais le lui avouer, bien sûr. Ce serait inconvenant, voire grossier. Il a déjà bien de la chance d'être ici, bien de la chance que Teleg lui adresse de temps à autre la parole pour s'informer des détails de son activité à la tannerie.

Pelmen se demande si Alicène va se montrer aujourd'hui. La sœur de Teleg passe le plus clair de son temps à l'intérieur de cet inabordable sanctuaire qu'est la demeure des Boisencroix, il n'aperçoit son agréable silhouette que lorsqu'elle va faire du jardinage. Du moins, à deux exceptions près. Par deux fois, elle s'est approchée pour le saluer, et par deux fois la surprise et l'émotion ont empêché Pelmen de répondre. Il se sent troublé et stupide quand il y repense. Elle est si belle, si raffinée par rapport aux filles de Durepeaux que s'il pouvait l'observer sans que personne ne le sache, il y passerait des heures.

Le cœur de Pelmen se met à battre plus vite. La porte de la demeure vient de s'ouvrir, et il va bientôt apercevoir...

Déception. Ce n'est pas Alicène, mais son père, maître Galn. Visage buriné et cheveux gris clair, de taille moyenne, il est aussi solidement charpenté que les objets qu'il fabrique. Il porte un grand arc en bandoulière, et en tient un deuxième plus court par le manche.

« Il est temps, fiston » dit-il en tendant son arc à Teleg. Celui-ci lève la tête, prend l'arme et s'en va ranger son silex et le morceau de bois qui devrait tôt ou tard se transformer en statuette dans la maison.

Pelmen et maître Galn se dévisagent. Rien ne vient troubler le gênant silence. Le père de Teleg a les yeux mauves de son fils – ou plutôt, ce doit être l'inverse. Maître Galn esquisse un sourire mais Pelmen, réalisant son impolitesse, détourne le regard. Il ne devrait pas être là, comment le maître d'œuvre peut-il seulement tolérer sa présence ? Pelmen vient de faire un pas en arrière quand Teleg réapparaît.

« Et l'Emerveillé ? dit maître Galn. Il veut venir ? »

Pelmen, sourcils arqués, considère tour à tour le père et le fils. Le premier lui a jeté un coup d'œil en posant la question, mais il semble s'être adressé à Teleg. C'est peut-être une sorte de code entre eux. Teleg éclate de rire en s'apercevant de sa perplexité, ce qui ne fait qu'ajouter au désarroi de Pelmen.

« Il demande si tu veux venir avec nous. Oui, l'Emerveillé, c'est toi ! Mon père adore donner des surnoms. Alors, tu viens ou pas ? On va tirer à l'arc. »

Venir ? Venir ! Lui, un simple tanneur, tenir compagnie à des hevelens de si haut rang ! Les narines qui hument l'air dans sa direction l'intimident au point qu'il est prêt à prendre ses jambes à son cou. Dans le même temps, il se dit que s'il cède à la peur, il n'aura plus le courage de revenir. Finies les escapades, il ne lui restera plus que l'étouffante tannerie et l'auberge d'en face, où il devra se mélanger aux tanneurs et autres Déshérités de Durepeaux. Devenir l'un d'eux.

Sa gorge nouée l'empêche de parler, si bien qu'il se contente de hocher la tête.

« Par ici », dit maître Galn.

Tandis qu'ils redescendent la colline de Falsine, prennent un embranchement et s'engagent dans un corridor rocheux, Pelmen s'attend à être congédié à tout moment. Le menuisier et son fils vont finir par réaliser qui les accompagne et lui ordonner de s'en aller, alors Pelmen ne dit rien et patiente, espérant retarder l'échéance.

A l'extrémité du corridor, des poteaux de bois ont été à demi enterrés et stabilisés par des pierres tassées à leur pied. Etonné d'être encore là, Pelmen observe Teleg ajuster ces cibles à une cinquantaine de pas. Son bras maigrelet tremble un peu, il ne fait qu'effleurer l'un des poteaux. Puis, c'est au tour du maître d'œuvre, qui se positionne à cent pas. Les épines de cactus volent en sifflant sous le regard ébahi de Pelmen, et il ressent une joie extatique chaque fois que maître Galn fait mouche. Trois sur quatre ! Le menuisier vient prodiguer des conseils à son fils. Avant même de s'en être rendu compte, Pelmen s'est approché à portée de voix. Il écoute avec avidité, et le regard de maître Galn croise le sien. Teleg essaie de nouveau, et cette fois touche le pied de l'un des poteaux.

« Hé, l'Emerveillé, tu veux essayer ? »

Pelmen écarquille les yeux. Maître Galn se tient devant lui, sans aucune trace de moquerie sur son visage. Comme Pelmen n'ose répondre, maître Galn se tourne vers son fils.

« Teleg, prête-lui donc le tien. »

Pelmen déglutit. Il accepte l'arc qu'on lui tend, mais il tremble ! Il tremble tellement que tout ce qu'il va faire, c'est se rendre ridicule. L'expression matoise de Teleg le confirme dans ses appréhensions, le père et le fils ne l'ont amené ici que pour s'amuser un peu à ses dépens.

« Je... je... » bredouille-t-il.

Une main se pose sur son épaule. Chaude et réconfortante, c'est celle de maître Galn. « Prends ton temps, mon garçon, murmure-t-il. Respire. Là. Tes pieds, mets-les l'un devant l'autre. Comme ça. »

La première épine franchit à peine une dizaine de pas. Teleg sourit. Quand la deuxième échappe à Pelmen pour rebondir à ses pieds, le jeune hevelen aux boucles blondes ne peut contenir son hilarité.

« Ne t'inquiète pas, c'est normal au début, dit maître Galn. Tu dois te concentrer sur la pointe de la flèche et ta cible. Mets tes épaules comme ça. Allons, laisse-toi faire, mon garçon. Détends-toi et respire. Tends bien la corde, sans te précipiter, puis quand ta main droite arrive à hauteur de ton oreille, laisse aller. Vas-y. »

Tant de choses à retenir ! Mais la voix qui le guide est amicale et Pelmen, le front plissé, fait de son mieux pour ne rien oublier. Les deux derniers tirs sont tendus, les traits filent à plus de cinquante pas, et Pelmen parvient même à approcher l'un des poteaux. La sensation est grisante, il a eu l'impression de voler avec les épines. Rien ne lui plairait plus que de recommencer.

« Prometteur, dit maître Galn en plongeant ses yeux dans les siens. Très prometteur. Il faudra que tu reviennes. » Puis, le maître d'œuvre se tourne vers son fils. « Tu vois, tu ne dois jamais juger quelqu'un d'après le milieu dont il est issu. Souviens-t-en. »

La gorge de Pelmen était devenue aussi râpeuse qu'un caillou quand finalement, la porte qui donnait sur l'échoppe s'ouvrit. La bedaine de maître Olgen Peaudecuir, vêtu d'un pantalon et d'une tunique sans manches, apparut dans l'ouverture. A peine le maître d'œuvre eut-il délivré le signal de fin de journée que Pelmen bondit sur ses jambes et s'empressa vers la remise, sous le regard désapprobateur du reste des ouvriers. Il récupéra la jarre familiale puis sortit dans la rue poussiéreuse, perpétuellement balayée par le vent. Ses triples narines se dilatèrent tandis qu'il s'emplissait les poumons de l'air chargé de particules. Peu importaient la chaleur et les grains de poussière qu'il charriait avec lui, le vent était une véritable bénédiction.

Les os de son corps craquèrent quand il s'étira. Le ciel était parfaitement jaune, sans un nuage. Là-haut Astar, le dieu-soleil rouge, plus imposant que la plus grande des bâtisses de Durepeaux, déclinait peu à peu. Bientôt il embraserait toutes choses de ses rayons avant de disparaître à l'horizon.

Une file s'était déjà formée en direction du puits du village. Du haut de ses cinq pieds, Pelmen dominait la plupart de ceux qui la composaient. Les ouvriers de la tannerie s'alignèrent derrière lui et commencèrent à discuter entre eux. Il était question de l'établissement d'en face, de la qualité de la bière de camlorn et de la présence éventuelle de Sayla, l'une des serveuses les plus avenantes. Pelmen ne suivait que d'une oreille distraite leurs propos. L'auberge de maître Linen n'était pas pour lui.

Un long chariot bâché aux voiles repliées était rangé devant l'entrée. Assise à l'avant, une silhouette encapuchonnée paraissait méditer. Un second personnage debout à l'arrière intrigua Pelmen. Hevelen ventripotent aux poignets ornés de bracelets, aux cheveux noir filasse, humides de sueur, l'inconnu le dévisageait, peut-être depuis un moment. Quand leurs regards se croisèrent, il détourna les yeux et entreprit de décharger des tonneaux.

Pelmen fronça les sourcils. L'individu à l'avant ne fit pas un geste pour aider son compagnon.

Drôles de quidams, ces deux-là.

Son tour venu, Pelmen s'empara de la manivelle du puits. Nombre de villageois ne remplissaient le seau qu'en partie afin d'être en mesure de le remonter sans trop de peine. Pelmen l'immergea et le fit presque déborder. Sa musculature s'était développée au cours des longues heures passées à découper les peaux, si bien que l'effort ne lui coûtait guère. Il hissa le seau sur la margelle et s'appuya un instant sur les rebords, contemplant son reflet dans l'eau verdâtre. Deux yeux aux larges pupilles noires cerclées d'un iris brun l'examinaient, non sans amertume. La fatigue se lisait sur son visage ovale.

D'autres personnes attendaient, c'est pourquoi il se dépêcha de transvaser le contenu dans la jarre et de se mettre à l'écart. Avec délice, il s'aspergea la figure. L'eau fraîche coula dans sa gorge, ravivant ses sens.

Pelmen se dirigea vers la demeure familiale, laissant derrière lui les ouvriers de la tannerie assemblés en petit comité. Il ne pensait plus à l'hevelen du chariot, lequel avait interrompu son débardage et l'observait de nouveau.

La petite maison au toit de chaume et aux murs défraîchis n'avait de particulier que sa situation plutôt isolée. Pelmen la contourna et obliqua vers le terrier de Mils. En silence, il s'aplatit au sol et tenta de percer l'obscurité du trou. Une prunelle lui renvoya son regard, aussi approcha-t-il sa main de l'entrée du terrier. Le ptat se pencha vers l'intruse, la renifla avant de daigner grimper dessus. L'animal avait dû être victime d'une maladie, car il avait l'œil droit perpétuellement fermé. C'était ce qui avait retenu l'attention de Pelmen lorsqu'il l'avait découvert par hasard. Tout seul au milieu d'un bosquet, ses abajoues pendant sur les côtés, affamé et désemparé, le rongeur avait à coup sûr perdu ses parents. Il était trop jeune pour se nourrir et Pelmen l'avait recueilli, faisant de lui un fidèle compagnon.

Pelmen tendit le bras et le ptat l'escalada, mais avant qu'il n'ait atteint l'épaule, Pelmen l'intercepta de son autre main. Il le posa par terre sur le dos et de l'extrémité de l'index, entreprit de lui caresser le ventre. L'animal se trémoussa les quatre pattes en l'air, sans chercher à se redresser au début. Pelmen se mit à rire. « Quel petit phénomène tu fais » murmura-t-il.

D'autres dans le village avaient domestiqué l'une de ces boules de fourrure ocre, mais à sa connaissance, Pelmen était le seul à pouvoir convaincre son ptat de se dresser sur ses pattes arrière ou de lui rapporter une brindille sans promesse de nourriture. Dryna, sa mère, était d'avis que le rongeur avait la reconnaissance du ventre. Pelmen était sûr qu'elle se trompait, bien qu'il n'aurait su expliquer pourquoi.

Le champ de tachefleurs n'était qu'à trois cents coudées. A l'abri des regards, Pelmen se frotta les différentes parties du corps avec des pétales. Si les effluves de la tannerie ne disparaissaient jamais complètement, le parfum des tachefleurs était suffisamment entêtant pour masquer la puanteur. Comme il rejoignait la rue principale de Durepeaux, un grondement accompagné de claquements secs se répercuta. Un chariot à voile approchait, porté par le vent. Sa provenance, Alveg ou Seledchâ, n'était pas bien difficile à deviner sachant que le vent soufflait en permanence d'est en ouest dans les Canyons. L'engin s'arrêta à proximité de la ferme des Nitayer.

Pelmen traversa le village d'un bon pas. Arrivé au premier croisement après la sortie, il s'engagea sur le sentier qui menait à Falsine. Il connaissait chaque pierre sur le chemin, tant il l'avait parcouru depuis le jour où, six ans auparavant, son père et lui l'avaient emprunté en chariot. Le sentier gravissait l'une des rares collines des Canyons où poussaient arbres et plantes. Les premiers, des résiniens de presque soixante-dix pieds, à l'écorce bleue violacée et aux aiguilles jaunes, s'accrochaient au sol comme si leur vie en dépendait – et c'était le cas – luttant contre le vent qui semblait s'être fait un devoir de les déraciner. Mils était calé entre l'épaule et le cou de son maître. De temps en temps, l'animal changeait d'épaule ou s'agitait, si bien que Pelmen finissait par le prendre dans les mains.

Le chemin fit un coude. En contrebas vers le nord-ouest, les eaux couleur émeraude du lac Subelin reflétaient les rayons rougeoyants d'Astar. Pelmen ne s'attarda pas sur le magnifique scintillement, le spectacle des barques de pêcheurs flottant sur le lac, la crique où se logeait Port Subelin, l'unique cité portuaire des Canyons. Il n'admira pas davantage la végétation foisonnante ni ne s'amusa à dénombrer les quadrupèdes paissant ou fouissant le sol. Quelques embranchements plus loin, au détour d'un buisson d'épineux il aperçut Teleg et sa sœur converser sur le seuil de leur demeure – l'une des rares de Falsine aux murs de bois, comme il seyait pour maître Galn le menuisier. Alicène surplombait son frère de toute sa hauteur. Elle mesurait près de cinq pieds contre seulement quatre et demi pour Teleg.

Aucun des deux ne l'avait remarqué. Pelmen ralentit le pas, hésitant à s'approcher. En la présence d'Alicène, le parfum des pétales de tachefleurs s'avérait hélas souvent dérisoire, et les relents de cadavres d'animaux se mettaient à sourdre sournoisement de tout son corps.

Elle était encore en robe ce soir-là. De couleur beige et nouée à la taille d'une étroite ceinture de cuir, celle-ci soulignait la finesse et la distinction de sa silhouette. Elle semblait délaisser de plus en plus fréquemment ses habituelles culottes mi-longues et son surcot de chanvreline. Selon Teleg, Alicène avait accepté de danser avec un garçon lors de la dernière fête du village. Elle qui jusqu'alors préférait repriser des vêtements ou faire du rangement dans l'atelier… « Si ça continue, je vais devoir la surveiller de près » avait lancé Teleg. L'idée amusait Pelmen. Il voyait mal son ami jouer les gardes-chiourmes de sa sœur, quand lui-même ne manquait pas une occasion de festoyer et conter fleurette aux jeunes filles.

« Approche ! lança Teleg en s'avisant de sa présence. Ne reste donc pas planté la bouche ouverte, viens nous rejoindre ! »

La subtilité n'était pas le fort de Teleg, mais sa faconde était utile pour masquer les silences de Pelmen et la rougeur qui lui montait parfois au front. Il s'avança un peu trop précipitamment et faillit trébucher quand Alicène le salua de la main.

« Mon père voudrait te parler, dit sans préambule Teleg. Il est à l'intérieur.

– A propos de votre déménagement ? C'est donc confirmé ? »

Depuis quelques semaines – depuis en fait que sa santé avait commencé à décliner – maître Galn avait annoncé son projet de retourner en Alveg, où il avait passé son enfance. Son frère y possédait aussi un atelier de menuiserie et maître Galn avait dans l'idée de lui proposer de participer à l'Echange. Ce rituel voyait tous les six printemps les chefs de famille des deux plus grandes cités, Seledchâ et Alveg, intervertir s'ils le souhaitaient leur échoppe avec celle de leur parentèle de la campagne.

« L'oncle Dalen a accepté de venir s'installer ici avec sa famille, dit Alicène avec chaleur. Il apprécie beaucoup la région de Port Subelin et avait envie de changer de vie.

– Cela tombe bien alors. » Pelmen s'efforça en vain d'esquisser un sourire. Une poigne glacée s'était refermée sur son cœur.

« Nous partons dans deux jours, précisa Teleg.

– Si… si vite ? Oui, c'est vrai, c'est dans deux jours que commence l'Echange…

– Hé, ne fais pas cette tête-là ! Qu'est-ce que tu crois, on ne va pas te laisser choir ! C'est de ça que mon père veut te parler.

– Et n'oublie pas que c'est en Alveg qu'on pourra trouver les meilleurs herboristes, ajouta Alicène. C'est mieux pour lui.

– Je sais » fit Pelmen.

Bien sûr qu'il savait, ils en avaient déjà discuté. Il aurait voulu montrer plus d'enthousiasme, mais ne s'était pas attendu à ce que les choses se précipitent ainsi. Il s'avança vers l'entrée de la demeure, puis se retourna en constatant que ni Teleg ni Alicène ne le suivaient. Teleg l'encouragea d'un signe de tête et il franchit le seuil.

Maître Galn n'était pas dans l'atelier où trônait un établi et où s'entassaient des silex de formes variées entre diverses pièces de bois. Pelmen traversa la salle et ouvrit la porte de la chambre du menuisier. Celle-ci était plongée dans la pénombre. A l'arrivée de Pelmen, son occupant se redressa sur son séant et tira le rideau de la fenêtre surplombant son lit. L'effort arracha à maître Galn l'une de ces quintes de toux devenues trop familières et qui le laissaient hors d'haleine, le souffle caverneux. Celle-ci s'interrompit rapidement. Le jour révéla un hevelen amaigri et au teint cireux, vieilli avant l'âge. Maître Galn se tenait droit, il avait gardé de sa robuste constitution une apparence de solidité. L'odeur qui pénétrait par intermittence le barrage du parfum imprégnant Pelmen était celle de la maladie.

« Je vous salue, maître Galn.

– Bienvenue, l'Emerveillé. Et bienvenue à N'a Qu'un Œil ! »

Pelmen grimaça. Il n'aimait guère le surnom dont maître Galn avait affublé Mils.

« Tu devrais au moins faire l'effort de ne pas avoir l'air si triste, quand tu viens me voir. Tu vas finir par ne plus mériter ton surnom.

– Désolé, dit Pelmen en baissant les yeux. Il y a des jours où c'est plus difficile… d'avoir l'air joyeux.

– C'est à l'Echange que tu fais allusion ? Dois-je en déduire… » Il s'interrompit pour tousser. « …que tu n'as toujours pas parlé à tes parents de tes projets ?

– Pas encore, dit Pelmen en caressant Mils. C'est délicat à aborder.

– Délicat ? Mon garçon, cela fait combien de temps que tu nous en parles ? A moins que tu n'aies changé d'avis. La carrière de tanneur a aussi du mérite, tu sais.

– Oh, non, certainement pas ! Je n'ai pas changé d'avis. J'ai juste peur que mon père ne comprenne pas. Il est si…

– Allons donc ! Avec un arc, tu fais mouche à cent pas ! Tu as tout ce qu'il faut pour être traqueur, et tu le… » Autre quinte de toux. Celle-ci plus caverneuse que la précédente. « Si tu veux, reprit maître Galn plus lentement, je peux intervenir auprès de ton père.

– Merci, mais c'est à moi de plaider ma cause, dit Pelmen en se raidissant. Si je n'en ai pas le courage, à quoi bon vouloir être un traqueur ?

– Voilà qui est parler, mon garçon. Je ne doute pas que tu réussiras à faire valoir ton point de vue.

– Et… ensuite ?

– Tu viendras avec nous, bien sûr. Le départ est pour dans deux jours, au petit matin. Là-bas, tu pourras dormir dans la chambre de Teleg, il se fera un plaisir de te faire de la place. Avec le temps, en t'entraînant dur, tu transformeras ton rêve en réalité.

– Merci, maître.

– A ton service, l'Emerveillé. » Il lui fit un clin d'œil, puis se passa une main sur la gorge.

Pelmen fit un pas en arrière, mais se ravisa. Il prit une grande inspiration avant de se lancer. « Pourquoi… pourquoi faites-vous tout cela pour moi ?

– Est-ce qu'il faut toujours une raison ? »

Comme Pelmen le fixait sans un mot, maître Galn lâcha :

« Je n'aimerais pas voir un talent comme le tien gaspillé. Garde-le pour toi, mais j'aurais voulu… que mon fils soit aussi doué avec un arc. Laisse-moi, maintenant. »

Maître Galn tira le rideau et se remit en position allongée. Pelmen sortit, rabattant la porte sans faire de bruit. Il y avait comme une boule chaude au creux de son estomac, mais la chaleur qu'elle diffusait en détendant ses muscles était contrariée par des courants glacés.

« Alors ? dit Alicène en le voyant sortir. Tu as l'air tout retourné… Ce que t'as dit Père ne te plaît pas ?

– Au contraire, fit Pelmen en s'employant à fixer un tache-fleur tout en faisant de son mieux pour maîtriser son timbre de voix. Je n'aime pas le voir dans cet état, c'est tout.

– C'est tout ? insista Teleg.

– Je… j'ai encore du mal à réaliser ce qu'il vient de me proposer, c'est un changement si... C'est si généreux de sa part… »

Teleg s'approcha de Pelmen, un sourire pincé aux lèvres. « Il a toujours eu un faible pour toi, tu sais bien. » Ce disant, il lui administra une vigoureuse tape dans le dos – les griffes pointues et recourbées de Mils s'enfoncèrent dans la chair de son maître, lequel poussa un grognement avant de le détacher de son épaule. Teleg éclata de rire.

« Ce n'est pas drôle, fit Pelmen en se massant l'épaule endolorie.

– Oh, on est de mauvaise humeur ? Après ce que vient de te proposer mon père ?

– Cela n'a rien à voir. La journée n'a pas été facile, c'est tout.

– Une de plus alors.

– Comme tu dis. »

Teleg ouvrit les bras d'un geste théâtral. Ses yeux pétillaient de malice. « Il ne tient qu'à toi de changer tout cela.

– Et je le ferai. Je te promets que je le ferai.

– Bien ! C'est ce que je voulais entendre. Au fait, tu sais que l'Avisé doit conter ses légendes, ce soir ? Si on allait l'écouter ? Il nous distraira, et peut-être même qu'il arrivera à te rendre le sourire, on peut rêver ! »

Les traits de Pelmen se détendirent et il approuva. Obéissant à une impulsion, il s'adressa à Alicène. « Tu…tu viens avec nous ? » Elle sourit et Pelmen contempla, effaré, les splendides iris bleus à l'intérieur des globes, les longs cheveux châtains aux reflets ambrés, les narines si fines. Quel démon l'avait tout à coup incité à lui poser pareille question ?

« Non désolée, répondit-elle, je dois rester ici avec

Père. » Elle se tourna vers Teleg. « Ne rentre pas trop tard, dit-elle d'un ton qui n'admettait aucune réplique. Tu dois encore m'aider pour les préparatifs. »

La boule rougeoyante d'Astar avait commencé à s'enfoncer sous la ligne d'horizon. La fin du premier mois du renouveau approchait et Cilamon, dieu de la vie, avait en grande partie régénéré ses forces, de sorte que les mille senteurs des pousses éphémères mélangées à celles des arbres ancestraux courtisaient les narines des jeunes gens.

« Ton père, dit Pelmen. Tu crois qu'il va vraiment aller mieux en Alveg ?

– Il aura toujours plus de chances de se remettre que dans un coin perdu comme Falsine. Tu connais quelqu'un qui a guéri du mal des poumons, par ici ? »

Pelmen fit un signe négatif.

« Moi non plus. Alors qu'en Alveg, tous les espoirs sont permis. C'est la plus grande cité des Canyons, tout de même. »

Ils longèrent un champ où un nidepoux de belle taille fouissait le sol de son groin à la recherche de glands. On pouvait presque distinguer des poux sautiller sur le pelage de son dos arrondi.

« On dirait celui que tu t'étais mis en tête de monter il y a deux printemps, observa Pelmen en désignant l'animal du menton. Tu te souviens ?

– Vaguement. » Les joues de Teleg s'étaient empourprées et il accéléra le pas.

Pelmen eut un bref ricanement. En l'occurrence, rien d'étonnant à ce que la mémoire de Teleg se montrât défaillante.

« Hé, l'Emerveillé. Tu vois ce nidepoux ? Je te parie un camlorn que j'arrive à grimper sur son dos. »

Pelmen soupire. Ils sont entre le lac Subelin et un champ où un imposant nidepoux fouit benoîtement le sol. Pelmen connaît bien l'étincelle qui brille dans les yeux de son ami. Elle leur a valu plus d'une fois de devoir s'enfuir à toutes jambes devant un cultivateur furieux, quand ce n'était pas devant une bande de filles auxquelles Teleg avait joué un tour pendable. Teleg le téméraire, prêt à tout pour prouver... prouver quoi au juste ? Sa virilité ? Sa supériorité ? Pelmen sait que si son ami réussit, ce sera à lui de grimper décrocher l'un de ces fruits savoureux sur un camlornier, au risque de chuter ou de se faire surprendre par un jardinier. Il sait aussi qu'il est vain de refuser.

« Tu ne devras pas juste grimper sur son dos, rétorque-t-il. Tu dois rester dessus pendant au moins trois bonds.

– Ah, ah ! C'est qu'on devient dur en affaires ! Ça ne me fait pas peur » fanfaronne Teleg avec l'un de ses gestes amples.

Pelmen est persuadé n'avoir rien à craindre. Son compagnon est la plupart du temps peu discret, voire balourd. Il va donner l'éveil à la bête et la cause sera entendue. Bientôt, pourtant, il doit déchanter. Teleg vient de se faufiler, pour une fois à pas de sanrkhas et contre le vent, derrière l'animal. L'instant d'après, il lui saute sur le dos, s'agrippant à son pelage brun de toutes ses forces.

« Phrrrt ! » chuinte le quadrupède, pris au dépourvu. Il n'a manifestement jamais été dressé pour la monte, il s'ébroue et s'élance comme une flèche. Pelmen n'oubliera de sitôt le visage bouleversé, grimaçant de terreur de Teleg, ses yeux exorbités, ses cheveux volant derrière lui, son corps maigrelet tressautant au rythme de la course, s'accrochant désespérément. Lui et sa monture ont fait le tour du champ en un temps record.

Pelmen est angoissé mais il attend. Il guette le bon moment pour s'approcher du rongeur géant. Profitant d'un instant de fatigue et d'indécision, il saisit les larges oreilles pointues pour les lui rabattre devant les yeux. La méthode, apprise des éleveurs, est infaillible. Le nidepoux calmé, persuader Teleg de lâcher prise et de se laisser glisser au sol n'est pas une mince affaire.

« Tu m'as sauvé la mise » dit Teleg sur un ton se voulant théâtral, mais où perce sa frayeur. Il lui étreint les mains. « Tu n'es plus mon ami. Tu es mon frère, et c'est moi qui te dois un camlorn. »

L'expérience avait à peine rendu Teleg moins téméraire, mais après cela, Pelmen avait eu l'impression que son ami ne le voyait plus comme un Déshérité.

« Tu sais, dit Teleg, mon père a accepté que je fabrique ton lit une fois que nous serons en Alveg.

– Vraiment ?

– Eh oui, se rengorgea-t-il. C'est la première fois que j'aurai l'occasion de travailler sur une pièce de cette importance.

– Il va falloir que je travaille dur une fois en Alveg. Pour ça et pour l'arc que tu m'as offert…

– Tu ne me dois rien, coupa Teleg. Considère cela comme faisant partie de mon apprentissage de charpentier.

– Quand même…

– Tout ce que je te demande, c'est de ne pas nous faire faux bond. Je m'ennuierais là-bas, sans toi.

– Pas de risques ! »

Les bâtisses devinrent plus fréquentes le long du sentier, avant que celui-ci ne s'incurve vers le sud-ouest pour déboucher sur le centre de Falsine. De nombreux hevelens étaient assis autour d'un feu de camp ronflant et craquant au milieu de la place principale. Debout à l'écart des flammes penchées dans le sens du vent, un vieillard chenu à la face burinée et au menton en galoche brandissait un bâton en déclamant un récit. Au moment où Teleg et Pelmen s'installaient, il laissa sa voix retomber. Il ramassa une chope non loin du feu, la but à longues gorgées puis, de son avant-bras, s'essuya les lèvres avant de la reposer à proximité de plusieurs autres également vides. Il demeura silencieux, comme indifférent.

Teleg s'avança et détacha de sa ceinture une bourse qui contenait une variété goûteuse de champignons. « Acceptez ceci, Avisé », murmura-t-il avec déférence en s'inclinant.

Zalinen huma l'offrande. Il baissa les paupières en signe d'agrément et noua la bourse à la cordelette de sa chasuble. Quelques chuchotements se faisaient entendre dans l'assistance. Le vieillard étendit les bras et bientôt seule la rumeur du vent fut perceptible. Alors, le son grave et profond de sa voix s'y superposa, emplissant l'espace. Tour à tour trépidante et apaisante, rugissante et pondérée, elle faisait vibrer les mots ou les susurrait, au rythme de la légende.

Pelmen avait beau connaître le moindre détail de l'histoire, comme de coutume la voix le traversa, le transportant vers d'autres temps.

« C'était une époque dont les plus anciens ne se souviennent que par le récit de leurs ancêtres, qu'ils tiennent eux-mêmes de leurs ancêtres, et ainsi de suite à travers les âges. En cette ère quasiment oubliée, nous autres, peuple d'Aoles, vivions dans les Steppes Venteuses d'étape en étape, de voyage en voyage. C'était une période de guerres et de troubles, de maux et de ruines. Les hordes infernales ou corrompues de Valshhyk l'Immolé, menées par ses quatre rejetons, infectaient les sols de leur purulence et nous livraient de terribles batailles. Venus du nord, nos ennemis nous chassaient des territoires ancestraux et nulle part, nous n'étions plus en sécurité. Epuisés et désireux de fuir ces guerres perpétuelles, nous recherchions un havre de paix. Vint le jour où nous fûmes bloqués au sud par l'océan d'Emeraude, à l'ouest par une série de marécages et à l'est par les Monts Infranchissables. C'est alors que l'Aguerri Relven Panjurûb, loué soit son nom, eut la vision d'un algam tournoyant dans le ciel. Nul ne paraissant l'apercevoir à part lui, il décida de le suivre sans en informer personne.

« Quel barde saurait chanter toutes les péripéties de la Grande Découverte ? Des jours durant, l'algam mena Relven vers les montagnes de l'Est. En chemin, Relven affronta et défit bêtes sauvages, maraudeurs et démons errants. A chaque fois que le plus grand de nos Aguerris allait renoncer et faire demi-tour, certain de l'avoir définitivement perdu de vue, le majestueux oiseau se montrait de nouveau. Un matin, ils atteignirent les premiers contreforts des à pic rocheux. Par le passé, nul n'était parvenu à escalader les Monts Infranchissables ni à trouver la moindre ouverture dans la roche. A la vue des incommensurables falaises escarpées, le découragement aurait pu s'abattre sur Relven, saper ses dernières forces. Il n'en fut rien. Notre Aguerri continua à suivre l'algam, jusqu'à arriver devant un amoncellement de rochers qu'il gravit en s'entaillant les mains et en épuisant ce qui lui restait d'énergie.

« Au sommet de l'éminence, Relven vit qu'un pan de montagne s'était affaissé, libérant un passage au travers des Monts Infranchissables. Et au-delà s'étendaient les Canyons qui désormais portent son nom. Car il est dit que notre père, Aoles le Vent, prit ses enfants en pitié et leur envoya son propre fils Shalgam, dieu de tous les algams, pour leur indiquer la voie de leur salut sur cette terre. Et Shalgam avait choisi Relven Panjurûb, le plus fier, le plus rude et le plus valeureux des Aguerris pour l'éprouver et tester sa foi. Et jamais Relven ne faillit, c'est pourquoi il fut récompensé et à son retour, porté en triomphe par ceux de son clan. »

La voix de Zalinen se tut. Personne ne disait mot. Puis, l'Avisé s'assit sur une souche et les villageois reprirent vie. Plusieurs, dont Pelmen, se levèrent pour vaquer à leurs occupations. « Astar lance ses derniers rayons, expliqua-t-il à Teleg. Mes parents m'attendent pour le repas. »

Teleg se leva à son tour et riva ses yeux mauves dans les siens. « Que feras-tu s'ils refusent de te laisser vivre ta vie ? »

Pelmen haussa les épaules mais le ton de sa voix démentit son apparente désinvolture. « Je verrai bien.

– Que le souffle d'Aoles te soit favorable, l'Emerveillé.

– J'ai de l'espoir, dit Pelmen en hochant la tête. Tu auras ta réponse demain. »

Etait-ce le récit de l'Avisé ? Pelmen se sentait tout ragaillardi, si bien qu'il entama le chemin du retour d'une démarche assurée.

***

« Quand j'dis non c'est non. »

Pelmen toisa son père d'un air courroucé. Patienter jusqu'à

la fin du repas pour engager la conversation, puis s'efforcer de présenter sa requête de la façon la moins abrupte possible n'avait servi à rien. Sa résolution se heurtait à un mur.

« C'est encore le Teleg qui t'a fourré c't idée dans l'crâne, pas vrai ? »

La question n'en était pas vraiment une, l'expression affichée sur le visage de son père, à la fois roublarde et narquoise signifiant : "Je te connais mieux que tu ne crois".

« J't'ai toujours dit que t'avais tort de l'voir, reprit-il d'un air entendu. L'est pas d'chez nous. Tu veux que j'te dise ? En te collant à ses chausses t'as cru pouvoir te débiner... Oui, te débiner de là où est ta vraie place ! De la foutaise, si tu veux mon avis ! Par Astar, fais marcher c'que t'as ent' les esgourdes ! Tu deviendras quoi, en Alveg ? Loin des tiens et doué comme t'es pour le métier ?

– Je te l'ai déjà expliqué. Le père de Teleg a accepté de m'héberger pendant quelque temps. Le temps que je devienne traqueur. » Pelmen aurait aimé retirer toute trace d'irritation de sa voix, ne pas donner l'impression qu'il était sur la défensive. « D'après Teleg, le tournoi du Recrutement est ouvert à tous. »

Zenel eut un reniflement de mépris. « Peuh ! Tu t'figures qu'y vivent comme nous ? Le métier qu'on fait, toi et moi, y'a pas mieux, pour sûr, mais tout l'monde est pas d'cet avis. Tu crois pt-êt' que leurs... leurs *délicates* truffes se f'ront à ton odeur ? Et c'est pas d'vouloir te faire traqueur qui va rien y changer. C'est pas en maniant l'silex pour tailler les peaux qu'on apprend à s'batt', et c'est pas non plus en tirant quelques flèches après l'travail qu'on sait se servir d'un arc. »

Pelmen sentit le sang lui monter à la tête. Pour limité que fût son vocabulaire, son père avait l'art de choisir les mots qui faisaient mal. Il aurait dû lui répondre quelque chose – à quoi avaient donc servi toutes ces heures à affûter ses arguments ? – mais sur le moment rien ne vint.

« T'es not' fils unique, on a toujours été tanneur de père en fils et c'est pas aujourd'hui que ça va changer, asséna Zenel. Baisse pas les yeux ! », fit-il en lui levant le menton entre le pouce et l'index.

Pelmen se dégagea d'un coup sec, le regard noir.

Sans se démonter, Zenel poursuivit, l'index pointé vers lui. « Tâche de saisir c'que j'te dis. C'que j'ai appris d'mon père et que j'ai commencé à t'enfoncer dans l'crâne, ça vaut d'l'ambre-roche. Grâce à c'qu'on sait, on a not' place en ce monde. On est respectés et c'est tout c'qui compte. » Il fit une pause, puis baissa la voix. « Oublie ces rêves stupides, fils. Va pas cueillir l'fruit au sommet d'l'arbre, prends plutôt çui qu't'as sous les yeux ! T'auras pas à t'en plaind', tu verras.

– Tu crois tout savoir pas vrai ? » Pelmen avait les poings et la mâchoire contractés. « Il y a beaucoup de choses qui t'échappent et que tu ne comprendras jamais. » Sans attendre de réponse, il tourna le dos en direction de la porte donnant sur l'extérieur.

Zenel s'apprêta à s'élancer derrière son fils.

« Je t'en prie, reste ici. »

La voix avait un accent implorant, empli de tristesse. Cela plus que toute autre considération arrêta Zenel, le décida à se retourner vers son épouse. Elle était demeurée en retrait durant la conversation mais la connaissant, cela ne l'empêchait pas d'avoir sa propre opinion. Ils échangèrent un long regard, et Zenel lut dans ses yeux opales l'inquiétude.

« Ne sois pas trop dur avec lui, ne le pousse pas à bout ou bien il n'en sortira rien de bon, murmura-t-elle.

– J'dois montrer aucune faiblesse, rétorqua-t-il. Si seulement j'pouvais lui déloger ses stupidités du crâne…

– Ne crains-tu pas… de voir le passé se répéter ?

– Ça arrivera pas. »

Le ton employé par Zenel, ferme et définitif, signifiait que la conversation était terminée. Dryna remarqua néanmoins que les épaules de son mari s'étaient légèrement affaissées.

Pelmen fit les cent pas autour de la maison sans être tout d'abord capable de penser de manière cohérente. Son père. Son père et son parler de la rue, ses moqueries et ses airs protecteurs ! Il ne le supportait plus. Non, il ne le *supporterait* plus ! Y avait-il une seule chose au monde qui l'empêchait de prendre sa liberté et de s'en aller sur-le-champ ?

Sa mère venait de se poster sur le seuil d'où elle l'observait avec anxiété. Une seconde s'écoula, qui parut interminable.

Il ne pouvait lui infliger cela. Pas à présent en tout cas. Dryna avait toujours été son alliée, sa complice bienveillante et cultivée. Dans les pires moments de sa vie, elle l'avait soutenu. Sans elle, il n'aurait pu apprendre la signification de tous ces mots inconnus de Zenel. A chaque fois qu'elle l'avait pu, elle s'était employée à l'instruire malgré les haussements de sourcils de son époux, lequel lui reprochait de passer trop de temps avec son fils. Son savoir, elle le tenait d'une première union avec l'ancien Avisé de Durepeaux, dont le souffle avait rejoint Aoles quelques années avant la naissance de Pelmen. Qu'avait-elle bien pu trouver à son père, il se l'était souvent demandé. Tinmal, déesse bienfaitrice qui suscitait les émois dans les cœurs des hevelens, recelait bien des mystères.

Il alla ramasser une poignée de glands entassés dans un pot en argile le long d'un mur et porta ses pas vers le terrier de Mils. Nourrir son ptat aurait sur lui un effet apaisant.

A son grand soulagement son père ne se montra plus ce soir-là. Etendu sur sa litière, Pelmen ressassa longtemps des pensées amères. Il n'avait su trouver les mots pour persuader Zenel quand bien même son désir de se libérer de la tannerie n'avait jamais été aussi ardent.

Il plissa les paupières. Lorsque les paroles s'avéraient inopérantes, c'est que les actes étaient sans doute plus appropriés. Oui, une démonstration s'imposait. Il emmènerait Zenel dans ce corridor rocheux où maître Galn lui avait enseigné l'archerie et où il avait coutume de s'entraîner. Son père ne pourrait que s'incliner devant sa maîtrise.

Mais s'il refusait de l'accompagner ? Ou si cela ne suffisait pas ? Devrait-il faire appel à maître Galn ?

Hors de question, celui-ci était déjà suffisamment mal en

point. Pelmen se débrouillerait par lui-même, comme il s'y était engagé. Dans le pire des cas, il serait forcé d'avoir recours au jugement de l'Avisé. Il préférait ne pas en arriver là, mais il était en âge de changer de maître.

C'est demain ou jamais.

Il soupira. Zenel ne lui rendait pas les choses faciles.

CHAPITRE DEUX

L'ÉTRANGE COMPAGNIE

Les premières lueurs d'Astar traversèrent la fenêtre de la minuscule chambre et se posèrent sur le visage de Pelmen. Il ouvrit les yeux et sans attendre, se leva. Désireux de ne pas déroger à ses habitudes, il sortit faire ses ablutions.

Dans la cuisine où était déjà attablé son père, Pelmen affecta une expression de résignation morose. En réalité il bouillait intérieurement. Il se força à absorber sans se presser son plat de céréales de veguer'en mélangées à de l'eau. Insipide, tant il y était accoutumé. Son père évoqua un nouvel arrivage de peaux de nidepoux, ce à quoi Pelmen répondit par un monosyllabe.

Zenel le dévisagea. « Tu dois apprendre à aimer ce travail, fils. Ça s'ra plus facile après. Beaucoup plus. »

Pelmen faillit répondre, mais au lieu de cela se mordit la lèvre. Il était trop tôt pour lui faire sa proposition. Le mieux était de laisser croire à Zenel qu'il se résignait, puis de faire preuve de bonne volonté à la tannerie, afin de le mettre dans les meilleures dispositions. Le soir même, il lui demanderait de l'accompagner. S'il s'y prenait bien, son père ne pourrait refuser. Il le fallait, car le délai était court.

Pelmen se montra actif ce matin-là. Il prépara les bains de tan, brossa des pelages et s'attela avec un entrain qui ne lui était pas coutumier au dépeçage.

Il essuya d'une main son front qui ruisselait de sueur. Comme trop souvent, Zenel ne semblait pas remarquer ses efforts renouvelés. Depuis qu'il avait commencé à travailler à la tannerie, il n'avait eu droit à aucun compliment – ni même à un simple encouragement. *Ce n'est sans doute pas encore aujourd'hui que j'obtiendrai l'un ou l'autre.*

Le nidepoux auquel il s'était attaqué était des plus récalcitrant. Pelmen serra les dents. Il pesa de tout son poids sur son silex, gravant un profond trait sombre le long de la colonne vertébrale. Il grimaça. Une goutte écarlate perlait sur sa paume. Suivie de plusieurs autres, elle alla se mêler au sang de l'animal mort. Pelmen se saisit d'un chiffon dans un bac prévu à cet effet et emmaillota la main entaillée. Il reprit son travail avec plus de mesure. Le maître d'œuvre, Olgen Peaudecuir, n'aimait pas qu'il se blesse, estimant que ça le ralentissait trop. Il ne pouvait pourtant lui reprocher de vouloir mettre du cœur à l'ouvrage.

A l'heure du déjeuner, les tanneurs se rendirent dans une pièce mitoyenne qui tenait lieu de réfectoire. Zenel s'assit à la droite de maître Olgen Peaudecuir, lequel trônait à l'extrémité de la longue table rectangulaire où était posée une soupière en argile. La place de Pelmen était la plus éloignée du maître d'œuvre. Les repas se déroulaient suivant un rituel immuable, maître Olgen se servant le premier puis Zenel, Jemin, Meslen, Hitaro, Welen et enfin Pelmen. Les tanneurs guettaient les propos du maître, se demandant comment ils pourraient lui complaire ou se montrer à leur avantage.

Tout en absorbant son potage, Pelmen se mit à réfléchir au moyen le plus adéquat d'aborder son père, la journée terminée. Il ne devait pas courir le risque d'un refus immédiat. La meilleure stratégie serait sans doute de procéder de manière détournée, en suscitant d'abord l'intérêt de son père. Mais comment ?

Les paris. Zenel aime parier sur les courses de nidepoux.

L'idée lui parut judicieuse, il lui proposerait donc un pari. S'il perdait, Zenel aurait son prochain repas, mais s'il l'emportait, il le laisserait partir sans plus faire de difficultés. Pelmen devrait toucher avec les épines jaillies de son arc l'un des poteaux de bois du corridor trois fois de suite pour triompher. Cent pas seraient une bonne distance.

Pelmen contempla sa main emmaillotée. Sa blessure représenterait un handicap, mais peut-être aussi un atout. Grâce à elle, Zenel serait conforté dans l'idée que les chances de son fils seraient très minces. Il ne pourrait qu'accepter.

L'après-midi s'étirait en longueur. Zenel passa dans l'échoppe prêter main-forte à Olgen et dès lors, ne reparut plus. Pelmen en fut contrarié.

J'espère qu'il va rester jusqu'au bout. Il faut que je le retrouve rapidement pour lui faire ma démonstration avant qu'Astar se couche. Et aussi récupérer mon arc. Ce dernier se trouvait dans la chambre du logis familial, Pelmen ne devrait donc pas perdre de temps.

Une éternité plus tard, maître Olgen vint annoncer la fin de journée avant de tourner les talons. Pelmen laissa son travail, refit son bandage et se rendit dans la remise. Lorsqu'il revint avec sa jarre, Zenel n'était toujours pas là. Il se dirigea d'un pas vif vers la sortie… pour s'étaler sur le flanc. Par réflexe, il avait protégé la jarre, qui ne s'était pas brisée. Furieux, il regarda en arrière. Meslen avait la jambe tendue, un sourire narquois sur son visage chafouin.

Meslen, espèce de sale petit rampant. Toujours le premier pour lécher les bottes du maître, et jamais le dernier dans les coups bas.

S'il en avait eu le loisir, Pelmen lui aurait fait passer le goût des mauvaises plaisanteries. Il fit effort pour se contenir. Se relevant, il se tourna vers la sortie.

La silhouette massive de Welen se dressait devant la porte. Pelmen pâlit. Flanqué de Meslen et d'Hitaro, Jemin s'approcha.

« Qu'y a-t-il ? » demanda Pelmen.

Le grand hevelen aux jambes cagneuses désigna sa main entaillée. « On t'avait prévenu. Quand tu t'blesses, not' maît' d'œuv' est pas réjoui. Quand maît' Olgen est pas réjoui, la croûte d'vient ignoble. T'as saboté le travail une fois de... *Ouch !* »

Sa jarre tendue en avant, Pelmen s'était jeté sur lui.

Jemin bascula à la renverse. Un pas de côté, et Pelmen fut sur Meslen. Son poing gauche, le valide, s'écrasa sur son menton. Sous le choc le tanneur trapu recula en se tenant la mâchoire. Pelmen poussa un petit cri de joie, et en profita pour sauter par la fenêtre la plus proche – les ongles de Hitaro ne parvinrent qu'à lui égratigner la cuisse. Il se retrouva dans la poussière, roula sur lui-même et se redressa pour se mettre à courir. Du coin de l'œil, il vit le bras pesant de Welen s'abattre sur lui. Se penchant, il l'évita de justesse.

Sur la place, quelques villageois qui attendaient leur tour pour puiser de l'eau contemplèrent, intrigués, le spectacle de Pelmen s'enfuyant devant le gros Welen.

Sans réfléchir à sa destination, il obliqua sur la droite. Une centaine de foulées plus loin, il s'aperçut que Welen, essoufflé, était distancé.

« Hé ! Tas de graisse de nidepoux ! cria-t-il. Qu'attends-tu donc, viens me cherch… » Pelmen s'interrompit et se remit à courir. Jemin avait pris le relais. Moins véloces, Hitaro et Meslen accusaient du retard, mais Jemin gagnait sur lui.

Les gueux ! Qu'est-ce qui leur prend, aujourd'hui ?

Il accéléra, sortit du village en trombe. Au premier croisement il choisit la direction de Port Subelin pour éviter la montée vers Falsine. Son avance ne se maintint qu'un moment avant d'être de nouveau rattrapé par Jemin. Entre eux, il n'y eut bientôt plus que quelques coudées. La respiration de Pelmen se fit haletante.

Un chariot à voile apparut derrière ses poursuivants, et Meslen et Hitaro s'écartèrent pour le laisser passer. L'opportunité était trop belle. Pelmen se bloqua sur ses appuis, fit volte-face et se rua sur Jemin, les bras en avant. Le choc fut violent, car son adversaire avait à peine eu le temps de ralentir. Ils roulèrent dans une douloureuse chute incontrôlée qui les mena au bord de la route. Pelmen fut le plus prompt à réagir. Il se rejeta en arrière et, des deux pieds asséna une ruade qui envoya Jemin bouler au fond du fossé, quelques coudées plus bas. Dans un fracas assourdissant, le chariot dépassa Pelmen, qui se relevait, mais trop tard pour pouvoir s'y agripper comme il en avait eu l'intention.

Contre Meslen et Hitaro ensemble, Pelmen savait qu'il n'aurait pas le dessus. Un faible espoir subsistait encore : le véhicule avait soulevé un épais nuage de poussière qui le masquait provisoirement. Sans tarder, Pelmen traversa la route pour dévaler le côté opposé du fossé et se mettre à l'abri des rochers.

« Que faire maintenant ? » se demanda-t-il, le souffle court. Son cœur battait trop vite et il souffrait de plusieurs égratignures et contusions. Il se contraignit à respirer profondément pour chasser la peur.

Ils ont bien failli m'avoir. Et ils peuvent revenir à tout moment sur moi. Que faire ? Que faire, par Aoles ? Enfin, son pouls se calma et il trouva la réponse à sa question. Le mieux était encore de faire demi-tour et de tenter de regagner Durepeaux. Un tel choix paraissait absurde, c'est pourquoi il ne viendrait pas à l'esprit des tanneurs de l'y chercher.

Avec mille précautions, Pelmen progressa le long des rochers en bas du fossé.

« Où sont-ils passés ? »

C'était la voix de Hitaro. Un instant de silence, puis :

« Là ! C'est Jemin ! Dans le fossé. »

La voix de Meslen était tout juste perceptible, emportée par le vent. Pelmen accéléra l'allure, les entrailles nouées. Avait-il tué Jemin ? A moins d'une malchance inexplicable, il ne le pensait pas, car le bas-côté était peu profond à l'endroit où il avait projeté le tanneur.

Il n'entendait plus rien.

Sa bouche prit un pli amer. Que Jemin survive ou non, nul ne lui pardonnerait sa rébellion. Quant à son père… Pelmen ne doutait pas qu'il reporterait sur lui l'entière responsabilité de la rixe.

Malgré l'épaisseur de ses sandales, Pelmen sentait la pointe des rochers lui entrer dans les pieds, aussi fut-ce avec célérité qu'il remonta vers l'entrée du village. Il risqua un coup d'œil. Personne. Des ondes de soulagement le parcoururent, lui hérissant la peau. Pour l'heure, Astar déclinait et les ombres s'allongeaient. Pelmen prit une inspiration, rejoignit la route et s'élança vers la pénombre d'une demeure en torchis inoccupée. Ses mains étaient moites, une fine pellicule de poussière ocre restait collée à sa peau. Il les frotta pour s'en débarrasser. D'ombre en ombre, il se glissa jusqu'à l'auberge de maître Linen, qu'il contourna avec circonspection. Tapi derrière le chariot rangé près de l'entrée, il observa les alentours.

Son père, planté devant la tannerie, attendait quelque chose.

Pelmen se rejeta en arrière. *Que peut-il bien attendre, sinon…*

Il blêmit. La vision de Jemin et Welen le traînant jusqu'aux pieds de son père venait de lui apparaître. Les ongles de ses doigts pénétrèrent dans sa paume.

Ordure-ordure-ordure ! Excrément de nidepoux ! Fiente de galcyne !

L'absence de Zenel dans l'atelier cet après-midi n'avait rien eu d'innocent. Pelmen ignorait si son père avait tout préparé depuis le début, mais une chose était sûre, avec la complicité d'Olgen, il avait délibérément laissé le champ libre aux ouvriers pour qu'ils lui infligent une petite correction.

Tu ne voulais pas t'impliquer, n'est-ce pas ? Autant que les autres fassent le sale travail. Les lèvres de Pelmen tremblaient. *Du diable si je sais ce qui me retient de…*

Non, décida-t-il. Qu'il choisisse de se battre ou juste d'invectiver son père, il n'aurait pas le dessus. Il se retrouverait seul contre tous. Mieux valait dès à présent échapper à son emprise, ce serait sa plus belle revanche. Oui… Zenel avait cherché à le mettre au pas, mais il ne savait pas à qui il avait affaire. Pelmen desserra les poings. A présent, il fallait réfléchir au meilleur moyen de gagner Alveg. Le plus calmement possible. Sans soutien, ce serait difficile, mais il devait essayer, quel qu'en fût le prix.

« Je peux te cacher, et même te faire sortir du village si tu le désires. »

Pelmen sursauta. Il resta pétrifié un instant avant d'oser bouger. Le murmure émanait de sous la bâche du chariot. Un coin se releva subrepticement et, de l'intérieur, l'hevelen au visage joufflu entraperçu la veille le fixa d'un air interrogatif. Ses prunelles brillaient dans la pénombre, mais le reste était difficile à deviner. Peut-être... ce pli que prenait sa bouche et cette manière dont s'incurvaient ses narines indiquaient-ils une certaine forme de compassion, voire de sympathie ?

La bâche entrouverte se referma. Pelmen devait se décider.

« Attendez, ce... c'est d'accord !

– Fais le tour et grimpe discrètement par l'arrière. »

C'est avec difficulté que Pelmen se hissa dans le chariot. L'odeur aigre de la bière de camlorn régnait sous la bâche, accentuant son malaise. Des tonneaux étaient alignés en deux rangées sur les côtés. Le personnage encapuchonné était assis non loin du mât principal, comme s'il somnolait ou ne tenait pas non plus à se faire remarquer. Son compagnon accueillit Pelmen d'un demi-sourire. Il désigna l'une des barriques, qu'il ouvrit en grand. « Personne ne songera à te chercher là-dedans. »

Pelmen s'approcha.

« Merci, bredouilla-t-il, vraiment merci. C'est Aoles qui vous envoie !

– Plus tard, les remerciements. Allez, grimpe ! »

Non sans peine, Pelmen fit passer ses jambes dans l'ouverture et se laissa tomber.

« Euh... Où va-t-on ? demanda-t-il.

– A Port Subelin. C'est notre prochaine étape, en tout cas. Je remets le couvercle, il ne faut prendre aucun risque. » Le double menton de l'hevelen était aussi placide que l'ensemble de son visage mais l'inflexion de sa voix, pressante. Il joignit le geste à la parole, et l'obscurité se referma sur lui. Pelmen s'assit comme il put au fond du tonneau. Déjà, il entendait que l'on déployait la grand-voile – le départ était imminent. Un claquement sec indiqua que la barre de freinage avait été débloquée. Le chariot commença à rouler, accomplit un premier virage à gauche… A mesure que le vent gonflait sa voilure, il prenait de la vitesse. Pelmen osait à peine respirer. Ils quittaient Durepeaux par la route où il avait échappé de justesse à Jemin et ses comparses. Il s'efforçait d'évaluer la distance parcourue quand – beaucoup trop tôt – le crissement de la barre de freinage se superposa au fracas des roues sur la piste rocailleuse.

Cela venait-il de lui ? Les écœurantes exhalaisons de la tannerie souillaient à présent l'odeur de bière. *Meslen, Hitaro, Welen et peut-être Jemin. Ce ne peut être qu'eux. Ils sont tout près*. Pelmen se ramassa sur lui-même. Si le chariot s'arrêtait, il lui faudrait s'élancer, se battre au besoin, fuir de nouveau. Ils ne l'auraient pas. Non, ils ne l'auraient pas.

La barre fut désengagée, le crissement cessa, ils reprirent de l'allure. Pelmen souffla et seulement à cet instant, ressentit un élancement dans la main droite. Il avait serré les poings si fort que la blessure de la tannerie s'était rouverte et suintait. Il détendit ses doigts, laissant le soulagement pénétrer chaque fibre de son corps. Il tenait sa vengeance. Maintenant, ils ne le rattraperaient plus. Son père se demanderait où il serait passé, bien sûr. *Quel dommage, oui, quel dommage de ne pas être là pour voir sa tête, quand il réalisera que je ne reviendrai pas ! C'est fini, je t'ai enfin sorti de ma vie, Zenel !* Il s'aperçut que des larmes de joie coulaient le long de ses joues. Fini, le travail à la tannerie, terminées, les petites humiliations quotidiennes, il allait pouvoir rejeter dans l'oubli ces remugles de cadavre qui imprégnaient encore sa peau. Respirer. Vivre enfin ! Comme il avait hâte de prendre un bain !

A intervalles réguliers, le vent redoublait de puissance et le chariot accélérait en tremblant de toutes parts. Dans ces moments Pelmen savait qu'ils venaient de dépasser un veguer'en. D'une hauteur de dix pieds et plantés en milieu de piste, les végétaux d'Aoles se nourrissaient de vent. Pour cela, ils possédaient deux bulbes pourvus d'un large orifice et ceints de feuilles dorées. Le premier, orienté à l'est, aspirait l'air, le canalisait et le transférait dans le second, tourné vers l'ouest. Ce dernier expulsait le don reçu dans le sens du vent, accélérant sa course.

Pelmen songea à Dryna. Elle devait s'attendre à ce qu'il s'en aille pour de bon un jour ou l'autre, il s'était confié à elle assez souvent. Pourtant il n'aimait pas la laisser dans l'inquiétude, elle ne l'avait pas mérité. Il lui faudrait s'arranger pour lui faire parvenir un message.

Seulement une fois que je serai bien installé, résolut-il. *Je ne tiens pas à me retrouver trop vite avec Zenel sur le dos.*

Mils lui manquerait, aussi. Le petit rongeur devrait se débrouiller seul, à présent. Le ptat lui avait été d'un tel réconfort, s'en séparer était une plaie qui mettrait longtemps à se refermer.

Peut-être est-ce dans l'ordre des choses. Mils faisait partie de mon ancienne vie. Plus rien ne doit me retenir à Durepeaux.

Pas même l'arc offert par Teleg, qui demeurerait dans le coffre de sa chambre, inutilisé – pas plus que Mils, il ne pouvait se permettre d'aller le récupérer.

Par Astar, qui aurait cru que la liberté était à ce prix ?

Ses doigts se mirent à tambouriner sur le sol. Sans la moindre source de lumière, et avec toutes ces pensées qui se bousculaient, il ne pouvait deviner combien de temps s'était écoulé. L'espace confiné du tonneau devenait plus angoissant à chaque instant. Pelmen tendit l'oreille, mais dans le tumulte ambiant fut bien incapable de saisir d'éventuelles bribes de conversation entre les deux hevelens. Avec précaution, il souleva le couvercle, clignant des yeux pour s'accoutumer à la luminosité. D'après ce qu'il put entrevoir, ils longeaient bien le lac Subelin et faisaient route dans la direction adéquate. La tunique flottante de l'hevelen auquel il devait d'être ici laissait apparaître des plis de graisse luisants entassés au niveau des hanches, juste au-dessus de son pantalon de chanvreline. De la main droite il tenait la barre de direction.

Un sifflement retentit à l'arrière. « Komel ! » La voix était éraillée et désagréable, comme si son propriétaire parlait avec un silex dans la gorge.

Le personnage ventripotent ainsi interpellé se retourna, fixa un point derrière Pelmen avant de reporter son regard sur ce dernier. Il lui adressa un geste impérieux et força la voix pour se faire entendre.

« Hé là ! Rassieds-toi et remets le couvercle en place ! Allons ! Si on croise d'autres voyageurs, ta présence dans ce tonneau va paraître suspecte. »

Comme Pelmen n'obtempérait pas immédiatement, il ajouta : « Tu ne voudrais pas attirer l'attention sur toi, n'est-ce pas ? »

Pelmen fit mine d'obéir mais laissa affleurer une mince fente.

« Complètement ! enjoignit Komel. Astar se couche et on ne va pas tarder à faire halte. »

Le temps sembla malgré tout long à Pelmen et ses jambes commençaient à s'engourdir lorsqu'ils s'arrêtèrent enfin. Le couvercle au-dessus de lui fut retiré.

« Tu peux sortir », dit Komel.

Pelmen s'extirpa de sa cachette, les membres raides. Après l'obscurité du tonneau, la lueur crépusculaire lui parut vive. Tandis que Komel soulevait d'autres couvercles, Pelmen renifla avec insistance. Se mêlant à la bière de camlorn, des relents de crasse et autres effluves corporels douteux flottaient dans l'air.

Plusieurs crânes rasés émergèrent des tonneaux.

Pelmen recula d'un pas, s'appuyant à une caisse pour ne pas tomber. Seuls deux des crânes, environnés d'une odeur particulièrement forte, étaient chevelus. Crinières sales et hirsutes, dents jaunies, haleine empestant la bière... Comme ceux des autres "passagers", leurs traits témoignaient d'une existence précaire, usante. Eux aussi paraissaient hébétés, comme après une longue nuit. Pelmen se tourna vers un jeune individu, à l'expression plus alerte. « Que… que faites-vous ici ? »

L'intéressé le contempla, interloqué, puis un sourire condescendant se forma sur son visage. « La même chose que toi, je crois. Je m'en vais vers une vie meilleure. »

Komel empoigna Pelmen par le bras, lui faisant signe de l'accompagner au-dehors.

Le chariot s'était immobilisé derrière un monticule rocailleux, non loin de la rive du lac. A distance respectable, on distinguait le quai de Port Subelin et ses habitations étagées à l'arrière-plan. Les derniers reflets verdoyants de l'eau faisaient un contraste saisissant avec les falaises ocre dans le lointain.

« Je vais t'expliquer de quoi il retourne » dit Komel. Il s'interrompit, renifla puis fronça les narines. « Par Hamal, tu empestes ! Hum… avant tout, tu vas prendre un bain. Et à la réflexion… » Il jaugea d'un œil peu amène le petit groupe d'individus malodorants et déguenillés assemblés près du chariot. « Les autres aussi. »

Les passagers accueillirent avec force cris et protestations les directives de Komel. Pelmen se tut, se contentant d'observer la scène, amusé.

Komel se tourna vers l'hevelen encapuchonné, qui s'avança vers les contestataires pour les fixer dans les yeux. A la surprise de Pelmen, même les plus récalcitrants firent taire leur désaccord, et non sans traîner des pieds, se dirigèrent vers la rive. Pelmen tenta de discerner ce que dissimulait la capuche. Par chance, un rai de lumière vint donner sur la face lisse du hevelen – impossible de lui attribuer un âge. De fines lèvres, un large front et un nez rectiligne lui conféraient une apparence aristocratique. Ses globes verts dédaigneux renforçaient son expression de supériorité hautaine. Si sa stature ne s'avérait guère impressionnante par elle-même, la froide maîtrise qui émanait de lui, en particulier cette manière calculée de se mouvoir, n'avaient rien de rassurants. On ne pouvait le considérer sans éprouver un malaise.

Pelmen plissa le nez puis s'arracha à sa contemplation, pour s'engager à son tour dans l'eau tiède. Il s'immergea de pied en cap, et ce fut comme s'il se lavait de son passé.

C'est fini, je ne suis plus tanneur.

Cet instant, il le prolongea avec délectation, si bien qu'il fut l'un des derniers à sortir.

Komel s'impatientait. « Viens donc par ici. Bien. Tu te demandes sans doute pourquoi je cache ces gens dans les tonneaux ? »

Pelmen hocha la tête.

« Je viens en aide à ceux qui sont dans le besoin, tout bonnement. » Komel eut un bref sourire. « Dans ton cas, je suis bien tombé, n'est ce pas ?

– Pourquoi faire cela ?

– Eh bien… Aussi triste que ça puisse paraître, les enseignements d'Aoles ne sont plus guère suivis. Il suffit d'ouvrir ses narines et ses yeux pour le constater. Au lieu d'être libres comme le vent et de se dresser avec fierté sur les terres qui les ont vus naître, des hevelens rampent et font le travail que les plus puissants leur assignent. D'autres sont rejetés et deviennent des rebuts. Je suis là. Je leur porte assistance.

– Dans quel dessein ?

– Cela ne coule-t-il pas de source ? Tout simplement afin de créer une communauté libre et heureuse de respecter les enseignements divins.

– Ah bon ? Et… où nous emmenez-vous ? »

Un feu couvait maintenant sous le regard de Komel. Pelmen réprima un mouvement de recul.

« Vois-tu, il existe des richesses cachées en ce monde. Des richesses qui permettent à leurs possesseurs d'oublier le mépris dont ils ont eu à souffrir… De regagner leur dignité ! Quelques efforts seulement, et elles s'offrent à ceux qui ont la volonté d'aller se servir. Nous allons en un lieu retiré, là où nous sommes sûrs de les trouver. Pour lors, je ne peux t'en dire plus, mais examine donc ceci. » D'un geste théâtral, Komel fit surgir d'une poche de sa tunique un objet translucide.

Vermeille, la chose présentait des lueurs dorées se déplaçant selon l'angle d'observation.

« Fascinant, murmura Pelmen. Qu'est-ce que c'est ? »

D'abord déconcerté, Komel rejeta la tête en arrière et partit d'un sonore éclat de rire. « Pauvre Déshérité ignare ! C'est de l'ambreroche. De *l'ambreroche* ! » Il agita le fragment palpitant devant ses yeux. « Comprends-tu ? Avec ce seul éclat, tu pourrais t'offrir l'auberge de Durepeaux et tous ses serviteurs. Il y en a bien d'autres, là où nous allons. Imagine les possibilités… »

Sous l'injure, Pelmen avait froncé les sourcils, cependant la curiosité l'emporta – il ne connaissait que de réputation la valeur de l'ambreroche. Il tendit la main, mais Komel mit l'objet hors de portée.

« Il est à toi… *si* tu acceptes de nous accompagner là où nous nous rendons.

– Puis-je le prendre ? Juste un instant ? »

Komel lui jeta un regard pénétrant avant de consentir à se séparer de son bien.

Le fragment était léger et donnait l'impression de pouvoir être plié aisément. De crainte de le briser, Pelmen n'imprima qu'une faible traction. Aucun effet. Les efforts suivants, de plus en plus vigoureux ne donnèrent pas davantage de résultats. L'objet était d'une résistance démentant sa fragilité apparente. Pelmen le détailla. Ses arêtes se révélaient plus tranchantes encore que les silex les plus affûtés. Sans nul doute, il avait une grande valeur. *Si ceux de Durepeaux venaient à apprendre que je possède cela, ils me considéreraient différemment. Oui, ils pourraient me respecter enfin et je deviendrais quelqu'un… d'important.*

Komel parut lire dans ses pensées. « Tu peux le garder. Comme je te le disais, il est à toi si tu te joins à nous. »

Le ton de sa voix ne recelait aucune trace de sarcasme. Pelmen hésita. *Une telle richesse à portée de main…* En l'espace d'une soirée, son univers avait déjà basculé, et voilà que l'occasion lui était donnée de lui faire accomplir une nouvelle révolution. Ce qu'on lui proposait était presque irréel, inimaginable. Il chancela et, pris de vertige, posa sa main libre sur l'une de ses tempes.

Qu'en aurait pensé maître Galn ? Pelmen fit effort pour visualiser l'image de l'hevelen au teint maladif. Cela n'avait rien d'évident, il n'y parvint qu'en faisant abstraction des émotions qui l'assaillaient. Il lui sembla que le menuisier le regardait sévèrement.

Komel se racla la gorge.

Tout était si facile... Trop facile. Il suffisait de les suivre, avait dit Komel. Mais pourquoi refusait-il de dévoiler leur destination ? Et son compagnon encapuchonné à l'air sinistre... Tout ça ne sentait pas bon. Pelmen garda un instant les paupières baissées, s'humecta les lèvres et tendit le fragment d'ambreroche à Komel. « Reprenez-le. »

Il crut que les yeux du marchand allaient lui sortir de la tête.

« As-tu conscience de ce que tu refuses ? De la fortune que tu es en train de laisser échapper ? » La voix de Komel avait enflé, les derniers mots vibraient de colère.

Pelmen présentait toujours le fragment.

Komel l'empocha d'un geste sec. Puis se détourna vers le soleil couchant. Lorsqu'il reprit la parole, il avait effacé de ses traits toute trace de contrariété.

« Je prends en compte ta décision, quoiqu'elle me semble d'une grande absurdité. » Ses lèvres s'étirèrent en un sourire doucereux. « As-tu remarqué ? Astar ne devrait plus tarder à disparaître maintenant. Nous allons nous établir un peu plus haut, dans un abri de berger. » Il désigna une colline qui surplombait la rive. « Je t'invite à passer la nuit pour la première et probablement dernière fois en notre compagnie. Tu agirais sagement en acceptant, ainsi tu te donneras le temps de réfléchir plus sérieusement à ma proposition. »

Pendant qu'il parlait son silencieux associé s'était approché. Il scruta avec froideur Pelmen, ponctuant les paroles de Komel d'un bref hochement de tête.

Pelmen les dévisagea tour à tour. Il jugea plus prudent de ne pas les contrarier, en particulier l'hevelen dont il ignorait le nom. « Je suppose que vous avez raison » admit-il à contrecœur.

Ils n'eurent pas à marcher longtemps. Sur le seuil de la masure en question, un hevelen au crâne chauve, large d'épaules et renfrogné, tenait une crosse de berger. Loin de s'étonner de leur apparition, il les accueillit d'un grognement et fit s'asseoir chacun à même le sol bosselé de l'abri, autour d'un impressionnant plat de fèves posé sur une table basse. Un fût de bière fut mis en perce, des chopes distribuées. Bientôt les langues se délièrent, les pupilles brillèrent dans la semi-pénombre que peinaient à éclairer quatre torches crépitantes.

Peu habitué à son amertume prononcée, Pelmen toucha du bout des lèvres à sa bière de camlorn. Les murs de la pièce, nus et sinistres, contrastaient avec l'allégresse qui envahissait ses compagnons. Ces derniers n'évoquaient les infortunes et aléas de leur existence passée que pour mieux s'extasier sur la saveur de la bière et les promesses de lendemains meilleurs. Vers la fin du repas, l'un d'eux sortit de son pagne un fragment d'ambreroche, aussitôt imité par un deuxième individu, puis un troisième. La table devint scintillante de feux rouges-dorés. Chacun s'employa à comparer son trésor à celui d'autrui et à en vanter les mérites, mais se gardant bien de l'échanger.

Komel en profita pour s'éclipser en compagnie du berger.

Peu après, plusieurs hevelens ayant décidé de prendre l'air, Pelmen se joignit à eux, mais une fois à l'extérieur les laissa cheminer de leur côté. Komel et le berger s'étaient fondus dans les ombres nocturnes. Intrigué par ce qu'ils avaient à se dire de si mystérieux, Pelmen résolut de faire le tour de la masure, attentif au moindre bruit. Ayant l'impression d'être observé, il fit volte-face.

La silhouette encapuchonnée se découpait sur un rocher en surplomb, dans la clarté cyan du rayonnement lunaire de Tinmal et Hamal. Immobile, le personnage suivait chacun de ses mouvements.

Pelmen frissonna. *Il tient plus du protodactyle prêt à fondre sur sa proie que de quoi que ce soit d'autre*. Se retrouver isolé en sa présence n'était en aucune façon ce à quoi il aspirait, aussi, sans plus se préoccuper de Komel, il se hâta de regagner la sécurité relative du gîte. La salle à manger tenait également lieu de dortoir. Dans un coin une dizaine de litières avaient été répandues au sol, dont plusieurs étaient déjà prises. Pelmen choisit la sienne la plus éloignée de la porte d'entrée, comme si son unique intention était de passer la nuit le plus commodément possible, à bonne distance de la fraîcheur nocturne. Les hevelens ne s'occupaient pas de lui, soit qu'ils ne le considéraient pas en tant que l'un des leurs – contrairement à eux, il avait refusé l'ambreroche – ou pour une autre raison. Il s'étendit de tout son long et, les paupières mi-closes, fit mine de somnoler en contrôlant les allées et venues dans la pièce.

L'encapuchonné, le berger et Komel furent les derniers à reparaître. La porte, qui ne possédait pas de loquet, fut rabattue derrière eux. Seul le fruste berger se coucha sur une litière à proximité, Komel et son associé traversant la salle pour emprunter un accès qui menait à la resserre – du moins c'est ce qu'elle devait être à l'origine, mais elle avait de toute évidence été réaménagée en un logement pourvu d'un minimum de confort.

Pelmen tenta de se reposer sans toutefois se laisser entraîner au sommeil par la respiration pesante et régulière des dormeurs. Ce qui n'avait rien d'évident, étant donné son état de fatigue. Sa vie était tout à coup devenue si tumultueuse ! Il aurait aimé avoir plus de temps pour réfléchir à tout ce qui avait changé, mais son instinct lui soufflait de ne pas faire confiance à Komel, de s'enfuir de nouveau sitôt qu'il en aurait l'opportunité. Sans doute n'aurait-il pas réagi ainsi sans la présence de l'inquiétant acolyte du marchand, lequel exerçait – c'était désormais une certitude – une surveillance muette sur tout le groupe.

Pelmen patienta jusqu'au plus profond de la nuit. Lorsqu'il jugea que tous étaient assoupis, il se leva. Sauf erreur, rien ne bougeait, mais son cœur cognait si fort que ce serait miracle s'il ne réveillait personne. Il prit ses sandales en main et, enjambant de son mieux les membres étendus, gagna à pas feutrés la porte d'entrée. Il l'ouvrit pour la rabattre aussitôt derrière lui, formulant un vœu pour que ni le son du vent, ni l'intrusion du bref courant d'air ne troublent le sommeil de quiconque.

Aspiré à grandes goulées, l'air vivifiant lui rafraîchit la poitrine. *Ça va. Pour le moment, tout va bien.* La nuit était calme et claire. Pelmen était déterminé à rejoindre au plus vite Port Subelin. Il se chaussa et opta pour ce qui lui sembla être le chemin le plus court, redescendant la colline pour longer la rive du lac.

La lueur bleutée projetée par Tinmal alliée à la pâle luminescence verdâtre de sa rivale, la déesse Hamal, jouaient en sa faveur. Afin d'éviter branches mortes, fondrières et cailloux, il levait rarement les yeux. Peu à peu cependant, il se laissa imprégner par la sérénité de la nuit étoilée. Ses angoisses paraissaient vouloir se dissiper comme autant de résidus brumeux de cauchemar au réveil. A l'horizon se dressaient les premières habitations.

« Tu as commis une erreur en refusant ce qui t'était si généreusement octroyé. »

Une forme obscure avait bondi de derrière un rocher. La silhouette au visage voilé dans l'ombre lui faisait face. Pelmen n'avait saisi le sens des mots qu'avec un temps de retard, comme s'ils étaient prononcés en langue étrangère. Déjà, l'intrus reprenait la parole… ou plutôt, laissait échapper, les mains tendues devant lui, une série de borborygmes incompréhensibles… Dissonants, distordus et corrompus. Entre ses doigts naquit une lueur écarlate qui grossit pour se faire boule rougeoyante d'énergie contenue. Ainsi éclairés, ses traits furent visibles.

Pelmen hoqueta, plus effrayé encore que par l'apparition de la boule de feu. La figure était rubiconde et boursouflée, parsemée de plaies suppurantes. Que son propriétaire ne soit pas en train de se tordre de douleur, voilà qui était en soi surnaturel. Au contraire, ses yeux olivâtres l'observaient avec l'assurance glacée qui leur était coutumière. Pelmen recula de deux pas en émettant un geignement étouffé, cherchant en vain à reprendre sa respiration.

L'inconnu écarta les mains. Libérée, la boule fila vers Pelmen. Son volume se réduisait peu à peu au contact du vent, mais sa trajectoire demeurait immuable. Les jambes de Pelmen se détendirent et il plongea de côté.

Une cuisante sensation de brûlure se répandit à partir de l'aine. L'air jusque-là bloqué afflua enfin dans ses poumons. Pelmen cria. Affolé par la douleur, il se remit debout et détala droit devant lui. Le rocher derrière lequel s'était abrité son agresseur était adossé à une falaise de granit. *Un cul-de-sac. Dans un instant il sera sur moi pour m'achever.*

Pivotant vers l'imposant obstacle, Pelmen comprit en un éclair que son seul recours était de l'escalader. Il s'élança. L'entreprise était hasardeuse, mais la peur décuplait ses forces. Ses doigts devinèrent des prises, ses sandales ripèrent et détachèrent des fragments avant de trouver des appuis. Il grimpa.

En contrebas s'éleva une nouvelle série d'éructations.

Non sans égratignures et écorchures aux genoux, Pelmen parvint au sommet. Il regarda de droite et de gauche. Une voie en pente douce descendait de l'autre côté. Dans un sifflement, un serpent de feu s'abattit à quelques pouces à peine de son pied. Pelmen sursauta, retrouva de justesse son équilibre et battit des paupières, choqué. La roche grésillait et *fondait* à l'endroit de l'impact. Le shaman fit revenir en arrière son lasso incandescent. Pelmen fonça vers la pente. Epouvanté, aiguillonné par la douleur, il la dévala à toutes jambes. Une plaine s'ouvrait devant lui, et dans son prolongement il discerna de nouveau les ombres des premiers bâtiments de la ville. Il fit un crochet vers un repli de colline à quelques encablures.

La voix déformée du shaman était à présent lointaine.

Pelmen se mit à zigzaguer. Il finit par rejoindre le dénivelé où il s'appuya contre un talus, la main sur le flanc, hors d'haleine. La blessure le brûlait encore comme un tison ardent. La frôlant du doigt, il fut stupéfait de s'apercevoir qu'elle était de taille si réduite et si peu profonde. Il redressa les épaules. *Pas de temps à perdre. Faut que je reparte.*

Incapable de courir plus vite qu'à petites foulées, une sueur glacée coulant le long de son échine, Pelmen arriva néanmoins à Port Subelin sans encombre. Des rangées de chariots pour la plupart bardés de fournitures et bric-à-brac en tout genre s'alignaient à la queue leu leu dans les rues poussiéreuses. Pelmen les examina, hébété. Il avait complètement oublié que la période de l'Echange devait commencer le lendemain… ou plutôt, dès ce matin, puisque l'aube était proche désormais.

L'Echange, qui marquerait le départ de maître Galn, Teleg et Alicène pour Alveg…

Un frétillement de petits pas à proximité le fit sursauter.

Ce n'était qu'un ptat, qui s'empressait à la recherche d'un endroit plus sûr. *Je dois en faire autant. Et vite, je ne vais pas tarder à m'écrouler sur place.* Pelmen n'avait pas la ressource de se montrer imaginatif, un chariot ferait l'affaire. Il opta pour l'un des plus chargés et volumineux. La peur au ventre, il rampa à l'intérieur, tâtonnant pour ne rien faire tomber. Ses doigts rencontrèrent un morceau de tissu – une épaisse nappe sur une table. Il se coula par-dessous, faisant rouler au passage des formes qui d'après leur odeur ne pouvaient être que des camlorns.

Avant de sombrer d'épuisement, une dernière pensée lui vint, détachée de toute émotion. *Il ressemblait à l'encapuchonné, mais avec un visage très différent. Sauf pour les yeux.*

CHAPITRE TROIS

UNE MAUVAISE SURPRISE

La chaleur réveilla Pelmen, à moins que ce ne fussent les cahots du chariot, ou bien encore les exhortations du conducteur de nidepoux à l'avant. Il se mit laborieusement sur son séant, veillant à ne pas faire rouler l'un des camlorns avec une de ses jambes, ni à heurter du chef le bas de la table. Non sans grimacer, il entreprit de se masser le cou. Il était en vie, c'était l'essentiel. La brûlure sur son flanc lui rappela que le cauchemar de la veille avait été bien réel, et il faillit laisser échapper un grognement. Il ne devait pas repenser à ce visage haineux, boursouflé, pas pour le moment en tout cas, sous peine de rester terré ici comme un ptat jusqu'à la fin des temps.

La lumière ne pénétrait que par rais intermittents dans sa cachette. A en juger par ses courbatures, son sommeil avait duré plusieurs heures au bas mot. Peut-être une demi-journée. Quoi qu'il en fût, son estomac criait famine et il avait soif. Il demeura immobile quelques instants, les narines palpitantes, l'oreille tendue. La voix cristalline d'une jeune fille se fit entendre, suivie de celle du conducteur – son père, ou bien son mari. Si le sens exact des mots était inintelligible, Pelmen acquit pourtant la certitude de ne pas faire l'objet de la discussion. Sans pouvoir se déprendre du pénible sentiment de revivre une situation similaire à celle de la veille – était-ce ça, être fugitif ? – il entrebâilla la nappe pour risquer un coup d'œil. Il ne vit rien, hormis un amoncellement de poteries rembourrées de draps de chanvreline. Ce qui ne signifiait pas grand-chose. N'importe quel recoin du chariot pouvait dissimuler un hevelen qu'il n'apercevrait qu'en passant à proximité.

Pelmen décroisa les jambes et s'efforça de rassembler ce qui lui restait de résolution.

Son torse était déjà à l'extérieur lorsqu'il se ravisa et fit demi-tour. *Les camlorns. Ils sont là, à ma portée.* Ce serait du vol pur et simple – guère compatible avec la profession de traqueur qu'il envisageait avant que le monde autour de lui ne devînt pris de folie. Il mourait de faim et de soif, aussi sans plus tergiverser, il s'empara d'un fruit bien mûr et de taille respectable, le mit sous son bras et repartit en rampant. Il y avait des tabourets à contourner, des pots de terre à enjamber, des coffres à escalader. L'arrière baignait dans une lumière aveuglante. Pelmen sauta sur la route rocailleuse, se réceptionna sans difficulté et gagna sans tarder le bas-côté.

Le conducteur du véhicule suivant, dont il ne parvint à distinguer les traits à cause de l'éblouissement, l'avait remarqué. Le quidam dut l'estimer quantité négligeable car il se contenta de secouer la tête pour montrer sa désapprobation. Pelmen choisit un endroit à l'écart pour s'installer. La pierre était chaude sous ses cuisses, Astar dominait les cieux de sa masse incontournable. Le décor alentour était celui d'un corridor de granit aux parois ocre. Pelmen ramassa un caillou à l'extrémité pointue, coinça son camlorn entre les genoux et s'employa à découper la pelure bleue pigmentée de rose. Il aspira avidement l'humidité du cœur du fruit, se régalant de la pulpe. Puis ce fut le tour de la membrane, plus résistante mais nourrissante, qu'il cassa en morceaux et mâchonna en observant le convoi. Hevelens et animaux marchaient contre le vent, les épaules rentrées.

Aoles souffle toujours vers l'ouest, ils se dirigent donc vers l'est. Vers Alveg, déduisit Pelmen. Lui aussi avait l'impression de marcher contre le vent depuis le début. Sa tentative pour échapper au destin tracé par Zenel avait manqué de peu s'avérer fatale. *Je ne vais pas rentrer si vite la queue entre les jambes. De toute façon, il est trop tard pour reculer.*

Les familles dont le père ou l'aîné tirait une charrette étaient les plus nombreuses. S'y ajoutaient des chariots attelés à des nidepoux et quelques bergers, minuscules en regard de leurs linguilis de sept pieds de haut. De temps à autre, l'un de ces quadrupèdes à la toison immaculée et à la longue queue préhensile s'écartait du droit chemin. Un pâtre s'empressait de le rattraper, faisant avec sa houlette de grands moulinets pour contraindre l'animal à rejoindre le rang.

Et si l'un de ces bergers était celui d'hier, parti à ma recherche ? Ou bien le shaman lui-même aurait-il pu se mêler aux passagers du convoi ? A cette pensée, Pelmen sentit son cœur battre plus vite. Sans en avoir conscience il palpa sa brûlure au flanc, déjà moins douloureuse. Il examina plus attentivement les voyageurs. Personne n'avait le visage voilé, mais le shaman avait pu changer de vêtements pour mieux le surprendre. Sa figure boursouflée, toutefois, serait aisément reconnaissable. Pelmen ne s'inséra dans le flux d'émigrants qu'après avoir acquis la certitude qu'il n'y avait aucun danger immédiat. Il lui fallait rejoindre la famille de maître Galn en Alveg, et au cours du trajet, se garder des mauvaises rencontres. Une fois sur place, il se ferait indiquer le chemin. Pour avoir déjà visité la ville avec ses parents, il savait que les corporations avaient tendance à se regrouper, ce qui lui faciliterait les recherches.

Le convoi avançait sur le côté droit de la piste, laissant le centre dégagé comme prudence et usages le recommandaient. Un chariot aux voiles gonflées à rompre les haubans se présenta en sens inverse. Il les croisa à vive allure dans un tonitruant vacarme. Un veguer'en devait se trouver à proximité, sans quoi le chariot n'aurait pris une telle vitesse. Pelmen admirait l'ingéniosité du premier hevelen – dont il ignorait le nom – ayant découvert que les veguer'en avaient besoin de la force du vent pour croître et non d'eau, et qui avait eu l'idée de creuser la rocaille des Canyons à intervalles réguliers pour y ensemencer la plante.

Afin de s'abriter du souffle d'Aoles, des compagnons de route s'étaient positionnés derrière un attelage empli de céréales de veguer, qu'ils poussaient comme c'était l'usage en pareille circonstance. Pelmen leur prêta main-forte.

En fin d'après-midi, la caravane s'immobilisa. De toutes parts on entendit un murmure : « Les Aguerris ! Les Aguerris ! » Maints hevelens, jeunes pour la plupart, s'empressèrent vers l'avant. Pelmen, qui n'avait encore jamais aperçu l'un des dirigeants de son peuple, se laissa entraîner par le flux. La foule était la plus dense en tête, là où le corridor rocheux débouchait sur une vaste plaine granuleuse. Plusieurs traqueurs, une lance à pointe de silex en main, tenaient en respect les spectateurs, bloquant l'extrémité de la gorge.

Des traqueurs... Coincé entre une mère de famille ventripotente et un berger qui se servait de sa houlette pour tenter de l'écarter, Pelmen les détailla. Ils n'étaient peut-être pas aussi grands et altiers qu'il se les figurait – l'un d'eux faisait une bonne tête de moins que lui-même – mais du moins étaient-ils respectés de tous. La fortune aidant, un jour il deviendrait l'un d'eux.

A quelques centaines de pas s'avançait en grande pompe la compagnie des Aguerris. Des porte-étendard brandissaient diverses bannières aux couleurs éclatantes. Juste derrière, des serviteurs ployaient sous la charge de pièces de gibier embrochées. Il y avait aussi de la volaille et des tonneaux dans des chariots tirés par des nidepoux. Les Aguerris, parés chacun d'une cape brodée de leur emblème comme la tradition l'exigeait, vêtus malgré la chaleur de riches fourrures, de surcots ou de somptueuses robes – deux d'entre eux étaient des femmes – se trouvaient installés dans des chars d'apparat. Certains, magnanimes, daignèrent remarquer la présence de la foule et faire un signe de main dans sa direction. Pelmen en repéra deux qui tenaient chacun les rênes d'un char, flanqués de traqueurs équipés de haches, de lances, de frondes ou encore d'arcs et de carquois bien garnis. Ces deux là, emplis de prestance, avaient dû avoir l'honneur de mener la chasse. La compagnie tourna bientôt le dos aux spectateurs pour se diriger vers un massif à l'arrière-plan, que Pelmen reconnut comme étant celui d'Alveg.

La nuit commençait à tomber quand la caravane fut enfin autorisée à repartir. Il ne restait plus guère de trajet jusqu'en Alveg, toutefois le convoi n'atteignit le contrebas de la cité qu'à la faveur des étoiles et des deux lunes. Hamal en était à son dernier quartier et Tinmal la bleue était gibbeuse.

Pelmen dépassa une gigantesque roue en bois adossée à un pilier de pierre rectangulaire. Un moulin d'Aoles, faisant office d'élévateur, qui craquait et gémissait même à vide. Le nez en l'air et trébuchant à plusieurs reprises, il arriva au pied du colossal édifice rocheux autour duquel avait été édifiée la ville. Certes il était déjà venu ici, mais sans vraiment réaliser à quel point l'architecture défiait l'entendement. Alveg, la cité aux mille passerelles, tout à la fois élancée, aérienne et donnant l'impression d'une inébranlable solidité. La cité aux mille cavernes où un palais, disait-on, avait été bâti par les dieux… A partir d'environ trois cents pieds de haut, on devinait les soubassements de roche qui, surgis du massif, soutenaient de multiples plates-formes qu'il savait reliées entre elles par des passerelles. Diaphanes dans la lueur nocturne, des colonnes se dressaient sur les socles de granit. Autour d'elles s'enroulaient des escaliers de pierre interrompus de loin en loin par de nouvelles plates-formes, trônant à des hauteurs prodigieuses.

Quelque part là-haut, maître Galn, Teleg et Alicène devaient se demander ce qu'il était advenu de lui. Son premier mouvement fut de se mettre en quête de leur demeure, mais Pelmen se retint. Dans l'obscurité, ses chances de trouver le chemin étaient minces. Par bonheur, des campements avaient été aménagés autour des différents puits extérieurs par les voyageurs qui comme lui, arrivaient trop tard pour entrer en ville. Pelmen put se désaltérer et, malgré son estomac qui ruait dans les brancards et la dureté du sol, parvint tant bien que mal à s'endormir entre les roues d'un chariot.

***

Les torches crépitaient dans le tunnel. En brûlant elles diffusaient un arôme de résinien, de sorte qu'il suffisait à Pelmen de se concentrer sur l'odeur pour que les images de Falsine et de sa colline luxuriante affluent dans son esprit. Le procédé avait le mérite de dissiper en partie le sentiment d'oppression qui l'assiégeait depuis qu'il s'était engagé dans le souterrain grimpant jusqu'aux premiers niveaux d'Alveg. D'après ce qu'on lui avait dit, la plupart des charpentiers se trouvaient au troisième niveau. Pelmen aurait préféré et de loin emprunter l'un des moulins d'Aoles, hélas il ne possédait aucun bien à troquer contre son passage. Il n'était pas encore au bout de ses peines. En dépit de l'heure matinale, nombreux étaient celles et ceux qui allaient avec lui dans la semi-pénombre, qui guidant par la longe un linguilis ou des nidepoux, qui s'écartelant les bras à tirer sa charrette. La plupart étaient silencieux, comme si le poids de la roche environnante était source de préoccupation.

Le tunnel forma un coude, puis Pelmen longea une ouverture par laquelle il entraperçut un hevelen occupé à décharger sa cargaison sous le regard d'un traqueur. Le souterrain était parsemé de ces entrepôts creusés à même la roche, suffisamment larges pour accueillir plusieurs attelages de nidepoux et leur contenu. Grâce à ses réserves, Alveg ne risquait jamais de tomber à court d'eau ou de nourriture, pas même durant les hivers les plus rigoureux.

Pelmen se demanda avec une pointe d'anxiété si en devenant traqueur il ne serait pas affecté ici, aux sous-sols. C'était un aspect du métier auquel il n'avait pas songé, dont la perspective n'était rien moins que réjouissante. Il se promit d'interroger dès qu'il aurait plus de temps l'un de ces gardes. Si travailler ici était un passage obligé de la profession, alors peut-être vaudrait-il mieux qu'il envisage quelque chose d'autre.

L'étage où il arriva était inondé de lumière – Pelmen n'accorda qu'un bref regard de regret à la sortie et poursuivit son ascension. Peu après, il dépassa des hevelens qui reprenaient leur souffle, leur fardeau à leurs pieds. Ils étaient moins nombreux dorénavant et comme la voie était dégagée, il put accélérer l'allure. C'est avec soulagement qu'il atteignit le seuil du deuxième niveau, les narines frémissantes. Le large balcon soumis aux bourrasques sur lequel il se trouvait bordait le pourtour du massif et donnait sur un réseau de passerelles, colonnes et plates-formes. Sur ces dernières avaient été édifiées des bâtisses taillées dans le roc, aux portes étonnamment hautes. Les étages supérieurs et inférieurs étaient également surchargés de ces structures. L'ensemble évoquait des centaines de bras de géant qui soulevaient un nombre plus conséquent encore de plateaux. Par quel miracle les premiers supportaient-ils la masse granitique des seconds, Pelmen ne pouvait le conjecturer. Les soubassements étaient *vraiment* solides.

Il s'avança le long du balcon qui épousait les sinuosités du massif. S'il n'y avait pas eu de balustrade, la sensation de vertige l'aurait submergé. Selon son estimation il se tenait à plus de six cents pieds du sol. Les hevelens qu'il pouvait distinguer tout en bas étaient réduits à la taille d'osselets, et quant à ceux qui se situaient aux premiers niveaux, ils faisaient figure de spécimens agrandis, à l'instar de ces statuettes de bois de différentes hauteurs qu'il avait eu l'occasion d'admirer dans l'atelier de maître Galn. Un peu plus loin, il entreprit de gravir les degrés d'un escalier taillé à flanc de falaise. Le vent venait fouetter son visage et par moments, Pelmen se sentait presque libéré de la pesanteur, empli d'une énergie puissante et sauvage. Il comprit sans peine pourquoi ses ancêtres avaient choisi de s'établir ici, dans les hauteurs.

Au troisième niveau, il demanda par deux fois l'échoppe des

Boisencroix avant qu'on ne la lui indique. Elle était reconnaissable aux deux majestueux résiniens à l'écorce bleue sur sa bannière, symboles du Charpentier Emérite.

Pelmen s'approcha du seuil. A l'image de l'ensemble des bâtisses d'Alveg, celle-ci était d'une solidité à toute épreuve, surgie de la roche elle-même. La vision du chariot rangé à proximité, à moitié déchargé était plus que rassurante. *Ils sont bien arrivés.* Il frappa à la porte et attendit. Pas de réponse. Il cogna plus fort et au bout d'un moment, des voix s'élevèrent à l'intérieur, suivies d'un bruit de pas. La porte s'entrouvrit sur la figure de Teleg. Son front était barré d'un inhabituel pli d'inquiétude et Pelmen lut de la détresse dans ses yeux mauves, aussitôt remplacée par de l'étonnement lorsqu'il le reconnut.

« Pelmen !

– Je sais, dit-il en souriant, je suis en retard. Des… contrariétés. Rien qui aurait pu m'empêcher de venir vous rejoindre, bien sûr. Désolé de ne pas avoir pu t'avertir.

– Ton père nous a prévenus qu'il te cherchait.

– Tiens donc ?

– Oui, juste avant notre départ.

– J'aurais dû m'y attendre. Il a laissé un message pour moi ?

– Il a dit que tu devais revenir pour qu'il puisse dissiper un malentendu.

– Ah ! » Pelmen éclata de rire, mais ses yeux brillaient de colère et ses narines se gonflèrent quand il reprit sa respiration. « Zenel a vraiment le sens de l'humour. Impayable ! Crois-moi, ce fils de sanrkhas n'est pas prêt de me revoir. Du moins, si je peux l'éviter. Euh… tu me laisses entrer ? »

Les traits de Teleg se décomposèrent.

« Qu'est-ce qu'il y a ? » fit Pelmen.

A sa stupeur, son ami secoua la tête. « Pas en ce moment.

– Pourquoi ? Par Aoles, pourquoi ? Tu ne vas pas me laisser à la porte, quand même ? Tu devais me construire un lit, tu te souviens ? » Pelmen regarda de droite et de gauche sans comprendre. « Si c'est une plaisanterie…

– Ce n'est pas une plaisanterie, coupa Teleg. Ecoute, vieux, je… c'est mon père. Il a eu une crise. Grave, celle-là. »

Pelmen le remarquait à présent, les globes de Teleg étaient rougis.

« Il crachait du sang. Nous avons fait venir un herboriste qui est resté toute la nuit. Il n'a pas l'air de se remettre. »

Pelmen sentit son propre sang se retirer de son visage. « Comment est-ce possible ? Il est si mal en point que ça ? »

Teleg hocha la tête.

« Ça n'aurait jamais dû arriver si vite ! Jamais ! Tu crois que le voyage… C'est le voyage qui l'a affaibli, c'est ça ? Oh, Teleg, je... je ne sais pas quoi dire. Je… je voudrais juste… Je pourrais le voir ? Un tout petit moment ?

– Il est trop faible. Même Alicène et moi n'avons pas le droit de le voir en ce moment. Reviens… plus tard, peut-être. Plus tard. »

Il referma la porte d'un geste brusque. Pelmen contempla le panneau de bois, incrédule. Lentement, il se retourna, ses jambes cédèrent et il se retrouva brutalement assis contre la porte. Teleg était censé être son ami. Son ami, et il lui claquait la porte au nez, au moment où Galn avait peut-être le plus besoin de lui ! C'était Teleg qui avait insisté pour qu'il rejoigne sa famille. C'était maître Galn qui avait tout organisé pour que lui, Pelmen, puisse s'installer chez eux. Tous ses projets menaçaient ruine, et il ne pouvait rien faire ! L'hevelen qui le comprenait le mieux, celui duquel il se sentait le plus proche était sur le point de rendre son souffle à Aoles, et il était impuissant.

Il renifla. *Marcher, je dois marcher. Je vais devenir fou si je reste immobile.*

Il se mit à arpenter la passerelle sans chercher à savoir où ses pas le mèneraient. Il erra ainsi un temps indéterminé, le long des voies d'accès perchées à quelques centaines de pieds reliées les unes aux autres, se pencha à plusieurs reprises au-dessus du vide et à chaque fois, pris de vertige, se rejeta en arrière. Peu à peu, il remit un peu d'ordre dans ses pensées. *Alicène et Teleg. Que vont-ils devenir si...*Teleg serait-il à même de reprendre toutes les activités de son père, de devenir maître d'œuvre et de se forger une clientèle alors qu'ils venaient tout juste de s'installer ? Les incertitudes qui pesaient sur son ami, réalisa-t-il, n'étaient pas moins accablantes que les siennes. Si le pire survenait, Teleg devrait s'occuper d'assurer sa subsistance et celle d'Alicène. Rien d'étonnant à ce que son ami ne puisse nourrir une bouche de plus.

Pelmen devait donc prendre sur lui et se débrouiller par lui-même. *Que faire ? Je ne connais personne ici. Personne sauf...*

Non. Pas lui. Il n'allait pas demander assistance au propre frère de Zenel ! Pelmen avait dû rencontrer l'oncle Xuven – ainsi se nommait-il – à deux reprises en tout et pour tout dans sa vie. La dernière fois remontait à quelques années de cela, quand il était venu en Alveg avec ses parents. Xuven était un solitaire, peu causant voire renfermé d'après son souvenir.

Et après ? songea-t-il. *Il n'est pas Zenel. Pas évident qu'ils s'entendent si bien que cela, sinon ils se verraient plus souvent.*

Pelmen plissa les narines. Tout valait mieux que de rentrer à Durepeaux et devoir admettre devant son père qu'il avait eu raison, qu'il n'avait pas sa place en Alveg. Il regarda autour de lui. L'endroit lui était inconnu, cependant le massif ceinturé de son balcon constituait un point de repère idéal. Il revint donc en arrière, puis redescendit l'escalier à ciel ouvert pour atteindre le deuxième niveau où résidait Xuven. Ne se fiant qu'en partie à sa mémoire, il demanda à plusieurs reprises son chemin, jusqu'à ce qu'une femme entre deux âges portant en guise de serre-tête un ruban aux couleurs chamarrées le lui indiquât, non sans lui décocher un regard suspicieux.

Comme il approchait du but, les lieux lui semblèrent vaguement familiers, ce qui ne fit qu'ajouter à l'angoisse qui lui nouait les tripes. De quelle manière son oncle, cet hevelen qui ne le connaissait pratiquement pas, ce maître d'œuvre – à ce qu'il savait son échoppe lui appartenait – accueillerait-il un Déshérité tel que lui ? Pelmen n'en avait pas la moindre idée.

Lorsqu'il atteignit les abords d'une bâtisse au pied d'une colonne, il sut qu'il était arrivé. La bannière qui claquait au vent sur le frontispice représentait un chariot tiré par un nidepoux – emblème de l'Infatigable Voyageuse, l'un des Aguerris. Les yeux de Pelmen s'abaissèrent sur une silhouette surgie du passé. Les cheveux – tirés en arrière et noués d'une cordelette –, les favoris et la barbe poivre et sel de Xuven avaient blanchi depuis la dernière fois qu'il l'avait vu. Ses triples narines le flairaient avec application, comme si son oncle avait été capable de démêler chacune de ses aventures à l'aide de son odorat. Il y avait de la sagacité dans les grandes prunelles cerclées de gris, mais aussi la méfiance de qui a longtemps vécu seul.

L'oncle et le neveu ne pipèrent mot, puis la voix profonde du premier brisa le silence.

« Tu es venu seul à ce que je vois.

– Oui », répondit Pelmen, la gorge serrée. Il perçut en son oncle divers effluves familiers et d'autres inconnus, qu'il attribua aux marchandises qui devaient se trouver dans la boutique.

« Ne me dis pas : tu as fait le chemin à pied depuis Durepeaux.

– Quelque chose comme ça, dit Pelmen en inclinant la tête.

– Et tous ces efforts simplement pour rendre une visite de courtoisie à ton vieil oncle, j'imagine, fit Xuven d'un ton bourru, sans paraître remarquer l'expression angoissée sur le visage de son neveu. Allons, entre »

Pelmen n'hésita qu'un bref instant avant de lui emboîter le pas. A l'intérieur de l'échoppe, de somptueuses étoffes étaient fixées aux murs, des coffres ouvragés étaient alignés aux côtés de fines statuettes d'ivoire posées sur des peaux de sanrkhas. Mises en évidence sur le comptoir, des parures de pierres précieuses montées sur coquillages rivalisaient de beauté exotique. Il y avait aussi toutes sortes d'objets singuliers dont Pelmen ne comprenait pas toujours l'usage. Sa propre présence lui parut incongrue au milieu de ce faste, si bien qu'il rejoignit sans tarder son oncle dans la pièce adjacente.

Xuven s'affairait dans le garde-manger. Il en sortit un morceau de viande séchée et une galette de fèves. « Tu m'as l'air affamé. Avale ça, tu parleras après.

– Merci, je crois que je pourrais engloutir un nidepoux ! »

Pelmen dévora son plat, et partagea un pichet de bière avec Xuven. Ce dernier fronça ses sourcils broussailleux devant le bol si prestement vidé. Néanmoins il le remplit de nouveau.

Tout en s'alimentant, Pelmen songeait à maître Galn. D'après ce que Teleg lui avait dit, l'herboriste auquel il avait fait appel n'avait pu améliorer son état de santé. Cela signifiait-il que tout espoir était perdu ? Et si cela était encore possible à ce stade, comment lui venir en aide ? *Il a fait le trajet jusqu'ici pour se rétablir, et c'est tout le contraire qui se produit. Ce serait tellement absurde, si je ne devais plus le revoir... Tellement absurde.*

Xuven attendit que Pelmen en eût terminé avant de l'interroger.

« Qu'est-ce qui t'amène ici ? Si tu venais pour les festivités du renouveau et de l'Echange, tes parents t'auraient accompagné n'est-ce pas ? »

Pelmen acquiesça. C'était le moment décisif, celui où il allait devoir s'expliquer et convaincre. Son instinct lui disait de s'en tenir aux faits, il décida de lui faire confiance. « Je me suis enfui » avoua-t-il sans détour. En quelques mots, il relata la traque que lui avaient livrée ses collègues de la tannerie, ne dissimulant ni le rôle joué par son père ni la révolte que ses manœuvres avaient suscitée. Il passa en revanche sous silence l'épisode de Komel, des Déshérités dans le chariot et du shaman. *Pas question de compliquer les choses, elles le sont déjà suffisamment.*

Son récit terminé, Pelmen retint sa respiration. Son avenir allait dépendre en grande partie de cet hevelen qu'il avait en face de lui, et qu'il connaissait si peu. Xuven l'étudiait, impassible.

« Ainsi donc, tu as tenu tête à quatre ouvriers ligués contre toi ?

– J'ai juste réussi à leur échapper.

– Intéressant. Et si j'ai bien compris, tu ne souhaites plus travailler à la tannerie de ton père ?

– Je ne suis pas fait pour ça. J'ai mes seize cycles de vie, je me suis donc acquitté de ma dette envers ma famille. Mon destin m'appartient.

– Fortes paroles… Et comment comptes-tu donc subvenir à tes besoins ?

– En devenant traqueur. Je… je me débrouille avec un arc. J'ai dû laisser le mien à Durepeaux, mais de toute façon il n'était plus à ma taille. Il faudrait juste que je m'en procure un avant le prochain tournoi du Recrutement.

– “Juste” t'en procurer un… Bel optimisme ! Quoi qu'il en soit, ce tournoi n'aura pas lieu avant deux mois. Que vas-tu faire entre-temps ? Où vas-tu habiter ?

– Eh bien… je… j'espérais… je me disais que peut-être, vous auriez besoin d'un apprenti » improvisa Pelmen.

Xuven, qui s'était rapproché d'une fenêtre, inclina le visage sans montrer de surprise et s'abîma dans la contemplation du paysage.

Pelmen l'observa avec appréhension. Son oncle ne faisait plus un mouvement, c'était à croire qu'il s'était mué en un prolongement inerte du rebord de l'ouverture. Le silence s'éternisait. Pelmen demeurait suspendu aux lèvres de Xuven, ses doigts ne cessant de s'entremêler.

« Un vieil hevelen m'a un jour aidé dans des circonstances similaires. »

Pelmen se pencha en avant. La voix était à peine audible, comme si Xuven se parlait à lui-même. Son oncle pivota pour le fixer dans les yeux. « Tu peux me tutoyer, nous sommes en famille. Mais que ce soit clair, je ne vais pas faire de toi mon apprenti pour que tu me quittes au bout de deux mois. Tu pourras être traqueur, mais tu seras à mon service. Ce qui veut dire qu'aussi longtemps que tu seras avec moi, tu devras m'obéir. »

Pelmen avait à peine prêté attention aux dernières paroles.

« Tu pourras être traqueur ! » « Tu pourras être traqueur ! » Les mots dansaient dans son esprit, s'il s'était écouté, il aurait laissé ses jambes suivre le rythme. Les yeux brillants, il demanda :

« Est-ce que… je participerai donc au tournoi du Recrutement ?

– J'y compte bien.

– Je ne sais comment vous… comment te remercier.

– Comment ? C'est bien simple, en m'aidant ici, à la boutique. Et en m'escortant quand je me rends de ville en ville.

– Ce serait un honneur… et même, un plaisir ! Mais au cas où… je réussirais ma formation, je ne sais si on me donnera l'autorisation de travailler pour toi. »

Xuven eut un geste vague de la main. « Cela ne posera aucun problème. Les négociants comme moi ont toujours besoin d'au moins un garde pour préserver leurs biens.

– C'est vrai, je n'y avais pas pensé… C'est une excellente chose ! Alors, c'est d'accord ? C'est bien certain ? Tu me prends à ton service ?

– Demande-le encore une fois, et je pourrais bien revenir sur ma décision.

– Ah ? C'est que… » Pelmen secoua la tête. Dans sa courte existence, il avait si longtemps été tanneur... L'idée d'assurer son quotidien en maniant un arc avait été un grand espoir, mais surtout un rêve. Et tout à coup, en l'espace de quelques jours à peine, voilà que cela devenait si concret ! Etait-ce cela, la vie ? Une main tendue, qui vous tirait de votre fange et vous forçait à contempler le monde sous un jour différent ?

Les commissures des lèvres de Xuven étaient arquées en un imperceptible sourire. Il guida Pelmen jusqu'à la réserve à l'étage, une pièce spacieuse dotée d'une simple lucarne, à moitié vide, où quelques vieux coffres et tonneaux en désordre prenaient la poussière. Il désigna l'un des coffres. « Tu trouveras de la paille à l'intérieur. De quoi t'aménager une litière convenable. Mais tout d'abord, un nettoyage des lieux s'impose. » Il lui tendit un balai. « Redescends quand tu auras terminé. »

Sa tâche accomplie non sans force éternuements et quintes de toux, Pelmen eut encore à se laver dans un baquet d'eau froide. Grande fut sa stupeur, après s'être séché, de voir son oncle lui tendre pantalon de cuir et chemise de chanvreline.

« Ils devraient être à ta taille, expliqua Xuven comme si son présent n'était que broutille. Mon neveu doit être dignement vêtu en ce jour de fête. D'ailleurs, tu pourras garder ces vêtements. Je ne voudrais pas que mes chalands tournent les talons en t'apercevant. Et nous laisserons tes cheveux repousser. »

Pelmen en resta sans voix. Il s'empressa de s'habiller, mais n'ayant jamais porté que le pagne, il se sentait mal à l'aise sous le regard évaluateur de son oncle.

Il s'y habituerait. Il s'habituerait à ses nouveaux vêtements.

« Aurais-tu des tâches à me confier, mon oncle ?

– Pas aujourd'hui. Je suggère que tu te familiarises avec les lieux, cela rendra les choses plus faciles. Visite Alveg et profite des réjouissances, tu ne commenceras à travailler que demain.

– Je te remercie. Euh... Tu vas me dire que j'abuse de ta bonté, mais...

– Oui ?

– Connaîtrais-tu un herboriste ? Un très bon herboriste ? J'ai un ami qui vit ici en Alveg et... Son père est au plus mal. Je leur dois beaucoup, à tous deux.

– Il y a Bugen Herberas. Si lui ne peut rien, ce ne sera pas la peine de chercher ailleurs. Je vais t'indiquer où le trouver... »

Suivant les indications de Xuven, Pelmen emprunta de nouveau le balcon en forme de corniche. Il traversa de nombreuses passerelles et grimpa sur un escalier en colimaçon le long d'une colonne.

Bugen Herberas n'était pas chez lui. Selon son apprenti, qui lui en fit la description, il assistait aux festivités. Pelmen insista sur l'urgence de la situation et le novice lui indiqua où son maître lui avait dit qu'il se rendait.

Comme il redescendait jusqu'au pied du massif, Pelmen se joignit à maints hevelens de tous âges et de toutes conditions qui avançaient dans la même direction. Les mines étaient décontractées voire joviales, chacun paraissait se réjouir à l'avance. Pelmen se remémora ses séances d'entraînement avec Teleg et maître Galn, ce sourire rayonnant sur la figure burinée de son mentor. *« Tu vois Teleg, Pelmen au moins a compris la technique ! »*

Le flot ininterrompu s'engouffrait dans un canyon, de sorte que l'espace entre les individus s'était peu à peu resserré. Deux branches divisaient le canyon, dont l'une, sinueuse mais très large était jonchée de conglomérats de rochers et de veguer'en anormalement proches les uns des autres. Le vent se ruait entre les parois en mugissant, mais c'était à peine si les végétaux ployaient. Des escaliers en pierre avaient été taillés de chaque côté de la gorge, et nombreux étaient les spectateurs à avoir déjà pris place sur les falaises, lesquelles avaient selon toute apparence été aménagées pour recevoir du monde.

L'apprenti avait parlé d'une course d'Ailes d'Aoles, précisant que Bugen Herberas devait se trouver non loin de la tribune des Aguerris. Il serait vêtu de vert et aurait une balafre sur la figure. A mesure que Pelmen s'approchait de la tribune en question, les spectateurs étaient parés de vêtements plus luxueux – certains arboraient même des bijoux. Voir autant d'Opulents à la fois était un spectacle en soi. Les Aguerris étaient installés en fastueux aréopage dans toute la largeur de l'impasse que formait le corridor, en face d'un piton rocheux insolite, perforé en son centre. Cet anneau creusé par quelque force de la nature faisait face à une crête sur laquelle poussaient deux veguer'en. A la manière dont ces derniers étaient disposés, il était clair que le passage dans l'anneau désignerait le vainqueur.

Pelmen scruta longuement le public. Son regard se posa sur une silhouette répondant à la description.

Un traqueur aux larges épaules, appuyé sur une imposante hache en silex, gardait l'accès à cette partie des gradins. Pelmen l'accosta et s'efforça de le persuader de le laisser passer. Tout en expliquant à quel point il était vital pour « son maître » de recevoir des soins de toute urgence, il se demandait si son crâne rasé ne compromettait pas ses chances. C'est alors qu'une puissante clameur retentit parmi les spectateurs. Pelmen suivit la direction du regard du traqueur. De grandes voiles venaient d'apparaître sur un plateau surplombant l'entrée du canyon.

« Si tu causes du désordre, je viendrai moi-même m'occuper de toi » avertit le garde en faisant signe d'avancer.

Pelmen poussa un soupir de soulagement. Il grimpa en hâte et s'assit à côté de l'individu au visage parcheminé, zébré d'une profonde entaille – excédé par l'intrusion, à en juger par sa mine. Une statuette d'ivoire pendait à son cou et il avait sur le côté une besace qui devait, s'il ne s'était trompé, contenir des herbes médicinales.

« Vous êtes bien maître Bugen Herberas ? » s'enquit Pelmen.

Pour toute réponse, il obtint un vague grommellement.

« Mon… oncle est gravement malade et a besoin de vos services... le plus tôt possible. »

L'hevelen lui décocha un regard vindicatif. « Par Valshhyk, comment oses-tu me déranger en pareil moment ?

– Quand le souffle de l'un des miens menace de s'éteindre, je suis prêt à tout. Je vous en prie, vous êtes mon dernier recours ! Tous les soins ont échoué jusqu'à ce jour. On dit qu'il n'y a pas meilleur herboriste que vous. Mon oncle est menuisier et vous pourrez choisir l'objet de votre choix dans l'échoppe. »

Quoiqu'il se sentît mal à l'aise en faisant ce marché, Pelmen estimait ne pas s'être trop avancé.

A l'énoncé des derniers mots, le courroux sur le visage de Bugen sembla s'atténuer. L'herboriste observait fixement l'entrée de la gorge. Là-bas sur la crête s'alignaient les quinze concurrents. Les Ailes, de couleurs variées, se constituaient de deux voiles dont l'une en queue avait la forme d'un demi-cercle. Bientôt les cavaliers du vent s'élanceraient, se mettraient à planer et ne feraient plus qu'un avec leur engin.

« Voici ma décision, lâcha finalement Bugen. *Si*, je dis bien *si* tu me portes chance et que mon favori l'emporte, j'accepterai de t'aider. »

Pelmen, écœuré, fronça les narines. C'était là un divertissement cruel de la part de l'herboriste, mais qui ne le surprenait qu'à moitié. La plupart des hevelens avaient le jeu dans le sang, rien ne les grisait davantage que de parier puis de se sentir porté par la chance. Tout était bon pour obtenir les faveurs d'Aoles, dieu du vent, de la fortune et du destin.

« Quel est votre favori ? demanda-t-il.

– Le messager de Tchulen Poindivoire. L'Indomptable Traqueur, si tu préfères. Celui qui dirige l'Aile rouge aux défenses blanches. »

En cet instant, la luminosité ambiante s'affaiblit. Pelmen crut qu'un simple nuage en était la cause, mais plusieurs spectateurs avaient le visage tourné vers le ciel. Là-haut, Astar n'était plus parfaitement circulaire. Sur une portion de sa circonférence, un croissant noir était apparu et s'agrandissait en dévorant la lumière. Le sentiment coutumier de crainte respectueuse saisit Pelmen. Le moment de la rencontre entre la déesse Tinmal et le dieu-soleil, créateur de toutes choses, était arrivé. Les Avisés en avaient prédit la période, mais le jour exact demeurait jusqu'au bout un mystère. L'assistance bruissait de murmures. Si Tinmal avait choisi une telle circonstance pour s'unir à Astar, assurément elle consacrait la course de ses faveurs ! Peu à peu, un silence révérencieux s'établit. Le cercle sombre de la déesse-lune se superposa à Astar, délimitant ses contours d'une lumière irisée. Pas une rencontre n'était identique à la précédente. Parfois c'était à peine si Tinmal osait frôler l'immense boule en fusion, en d'autres occasions, comme ici, elle s'y englobait tout entière.

Il sembla à Pelmen qu'il faisait tout à coup un peu moins chaud, bien qu'Astar continuât de dispenser ses rayons autour de son élue. Quelques instants s'écoulèrent ainsi, puis lentement, la lune s'effaça avant de disparaître. Quand les conversations reprirent, ce fut d'abord sur un mode feutré, comme si les spectateurs s'éveillaient d'un rêve.

« Les Aguerris ont donné le signal, annonça Bugen

Herberas, la course va commencer. »

En une impulsion commune, les Ailes s'élancèrent et entamèrent leur descente. Propulsées par l'énergie des veguer'en, elles s'égayèrent de-ci de-là, à l'exception de celles qui choisirent le plus court chemin. Deux d'entre elles s'accrochèrent et allèrent s'écraser au sol, leur cavalier culbutant sur plusieurs coudées. L'un s'efforça péniblement de se relever tandis que le second demeura étendu, inerte.

L'Aile rouge de l'Indomptable Traqueur, aisément repérable, n'avait pas été impliquée dans l'accident.

Ce fut un sidérant manège de voiles s'entrecroisant, les concurrents les plus adroits se fiant à leur instinct pour se pencher au dernier moment, épousant les contours des rochers dans leur vol. Ceux qui se ménageaient une marge de manœuvre plus importante étaient condamnés à rester en retrait. L'Aile rouge n'était pas la moins téméraire, elle louvoyait avec précision entre les obstacles. Son cavalier n'hésitait pas à frôler les veguer'en pour tirer le meilleur parti de leur souffle.

Plusieurs concurrents s'abîmèrent sur des rochers. Sur les falaises, les hevelens criaient, huaient, étaient prostrés à genoux, la tête entre les mains ou au contraire bondissaient avec ferveur. Bugen Herberas s'était levé, l'œil rivé sur les rescapés. Pelmen en fit autant. L'Aile rouge avait encore du retard sur les deux premières. Jusqu'à présent, la jaune sur laquelle figurait une double hache entrecroisée et la blanche décorée de motifs turquoise avaient bénéficié des courants les plus favorables. Il devint évident que l'une de ces deux-là allait l'emporter quand elles surgirent au-dessus d'un bloc de granit à toute allure, leur cavalier positionnant avec maestria leur voile arrière devant les ultimes veguer'en, ceux qui les propulseraient vers l'anneau de pierre synonyme de victoire.

L'assemblée retint son souffle.

Les deux cavaliers eurent la même idée. Chacun chercha à couper la route de son adversaire. Un bruit mat résonna, celui des armatures de bois s'entrechoquant. Les Ailes, l'extrémité toujours pointée vers le ciel, furent écartées de la trajectoire idéale. Si la blanche accepta son destin, évitant l'anneau et effectuant une gracieuse courbe avant de se rétablir, le cavalier de la jaune s'évertua quant à lui à passer coûte que coûte, basculant son corps pour la réorienter. Il n'aboutit qu'à s'écraser sur l'arête de l'anneau. Sa chute chaotique de quelques dizaines de pieds fut accompagnée d'un silence stupéfait.

Aussitôt après, les vivats montèrent de nouveau puis explosèrent quand l'Aile écarlate traversa l'anneau en vainqueur. Des hevelens se précipitèrent au secours des concurrents blessés ou inanimés qui gisaient à terre. Nombreux furent ceux qui se massèrent autour de l'Aile de l'Indomptable Traqueur pour féliciter son cavalier.

Pelmen soupira d'aise, bien que ses inquiétudes fussent loin d'être toutes levées. *Pourvu qu'il ne soit pas déjà trop tard. Sinon, tout cela n'aura servi à rien.*

Toute dignité abandonnée, Bugen Herberas avait quant à lui entamé une gigue en brandissant les bras au ciel. Il se pencha vers l'un de ses voisins qui faisait une mine de six pieds de long et empocha son enjeu, un bracelet scintillant. Une partie des spectateurs se mettait en devoir de quitter le canyon, mais la majorité restait assise. Bugen, de bien meilleure humeur, accepta d'accompagner sans plus tarder Pelmen. Sur le chemin, ils croisèrent une colonne de chars tirés par des nidepoux – les courses n'étaient pas encore terminées. Ils parvinrent aux abords du moulin d'Aoles le plus proche, dont Bugen régla avec désinvolture le droit de passage. Pelmen, pour qui l'expérience était inédite, considéra avec respect les trois cents pieds de hauteur de la roue. Lors de sa visite précédente, il avait appris l'existence d'un conduit creusé à la diagonale sous chacun des moulins. « Au fond poussent des veguer'en qui reçoivent le don d'Aoles par l'entremise d'un tunnel en pente douce débouchant à l'air libre », avait dit le passeur.

Pelmen grimpa dans la nacelle déjà occupée par Bugen et attendit que l'on détache les amarres. En contrebas, un hevelen au dos musclé débarra la trappe du conduit tout en la retenant par la poignée. Alors, les voiles reliées aux nacelles se gonflèrent, l'armature de bois gémit et le moulin se mit à tourner. Quand ils passèrent au-dessus de l'axe de l'ouverture, Pelmen éprouva pour la deuxième fois de la journée la grisante sensation d'être porté par une main invisible. Après plusieurs arrêts successifs de la roue, ils débarquèrent à leur tour sur une immense plate-forme, sur laquelle se dressaient diverses échoppes d'artisans et les étals d'un marché permanent.

Pelmen connut quelques hésitations durant le reste du trajet, provoquant les récriminations de Bugen, mais enfin, il repéra la bannière déjà aperçue. Cette fois, ce fut Alicène qui ouvrit. Ses cheveux étaient défaits et son visage, plus pâle qu'à l'accoutumée, refléta sa surprise. Elle contempla Pelmen de pied en cap, puis la personne qui l'accompagnait.

« Je t'amène Bugen Herberas, dit Pelmen en rougissant, herboriste de grand renom. » Ce disant, il scrutait la jeune hevelen. A ce qu'il put en juger, sa mine n'était pas entièrement déconfite, ce qui signifiait que tout n'était peut-être pas perdu. Sa réaction lui confirma cette première impression, car elle s'inclina devant Bugen. Teleg accourut à son tour, les sourcils froncés. Pelmen se porta à sa rencontre.

« Comment va ton père ? demanda-t-il.

– Il se repose » répondit Teleg. Il grimaça. « L'herboriste a dit qu'il ne pouvait plus rien pour lui.

– Oh, Teleg… Excuse-moi de te demander ça, mais cet herboriste, tu le connais… bien ?

– Qu'est-ce que tu crois ? Qu'on a eu le temps de choisir, en arrivant ?

– Justement, c'est de ça que je voulais te parler. Celui qui m'accompagne s'appelle Bugen Herberas. D'après mon oncle, c'est le meilleur herboriste d'Alveg. Le meilleur, tu entends ? En échange de ses services, je lui ai promis qu'il pourrait choisir l'objet de son choix dans l'atelier de ton père.

– Je ne sais pas... Il a déjà reçu tant de remèdes. Je me

demande si nous ne devrions pas le laisser en paix. »

Pelmen saisit son ami par les épaules et le secoua. « Teleg ! Ne dis pas ça ! On doit lutter, tant que le souffle est encore en lui, tu comprends ? Sinon, plus tard, tu seras le premier à regretter de ne pas avoir tout tenté.

– Il a raison » fit Alicène.

Les paupières baissées, Teleg ne disait rien. Puis il redressa la tête. « D'accord. Je n'ai pas assez dormi ces deux dernières nuits et je n'ai pas l'esprit clair. Il peut aller le voir. »

Bugen exigea qu'on le laisse seul pendant qu'il examinait le malade.

Pelmen avait commencé à faire le tour de l'atelier à grands pas fiévreux quand ses yeux croisèrent ceux d'Alicène. Il y lut tant de chagrin qu'il se dirigea vers elle et lui pressa la main – aussi moite que la sienne. Chaque seconde écoulée rendait plus lourde l'atmosphère. De grandes jarres, des barriques et des coffres s'entassaient en désordre, non loin de planches et outils de pierre usagés. Alicène s'empara d'un chiffon et se mit en devoir de faire la poussière. Ses gestes étaient répétitifs et elle repassait souvent aux mêmes endroits. Teleg s'approcha de sa sœur et lui suggéra de s'asseoir. De son bras il lui entoura maladroitement les épaules et ils demeurèrent ainsi, frêles brindilles entrelacées. Il n'y avait rien d'autre à faire que d'attendre et tourner ses pensées vers Aoles, père des hevelens. Pelmen avait réussi à se contraindre à l'immobilité et fixait le plafond avec intensité, comme si la réponse à toutes ses interrogations s'y trouvait.

Enfin, Bugen sortit de la chambre, la mine grave. Il fit signe de le suivre à l'extérieur.

« Le mal des poumons est étendu, déclara-t-il, c'est un fait. Je refuse pourtant de croire que tout espoir est perdu. Je vais vous envoyer mon apprenti avec des mixtures de ma composition. L'une de couleur jaune et l'autre, verdâtre. La jaune le fortifiera et lui permettra de se remettre provisoirement sur pied. Il devra en prendre deux fois par jour, mélangé à ses aliments. L'autre lui permettra de supporter les crises les plus graves sans trop souffrir.

– Vous pensez qu'il va se remettre ? demanda Teleg.

– Il se portera mieux quelques jours, puis il risque d'y avoir des rechutes. S'il y survit, il sera sauvé. »

Alicène avait redressé les épaules. Son regard brillait d'un éclat plus vif.

Bugen choisit un ocarina finement sculpté en manière de rétribution. Il prit congé d'un hochement de tête. Teleg murmura quelques mots à sa sœur, laquelle se dirigea vers la chambre de maître Galn.

Pelmen se racla la gorge. « Puis-je... voir ton père ?

– Bien sûr. » Teleg précéda son ami jusqu'à la chambre, de laquelle émanait une odeur écœurante.

Dans la lumière tamisée, il était difficile de distinguer les traits de Galn. Comme il regardait mieux, Pelmen prit conscience, la gorge serrée, de l'état de celui qui avait été son mentor. Ses paupières chassieuses étaient à demi refermées, de trop longs cheveux gris lui retombaient en désordre sur les épaules et ses rides s'étaient encore creusées depuis la dernière fois.

Pelmen réalisa qu'Alicène le dévisageait. Il voulut se composer un air dégagé, mais fut bien en peine d'y parvenir.

« Bon... bonjour mon garçon. » La voix était à peine plus qu'un murmure, un souffle rauque. « Tou... toujours aussi triste, l'Emer...veillé. » Pelmen eut soudain envie de se détourner et de fuir, aussi loin qu'il le pouvait. Au lieu de cela, il bredouilla quelques mots maladroits :

« Vous... vous souffrez beaucoup ?

– Ça... ça va. Tu t'entraînes toujours à l'arc ?

– Euh... oui, oui, bien sûr. »

Maître Galn cilla, comme si maintenir son attention lui demandait un effort.

« Il vaut mieux le laisser se reposer un peu », dit Alicène.

Pelmen salua maître Galn d'un sourire contraint, puis ils battirent tous trois en retraite dans l'atelier.

« J'aimerais pouvoir rester ici jour et nuit, fit Pelmen.

– Je… je suis désolé… de t'avoir traité comme je l'ai fait, hier, articula Teleg.

– C'est déjà de l'histoire ancienne, crois-moi.

– Tu peux rester, bien sûr. Aussi longtemps que tu le voudras.

– Merci, mais… A la vérité, mon oncle Xuven a accepté de m'héberger. Tu vois, une partie de moi ne demande qu'à rester ici, mais il s'est montré très généreux en acceptant de me prendre à son service. Je dois devenir son apprenti, je ne voudrais pas lui faire faux bond.

– Je vois, dit Teleg en paraissant s'aviser pour la première fois de la tenue de Pelmen. Au fait, que devient N'a Qu'un Œil ? »

Pelmen tordit le nez. « Il m'a fallu l'abandonner. Et aussi l'arc que tu m'avais offert. Je ne pouvais pas faire autrement. » Et Pelmen de narrer en quelques phrases sa fuite de Durepeaux, évitant de nouveau de mentionner l'aide qu'il avait reçue. Il y avait quelque chose de gênant à évoquer cet épisode – avoir rejoint des réprouvés en se cachant dans un tonneau pour échapper à son père n'était pas plus que cela un motif de fierté. Quant à la tentative de meurtre à laquelle il avait survécu, Pelmen n'était plus certain d'y croire, tant le shaman semblait surgi de ces contes déclamés par les Avisés.

« Ton père est vraiment un… je préfère me taire, fit Teleg. Je suis désolé, surtout pour ton ptat. Je m'en veux encore plus de t'avoir si mal reçu.

– Tu n'as pas à t'en vouloir. Je crois comprendre ce qui t'est arrivé. Tu n'étais plus toi-même.

– Cela nous est tombé dessus à un si mauvais moment…

– Je sais.

– Heureusement que les amis sont là pour alléger les fardeaux » dit Alicène.

Le frère et la sœur le considérèrent et Pelmen fit de son mieux pour ébaucher un sourire.

CHAPITRE QUATRE

UN ARC POUR PELMEN

Les premiers jours suivant son établissement en Alveg, les activités de Pelmen à l'échoppe lui procurèrent un dérivatif auquel il se raccrocha autant qu'il le pouvait. Xuven l'avait prié dans un premier temps de se tenir en retrait et de l'observer mener les négociations. De la sorte, Pelmen apprenait la valeur des divers étoffes, tapis, coussins, bijoux, parfums, onguents, outils et objets en tout genre. Enlever la poussière ou bien disposer les marchandises selon les instructions de son oncle n'étaient pas des corvées quand on en comprenait la nécessité. Pour la première fois, il se sentait utile. Et surtout, il parvenait à penser à autre chose qu'à maître Galn, à Mils et à Dryna qui lui manquaient.

Au troisième jour de son arrivée, Pelmen se demanda avec plus d'acuité que jamais si son mentor avait survécu à sa maladie. L'après-midi tirait sur sa fin et il se tenait sur le seuil de l'échoppe, contemplant les plates-formes sur les hauteurs. La veille, il avait pour la centième fois repoussé l'idée d'aller rejoindre Alicène et Teleg. Il ne voulait pas s'imposer ou faire preuve d'indélicatesse, du moins c'est ce qu'il s'était dit. L'excuse ne valait pas mieux que du crottin de nidepoux, évidemment. C'était bien la figure hâve, jaunie du maître d'œuvre qui ressurgissait quand il pensait à lui. Ce n'était pas ce

Galn-là qu'il désirait revoir. Par-dessus tout, il redoutait d'avoir à affronter le pire.

Une silhouette qui s'avéra être celle de Teleg s'approcha. Son ami arborait un sourire rayonnant.

« Il va mieux ? demanda Pelmen, le cœur battant soudain beaucoup plus fort.

– Nettement mieux ! s'exclama Teleg. Le remède de ton herboriste a fait effet au-delà de toute espérance. Son appétit est revenu et il quitte plus souvent son lit. Et ce n'est pas tout, il veut maintenant reprendre une activité normale ! Alicène et moi avons toutes les peines à le réfréner !

– Formidable !

– Il a demandé à te voir, bien sûr. »

Une telle requête ne présentait aucune difficulté car Xuven avait donné à son neveu quartier libre pour la soirée. Pelmen le prévint de son départ et se joignit à Teleg. « C'est fantastique, dit Pelmen tandis qu'ils marchaient. Je peux te l'avouer, maintenant, j'ai vraiment eu peur.

– Tu n'es pas le seul. Alicène et moi ne savions pas trop ce que nous allions devenir, sans lui. »

Maître Galn avait en effet repris des forces. Ses gestes étaient certes empreints de lassitude, mais sa peau tirait moins sur le jaune et il se tenait debout. Pelmen sentit la tension accumulée les derniers jours se libérer en ondes apaisantes. Il parvint enfin à sourire à son mentor.

« On dirait que je reviens de loin, dit maître Galn. Je te dois une fière chandelle, à ce que m'a dit Teleg ?

– Oh, j'ai eu beaucoup de chance, fit Pelmen.

– Au contraire, l'Emerveillé, tu t'es montré particulièrement inspiré. Comme lorsque tu écoutes Aoles en tirant à l'arc. »

Pelmen eut un sourire quelque peu contraint.

« Teleg m'a appris que ton arc n'était plus en ta possession ? questionna maître Galn.

– C'est hélas vrai.

– Et tu souhaites malgré tout t'entraîner pour le tournoi du Recrutement ? »

Pelmen acquiesça.

« Je vais t'en fabriquer un, c'est le moins que je puisse faire.

– Je n'en demande pas tant, dit Pelmen sans parvenir à masquer son allégresse.

– Le seul problème, c'est que dans l'état de forme où je suis, il ne sera pas prêt avant le début du Tournoi. Mmm... En attendant, tu prendras donc le mien. »

Les narines de Pelmen se dilatèrent. « Vous voulez... me prêter... votre arc ?

– Ah ! revoilà bien l'Emerveillé que je connaissais ! Tu n'étais plus toi-même, ces derniers temps. » Il lui fit un clin d'œil.

Pelmen voulut se confondre en remerciements, mais maître Galn l'interrompit :

« Il faut mettre toutes les chances de ton côté, dit-il en reprenant son sérieux. D'ailleurs, ne te crois pas si facilement tiré d'affaire, je compte bien participer à la plupart de tes entraînements. »

Alicène, jusque-là occupée à disposer des vêtements dans un coffre, se tourna vers son père.

« Pas dans les prochains jours, en tout cas. Tu es encore beaucoup trop faible. »

Maître Galn eut une moue de dépit. « Tu vois ce que c'est, dit-il en s'adressant à Pelmen, je ne suis même plus maître dans ma propre maison.

– Il faut être raisonnable, dit Pelmen d'un ton conciliant.

– Si même toi tu lui donnes raison, alors... Bon, viens avec moi. »

Maître Galn conduisit Pelmen dans sa chambre, lui désignant un coffret allongé, décoré de motifs bleus et qui avait connu des jours meilleurs. Pelmen n'avait nul besoin de l'ouvrir pour savoir ce qu'il renfermait. Le grand arc était en bois doré d'élancé, réputé pour sa souplesse et sa résistance.

« Je n'en suis pas digne, murmura-t-il.

– Au contraire. A part moi, tu es l'une des personnes le mieux à même d'en tirer parti. Bien sûr, il te faudra du temps, et peut-être quelques conseils.

– Quand vous irez mieux, cela va de soi.

– Humpf. Je me sens bien. Allons, prends-le. »

Pelmen étreignit Galn, la gorge nouée. Il sentit à quel point le père de Teleg avait maigri.

« Va donc tirer quelques épines » fit maître Galn d'un ton bourru en se dégageant.

Bien que visiblement fatigué, son mentor ne s'assoirait pas en sa présence. Pelmen ne fut pas long à s'emparer du coffret et à quitter la pièce. Par une fenêtre, il vit qu'Astar avait rejoint la ligne d'horizon. Teleg, qui avait suivi son regard, eut un sourire.

« Vas-y. On se reverra bientôt, j'ai encore du travail ce soir. »

La plate-forme du divertissement, l'une des quatre majeures où se trouvait le champ de tir, était aisément repérable. L'arc de maître Galn s'avéra nettement plus puissant que celui fabriqué par Teleg. Il nécessiterait bel et bien un temps d'adaptation – cette première séance se solda par un fiasco. En rentrant à l'échoppe de Xuven, cependant, Pelmen envisageait l'avenir avec confiance. Au bout du compte, il parviendrait à le maîtriser.

Le lendemain soir, son oncle surprit Pelmen en lui proposant d'assister à son entraînement. Un peu anxieux, ce dernier s'empressa d'aller chercher arc et épines. Xuven l'arrêta d'un geste.

« Tes capacités de lutteur te seront tout aussi nécessaires pour réussir le tournoi du Recrutement. La perspective d'un combat ne t'effraie pas, j'espère ? Les années ont fait de toi un solide gaillard.

– Tu crois ?

– Ta modestie t'honore ! Allons-y mon garçon. »

Pelmen n'avait qu'un goût modéré pour l'affrontement direct, mais ne trouva rien à répondre.

Sous les derniers feux d'Astar, l'immense esplanade balayée par le vent rougeoyait. Des clameurs s'élevaient de plusieurs arènes de pierre. Çà et là, des novices armés de massues frappaient des mannequins de bois, des jeunes gens munis d'anneaux s'alignaient en face de piliers tandis que sur le champ de tir, des archers faisaient jaillir leurs longues épines vers des cibles arrimées au sol. Tout près du bord de la plate-forme, réunis en cercle autour de leur Aile conféraient des cavaliers du vent.

Xuven guida Pelmen jusqu'à une estrade sur le pourtour de laquelle se tenaient une poignée d'hevelens aux membres luisants. Tous les regards étaient braqués sur deux lutteurs dont l'un aux boucles rousses et aux larges épaules s'apprêtait à recevoir la charge de son rival. Les planches gémirent et tremblèrent sous les pieds du pachydermique individu, dont la bedaine ballottait au gré de ses mouvements. La chevelure flamboyante allait bientôt voler au vent, projetée telle fétu de paille...

Mais non, ce fut plutôt une liane tenace qui s'enroula autour de sa proie. L'hevelen aux cheveux de feu avait enserré de ses bras le cou grasseyant de son adversaire, lequel tournoyait et se démenait en pure perte.

« Oui, vas-y Arlèce ! Fais-le tomber ! » entendait-on.

De ses genoux enfoncés sous les côtes, l'habile gaillard fit fléchir puis s'effondrer sa victime. Le dénommé Arlèce maintint sa prise à la gorge tant que l'assemblée ne l'eût pas déclaré vainqueur par acclamation.

« Voilà un adversaire qui devrait te convenir, murmura Xuven à son neveu. Tu le trouveras peut-être indigne de toi puisqu'il n'est pas encore traqueur, comme d'ailleurs tous les novices autour de cette estrade. Mais il faut bien commencer. »

Pelmen dévisagea son oncle, qui n'avait aucunement l'air de plaisanter, puis le vaincu étendu au sol, dont la face hâlée avait pris une teinte violacée et qui se tenait le cou en s'efforçant de recouvrer sa respiration.

« Je... je ne sais pas, dit Pelmen en pâlissant. Peut-être qu'il vaudrait mieux que je commence... avec quelqu'un d'autre ? »

Un sourire condescendant aux lèvres, Arlèce toisait de toute sa hauteur sa victime. Il arbora un air suffisant pour embrasser l'assistance du regard.

« Allons donc ! Son visage ne te revient pas, c'est ça ? Vois-le donc se pavaner ! C'est le moment de lui rabattre de sa superbe. Hep ! Par ici ! Mon neveu se porte volontaire ! »

Et Xuven de pousser Pelmen entre les omoplates, le faisant

trébucher jusqu'à l'estrade.

« Qu'est-ce que c'est ? Tu prétends m'affronter, crâne rasé ? » Les yeux bruns d'Arlèce brillaient d'une lueur de plaisir anticipé. Par-dessus des relents d'huile, sa peau exhalait un parfum que Pelmen aurait cru réservé à la gent féminine.

« Eh bien…

– Alors, respecte les règles. Retire ta chemise et rejoins-moi. Si tu sors de l'aire de combat, tu auras perdu. Mais ça n'arrivera pas, tu auras mordu la poussière bien avant ! »

Pelmen ne pouvait se dérober sans passer pour un lâche. Sous les regards moqueurs d'Arlèce et de ses compagnons, il enleva sa chemise et s'apprêta à grimper sur l'estrade. Xuven le retint par le poignet.

« Enduis-toi de graisse, auparavant. Sinon, tu seras désavantagé. » Il lui désigna un pot en argile au pied de l'estrade et Pelmen alla se badigeonner à grands gestes saccadés. Puis il rejoignit son antagoniste, s'efforçant de ne pas baisser les yeux ni de courber les épaules. Tous muscles contractés, Pelmen guetta le moindre mouvement. Arlèce le jaugeait les bras croisés. Soudain il bondit et abattit son pied au sol, faisant tressaillir Pelmen qui recula.

Arlèce se retourna vers l'assistance en éclatant de rire, les mains sur les hanches, ce qui déchaîna jovialité et lazzis à l'encontre du nouveau venu. Furieux, Pelmen se rua sur le mauvais plaisant. Il voulut l'agripper pour le jeter bas, mais l'autre esquiva et ses doigts glissèrent sur la peau huileuse.

« Tu veux savoir qui est le plus fort, c'est ça ? » dit Arlèce.

Vivement, il le saisit par les avants-bras. Il se mit à pousser avec une telle vigueur que Pelmen, surpris, recula de trois pas avant de parvenir à bloquer son élan.

Ce type de joute ne lui faisait pas peur. Il mobilisa toute son énergie et avec un grognement, pesa sur ses jambes. Un pas, puis deux. Ce fut au tour d'Arlèce d'afficher une expression étonnée. Pelmen ne relâcha pas son effort. Alors qu'ils se rapprochaient de l'extrémité de l'estrade, il lut dans les yeux d'Arlèce l'inquiétude et même un début d'affolement. Encore un pas et la victoire serait sienne.

Arlèce lâcha brutalement prise. Pelmen, qui s'y attendait, réfréna son élan avant de se mettre hors de portée de crainte d'une nouvelle traîtrise.

Ils revinrent tous deux vers le milieu de l'arène. Le sourire d'Arlèce s'était mué en un rictus hautain. Ils évoluèrent en cercle, se rapprochant l'un de l'autre. Pelmen était bien décidé à laisser Arlèce prendre l'initiative pour mieux le contrer. Comme il l'avait prévu, le poing d'Arlèce jaillit, et il leva le bras pour se protéger le visage. Mais ce n'était qu'un leurre et en un éclair, le combat fut joué. Arlèce lui empoigna le bras et lui décocha un terrible coup de genou qui l'atteignit à l'abdomen. Le souffle coupé Pelmen se plia en deux tandis que son adversaire, d'un mouvement tournant, lui tordait le bras et le projetait au sol d'une manchette sur la nuque.

Pelmen, sonné, ne ressentit pas pleinement l'humiliation quand, de sa jambe, l'autre pesa sur son dos tout en lui plaquant d'une main la figure contre les planches. Au travers du brouillard dans lequel il se débattait, il entendit cependant la voix d'Arlèce lui murmurer à l'oreille :

« Tu te bats comme un Déshérité ! »

Sur le chemin du retour, la souffrance morale se révéla plus vive encore que les séquelles du combat, si bien que Pelmen n'osait lever la tête vers son oncle.

« Tout cela n'est guère probant, dit Xuven. Tu possèdes apparemment la force, mais pas la technique. »

Pelmen, amer, ne put le contredire. Il hésita, lança un coup d'œil vers son oncle.

« Tu… tu voudrais m'entraîner ?

– Certainement pas ! »

Pelmen baissa de nouveau la tête, accablé.

« Je ne connais rien à l'art de la lutte. Et avec un arc, tu es meilleur ?

– Oui… enfin, je crois. Je ne me suis jamais mesuré avec quelqu'un d'Alveg.

– Le moment venu, il faudra là aussi que tu me montres

ce que tu vaux... » Xuven soupira. « Heureusement que tu te rends utile à la boutique. »

Arlèce était un adversaire de taille, et Pelmen songea qu'il lui serait difficile de combler l'écart de niveau d'ici le début du tournoi. S'il y parvenait, cependant, les chances que ses talents de combattant séduisent les représentants de l'Indomptable Traqueur seraient accrues. Il lui fallait trouver un maître afin de gagner cette course contre le temps.

Impossible de compter sur maître Galn pour le moment. Et je n'ai pas les moyens de m'offrir les services d'un maître lutteur.

La journée suivante, Pelmen, morose, remâcha sa déception. Xuven venait de troquer à deux jouvencelles rougissantes un baume de fertilité contre deux beaux camlorns – elles se retirèrent en caquetant et en riant sous cape – quand des effluves désagréablement familiers envahirent l'échoppe. Les doigts de Pelmen se crispèrent sur le comptoir, ses mâchoires se serrèrent.

Xuven, quant à lui, sourit en direction du seuil. « Mon cher frère ! Mon messager s'est donc acquitté de sa tâche ! Tu as fait vite. » Xuven se tourna vers son neveu. « Désolé, je crois avoir oublié de te prévenir. Je ne pouvais laisser tes parents dans l'ignorance de ton sort, comme tu peux le comprendre. »

Pelmen lui renvoya un regard assassin.

Il aurait dû s'attendre à ce que son oncle agisse de la sorte. Depuis son arrivée en Alveg, chaque fois qu'il avait eu l'idée de donner signe de vie à ses parents, Pelmen avait remis à plus tard la démarche. Ce n'était pas faute d'avoir pensé à Dryna, mais les bons moments passés à ses côtés avaient tendance à s'estomper devant les nombreuses heures de souffrance à la tannerie. Et surtout, il ne voulait plus avoir affaire à son père.

Tout poussiéreux et trempé de sueur, Zenel pénétra à grands pas dans la boutique. Il jeta un regard sans aménité à

Xuven avant de reporter ses iris jaunes sur Pelmen. Son vieux pagne rapiécé s'avérait aussi déplacé en ces lieux que l'avait été celui de son fils.

« Toi, tu viens avec moi », fit-il d'une voix rocailleuse.

Pelmen eut un pincement au cœur et serra les poings sous le comptoir. Xuven arborait son expression imperturbable.

« Tout d'suite ! »

Pelmen eut un léger sursaut, mais sa voix s'emplit d'une sourde colère quand il répondit. « Je suis en âge de faire mes propres choix. Et j'ai choisi de demeurer ici, où je suis le plus utile. Si tu n'as pas amené avec toi tes sbires de la tannerie, je ne vois pas comment tu espères me faire obéir. »

Zenel oscilla sur ses jambes comme sous l'impact d'un coup de poing. Se reprenant, il renifla de mépris. Il prit à témoin Xuven.

« Est-ce que tu l'entends ? Non mais y s'croit chez lui ici !

– Il l'est. J'ai accepté de faire de lui mon apprenti, comme tu devais d'ailleurs t'en douter à sa tenue. A son âge, il a le droit d'offrir ses services à un nouveau maître d'œuvre.

– Alors c'est ça ! Tu cherches à m'le prendre ! Pour te venger… pasque que j'ai toujours été plus dégourdi qu'toi à la tannerie. Pasque que comme lui, comme un foie de galcyne, tu t'es débiné, dans l'temps. »

Pelmen dévisagea Xuven, surpris, mais ce fut à peine si ce dernier fronça les sourcils. « Tes paroles dépassent ta pensée, Zenel. Les fatigues du voyage doivent t'égarer. Viens plutôt te rafraîchir autour d'une bière, ça te remettra les idées en place. Autant parler de cela au calme.

– Balivernes, j'ai d'jà trop perdu d'temps avec vous deux. » Il s'avança vers Pelmen. « Toi, j'vais t'montrer q'j'ai besoin de personne pour t'ramener à la maison ! »

Pelmen se prépara à le recevoir.

« Je te rappelle, dit Xuven d'une voix coupante et glacée qui arrêta net son frère, que Pelmen est sous ma protection et celle de l'Infatigable Voyageuse depuis qu'il est mon apprenti.

Même si tu réussis à emmener ton fils, tu n'iras pas loin. Ne me dis pas que tu es ignare au point de ne pas savoir ce que signifie la bannière au-dessus de mon échoppe ?

– Tes efforts sont inutiles, renchérit Pelmen. Je refuserai toujours de travailler à la tannerie. Tu as eu tort de laisser les autres ouvriers s'occuper de moi. »

Zenel devint blême de rage. Il se savait vaincu mais lança malgré tout à Pelmen :

« Tu veux être traqueur, pas vrai ? Comment vas-tu faire, pauv' imbécile ? Un avorton comme toi qui préfère s'débiner plutôt qu'se battre ! »

Si Zenel espérait lui faire perdre son sang-froid, il en fut pour ses frais. Pelmen se contenta de pâlir à son tour puis de lâcher entre ses dents :

« Nous n'avons plus rien à nous dire. »

Une grimace de dépit aux lèvres, Zenel, n'obtenant d'autre réponse, se décida à tourner les talons.

« Quel espèce de fumier » gronda Pelmen alors que la porte violemment rabattue tremblait encore sur ses gonds.

« C'est l'ignorance qui l'aveugle, dit Xuven. Il me fait penser à un sanrkhas blessé d'autant plus furieux qu'il ne comprend pas d'où lui vient la douleur.

– Là, c'est plutôt moi qui ne comprends pas. Comment peux-tu lui trouver des excuses ? Et comment peux-tu le prévenir sans même m'en parler ?

– Il me fallait savoir si ton renoncement à la tannerie était sincère. Si je t'avais averti de sa venue, tu te serais fait du mauvais sang et tu aurais peut-être échafaudé je ne sais quel plan.

– J'aurais pu me préparer, tu veux dire !

– La confrontation était nécessaire. Du moins, tu as pu lui dire ce que tu avais sur le cœur. Crois-moi, on ne bâtit pas grand-chose sur le mensonge ou la honte. »

Pelmen examina son oncle, les sourcils levés. Un air de gravité était imprimé sur ses traits.

« Tu en sais quelque chose, c'est ça ? Il… il disait vrai ? Tu t'es enfui de la tannerie toi aussi ?

– Je n'ai pas eu le choix. Tout comme toi… Vois-tu, la vie est un algam. Il faut lui laisser prendre son essor ou bien en subir les conséquences. »

Cette journée devait être celle des rencontres inattendues, car tandis que les derniers chalands quittaient l'échoppe, la silhouette agréable d'Alicène apparut dans l'entrée. Ses cheveux étaient en désordre et cette assurance qui d'ordinaire imprégnait chacun de ses gracieux gestes lui faisait défaut. Ses yeux céruléens grandirent comme elle s'approchait de Pelmen.

« Père demande à te voir » dit-elle sans même le saluer. Elle prit une brève inspiration avant de révéler en un souffle :

« Il ne lui reste… plus beaucoup de temps. »

Pelmen écarquilla les yeux. Il lui fallut un moment avant de pouvoir balbutier :

« Tu… tu es sûre ? Vraiment ? Comment est-ce possible ?

– Une rechute » lâcha-t-elle d'une voix brisée.

– Par Aoles ! C'est à croire que Valshhyk s'acharne contre lui ! Je n'arrive pas à y croire. »

Alicène se contenta d'inspirer profondément en réprimant un tremblement. Son odeur était celle de l'affliction et de la résignation. Les poings serrés, Pelmen se détourna pour se diriger tel un somnambule vers l'arrière-boutique.

« Qu'est-ce qu'il y a ? s'enquit son oncle en le voyant. Tu es livide.

– C'est maître Galn. Celui pour lequel je t'avais demandé le meilleur herboriste d'Alveg. Il a rechuté.

– Tu tiens beaucoup à lui, n'est-ce pas ? »

Pelmen desserra les poings, ses épaules s'affaissèrent et sa voix se fissura. « Sans lui, je ne serais pas ici. Il a toujours cru en moi. Il m'a rendu… meilleur. Et pas seulement parce qu'il m'a appris le tir à l'arc, tu comprends.

– Alors, va le rejoindre, mon garçon. C'est dans des moments comme celui-ci qu'il faut être là pour ses amis.

– Merci. »

A l'extérieur, il régla son allure sur celle d'Alicène, qui courait presque. Lui aurait voulu voler. *Il n'a pas le droit de mourir, pas tant que je n'aurais pas acquitté au moins une partie de ma dette ! Il mérite au moins de me voir progresser, de voir que ses efforts n'auront pas été vains. Au moins ça.*

Les murs de l'atelier du menuisier éclairé par des lampes à huile résonnaient d'un *tchac tchac* irrégulier. Les traits décomposés, les yeux rougis, Teleg était encore à l'ouvrage. Sous les coups délivrés sans conviction ni application, le morceau de bois sur l'établi était devenu informe, inutilisable. Quand Pelmen s'avança vers lui, Teleg le scruta par en dessous sans paraître le reconnaître. Troublé, Pelmen serra néanmoins son ami dans ses bras. Enfin le regard de Teleg s'anima tandis que Pelmen murmurait : « Sois fort. Sois courageux. Je suis avec toi. »

La hachette en silex rebondit sur le sol avec un bruit mat. Teleg gardait les mâchoires serrées.

« C'est fini… fini ! » lâcha-t-il entre ses dents. Son corps était secoué de sanglots.

Pelmen se détacha avec horreur. Il y avait dans les yeux de son ami quelque chose de définitif, qui ne s'y était jamais trouvé auparavant. Oscillant sur des jambes aussi raides que celles d'un pantin, Pelmen rejoignit Alicène. Il traversa la pièce pour s'écrouler à genoux au pied du lit où reposait l'hevelen desséché par la maladie qui avait autrefois été maître Galn.

Alicène se blottit une dernière fois contre la poitrine de son père. Elle demeura ainsi longuement avant de redresser son visage baigné de larmes, ses lèvres étirées d'un pauvre sourire. « Il ne souffre plus, maintenant » dit-elle à Pelmen en lui tendant la main.

Ce dernier accepta son aide et se releva sans essuyer ses propres larmes. Se courbant avec peine, il déposa un unique baiser sur le front à peine reconnaissable de celui qui avait été plus qu'un mentor, plus qu'un ami. La poitrine secouée d'irrépressibles convulsions, il se détourna. Ses pas le portèrent jusqu'au seuil de la demeure. La nuit était claire, les étoiles qui n'étaient pas masquées par le halo des deux lunes scintillaient. Il aspira à grandes goulées l'air frais. Un moment passa avant que ne lui vienne sa première pensée cohérente.

Le vent emporte avec lui le souffle des morts.

Il secoua la tête de droite et de gauche. La mort de Galn était si brutale, si injuste. Pourquoi avait-il fallu qu'il s'imagine son mentor tiré d'affaire ? Bugen l'avait pourtant averti des risques de rechute. Tout cet espoir, cet espoir absurde qui lui avait gonflé le cœur… Pour mieux le lui transpercer, sans doute !

Pelmen s'aperçut à ce moment seulement de la présence silencieuse de Teleg à ses côtés. « Ainsi, ton… ton père, il… il avait demandé à me voir ? » articula-t-il.

Teleg leva les paupières, tiré de sa torpeur. Il renifla bruyamment. « L'une des dernières choses qu'il ait réussi à dire.

– L'une des dernières choses… » Pelmen baissa la tête. Une nouvelle fois, il ne put retenir ses larmes. « L'une des dernières choses, répéta-t-il. L'une de ses dernières pensées était pour moi, et je n'étais pas là. Après tout ce qu'il a fait pour moi…

– Hé ! » Teleg lui secoua l'épaule. Ses pupilles brillaient dans la pénombre. « Arrête ça ! Tu ne pouvais pas deviner. S'il y a un responsable ici, c'est moi. C'est moi qui t'ai dit bien trop tôt qu'il s'en était sorti. »

Le silence s'établit. Pelmen fut le premier à baisser les paupières.

« Tu sais, fit Teleg, il… Il n'a pas trop souffert, je crois. Grâce au second remède. » Il détourna le visage, pas assez vite cependant pour empêcher Pelmen d'entrevoir ses yeux embués.

Alicène, qui s'était glissée jusqu'à eux, prit la main de Pelmen. La peau de la jeune hevelen était glacée. « C'est à toi, dit-elle d'une voix transformée, que nous devons de l'avoir retrouvé l'espace d'une journée. Oui, Père était de nouveau tel qu'en lui-même. Cela n'a pas de prix. C'est l'image que je veux garder de lui.

– Et si… » Pelmen s'humecta les lèvres. « Et si les remèdes avaient hâté sa fin ?

– On ne le saura jamais, déclara Teleg en fronçant les sourcils. Ce qui est certain, c'est qu'il était déjà condamné. Aucun herboriste n'avait réussi à le remettre sur pied avant celui que tu nous as amené.

– Si seulement… si seulement j'avais pu arriver à temps pour lui parler !

– Oh, je sais ce qu'il voulait te dire » dit Teleg.

Le cœur de Pelmen cessa de battre.

« Il me l'a dit, juste après m'avoir fait promettre de prendre soin d'Alicène. Il voulait que tu gardes son arc. »

Une onde de pure chaleur déferla, balayant pour un instant chagrin et douleur, remuant Pelmen au tréfonds. Les lèvres tremblantes, il s'efforça de recouvrer l'usage de la parole. Baignés dans la clarté cyan des deux lunes, les enfants de Galn, les traits creusés, humaient l'air dans sa direction.

« Non, lâcha finalement Pelmen en s'essuyant les yeux. C'est à toi, Teleg, qu'il doit revenir.

– A celui qui saura en tirer le meilleur parti, répartit Teleg. C'est ainsi qu'il voyait les choses. C'est toi qui le mérites.

– Père voulait que tu le gardes, renchérit Alicène, j'en suis sûre. »

Pelmen s'aperçut qu'il avait la chair de galcyne. « Mais je ne suis qu'un… bredouilla-t-il. Je suis si… Je… je ne sais que dire…

– Alors ne dis rien » trancha Teleg.

Une rafale les fit frissonner un peu plus, et ils rentrèrent à l'intérieur.

« On va faire venir l'Avisé maintenant » déclara Teleg.

Pelmen, bien qu'il se sentît terrassé par la fatigue et les émotions, proposa de rester.

« Ton oncle t'attend, fit valoir d'une voix douce Alicène.

– Ne te tourmente pas trop, dit Teleg. Je m'en charge pour trois.

– Facile à dire.

– Tu pourras repasser demain soir, si tu veux. »

Pelmen acquiesça avant de prendre congé. Il sortit d'un pas traînant, les membres incroyablement lourds.

A son retour à une heure plus qu'avancée – il s'était à plusieurs reprises trompé de chemin, perdu dans ses pensées – Pelmen pénétra dans la boutique de Xuven plongée dans l'obscurité, et, progressant à tâtons, gagna sans tarder le grenier lui tenant lieu de chambre. Le sommeil ne vint qu'au bout de plusieurs heures, quand, après s'être repassé sans cesse la suite d'événements qui avait abouti à la mort de celui qu'il croyait avoir sauvé, son esprit enfiévré fut enfin terrassé par l'épuisement. Des images terribles mais fugaces et dont il ne garda pas le souvenir le hantèrent la majeure partie de la nuit. Au petit matin, l'habituel remue-ménage de Xuven le réveilla. Sans avoir le sentiment de s'être reposé, Pelmen ouvrit des paupières bouffies de fatigue et se mit sur son séant. Il chercha des yeux Mils, son ptat, ne le trouva pas et laissa son regard errer sur les tonneaux alentour… pour s'arrêter sur le coffret bleu. Le cœur au bord des lèvres, il alla déplacer pour le masquer l'objet qui avait appartenu à maître Galn.

Xuven ne le pressa pas de questions mais son silence interrogatif fut suffisant pour que Pelmen relate en quelques phrases lapidaires la perte de son mentor.

« Ce maître Galn, s'enquit Xuven, était donc charpentier et avait deux enfants ?

– Mes seuls amis ici, acquiesça Pelmen. Je voudrais pouvoir les consoler, ou du moins, les aider de mon mieux.

– L'un d'eux est-il méritant ? »

Pelmen plissa le nez. « Méritant ?

– Si aucun d'eux n'est méritant, affirma Xuven, ils ne pourront garder l'atelier de leur père. »

Pelmen ouvrit des yeux ronds.

« Quand un maître d'œuvre rend son dernier souffle, expliqua Xuven en se lissant la barbe, son échoppe revient à l'Aguerri dont il dépendait avant d'être réattribuée. Si l'un des enfants du maître d'œuvre était méritant, c'est à lui qu'elle est octroyée. Sinon, l'Aguerri – dans le cas de tes amis, le Charpentier Emérite – désigne celui qui en deviendra propriétaire. Un méritant, bien sûr.

– Mais qui sont-ils donc ?

– Des hevelens qui ont réussi l'épreuve du Mérite. Ils doivent pour cela prouver leur savoir-faire et leur habileté devant des représentants des Aguerris qui jugent sur pièce du succès ou de l'échec de la tentative. Ces représentants ne se déplacent jamais pour rien. Ceux qui échouent lors de l'épreuve sont mis à l'amende. »

Pelmen eut l'impression que ses yeux se dessillaient. Le choc causé par la mort de maître Galn lui avait fait perdre de vue la situation délicate dans laquelle se retrouvaient Teleg et Alicène.

« Je ne sais si Teleg est méritant, murmura-t-il.

– Je te suggère de le lui demander la prochaine fois que tu le verras. »

Pelmen ne cessa de penser à maître Galn, Teleg et Alicène le restant de la journée, si bien qu'après qu'il eût donné de l'esprit de trana à un vieillard qui demandait un pichet de bière, un boulier à un jeune hevelen qui voulait un jeu d'osselets et de la laine de linguilis à une cliente élégante et digne qui réclamait du tissu de chanvreline, Xuven jugea préférable de le cantonner à des tâches plus routinières.

Le soir venu, Pelmen s'arma de courage et se rendit chez les Boisencroix. La demeure de ses amis en Alveg, contrairement à celle de Falsine autrefois lieu de bonheur ou à tout le moins de réconfort, s'était révélée le point de convergence de toutes les douleurs et de toutes les afflictions. *Il a tenu à retourner en Alveg parce qu'il sentait sa fin proche. Il désirait mourir dans la cité où il avait passé son enfance.* Pelmen pinça les lèvres. Pourquoi ne pouvait-on être lucide que dans le malheur ? Malgré le déclin progressif de la santé de maître Galn, malgré le peu de chances qu'il y avait de guérir du mal des poumons, avant ces derniers jours il ne s'était jamais vraiment préparé à l'éventualité de le perdre. *Mais peut-on s'y préparer ? On ne peut savoir ce que c'est que lorsque ça arrive.*

Le silence qui émanait de la maison taillée dans la roche sous la bannière du Charpentier Emérite était accablant. Alicène, qui lui ouvrit, avait relevé ses cheveux en chignon mais portait les mêmes vêtements que la veille. Ses globes oculaires étaient cernés, ses traits cireux.

« Aucun de nous deux n'est méritant » répondit-elle quand Pelmen, après s'être informé de leur santé, posa la question qui l'intéressait au premier chef. « Teleg vient de solliciter l'épreuve du Mérite afin que nous gardions l'échoppe. »

Teleg, les yeux rougis et les cheveux en bataille, apparut derrière elle et confirma d'un hochement de tête.

« Il y a des risques, je crois, pointa Pelmen.

– C'est pourquoi ni mon père ni moi n'étions restés les bras croisés, ces derniers temps. » En parlant, Teleg s'était rapproché d'un mur où reposait une harpe de belle facture, quoiqu'inachevée. « Nous l'avions commencée à Falsine. Avec ceci, je limite les risques. Mon père m'a assuré qu'elle devait convenir.

– Mais elle est presque finie !

– Bien sûr, dit Alicène. Fabriquer la harpe du début à la fin devant les examinateurs du Charpentier serait beaucoup trop long ! Ils viennent juste observer la touche finale, en veillant à ce que le style de Teleg soit en accord avec celui de l'objet.

– Chaque menuisier possède une technique qui lui est propre, compléta Teleg. Pour ceux qui s'y entendent, il est aisé de déceler s'il y a rupture dans l'exécution.

– Quand l'épreuve aura-t-elle lieu ? demanda Pelmen.

– Dans deux jours en début d'après-midi, sur la plate-forme majeure des artisans. Ce genre de choses ne traîne pas » commenta Teleg avec un sourire amer.

Lorsqu'un peu plus tard, Pelmen demanda à Xuven la permission d'assister à l'épreuve du Mérite, celui-ci l'examina avec soin.

« Je lui dois d'être à ses côtés, expliqua Pelmen, gêné par le regard pénétrant de son oncle. Surtout après ce qu'il a vécu.

– Tu es censé être mon apprenti. »

Pelmen, les lèvres serrées, se contenta d'attendre le verdict.

« Et ton entraînement ? Tu le négliges. Je ne t'ai pas vu avec ton arc ce soir.

– Mon arc ? Euh… L'arc de maître Galn, tu veux dire ?

– Il est tien à présent. »

Pelmen secoua la tête. Il avait un goût amer dans la bouche.

« C'est trop tôt. C'est trop dur. De le lui reprendre. J'aurais l'impression de...

– De le dépouiller ? De commettre un sacrilège ?

– C'est à peu près ça, répondit Pelmen en plongeant son regard dans les yeux gris de son oncle.

– Ecoute, mon garçon, tu dois te poser les bonnes questions. A quoi penses-tu que ressemble le corps de Galn à l'heure actuelle ? La chair autour des os doit entrer en décomposition, tu es bien placé pour le savoir... Je te choque ? Tu me trouves trop dur ? Eh bien la vie est ainsi. Elle n'attend pas. Elle ne t'attendra pas. »

Pelmen lui lança un regard furibond. « Qu'est-ce que tu veux dire ? »

Xuven soupira. « J'essaie de te faire comprendre que tu es à un moment décisif. Est-ce un corps, un cadavre que tu veux honorer ? Ou bien préfères-tu réaliser les espoirs de celui qui, au seuil de la mort, t'a légué son bien ? Veux-tu te raccrocher à un souvenir ? Ou bien prendre le présent à bras-le-corps ?

– Je... je ne sais plus. Je dois y réfléchir. »

Pour toute réponse, Xuven grommela en plissant les narines.

Ce soir-là, Pelmen regagna son grenier les épaules voûtées. A la pâle lueur de la lampe à huile qu'il levait devant lui, il dégagea les obstacles qui le séparaient du coffret bleu. L'huile dans la lampe était presque consumée quand enfin, Pelmen se résolut à tendre les mains pour ouvrir le couvercle. L'arc lui apparut, souple et robuste, d'une élégance pleine de noblesse. D'un doigt tremblant il caressa les courbes harmonieuses. L'objet ne devait-il pas reposer à jamais aux côtés de son véritable maître ?

Ce n'était pas ce qu'avait voulu maître Galn.

Pelmen redressa la tête et observa une étoile briller au travers de la lucarne. Sa décision prise, il éteignit la lampe et se dirigea vers sa litière de paille.

« Pourras-tu... me laisser m'entraîner seul au début ? »

demanda-t-il à Xuven quand il le revit le lendemain matin. Ses traits étaient tirés, il avait à peine mieux dormi que la nuit précédente. « Il me faut encore du temps pour m'accoutumer à cet arc.

– Ta décision est la bonne. Tu as une semaine. Je suis impatient de savoir comment tu te débrouilles et par ailleurs, le tournoi approche. Tu devras bientôt être prêt. C'est d'ailleurs pourquoi tu ne m'aideras pas à la boutique aujourd'hui.

– Je… tu me permets de m'entraîner, c'est ça ? Eh bien… Merci !

– Ce n'est pas moi que tu dois remercier. Montre-toi à la hauteur de ce qu'il attendait de toi, et cela suffira. »

CHAPITRE CINQ

LE SANCTUAIRE DES DIX

La plate-forme du divertissement était parcourue des mille odeurs d'huile, de transpiration et de parfums des lutteurs, archers et badauds des deux sexes qui, ce matin-là, déambulaient entre les arènes. Comme il se dirigeait vers le stand de tir, le regard de Pelmen fut attiré par la flamboyante chevelure d'Arlèce. Celui-ci venait de confier carquois, arc et épines à un compagnon et se rapprochait d'une estrade.

Pelmen eut l'idée de l'observer. Arlèce terrassa deux adversaires, employant la ruse aussi bien que la force. Pelmen s'efforça de graver dans sa mémoire les techniques qu'il utilisait. Il avait conscience que ce serait sans doute insuffisant, car seule la pratique importait en ce domaine. Le second lutteur projeté en dehors de la surface de combat, Arlèce vint sur le bord de l'estrade. Là, il lança un regard de défi à Pelmen.

Lequel se détourna sans autre forme de procès. Il ne souhaitait pas délaisser – fut-ce quelques instants – son arc pour combattre. Il reprit donc son chemin pour s'arrêter à une centaine de pas de l'une des cibles, un mannequin de bois. Avec lenteur, il retira plusieurs projectiles du faisceau d'épines entouré d'une cordelette dont il s'était muni. Puis, réprimant un soupir, il leva l'arc de maître Galn – *son* arc. Instruit par sa première expérience avec cette arme, il avait décidé de ne pas chercher à toucher la cible dans un premier temps pour se concentrer sur les distances de tir.

La corde était toujours aussi difficile à bander. Le premier essai fut trop court, le deuxième, mal maîtrisé, sortit de l'axe. Tandis qu'au fil des heures, Pelmen allait ramasser les flèches, puis, mécaniquement, tirait, l'absurdité de l'exercice lui arrachait des grimaces de dépit. Pourquoi continuer quand celui qui l'avait un beau jour entraîné vers l'un des corridors des Canyons pour lui faire découvrir cette chose merveilleuse qu'était le tir à l'arc n'existait plus ? Pourquoi s'infliger ce douloureux rappel d'une époque révolue ? A quoi bon ?

Se montrer à sa hauteur... Le Pelmen qui aurait pu tenter d'y parvenir était un être différent. *Quelqu'un auquel on n'aurait pas arraché l'un de ses membres pour le calciner. Quelqu'un qui n'aurait pas ce trou béant dans sa vie.*

Un peu plus tard, quand son estomac se rappela à son bon souvenir, Pelmen alla s'installer dans un coin désert de l'esplanade. Il fouilla dans sa besace et s'alimenta sans percevoir le goût de ce qu'il avalait, puis alla se remettre en position et reprit sa séance – sans plus de conviction. Il continua néanmoins jusqu'à s'en brûler les doigts, et s'aperçut qu'au prix d'une douleur de plus en plus vive à la jointure de l'épaule, il arrivait à allonger la distance. Il se mit à rechercher cette douleur. Elle, du moins, prouvait qu'il était encore en vie.

« Pel ? Mon fils ? »

Pelmen se retourna. L'espace d'un instant, il demeura stupide, se demandant quelle était cette hevelen replète dont le crâne grossièrement tondu luisait sous les rayons d'Astar et qui avait usurpé l'odeur sucrée de sa mère.

« Maman ? finit-il par articuler. Qu'est-ce que tu fais l… »

Il s'interrompit, le souffle coupé. Dryna venait de se jeter dans ses bras et l'étreignait à le briser en deux. Il lui rendit son étreinte du mieux qu'il put tandis qu'elle murmurait un flot de paroles indistinctes. La chaleur de la peau maternelle avait le pouvoir de dissiper les ombres qui enserraient son cœur, de le faire battre de nouveau, de transformer enfin l'inacceptable en quelque chose de tolérable.

« Astar soit loué, tu as l'air de bien te porter » dit-elle en se détachant et en reculant pour mieux l'observer, les narines palpitantes.

Pelmen parvint à ébaucher un sourire. Fallait-il que sa mère, en tant normal si discrète, soit émue pour faire étalage de ses sentiments !

Le visage de celle-ci s'emplit de compassion. « Ton odeur est celle du chagrin, comme me l'avait annoncé Xuven – oui, ton oncle m'a dit pour maître Galn. Et ton regard… Il a changé. Oh, mon fils, pourquoi a-t-il fallu que tu viennes ici ?

– Cela serait arrivé de toute façon, répondit Pelmen d'une voix rauque. Maître Galn n'en avait plus pour très longtemps. Et je crois… Non, je suis sûr que ça aurait été plus dur encore à Durepeaux. J'aurais eu l'impression, non seulement de le perdre lui, mais aussi tous mes espoirs. »

Elle lui jeta un regard d'animal blessé. « Tu aurais pu me prévenir, tout de même ! Me dire où tu étais ! Au lieu de laisser Xuven le faire !

– Je suis désolé, vraiment désolé, j'aurais voulu, mais… Pourquoi n'es-tu pas venue avec Zenel, l'autre jour ? demanda-t-il pour faire diversion.

– Il ne voulait pas que je l'accompagne. Il croyait pouvoir te ramener à Durepeaux. » Elle haussa les épaules. « Je savais bien qu'il se trompait.

– Toi, au moins, tu me connais. »

Le visage de Dryna demeura grave.

« Qu'est-ce qu'il y a ? s'enquit Pelmen.

– Oh, je… » Elle battit des paupières. « Avant de partir, j'ai mené ma petite enquête. J'ai su ce que Zenel avait manigancé à la tannerie. Je sais que c'est à cause de lui que tu es parti.

– Pas seulement, maman.

– Mais si tu ne te sens pas bien ici, poursuivit-elle sans tenir compte de l'interruption, tu peux revenir. Tu auras toujours ta place, tu le sais. Même si je dois faire avaler à ton père de la bouillie de nidepoux faisandé pendant six mois pour qu'il finisse par t'accepter ! Il ne l'aura pas volé ! »

Pelmen la contempla avec stupeur, puis émit un petit rire, aussitôt accompagné par sa mère. Cela faisait du bien de la revoir. Il posa ses mains sur ses épaules.

« Merci, mais ce ne sera pas possible, dit-il d'une voix douce. Vois-tu, avant que tu n'arrives, je me posais un tas de questions. Grâce à toi, je viens de comprendre que c'est ici qu'il me faut être. Je dois aller de l'avant, progresser, et le faire non plus seulement pour maître Galn… mais pour moi. Ce sera difficile au début. Mais jamais autant que de découper des peaux de nidepoux !

– Tu es donc bien résolu... Tu sais que tu pourrais être amené à voyager avec ton oncle ? Partir pour des contrées lointaines, y compris en dehors des Canyons... Cela me terrifie.

– Oui, il m'en a parlé. C'est assez effrayant, c'est vrai. Pourtant, j'avoue que je serais curieux de découvrir d'où viennent certaines des marchandises qu'il possède. Et puis il me faudra bien mériter le gîte et le couvert, tôt ou tard. »

Dryna hocha la tête. « Je te connais assez pour savoir que tu ne changeras pas d'avis. Au moins, promets-moi que tu seras prudent !

– Bien sûr, maman. C'est promis. Euh… je voulais te demander… Que devient Mils ? Tu ne l'as pas amené ? »

Dryna pinça les lèvres. Pelmen la dévisagea avec inquiétude.

« Les deux premiers jours après ton départ, je lui ai donné à manger. Ensuite… ensuite il n'est plus venu. Je crois qu'il a compris que tu ne reviendrais pas.

– Alors… » Pelmen avait la gorge sèche. « Alors, lui aussi est allé vivre sa vie. C'est sans doute mieux ainsi. »

Astar avait commencé son déclin vers la ligne d'horizon.

« Tu restes chez Xuven pour la nuit ? demanda Pelmen.

– Je ne peux pas. Maîtresse Buselden m'a donné ma journée,

mais pas davantage. »

Maîtresse Buselden était la couturière de Durepeaux pour laquelle Dryna travaillait.

« Mais la fatigue… protesta Pelmen.

– Ne t'inquiète pas. J'ai voyagé à bord d'un attelage de nidepoux à l'aller, et mes jambes sont encore vaillantes. Ça ira. » Elle jeta un coup d'œil vers l'astre diurne. Je crois qu'il va falloir que je ne tarde pas trop.

– Le temps de ramasser mes épines, et je te raccompagne. »

Tout en marchant aux côtés de sa mère, évitant les hevelens et les animaux tenus par la bride qui circulaient le long des passerelles, Pelmen songea à l'effort qu'avait représenté pour elle le voyage jusqu'en Alveg. Il se sentait coupable d'être la cause unique de sa venue dans la grande cité, tout en ne pouvant se défendre d'en tirer une certaine fierté. *Pour venir ici, elle a dû enfin prendre ses distances avec Zenel. Il était temps !*

« Je t'ai apporté notre couverture de nidepoux à poils longs dit Dryna. Elle t'attend chez ton oncle.

– Tu… tu as fait *ça* ? » La couverture chaude et soyeuse, offerte par Olgen Peaudecuir, était le bien le plus précieux qu'ils possédaient et faisait l'orgueil du père de Pelmen. « Zenel le sait ?

– Pas encore, répondit-elle avec l'un de ses sourires malicieux. Tu sais bien qu'il la garde au fond d'un coffre et ne la sort qu'une ou deux fois par an pour l'admirer. Il ne va pas s'en apercevoir tout de suite.

– Mais après ? Comment vas-tu lui expliquer ?

– Je lui dirai que tu en as davantage besoin que lui. Je lui parlerai de ses responsabilités envers toi. Il est ton père, tout de même.

– Ça ne va pas lui plaire.

– Je sais comment le prendre, ne t'en fais pas.

– Oh maman… » Il s'arrêta, lui mit la main sur le poignet, la fit pivoter vers lui et l'étreignit. « Merci. Merci pour cela… et surtout, d'être venue. »

Elle ne répondit rien et se détourna. Il vit qu'elle faisait tout son possible pour ne pas pleurer devant lui. Ils se remirent à marcher en silence, s'engagèrent dans le tunnel qui descendait vers le bas du massif et ressortirent à l'air libre. Là, au pied de la grande cité ils se firent leurs adieux.

« N'oublie pas la couverture si tu pars en voyage. Quand tu seras dedans, je sais que tu penseras à moi.

– Je la prendrai, opina Pelmen. Et je passerai te voir. Dès que je pourrai. »

Ils s'étreignirent une fois encore, longuement, avant que Pelmen ne se dégage gentiment. Elle resta là, immobile tandis qu'il faisait demi-tour et se dirigeait vers le tunnel.

Pelmen dormit un peu mieux cette nuit-là. Chaque fois que les images de maître Galn sur son lit de mort venaient le tourmenter, que le taraudaient les interrogations sur le sort de Teleg et d'Alicène ou qu'il repensait à sa mère et à Mils, il pressait contre lui la fourrure de nidepoux dont le poil était si doux. C'est ainsi qu'il finit par s'endormir, sa joue posée contre elle.

Avant qu'Astar n'atteigne son zénith le lendemain, Pelmen partit pour la plate-forme des artisans, avec pour instruction de revenir sitôt l'épreuve du mérite terminée. Entre les échoppes de tisserands et de potiers, l'air était empli du brouhaha des marchands interpellant les badauds et des chalands discutant les prix ou faisant la conversation, avec pour fond sonore les bruits mats des menuisiers qui ponçaient, polissaient, taillaient. *Pour eux, c'est un jour ordinaire.*

Ce fut Alicène qui le vit en premier. Il venait de passer sans la remarquer près d'une estrade quand sa voix le héla. Les cernes sous les yeux de la jeune fille et ses paupières à demi fermées ne mentaient pas, la nuit avait été bien courte. Malgré sa fatigue et sa tension, Alicène se débrouillait pour conserver une partie de sa grâce naturelle.

Je n'ose imaginer dans quel état se trouve Teleg.

Son ami était assis sur un tabouret disposé sur l'estrade. Le dos voûté, il semblait entièrement absorbé par sa tâche. Face à lui, deux inconnus l'observaient.

« J'espère qu'il réussira » dit Alicène. Les yeux de la sœur de Teleg fouillaient les siens, en quête de réconfort – devait-elle être à bout de ressources, pour s'en remettre à lui !

« Tu l'as entendu, il s'y prépare depuis un bout de temps. Si ton père lui-même était confiant en sa réussite, il n'y a aucune raison de penser qu'il se trompait. Laisse-moi voir où il en est. »

Pelmen contourna l'estrade pour apprécier l'objet que Teleg travaillait à l'aide de l'un de ses silex. Il en existait toute une panoplie à ses pieds, dont les tranchants s'avéraient plus ou moins larges ou effilés. Entre ses genoux était calée la harpe. Teleg s'employait en ce moment à incurver la courbure supérieure de l'instrument. La concentration plissait ses traits, Pelmen était certain que son ami n'avait pas remarqué son arrivée. Autant qu'il pût en juger, sa main était sûre, ce qui en soi tenait du prodige si l'on considérait tout ce qu'il venait de traverser.

« Je craignais que la fatigue n'ait altéré son savoir-faire, glissa Pelmen à Alicène, mais je ne vois aucun défaut. Bien sûr, je ne suis pas connaisseur.

– Puissent ces deux-là être du même avis ! »

Pelmen tourna la tête vers « ces deux-là. » Les examinateurs portaient une toge ornée des motifs du Charpentier, des élancés sur fond ocre et jaune. L'un, assez âgé pour être son père, de petite taille, avait des favoris grisonnants qui pointaient vers le menton. Les sourcils froncés, il se tenait immobile. Le second individu, plus jeune et moins attentif, devait éprouver des difficultés à canaliser son énergie, car il ne cessait de remuer sa grande carcasse, à l'instar d'un nidepoux trop longtemps enfermé dans son enclos.

Alicène, que Pelmen observa du coin de l'œil, faisait visiblement un effort pour adopter ce qui pouvait passer pour une attitude neutre.

Teleg ne s'interrompait que par courts intervalles pour jauger la qualité de son travail. Il continua à creuser, racler puis polir son instrument jusqu'à ce qu'il estime avoir atteint le degré de perfection requis. Alors, il prit les cordes qu'il avait apportées et les tendit sur les stries de la harpe. Un son clair s'éleva. Il vérifia une dernière fois son œuvre. Tandis qu'il se levait, se tournait vers les juges et, non sans quelque solennité, leur tendait l'objet, son visage était le jouet de diverses émotions contradictoires. Peur, fierté, indécision et espoir se le disputaient. L'hevelen le plus âgé s'empara de la harpe, la soupesa, l'inspecta sous toutes ses coutures. Il gratta les cordes, lesquelles émirent un son que Pelmen jugea agréable. Ce ne devait pas être l'avis de l'examinateur cependant, car il remit l'instrument à son compagnon avec un geste sec de dénégation. Le massif personnage eut à peine un coup d'œil de mépris pour la harpe, puis un affreux craquement retentit quand du genou, il la brisa d'un coup sec.

« NON ! » hurla Teleg.

A corps perdu, il se rua vers le grand gaillard… qui d'un magistral revers de la main en pleine figure l'envoya bouler à terre, à demi assommé. Pelmen voulut voler à son secours, mais des bras frêles le ceinturèrent. Ceux d'Alicène, qui le déséquilibra et le fit tomber au sol.

« N'y va pas, c'est inutile, tu ne feras qu'empirer les choses ! » Elle sanglotait en l'implorant, mais s'accrochait à lui avec l'énergie du désespoir. Il aurait fallu que Pelmen la brutalise pour se dégager, c'est pourquoi il s'immobilisa.

« Te rends-tu compte ? » gronda-t-il, s'appuyant sur son coude et se tournant vers elle.

Elle lui répondit d'un hochement de tête, les larmes coulant sur ses joues.

« Le Mérite ne t'est pas accordé » crut bon de spécifier le premier examinateur.

Teleg gisait sur le dos, les bras étendus le long du corps, écrasé sous le poids de son échec et de toute la fatigue accumulée plus encore que par le coup reçu. « En conséquence, tu accompliras pour notre seigneur le Charpentier Emérite les offices du treuillard et ce, à compter de ce jour et pour les deux prochains printemps. Tous les biens de ton défunt père, le maître d'œuvre Galn Boisencroix, appartiennent désormais à notre seigneur qui en usera à sa convenance. Dans sa haute mansuétude, le Charpentier Emérite consent à employer ta sœur, Alicène Boisencroix ici présente, dans ses quartiers du Sanctuaire des Dix où elle deviendra l'une de ses servantes. »

L'examinateur porta son regard d'oiseau moqueur sur Alicène. Pelmen, les poings serrés, voulut lui faire ravaler ses paroles, murmurant entre les dents :

« On va voir si elle va le servir !

– Ne t'interpose pas ! »

C'était de nouveau Alicène, qui lui agrippait le bras de ses mains aux longs doigts fins. Une fois encore, il la dévisagea sans comprendre.

« C'est de mon sort qu'il s'agit, c'est à moi de décider. » La voix de la jeune fille était ferme, son regard rougi soutenait celui de Pelmen sans ciller. « Ce qui s'est passé, c'est... c'est horrible, je sais, mon frère ne méritait pas *du tout* ça, mais... je t'en prie, ne rend pas les choses encore plus difficiles. Du moins, le Charpentier est correct avec ses servantes.

– Qu'en sais-tu ?

– Ce genre de choses se sait. Crois-moi, une place au Sanctuaire des Dix est loin d'être le pire qui puisse m'arriver. Là-bas au moins, je pourrai essayer de garder un œil sur mon frère.

– Il y sera ?

– Dans la partie réservée aux treuillards. Tu pourras lui rendre visite, je crois. » Alicène pivota vers le plus petit des examinateurs qui s'était approché et n'avait pu manquer d'entendre sa dernière phrase. Son silence eut valeur de confirmation. Si les visites avaient été interdites, il ne se serait pas privé de le souligner.

« Venez avec moi » enjoignit-il à Alicène.

L'intéressée signifia silencieusement à Pelmen que tout irait bien, lequel s'écarta de mauvaise grâce. L'examinateur brutal avait pris Teleg toujours à demi inconscient sur son épaule. Il descendit de l'estrade comme s'il portait une charge insignifiante.

La mort dans l'âme, Pelmen les regarda s'éloigner. Il ne pouvait pas croire ce qui venait de se dérouler sous ses yeux. A l'absurdité de la mort de maître Galn succédait une nouvelle absurdité. Lentement, comme engourdi, il alla ramasser les silex abandonnés.

***

Propulsée avec vigueur, l'épine de cactus franchit les quelque deux cents coudées qui la séparaient de sa cible, pour se ficher en vibrant dans une jambe du pantin de bois fixé à la plateforme. Pelmen se tourna vers son oncle et hocha la tête.

Une semaine auparavant, après l'échec de Teleg et la lourde sanction qui lui avait été infligée, Pelmen s'était demandé s'il ne fallait pas désespérer d'Alveg et de ceux qui y exerçaient le pouvoir. Quand il avait relaté à Xuven le désastre auquel avait abouti l'épreuve du Mérite, celui-ci avait témoigné de la sympathie, tout en laissant percer sa déception plutôt que sa surprise. « On m'avait dit que d'habiles apprentis se retrouvaient écartés au profit d'hevelens bénéficiant de la faveur des Aguerris, avait expliqué son oncle, mais rien ne l'avait confirmé. Jusque-là. Je te rassure, tous les Aguerris n'agissent pas comme Ferestas Taillebois – c'est le nom du Charpentier. Il faut d'ailleurs y voir à mon avis, non la volonté de nuire mais une large mesure d'inconséquence. Ferestas est un joueur invétéré et selon la rumeur, il se serait dernièrement endetté à la suite de paris stupides. Tout lui est bon pour se remettre dans le sens du vent. Si Teleg avait, disons, préparé le terrain en lui offrant ses plus belles pièces, ses chances de réussite s'en seraient trouvées indéniablement accrues. »

Pelmen avait plissé le nez de dégoût. Les chants qui louaient la noblesse et la sagesse des Aguerris n'étaient donc que cela, des chants. Plus que jamais, il avait compris que s'il voulait réussir de son côté, il devrait se battre et tenter de surmonter les épreuves sans attendre aucune clémence. Le défi physique n'était pas pour lui déplaire, si bien qu'à chacun de ses moments de libre, avec hargne, il avait tendu à vide la corde de l'arc qu'il gardait sous le comptoir, s'imaginant qu'il tenait en joue chacun des deux examinateurs tremblants de peur. Ils n'avaient été que des exécutants, bien sûr, mais il n'avait jamais vu le Charpentier.

Au prix de multiples courbatures, ses muscles s'étaient accoutumés à l'effort prolongé et au cours des soirées sur la plateforme du divertissement, ses sensations lui étaient revenues, de plus en plus affûtées au fur et à mesure que l'arc lui devenait plus familier. La distance qu'il parvenait à atteindre désormais dépassait tout ce qu'il avait connu.

Xuven le détailla comme s'il le voyait pour la première fois. « Je dois reconnaître que ce n'est pas courant, de faire mouche à cette distance cinq fois de suite contre le vent. Mais que ça ne te monte pas à la tête, il te reste encore à montrer comment tu te tires d'affaire par vent latéral. Allons récupérer tes flèches. »

Ils s'approchèrent, et Xuven siffla entre ses dents. Hormis le dernier tir moins précis, les épines s'étaient toutes plantées en ordre groupé sur le torse du pantin. Pelmen s'employa à les retirer sans les abîmer, mais dût néanmoins se débarrasser de deux d'entre elles inutilisables. Toujours accompagné de Xuven, il rejoignit l'aire de tir, prenant pour cible un pantin orienté plein sud. Du carquois offert par son oncle (« que serait un archer sans son carquois ? » lui avait-il dit d'un ton bourru) il sortit plusieurs épines et sélectionna avec soin celles qu'il allait utiliser.

Ses narines palpitèrent, son corps entier s'imprégna du souffle d'Aoles. Il sentait le vent, le vent était en lui. Posément, il banda l'arc qui avait si longtemps appartenu à maître Galn. A l'instant voulu, il libéra la corde. Le trait s'envola, se dirigea à gauche du pantin… Rabattu par une rafale, il se planta dessus.

Xuven lui adressa un regard si incrédule qu'il faillit provoquer chez Pelmen un sourire. Lorsque trois des quatre autres projectiles eurent trouvé leur cible, Xuven posa la main sur l'épaule de son neveu.

« C'est à croire qu'Aoles en personne guide ton bras.

– Cela signifie que je reste à ton service ?

– Bien sûr. Tu es vraiment doué, c'est vrai. Cela étant…

– Oui ?

– Je me dois de te le dire, l'odeur qui t'accompagne le plus souvent ces derniers temps est celle de la colère. Oh, il est normal de se révolter contre l'injustice, poursuivit Xuven en levant la main pour empêcher son neveu de répondre, mais la colère, si elle permet d'avancer par moments, est un silex à double tranchant. Ne chemine pas trop longtemps en compagnie de cet animal-là, ou tu risquerais de sentir sa morsure quand il commencera à te dévorer le cœur. »

Pris de court, Pelmen demeura coi. Il avait l'impression qu'il ne pouvait rien dissimuler à la sagacité de son oncle.

« Pense à des choses agréables, dit Xuven. A ceux que tu aimes. Aux bons moments passés en leur compagnie. Ces moments-là, personne ne pourra te les retirer. Il n'y a pas que du mauvais en ce monde. »

Pelmen fut sur le point de rétorquer, mais au lieu de cela libéra un profond soupir. Ses yeux se perdirent dans le vide. « Tu as sans doute raison, finit-il par reconnaître. Sinon, je ne t'aurais pas rencontré.

– Que vois-je ? ironisa Xuven. On dirait presque un sourire ? Allons, je préfère ça. »

Pelmen alla extraire les épines sur le pantin avant de les ranger dans son carquois – il lui faudrait descendre dans la plaine pour en prélever sur les cactus afin de refaire son stock. En revenant, il leva les yeux le long de la falaise de granit du massif d'Alveg, jusque vers l'immense palais en roche dorée qui le couronnait. La teinte si particulière du Sanctuaire des Dix, qu'on ne trouvait nulle part ailleurs dans les Canyons, donnait le sentiment qu'un morceau de ciel s'était détaché en ambassade pour se poser là et y veiller sur les habitants de la cité. La forme renflée et bulbeuse de la structure lui conférait un aspect quasi végétal. De temps à autre une Aile d'Aoles s'élançait du faîte de l'une des dix tours.

Pelmen retroussa le nez. Décider de concentrer tous ses efforts sur son entraînement afin d'assurer sa situation avait beau avoir été la décision la plus logique compte tenu des circonstances, il ne pouvait se défendre d'une certaine culpabilité. Ses amis devaient croire qu'il les avait abandonnés.

« Tu pourras passer les voir dès demain matin, dit Xuven en désignant le Sanctuaire. Je dois m'absenter de l'échoppe, tu pourras donc disposer de ta journée. »

Pelmen acquiesça avec gratitude, et s'apprêta à suivre son oncle quand il aperçut Arlèce. Le lutteur aux boucles rousses était là, qui les observait.

Pelmen sourcilla et se disposa à faire un détour pour l'éviter.

« Heureusement pour toi, lança Arlèce tu es meilleur avec ton arc qu'à la lutte. »

Pelmen s'immobilisa, surpris. Son oncle fit encore quelques pas avant de se tourner vers eux en fronçant les sourcils.

« Tu m'as observé ? demanda Pelmen.

– Je n'ai fait que ça, dit Arlèce, ironique. Tu te débrouilles.

– Tu trouves ? Dans ce cas, toi et moi on se complète.

– Je n'irai pas jusque-là…

– Je viens d'avoir une idée, interrompit Pelmen. Je pourrais t'apprendre ce que je sais à l'arc, et en échange, tu m'entraînerais à la lutte. Comme ça, nous mettrions tous les atouts de notre côté pour le tournoi. »

Arlèce esquissa un sourire. Pelmen crut qu'il allait être remis à sa place de la belle manière, avec l'une de ces moqueries dont Arlèce avait le secret, aussi fut-il surpris par ce que l'autre répondit.

« Ta proposition n'est peut-être pas si stupide. Voyons… Voici ce que je propose : retrouvons-nous demain quand Astar sera à son zénith, à la taverne de maître Benras, dans le secteur des trois tavernes. Autant en discuter autour d'une chope. »

Pelmen consulta Xuven, qui acquiesça imperceptiblement.

« D'accord », fit Pelmen.

Tôt le lendemain matin, ce fut avec impatience et fébrilité que Pelmen, une besace en bandoulière, entreprit l'ascension de la falaise qui menait au Sanctuaire. Déjà, les rayons d'Astar paraient l'édifice de mille feux. Le palais des Aguerris était si majestueux et paraissait si inaccessible qu'en temps normal il ne serait pas venu à l'esprit de Pelmen de s'y rendre. Il grimpa le plus vite possible le long d'étroits escaliers. Bientôt cependant, il dut ralentir le rythme pour économiser son souffle. Les hautes marches se succédaient à l'infini. Vêtus avec le luxe qui les caractérisait, des Opulents juchés sur des nacelles entourées de cordages le dépassèrent. Hissés par les treuillards, ils atteindraient le sommet bien avant lui, et ce malgré les bourrasques qui faisaient osciller leur perchoir.

Pelmen avait les jambes solides et pas une fois n'interrompit sa progression, quoique sur la fin il se fit l'effet d'un vieillard perclus de douleurs. En contrebas, la cité déployait sa multitude de passerelles et plates-formes, insignifiantes comparées aux esplanades appelées majeures. Sous le souffle d'Aoles déferlant sur le plateau, Pelmen s'avança le dos courbé vers une gigantesque porte en granit surmontée d'une sculpture de même échelle. Cette dernière figurait un algam qui, de son rostre, invitait le visiteur à le suivre. Le travail effectué était de telle facture que Pelmen fut incapable de concevoir comment ses semblables avaient pu l'accomplir. On avait l'impression que d'un instant à l'autre, l'oiseau allait s'animer et battre des ailes.

Le regard de Pelmen fut attiré plus bas, par les nuances d'ambre teinté de rubis des linteaux de la porte. Refusant d'abord d'y croire, il écarquilla les yeux.

Il avait estimé ce que l'on rapportait des richesses du Sanctuaire une exagération due à la coloration éclatante de ses murs. Pourtant, il lui fallait se rendre à l'évidence, ces barres d'ambreroche représentaient à elles seules un trésor incommensurable. Ce n'est qu'une fois revenu de son étonnement qu'il remarqua sur le côté la porte en pierre entrouverte. A en juger par la paire de traqueurs armés d'une lance de silex qui en surveillait l'accès, ce devait être la plus usitée des deux – la première ne servait manifestement qu'en de grandes occasions. Pelmen s'adressa à l'un des gardes dont le visage était grêlé.

« Je viens visiter un ami. Puis-je entrer ?

– Un ami ? Quel ami ?

– C'est un treuillard. Un nouveau nommé Teleg, arrivé ici il y a à peine une semaine.

– Tu tombes bien, ils ont encore besoin de renforts ! » intervint avec un sourire carnassier le second garde, un individu corpulent.

Pelmen goûta modérément la plaisanterie, mais se contenta d'attendre que les sentinelles cessent de ricaner.

D'un grognement, le grêlé lui intima de le suivre.

Le vaste intérieur du palais était éclairé d'une lumière tamisée émanant de cristaux que l'on distinguait au-dedans de la roche. L'aspect organique visible de l'extérieur s'avérait également de mise. Pelmen palpa un mur. Frais, dur et lisse il s'agissait bien de pierre, mais si parfaitement unie que rien ne laissait supposer que des blocs eussent été ajustés.

Des serviteurs en livrée aux couleurs de leur seigneur s'affairaient, des Opulents conféraient en petits groupes ici et là. Parfois retentissaient des rires un peu trop appuyés ou bien des exclamations exubérantes. Recouvert d'un tapis émeraude, un escalier monumental menait à l'étage supérieur. Le traqueur l'ignora pour s'engager dans un couloir en pente douce. Ce dernier donnait sur une salle où étaient disposés des treuils. Leurs barres de bois à l'horizontale disparaissaient au travers d'ouvertures d'où jaillissait la lumière du jour. Le traqueur obliqua sur la gauche peu avant l'entrée, néanmoins Pelmen entraperçut trois hevelens penchés sur la manivelle de l'un des treuils – un second trio devait œuvrer de l'autre côté.

La poussière avait fait son lit du nouveau couloir qu'ils empruntaient. Elle chatouilla les narines de Pelmen qui éternua.

« Pour qui travaille ton ami ? demanda le grêlé.

– Pour le Charpentier Emérite. »

Quelques encablures plus loin, après avoir dépassé plusieurs portes, ils entrèrent dans une pièce dont l'atmosphère était saturée d'âcres relents de sueur et de crasse. Des hevelens, jeunes ou vieux mais uniquement de sexe masculin, vivaient là dans un dénuement qui n'était que trop familier à Pelmen, au milieu de couvertures élimées, de cruches ébréchées et de litières de paille d'une propreté plus que douteuse. Tandis que le garde demeurait à l'entrée, Pelmen fit le tour des lieux sans trouver Teleg. Il interrogea deux treuillards avant qu'un troisième au visage couperosé et à l'haleine fétide n'intervienne.

« Tu cherches un blond aux yeux violets, c'est ça ?

– C'est ça !

– L'est sans doute à la taverne de maît' Dorecruche, en ville. L'a une sacré descente, ton compère ! Mais entre nous, y f'rait mieux d'surveiller ses arrières si y veut pas qu'son temps soit prolongé. L'Aguerri d'ici aime pas qu'on s'enivre. »

Abasourdi, Pelmen demanda : « Qu'offre donc Teleg en échange de la boisson ?

– Y fait comme nous, y travaille pour l'patron. Ça nous arrive, puisqu'ici, on n'a droit qu'à d'la nourriture. On l'fait pas tous les jours mais lui, l'est jeune et vaillant. » L'œil de l'hevelen s'alluma. « Y a quoi dans ta besace ? Pt-êt' que toi, tu voudrais m'aider… »

Pelmen eut un mouvement de recul pour échapper à la main crasseuse, et l'autre éclata de rire tandis qu'il s'éloignait sans demander son reste. Toujours escorté du garde, Pelmen revint sur ses pas. Arrivé au premier croisement, il s'enquit de l'itinéraire à suivre pour gagner les quartiers des domestiques.

Le traqueur secoua la tête. « Seules quelques personnes sont autorisées à voir les serviteurs personnels des Aguerris. S'il y en a un que tu dois rencontrer, il devra prendre l'initiative de te retrouver pendant son repos. » Devant la mine déconfite de Pelmen, il ajouta d'un air matois : « Je peux faire parvenir un message… si tu as quelque chose à offrir en échange.

– Je n'ai rien », soupira Pelmen. Sa besace ne contenait que son prochain repas et il n'avait pas l'intention de le troquer.

Le garde, inflexible, lui indiqua la sortie.

« Mais je reviendrai, et je n'aurai pas les mains vides. »

– J'attends ce jour béni avec impatience. »

Sans s'attarder, Pelmen redescendit les marches à flanc de falaise. Il demanda l'établissement de maître Dorecruche et apprit qu'il se trouvait dans le quartier des trois tavernes.

Comme il arpentait les passerelles et circulait parmi les habitations, les explications qu'on lui donna s'embrouillèrent dans son esprit.

J'ai dû me tromper quelque part. Les quatre majeures, plates-formes situées aux points cardinaux, constituaient heureusement de précieux repères. Rebroussant chemin, Pelmen rejoignit le balcon ceinturant le massif. A partir de là, il reprit plus posément ses recherches, et lorsqu'il croisa des groupes de deux ou trois hevelens à l'haleine frelatée qui marchaient en se tenant par l'épaule, il sut que cette fois il n'avait pas fait erreur.

Un ivrogne qui chantait à tue-tête se pencha brusquement sur le rebord de la balustrade pour rendre le contenu de son estomac. Pelmen eut une pensée pour celui ou celle qui aurait l'infortune de passer à l'étage en dessous.

Les habitués provenaient d'une demeure dont la bannière claquant au vent voulait figurer un cruchon de terre cuite. Des cris égrillards mêlés au bourdonnement des conversations permettaient à peine de distinguer par intermittence les accords d'une lyre.

Pelmen pénétra dans le tripot. Dans le fond de la salle, des danseuses aux seins nus mais à la peau fripée se déhanchaient sans respecter en aucune façon le rythme de la musique. Cela était du reste sans importance, car les clients ne se préoccupaient ni d'elles ni du vieux musicien aussi décati que son instrument sur la scène, occupés qu'ils étaient à échanger les derniers ragots autour d'une chope. La bière coulait à flot et le tavernier au crâne rasé était tellement affairé qu'il ne remarqua pas le nouvel arrivant.

Pelmen se fraya un passage jusqu'au comptoir et de là se mit à remonter la file des joyeux drilles. La grande majorité d'entre eux apportaient de menus objets ou bien de la nourriture pour payer leur chope de bière ou leur gobelet d'esprit de trana. Le patron inspectait les marchandises d'un œil averti puis, s'il le jugeait bon, les faisait disparaître comme par enchantement avant de servir chacun.

Quand Pelmen découvrit Teleg, celui-ci, torse nu, avait les yeux plongés au fond de sa chope. Ne sachant trop quelle attitude adopter, Pelmen s'approcha à pas mesurés et lui tapota l'épaule. Son ami leva la tête et le contempla, hagard. Il avait une barbe naissante et sa chevelure avait perdu tout éclat. L'instant d'après Teleg le reconnut mais même alors, son expression conserva une trace de méfiance.

« Pourquoi es-tu venu ? » demanda Teleg d'une voix pâteuse. Son haleine empestait et Pelmen nota les cernes creuses sous ses paupières.

« Pourquoi ? Est-ce que nous ne sommes pas plus que des amis ? Des frères, c'est ce que tu m'avais dit, tu te souviens…

– Oui pour sûr, grinça Teleg. Ma sœur m'a appris que tu étais là quand j'ai passé l'épreuve. On a vu ce que ça a donné. »

Pelmen en resta bouche bée. Teleg revint vers sa chope puis au bout d'un moment murmura sans le regarder : « Ce n'est pas grave, ça n'a plus d'importance, maintenant.

– Au contraire, répartit Pelmen, c'est très important pour moi. Crois-tu… que j'aurais dû intervenir ? Que ça aurait arrangé les choses ?

– Non, tu as raison évidemment… tout comme Alicène d'ailleurs. Je sais que c'est elle qui t'a empêché de m'aider. Mais, vois-tu… » Teleg le fixa et ses prunelles brillèrent un instant. « Je n'ai plus assez d'énergie. C'est la seule liberté qui me reste, être amer et avoir pour seule alliée ma chope de bière. » Il eut un rire sans joie. « Si je ne détestais autant les chansons, je pourrais presque en inventer une là-dessus.

– Tu dis ça parce que tu n'es plus capable de penser qu'au moment présent. Pourquoi ne pas essayer de voir plus loin ? J'ai gardé ton jeu de silex, et d'ici deux printemps je te les apporterai moi-même. Oui, ce qui t'est arrivé est ignoble, je suis le premier à le reconnaître. Mais tout espoir n'est pas perdu, tu pourras recommencer…

– Comme tu peux être naïf ! Ça se voit que tu n'as jamais été treuillard. Deux printemps, autant dire une éternité ! Et en admettant que je tienne jusque-là, tu crois que j'aurais de nouveau envie de travailler sous la bannière de cette ordure de Charpentier ? Plutôt crever, oui !

– Tu pourrais changer de métier…

– Changer de métier ! » Teleg secoua la tête. « Tu me fatigues, et Astar sait que je n'ai pas besoin qu'on me fatigue ces temps-ci. Rentre chez toi. »

Blessé par l'attitude de son ami, Pelmen réalisa cependant qu'insister davantage ne ferait que leur porter tort à tous deux. Teleg n'était simplement pas en état de soutenir une conversation. Pelmen eut un mouvement vers la sortie avant de se raviser.

« Bientôt je serai traqueur, et alors, je te fais le serment de déployer tous les vents d'Aoles pour te faire sortir avant ton terme. Et si je dois en arriver là, j'irai jusqu'à me proposer pour l'achever à ta place ! »

Teleg hocha la tête d'un air entendu. « Je doute que ce genre d'arrangement soit possible. Ne fais pas de promesse que tu ne puisses tenir. »

Ils échangèrent un regard, puis Pelmen se détourna pour de bon et s'en fut. C'était la première fois que son amitié avec Teleg se trouvait soumise à si rude épreuve. S'il avait pu changer le passé, revenir en arrière pour dissuader son ami de participer à cette satanée épreuve, au moins temporairement, avec quelle joie il l'aurait fait ! *Treuillard*… Le sort de Teleg n'avait certes rien d'enviable.

Astar avait déjà presque atteint son zénith. De là où il se tenait, Pelmen pouvait voir les deux autres tavernes.

Remuant de sombres pensées, il se dirigea vers celle d'où émanait les odeurs les plus attrayantes. C'était bien l'établissement de maître Benras, comme le lui confirma l'un des buveurs – Arlèce n'était pas en vue. Pelmen troqua une feuille enroulée d'élancé contenant des épices contre une chope de bière, puis s'installa à une table où il patienta. Les clients étaient peu nombreux à cette heure, juste quelques habitués s'exprimant d'une voix traînante.

La silhouette pleine d'assurance d'Arlèce finit par se découper dans l'encadrement. Il était vêtu de nécot et portait un collier d'ivoire. Le sourire en coin qui lui était caractéristique se figea un instant comme il détaillait Pelmen. Il s'assit et commanda d'un geste familier. Le tavernier ne fut pas long à apparaître, et le servit en courbant l'échine.

Ils burent en même temps, Pelmen faisant effort pour ne pas plisser les narines en reniflant le parfum d'Arlèce.

« As-tu réfléchi à mon offre ? demanda Pelmen.

– Tes talents pour le troc ne valent sans doute guère mieux que ceux pour la lutte. »

Les narines de Pelmen frémirent.

« Voyons, poursuivit Arlèce, tu me proposes de m'apprendre le peu que tu sais du tir à l'arc contre tout ce que je pourrais te dévoiler de la lutte. Voilà qui ressemble à un marché de dupes, non ?

– Parce que tu te crois suffisamment bon archer ?

– Exactement.

– Alors, tu m'as fait venir pour rien. »

Pelmen se leva.

« Allons, allons, ne prends pas le zeanong. Tu veux réussir le tournoi du Recrutement ? Oui ou non ? »

Pelmen dévisagea Arlèce avec méfiance.

« Sans mon aide, déclara Arlèce, tu le sais aussi bien que moi, tous les vents d'Aoles ne suffiront pas à faire de toi un traqueur.

– Tu as une très haute opinion de toi-même, dit Pelmen en se rasseyant avec réticence.

– Je t'ai combattu, comme tu dois t'en souvenir. Je sais ce que je peux t'apporter. Et si je t'aide à finir dans les seize premiers, tu seras sélectionné par les représentants de Tchulen Poindivoire.

– Comment comptes-tu t'y prendre ?

– Je ne dis pas que ce sera facile. Mais c'est possible. Il te manque les techniques de base et tu ne les apprendras pas tout seul.

– Et en échange ?

– En échange, je ne te demande que ton arc. »

Pelmen écarquilla les yeux. Il manqua éclater de rire. « Que mon arc ? Absurde, murmura-t-il.

– Bien sûr, tu le garderas le temps du tournoi. Ensuite, une fois que tu seras traqueur, il sera mien. Crois-moi, ce n'est pas cher payé. Ce que j'ai à t'apprendre te servira tout au long de ton existence, alors que l'arc…

– Sa portée dépasse ce que peuvent la plupart.

– Qu'en sais-tu ?

– Je le tiens de celui qui l'a fabriqué.

– Pour mieux te le vendre, sans doute ! Un conseil, ne laisse pas passer ta chance.

– Désolé, il n'en est pas question. »

La mâchoire d'Arlèce se crispa, mais il se contenta d'observer le fond de sa chope tandis que Pelmen se levait et s'éloignait.

Pelmen passa le restant de la journée à empoigner furieusement divers adversaires sur l'une des estrades de la plate-forme du divertissement. Arlèce, qu'il revit, longea l'aire de combat en évitant de croiser son regard, équipé d'un arc et d'un carquois, se dirigeant vers le champ de tir. Pelmen tenta de retrouver les techniques de son rival, mais ses mouvements étaient empruntés. Il perdit contre trois adversaires sur quatre, et encore n'avait-il réussi qu'à entraîner le quatrième avec lui hors de l'estrade.

Le jour suivant il obtint de son oncle un camlorn, qu'il apporta le soir même au Sanctuaire. Le garde à la figure grêlée était par chance de nouveau de service quand Pelmen, les jambes rompues, atteignit la porte de pierre. Le traqueur, apparemment satisfait du paiement, lui signifia de demeurer à l'extérieur pendant qu'il s'occupait du message. Ce dernier était facile à retenir. Pelmen invitait Alicène à le rejoindre séance tenante si elle en avait la possibilité, sinon à lui fixer un rendez-vous.

Pelmen patienta. Puis patienta encore. L'attente se prolongeait à tel point qu'il finit par se demander si le garde ne s'était pas moqué de lui. La seconde sentinelle refusa de le laisser passer « juste pour aller voir », ce qui ne fit qu'ajouter à sa frustration. Enfin survint une frêle silhouette dissimulée sous un châle. Alicène était vêtue d'une robe longue seyante mais n'avait apporté aucun soin particulier à sa coiffure. En dépit de son récent statut de servante, sa démarche était toujours empreinte de la même dignité.

Pelmen fit entendre un « bonjour » étranglé, ayant l'espace d'un instant oublié le motif de sa visite.

« Cela fait plaisir de te revoir, dit Alicène. Je finissais par croire que tu nous avais oubliés.

– Je… je serais bien ingrat si c'était le cas, balbutia Pelmen en rougissant. Mais il n'a pas été facile de te rencontrer. Et j'ai eu du mal à retrouver ton frère, aussi. »

– Il allait bien ?

– Si on veut.

– J'ai été tellement absorbée par mes tâches ici que je n'ai pas eu l'occasion de m'occuper de lui.

– Le Charpentier te traite bien au moins ?

– Oui, les servantes sont ses privilégiées. Il s'est montré courtois jusqu'à présent.

– Tant mieux.

– C'est gentil, de te soucier de moi. »

De nouveau, Pelmen piqua un fard.

« C'est juste que… toi et ton frère… vous allez avoir besoin de toute l'aide que je pourrais vous apporter.

– Tu crois ? »

Pelmen la dévisagea, surpris. « Vous avez perdu votre échoppe, tout de même ! Tu ne trouves pas ça révoltant ?

– Aoles et Tinmal se sont détournés de nous, c'est vrai. Mais cela peut encore changer.

– Cela *doit* changer ! Si je parviens à devenir traqueur... » Pelmen hésita car il n'avait jamais réfléchi concrètement à ses futures démarches. Il fut pris d'une inspiration subite. « J'essaierai de me faire affecter au Sanctuaire. » Il baissa la voix. « J'userai de toute mon influence pour vous tirer d'ici.

– Et si ça ne marche pas ?

– Il faudra peut-être employer d'autres méthodes.

– A quoi penses-tu ?

– Eh bien... »

Pelmen hésita devant les sourcils froncés d'Alicène. Une fois de plus, il réalisa qu'il n'avait aucun plan d'action. « Il faut que j'y réfléchisse, parler de ça maintenant serait prématuré. Pour l'instant, l'essentiel, c'est que je puisse trouver un maître lutteur. Quelqu'un qui saura m'entraîner pour le tournoi.

– Il en existe peut-être ici.

– Si c'est le cas, fais-le moi savoir, tu veux bien ?

– Entendu. » Elle se retourna, l'air inquiète. « Je suis désolée, il va me falloir rentrer à présent. Je n'ai été absente que trop longtemps. » Elle eut un temps d'arrêt, puis déposa un baiser furtif sur sa joue. Pelmen était à peine revenu de sa surprise que déjà sa robe virevoltante avait franchi le seuil de la porte.

CHAPITRE SIX

LES TROIS TAVERNES

Les jours puis les semaines passèrent. Alicène ne donnait pas signe de vie, et les séances de lutte de Pelmen ne furent guère plus encourageantes que la première défaite face à Arlèce. S'il parvenait à éviter d'être trop malmené, la plupart du temps il était projeté hors de l'aire de combat, victime de sa fougue et de sa naïveté. Pour se rassurer, il allait ficher des épines dans les pantins de bois, tout en redoutant que son habileté à l'arc ne s'avère insuffisante. Teleg faisait parfois l'objet de ses visites dans le quartier des trois tavernes. Pelmen s'efforçait de lui redonner foi en l'avenir, et pourtant chaque fois qu'il le voyait, son ami se montrait plus maussade. Quelques jours avant la pleine lune de Tinmal qui marquerait l'ouverture du tournoi du Recrutement, il le rencontra dans la taverne de maître Daguen, véritable repaire d'escogriffes.

« Tu es toujours mon ami, n'est-ce pas ? lui demanda sans détour Teleg dès qu'il se fut assis à sa table.

– Bien sûr.

– Tu serais donc prêt à me rendre service ?

– Euh… oui, je crois. » Pelmen l'examina avec inquiétude. Les yeux de Teleg étaient fiévreux et son haleine était chargée, comme trop souvent.

« Bien. Il faudrait que tu m'apportes mes silex. J'en ai besoin.

– Tes silex ? Que vas-tu en faire ?

– Il me les faut, c'est tout. Tu es mon ami, non ? Ce sont encore les miens, ou bien tu te les es appropriés ? »

Pelmen serra les dents. Il commençait à avoir l'habitude des provocations de Teleg. « Tu pourrais vouloir… les échanger contre de la bière de camlorn.

– Et alors ? La bière coûte cher et ces derniers temps, les patrons rechignent à me laisser travailler pour eux. Tu ne vas pas me laisser choir quand même ?

– Je regrette… c'est impossible. Je ne peux me faire le complice de… tout ça (Pelmen désigna la chope de son compagnon, puis le comptoir). De ta propre destruction. Il faut que tu te reprennes, Teleg. Le plus tôt sera le mieux.

– Que je me reprenne ? » Teleg empoigna Pelmen par le revers de sa chemise. « Veux-tu que je te dise ? Je ne peux plus te voir. Ce respect de l'autorité, cette abnégation à devenir un pion comme les autres... » Teleg grimaça de dégoût tout en desserrant son étreinte. « Et puis tu es là et tu me rappelles… beaucoup trop de choses. Des choses qui font mal. Que je veux oublier. Va-t'en. Va-t'en et ne reviens pas. »

Pelmen avait blêmi. « Tu as trop bu… Le camlorn t'est monté à la tête.

– Ne cherche pas à m'imposer ta présence une fois de plus, sinon…

– Sinon quoi ? »

Teleg le fixa d'un air menaçant. Du coin de l'œil, Pelmen, atterré, s'aperçut qu'ils étaient devenus le centre de curiosité des individus qui occupaient les lieux. Comme Teleg ne desserrait pas les lèvres, Pelmen n'eut d'autre choix que de se lever et dans un silence de mort, de quitter la taverne. Il entendit les conversations reprendre derrière lui.

Cette nuit encore, il eut toutes les peines du monde à trouver le sommeil. Les moments auprès de maître Galn et de Teleg à Falsine avaient été heureux… Teleg lui avait peut-être offert son amitié sous l'influence de son père, mais il avait fini par l'accepter comme son égal, si bien que lui aussi avait contribué à mettre à portée son idéal de vie. Jusqu'au jour où il avait été en âge de s'affranchir de la tutelle paternelle, c'était ce qui lui avait permis d'endurer le labeur de la tannerie. Il savait tout ce qu'il lui devait.

Quel revirement ! Ce n'est plus le même hevelen. Je ne l'aurais pas cru si fragile.

Comment réagir ? Teleg avait été victime d'une injustice de nature à lui faire remettre le pouvoir des Aguerris en cause. Devrait-il se rallier à ses vues et entrer lui aussi en rébellion ? Et dans les jours à venir, comment s'y prendre pour lui porter assistance ?

Quelque énergie qu'il déployât à les agiter en tout sens, Pelmen ne trouva pas de réponse à ses questions. La journée suivante n'en amena pas davantage et le soir, il emprunta le chemin, non des tavernes, mais de la plate-forme du divertissement. Il devait soulager quelques instants son esprit des doutes qui le tiraillaient.

L'esplanade était encombrée de futurs candidats au tournoi du Recrutement. Pelmen se fraya un passage jusqu'à l'aire de tir. *Puisque je suis assuré de faire piètre figure en combat singulier, il faut que je sois insurpassable au tir à l'arc.*

Il eut cette fois la satisfaction de faire sa démonstration devant un panel de spectateurs dont certains l'applaudirent. Pelmen savourait ces moments où il n'était plus en proie aux soucis ou contrariétés qui le harcelaient ces derniers temps. La réalité ne se rappela à lui que lorsque les ultimes rayons d'Astar furent remplacés par la lueur des étoiles. Les spectateurs avaient déserté les lieux, à l'exception de trois hevelens à la carrure de lutteurs. Leur présence intrigua Pelmen. Il allait remiser sa dernière épine dans son carquois quand son instinct le fit changer d'idée. Mieux valait garder l'épine prête à servir. Uniquement au cas où, bien sûr.

Il fit un détour pour mettre le trio à bonne distance, mais l'un des individus s'avança pour lui couper la route, sans se laisser impressionner par l'arc encoché.

« Qu'est-ce que vous me voulez ? » cria-t-il.

Aucune réponse. Seuls quelques combattants se trouvaient encore sur la grande esplanade. Le cœur de Pelmen se mit à battre plus vite quand il réalisa que personne ne viendrait le secourir. Il s'élança en direction de la passerelle la plus proche. Il l'atteignit juste avant l'inconnu et accéléra de toutes ses forces. Comme il débouchait sur une étroite plate-forme, il perçut une respiration. Sur la droite déboula l'un des comparses. Qui brandissait une lance de silex. Pelmen poussa un grondement étouffé, plongea sur la gauche et s'engagea sur une nouvelle passerelle.

Un attelage de nidepoux bloquait la voie.

Pelmen n'hésita pas une seconde. Il fonça droit devant, bondit sur le nidepoux, l'arc en bandoulière. L'animal chuinta et tenta une ruade, mais Pelmen était déjà retombé de l'autre côté. Rampant aussi vite qu'il le pouvait, il passa sous le chariot. Il se redressa, rejoignit un escalier se lovant en colimaçon sur une colonne et le souffle court, grimpa à l'étage supérieur.

Il avait distancé ses ennemis.

Pourvu qu'ils ne sachent pas où Xuven habite. Si c'était le cas, il leur serait facile de me tendre un piège.

Haletant, il reprit tant bien que mal sa course. D'après la position de la plate-forme du divertissement, il établit un itinéraire qui le ramènerait vers l'échoppe. Il progressa avec mille précautions, l'arc prêt à servir. Plus d'un passant le considéra en écarquillant les yeux. Les jambes alourdies par les montées et descentes successives, il parvint enfin à la demeure de Xuven.

« Que s'est-il passé ? demanda son oncle d'une voix tendue pendant que Pelmen, hagard, regardait de tous côtés autour de l'échoppe.

– Je ne sais pas, je n'ai pas bien compris…

– Raconte !

– Je m'entraînais tranquillement… puis ces inconnus se sont mis à courir après moi… »

Pelmen relata sa mésaventure d'une voix entrecoupée.

« Tu ne les as pas provoqués ?

– En aucune façon. Peut-être des concurrents… qui voulaient se débarrasser de moi avant le tournoi.

– Ou juste te faire peur. Ce ne serait pas la première fois avant un tournoi. En ce cas, cela prouverait qu'au moins une personne te prend au sérieux. Je vais signaler la chose aux traqueurs de Tchulen Poindivoire et leur demander d'être vigilants. Rien d'autre à faire, malheureusement. »

Pelmen repensa à Arlèce. En apparence, aucun élément n'indiquait que le lutteur aux cheveux de feu fût impliqué. Pelmen, néanmoins, avait aperçu le visage de celui qui le premier avait tenté de l'intercepter. S'il le voyait aux côtés d'Arlèce, il saurait.

Au matin du jour suivant, l'échoppe de Xuven connut une affluence inhabituelle, et Pelmen fut satisfait de se concentrer sur les demandes des chalands. Trop de préoccupations, trop de tourments le guettaient comme autant d'oiseaux de mauvais augure. Quand vint le crépuscule, une jeune hevelen à la beauté farouche et aux cheveux bleu-nuit se présenta. En échange d'un collier en ivoire elle demanda un pot d'onguent contre les brûlures. Lorsque Pelmen le lui apporta, elle sembla fort peu s'en préoccuper.

« Vous êtes… Pelmen ? fit-elle.

– C'est moi.

– Alicène m'envoie vous dire qu'elle a grand besoin de vous. »

Xuven murmura à l'oreille de son neveu :

« Un rendez-vous déjà ? Voilà donc ce qui te tourmentait ces derniers temps.

– Tu fais fausse route, répondit Pelmen en secouant la tête. Ce doit être une frasque de Teleg, j'en ai bien peur. Depuis qu'il a été enrôlé au Sanctuaire, il n'est vraiment plus le même.

– Elle n'a rien voulu me dire, intervint la messagère, mais ça avait l'air urgent.

– Décidément tes soirées sont bien occupées, dit Xuven. J'aurais préféré que tu en passes davantage à t'entraîner… Enfin, j'imagine que tu sais ce que tu fais. »

Tandis qu'il accompagnait la messagère, qui se présenta

comme l'une des servantes du Charpentier Emérite, l'inquiétude de Pelmen ne fit que croître.

A sa profonde contrariété, il s'aperçut qu'il devait ralentir le rythme pour attendre la jeune servante. Dès lors, l'ascension jusqu'au Sanctuaire lui parut encore plus longue et pénible. La servante signifia aux sentinelles qu'il était avec elle et on les laissa passer. Ils gravirent les marches de l'escalier du hall d'entrée, traversèrent des salles taillées dans la roche et dont Pelmen releva à peine la magnificence des décorations et boiseries, arpentèrent d'interminables corridors pour finir par obliquer vers une pièce à l'écart du faste ambiant. Les traits bouleversés, Alicène était assise sur un tabouret de bois. A leur arrivée elle se redressa et salua sèchement avant d'entrer dans le vif du sujet.

« Mon frère a disparu. »

Un frisson glacial parcourut l'échine de Pelmen. Il avait l'impression que l'un de ses funestes pressentiments relégués en bordure de sa conscience se réalisait. « Disparu ? Comment ça disparu ?

– Il n'est pas retourné au travail hier matin. Le second du Charpentier m'a convoqué dans l'après-midi pour m'annoncer la nouvelle. » Des larmes lui montèrent aux yeux. « Ils l'ont fait rechercher dans tout Alveg en vain, à ce que je sais. Oh, Pelmen ! Si jamais ils le rattrapent ce sera le treuil pour les dix prochains printemps. Et ils ne lui permettront plus de sortir d'ici !

– Alors il ne faut pas qu'ils le rattrapent.

– Mais que va-t-il devenir ?

– Je n'en sais rien, hélas.

– Tu… tu me le dirais si tu y étais pour quelque chose, n'est-ce pas ? Tu ne lui as pas conseillé de s'enfuir ? »

Pelmen fronça les sourcils. « Non, bien sûr que non ! Ce n'est pas parce que je… » Il se racla la gorge. « Quand je me suis enfui de Durepeaux, c'était mon père que je fuyais. Ici, Teleg n'était pas dans la même situation.

– D'après les treuillards, il haïssait son travail, tout comme toi. Et il s'était mis à fréquenter les tavernes. Tu le savais, n'est-ce pas ?

– Eh bien... à vrai dire, oui.

– Pourquoi me l'avoir caché ?

– Je ne voulais pas t'inquiéter. »

Alicène leva les yeux au plafond.

« Et puis, j'espérais arriver à le ramener à la raison par moi-même, plaida Pelmen. Mais la dernière fois que je lui ai parlé il ne voulait plus me revoir. A la vérité, il semblait prêt à tout pour m'en dissuader. C'était il y a deux jours. J'aurais dû venir t'en parler, mais j'étais pris par l'entraînement, le tournoi tout proche. Hier soir, je n'ai donc pas cherché à le retrouver. A présent… à présent je me demande s'il ne m'a pas délibérément écarté pour avoir le champ libre. Oui, cela pourrait s'expliquer ainsi.

– Il aurait eu une sorte de… plan d'évasion ?

– C'est possible. » Pelmen serra les poings. « Par tous les dieux, si seulement il m'avait mis dans la confidence ! J'aurais au moins pu l'aider ! (Son ton devint amer.) Je crois qu'il n'avait plus confiance. Il m'accusait de… de faire le jeu des Aguerris.

– Qu'allons-nous faire, Pelmen ?

– Toi, rien. Tu as une situation ici, et il faut sauver ce qui peut l'être. Je vais commencer les recherches de mon côté. Ça prendra le temps qu'il faudra mais je le retrouverai, je te le promets. Au besoin, fais-moi prévenir s'il donne signe de vie. Sait-on jamais.

– Entendu. »

Ils se séparèrent sur ces mots, Pelmen s'inclinant, Alicène le contemplant jusqu'à ce qu'il referme la porte derrière lui.

Pelmen l'ignorait, mais il ne devait plus la revoir avant longtemps.

Il décida de profiter de sa présence dans l'enceinte du Sanctuaire pour commencer par interroger les collègues de Teleg. Leurs témoignages lui fourniraient peut-être des indices avant d'entamer les recherches dans la cité. A partir du hall d'entrée, il retrouva aisément le chemin jusqu'aux quartiers des treuillards. Là, il fut déçu. Peu nombreux étaient ceux qui avaient côtoyé son ami, et ils ne se révélèrent guère loquaces. Teleg était un compagnon de treuil qui n'avait pas accepté sa nouvelle condition. Le peu d'énergie qu'il mettait à accomplir sa part de travail faisait de lui un élément indésirable. Jusque-là il avait évité toute sanction, mais elles lui pendaient aux narines. Il buvait trop, en sorte que sa réputation n'était pas meilleure auprès des traqueurs, lesquels ne se privaient d'ailleurs pas de lui assigner des corvées plus souvent qu'à son tour. Fréquentait-il quelqu'un en particulier ? Il y avait bien Guelen. L'un des porteurs d'eau du Charpentier, qui passait parfois. Lui et Teleg étaient repartis une ou deux fois ensemble.

Pelmen se fit expliquer où il vivait. Se hâtant – déjà une journée s'était écoulée depuis la disparition de son ami – il songeait que les renseignements glanés confirmaient ce qu'il avait constaté par lui-même. Teleg n'avait plus rien du compagnon exubérant, sociable et plein de générosité de Falsine. *Difficile de lui en tenir rigueur, je ne souhaiterais pas à mon pire ennemi d'en passer par ce qu'il a subi.*

Le crépuscule s'étiolait. Quand au terme d'une marche harassante, Pelmen atteignit enfin la demeure de Guelen, la lueur bleutée de Tinmal régnait au firmament de la nuit étoilée. La déesse de l'espoir et de la bienfaisance ne lui avait guère souri dernièrement.

Il s'assura qu'il pourrait saisir facilement son silex en cas de besoin et frappa à la porte. Bientôt un hevelen bien charpenté, au large front et dont la figure présentait quelques rides apparut.

« Vous êtes Guelen ? » demanda Pelmen.

Comme l'autre répondait par l'affirmative, il lui expliqua sans détour le motif de sa venue.

La nouvelle de la disparition de Teleg sembla davantage attrister l'individu que le surprendre. Il le convia à l'intérieur, où il lui servit une chope de bière et en prit une pour lui-même.

Pelmen ne la goûta que du bout des lèvres.

« J'ai bien peur de ne pas avoir grand-chose à raconter » commença Guelen.

L'hevelen avait lui-même jadis connu les affres du treuil et s'efforçait à sa manière d'alléger le fardeau des nouveaux venus. Par deux fois il avait invité Teleg à boire avec lui à la taverne de maître Dorecruche. Il voyait bien que Teleg ne supportait pas sa tâche, aussi était-il allé jusqu'à le faire venir chez lui afin de lui expliquer les mérites de son activité de porteur d'eau. Il croyait avoir amené le jeune hevelen à réfléchir, et regrettait que ça n'ait pas été le cas.

Pelmen l'interrogea plus avant, sans obtenir quoi que ce soit de plus consistant. A regret, il prit congé. L'heure était avancée et le chemin du retour encore long.

Tinmal serait pleine le surlendemain, songea-t-il, et alors commencerait le tournoi du Recrutement. Les tripes nouées, il réalisa que l'événement n'était désormais plus prioritaire.

Sauf si... Les appuis qui lui faisaient défaut pour retrouver Teleg lui deviendraient peut-être accessibles en tant que traqueur. Mais pouvait-il se permettre de perdre ne serait-ce qu'une journée de plus ?

Pelmen regagna l'échoppe de son oncle sans avoir résolu le douloureux dilemme. Il ne chercha pas à éviter Xuven – l'affaire était trop importante pour être tue.

Son oncle parut surpris et voulut connaître tous les détails de la conversation avec Alicène ainsi que les maigres réponses que Pelmen avait pu obtenir des treuillards et de Guelen. Par la suite, il médita dans le silence de la salle à manger seulement perturbé par les bruits de mastication de Pelmen – se contraignant à contenter son estomac, celui-ci avait entamé des pilons de galcynes laissés à son attention.

Xuven finit par reprendre la parole. « La disparition de ton ami n'est pas un cas isolé » révéla-t-il d'une voix posée.

Pelmen redressa la tête, les sourcils haussés.

« Oui, continua Xuven, depuis quelque temps, des hevelens s'évanouissent dans la nature. La plupart sont des Déshérités, mais certains de mes collègues voyageurs ont également été touchés. L'affaire est bien entendu source de préoccupation pour notre Aguerrie, Sélénice Milempas.

– L'Infatigable Voyageuse ?

– C'est son titre, en effet.

– Continue...

– Cela n'a peut-être rien à voir, mais dans le même temps des rumeurs non confirmées font état de la réapparition de shamans pourpres. Ce sont des adorateurs de Valshhyk l'Immolé, des fanatiques qui sacrifient leur apparence physique au profit du culte qu'ils lui vouent. Ils ont le pouvoir de manier le feu du Destructeur. On croyait les terres d'Ardalia débarrassées de cette engeance à jamais... » Xuven s'interrompit pour humer l'air. « Qu'est-ce qu'il y a ? Ton odeur a changé, je sens le trouble et la peur en toi. »

Pelmen avala sa salive. A la pensée de la portée de l'information qu'il n'avait pas jugé bon de communiquer, ni à Teleg ni à Xuven, les mille épines de la culpabilité firent rougir sa peau et une bouffée de chaleur lui embrasa le front. Pusillanime. Il s'était comporté comme un gamin pusillanime, et les conséquences étaient catastrophiques. Il prit une inspiration avant de parler.

« Eh bien… Vois-tu, je ne t'ai pas tout dit à mon arrivée ici. Tu te souviens que je me suis enfui de Durepeaux pour échapper au “traitement de faveur” que me réservaient les collègues de mon père ?

– En effet.

– Pour être franc, je n'aurais pas réussi à leur échapper sans l'aide d'un voyageur nommé Komel qui m'a dissimulé dans un des tonneaux de son chariot. Mais je n'étais pas le seul à m'enfuir de cette façon… » Et Pelmen de lui faire le récit, complet cette fois, de ses démêlés avec Komel puis de l'embuscade du shaman. Si dès le début Xuven ne cacha pas sa surprise, parvenu au point où le shaman avait usé de magie, il se leva et décocha à son neveu un regard où la stupéfaction le disputait à la sévérité.

« Un shaman pourpre ? Dans les Canyons ? Es-tu bien sûr de ce que tu avances ?

– Je ne t'en aurais pas parlé si Teleg n'avait disparu sans laisser de trace. J'ai à plusieurs reprises douté de ma propre expérience, mais mes souvenirs sont là qui ne veulent pas s'effacer. Tout comme cette cicatrice, ici. » Il souleva sa chemise et son oncle se pencha.

« Ça ressemble bien à une trace de brûlure. Evidemment ça ne prouve rien mais… si tu dis vrai, voilà qui est grave, très grave. »

Xuven baissa la tête et marmonna entre ses dents de manière à peine audible. « Leur audace ne connaît donc pas de limites…

– Je… j'ai l'impression que j'aurais pu éviter à Teleg ce qui lui est arrivé, articula Pelmen, si je t'avais raconté tout ça plus tôt. Si j'avais su que ces gens représentaient une menace même ici, en Alveg, j'aurais pu le prévenir, et peut-être...

– Tu as voulu te protéger en t'enfouissant la tête sous une peau de bête, opina Xuven. C'est ce que font la plupart des gens.

– Ce n'est pas une excuse.

– Tu n'étais pas préparé. Tu ne pouvais pas être préparé, et crois-moi, tu peux bénir Aoles, Tinmal et Astar d'être encore en vie. » Xuven soupira. « Non, tu n'as pas à t'en vouloir.

– Je fais tout de travers… Tout !

– Les pantins de l'aire de tir ne partagent pas ton avis, j'en suis sûr.

– Tu trouves le moyen de faire de l'humour en un moment pareil ?

– Flagelle-toi le cuir si ça te fait du bien, mon garçon. Moi, je trouve que pour quelqu'un qui manque autant d'expérience et doit résoudre plusieurs problèmes en même temps, tu ne t'en tires pas si mal. Tu ne peux pas tout réussir. »

Pelmen poussa un grognement. « Je préfèrerais ne pas tout rater. Qu'allons-nous faire pour Teleg ?

– J'essaierai de t'aider mais cela prendra du temps. Tu ne dois pas attendre de miracle. A ce jour, aucun des disparus n'a pu être retrouvé.

– Aucun ? Ce… ce n'est pas possible ! Si j'ai pu leur échapper, peut-être que lui…

– Le voudra-t-il ? Tu le sais mieux que moi, son avenir en tant que charpentier est sérieusement compromis. Et l'ambreroche qu'on lui a probablement fait miroiter, la promesse d'une vie nouvelle, tout cela a dû agir sur lui. Puissamment, dans sa situation. »

La terrible vérité contenue dans les paroles de son oncle glaça le cœur de Pelmen. Il se souvint que les Déshérités dans le chariot s'y trouvaient de leur plein gré, et que nul n'avait cherché à s'enfuir.

« Quelle horreur…

– Ce sont des individus habiles, puissants et organisés, autrement ce qu'ils manigancent aurait déjà été éventé, et eux-mêmes soumis à la justice des Aguerris. »

Pelmen ne pouvait se résoudre à l'idée d'avoir peut-être perdu son ami, si tôt après la mort de maître Galn. « Et… en admettant que nous le retrouvions et que nous l'arrachions à eux, il serait condamné à se cacher ?

– Ou du moins à changer de ville pour se mettre hors de portée du Charpentier pendant quelque temps. Hum… A partir de maintenant, tu vas devoir m'obéir en tous points, car je pressens que nos recherches vont nous mener en eaux troubles. Pour commencer, ne parle à personne de ta rencontre avec Komel et le shaman. Nous verrons le reste demain… en espérant que ce sera un jour moins sombre. » Xuven eut un rictus d'amertume. « Il va être difficile de trouver le sommeil à présent, mais que ça ne nous dissuade pas d'essayer. »

Etendu sur sa litière, pressant contre lui sa couverture, Pelmen ressassa longtemps les événements de la journée. Le tourbillon dans lequel il se trouvait entraîné, la spirale infernale qui l'aspirait ainsi qu'Alicène avait déjà englouti maître Galn et peut-être Teleg.

Il devait cesser de subir les événements. Ne plus courber l'échine et se battre, tout faire pour tenir sa promesse envers Alicène en retrouvant Teleg. Hamal, dieu du désespoir et de l'infortune, s'acharnait sur les Boisencroix, et si Pelmen pouvait faire quelque chose pour le détourner d'eux, il n'y avait pas de questions à se poser. *Le retrouver. Le retrouver. Le retrouver...* Bercé par cette litanie, il glissa en dehors du monde de l'éveil.

Son rêve fut celui d'une chute vertigineuse et interminable. Plus il tombait dans la nuit, plus celle-ci accélérait sa course mortelle. Quand les premières lueurs de l'aube donnèrent contre un tonneau dans son champ de vision, Pelmen passa un moment à se demander pourquoi il était immobile et par quel mystère Astar persistait à vouloir se lever au beau milieu de la nuit. Il poussa un gémissement en se rendant à l'évidence et se mit en devoir de se préparer, sans pouvoir se départir du sentiment de n'être rien de plus que l'une de ces figurines articulées que Teleg s'amusait à remuer en tout sens. Autrefois. Son humeur s'aggrava encore lorsqu'au cours du petit déjeuner, Xuven lui enjoignit de tenir la boutique toute la journée.

« J'ai fait à Alicène la promesse de retrouver son frère, fit valoir Pelmen.

– A moins d'être d'une belle naïveté, elle doit savoir qu'il te sera pour le moins difficile de tenir parole. Je t'ai demandé hier d'être patient. Nos adversaires t'ont déjà prouvé, je crois, à quel point ils sont dangereux. »

Pelmen eut une moue de dépit mais n'essaya pas d'argumenter. Son oncle lui tapota l'épaule avant de prendre congé.

Devoir lui obéir en tous points ! Me montrer patient ! Facile à dire, pour Xuven.

Tout en maugréant, Pelmen mit la boutique en ordre et alla redresser la bannière de l'Infatigable Voyageuse, signe que l'échoppe était ouverte. Il ne servit que deux clients, cependant, avant de s'assurer que son oncle n'était plus en vue et de prendre ses dispositions. La bannière de nouveau abaissée, il eut soin de s'équiper d'une besace qu'il remplit de victuailles pour la journée. Il passa son silex à la ceinture.

Plutôt que d'interroger directement la clientèle des trois

tavernes où Teleg avait coutume de se rendre, Pelmen avait décidé d'explorer les abords de ces établissements en une spirale de plus en plus large. Il usa donc ses sandales et dépensa sa salive la matinée et une bonne partie de l'après-midi, sans obtenir davantage que de vagues souvenirs dénués d'intérêt. La tâche lui était rendue d'autant plus ardue qu'à la veille du tournoi du Recrutement, l'affluence était considérable.

Son estomac protestait depuis un certain temps déjà quand il se résolut à se restaurer. Assis sur une borne de pierre, il entraperçut une silhouette familière se frayer un chemin parmi les passants. Son oncle, dont la démarche volontaire était reconnaissable, s'éloignait sans l'avoir remarqué le long du massif. Intrigué, Pelmen rangea sa galette de veguer à demi entamée dans sa besace. Un peu honteux du procédé, mais non sans ressentir une pointe d'excitation, il fit de son mieux pour maintenir quelque distance entre son oncle et lui en prenant garde à ne pas le perdre de vue. Xuven s'immobilisa, puis prit place dans l'une de ces nacelles entourées de cordages qu'utilisaient les Opulents.

Il va donc au Sanctuaire des Dix. Pour y interroger Alicène ? Il ne l'a jamais rencontrée pourtant.

La question était intrigante, mais ne valait sans doute pas l'effort de grimper jusqu'au sommet du massif. Pelmen résolut par conséquent d'attendre le crépuscule puis de retourner à la taverne de maître Daguen. C'était sa seule piste tangible, l'endroit où il avait vu Teleg pour la dernière fois. Pelmen erra un certain temps au gré de sa fantaisie avant de s'asseoir sur le banc de pierre d'une petite place peu fréquentée. Là, il rongea son frein jusqu'au moment de reprendre le chemin des trois tavernes. Le parcours ne lui était que trop familier, à tel point qu'il devait commencer à passer pour un habitué aux yeux des habitants du quartier. Des jeunes gens d'humeur joyeuse devisaient en s'avançant vers l'établissement – inutile de tendre l'oreille pour déduire de leurs conversations qu'ils arrivaient en ville pour le tournoi. Pelmen grinça des dents. A l'heure qu'il était, il aurait dû se trouver sur l'aire de tir de la plate-forme du divertissement pour son ultime entraînement. C'était ce qu'aurait voulu son oncle. *Il a sans doute déjà constaté ma disparition. Il doit m'en vouloir de lui avoir désobéi, mais tant pis.*

Pelmen se glissa à l'arrière du groupe de jcunes gens, tête baissée pour ne pas être remarqué. La fortune lui sourit. Le bouge était surpeuplé, il fut en mesure de progresser à couvert vers les tables du fond, où il s'assit devant une chope vide. Il s'en empara et fit mine de boire en inspectant les alentours. A première vue il s'était montré suffisamment discret. Ces grands échalas à sa droite, dont plusieurs arboraient sur leur figure les stigmates de duels au silex, il se rappelait les avoir vus. Autant que faire se pouvait il préférait éviter tout commerce avec eux. Ceux qui composaient la majorité de la clientèle, cependant, étaient de bons vivants venus là pour un soir. La gaieté de certains paraissait empruntée, comme si d'instinct ils se rendaient compte que leur présence était juste tolérée ici.

Pelmen observa les allées et venues. Cette fois il lui fallait agir à coup sûr, il ne pouvait se permettre d'attirer l'attention sur lui en interrogeant plusieurs personnes. Des chalands s'assirent à sa table, burent leur gobelet et repartirent, trouvant sa compagnie trop silencieuse à leur goût. Au-dehors, la nuit se fit plus opaque. Apparut alors cet avorton à la tignasse noire qui salua le tavernier avant de s'installer à quelques coudées, faisant le vide autour de lui. Pelmen ne percevait que trop bien ses relents de crasse.

Quand donc l'avait-il déjà vu ? Ou reniflé ?

Soudain il se souvint. Le soir de sa dispute avec Teleg, le chétif personnage faisait partie de ceux qui n'avaient rien manqué de la scène. Pelmen se leva. Plus il s'approchait, plus il se demandait comment un Déshérité tel que celui-ci, dont la tignasse était visiblement un havre de paix pour les poux, pouvait être admis en ces lieux. Pelmen se passa avec nervosité la main sur le cuir chevelu, sentant le picotis des cheveux encore ras, puis s'assit en prenant soin de garder ses distances. L'autre le dévisageait sans masquer sa curiosité.

« Vous étiez là il y a deux jours ? interrogea de but en blanc Pelmen, qui désirait écourter autant que possible l'entrevue.

– Quand t'as failli t'empoigner avec le blondinet ? Ouais, j'm'en souviens. Tout le monde vous zieutait. J'en étais à ma troisième bière, mais Artus n'avait pas daigné m'en verser d'autres. Artus, c'est l'serveur là-bas tu vois ? Le cousin d'mon deuxième demi-frère. Très généreux. Pas plus tard que ce matin, y m'disait… »

Le flot de paroles s'avérait d'autant plus désagréable à supporter que son possesseur se trouvait affligé d'un organe auprès duquel les caquètements des galcynes faisaient figure de doux gazouillis. Pelmen interrompit la logorrhée en demandant d'un ton tranchant :

« Vous l'aviez déjà vu auparavant ? Le… "blondinet" ?

– Ouais… mais comme j'te disais…

– Il était à chaque fois seul ? coupa Pelmen.

– Souvent, répondit son interlocuteur en se renfrognant. Pas toujours.

– Il voyait différentes personnes ? »

A ce stade, l'hevelen jeta des coups d'œil inquiets sur les côtés. Il se rapprocha (Pelmen retroussa les narines, mais s'efforça de ne pas reculer) pour murmurer sur le ton de la confidence.

« Non, une seule. Un marchand, j'crois. L'était là aussi le soir où t'es venu, après qu'tu sois reparti. Z'ont bu ensemble, mais le marchand a pas accepté qu'je m'joigne à eux...

– En es-tu bien sûr ? s'enquit Pelmen avec trop de vivacité, le cœur battant soudain plus vite.

– Euh, ouais.

– Connais-tu son nom ? Le nom du marchand ? »

L'interlocuteur de Pelmen se courba pour lui murmurer quelque chose. Au même moment, le dos de sa main heurta son gobelet, qui tomba aux pieds de Pelmen.

« Hé ! Mon gobelet ! » fit l'avorton.

Pelmen se pencha pour le ramasser, puis le posa sur la table.

Où est-il passé ?

L'hevelen avait disparu. A bien y regarder cependant, un mouvement se produisait parmi les clients. Pelmen n'hésita qu'un instant. Là où le nabot s'était faufilé avec aisance, il perdit quelques secondes en bousculant plusieurs personnes. Au-dehors, la petite silhouette courait dans la nuit le long d'une passerelle.

Il s'élança. Plus rapide, il gagnait du terrain. Le fuyard s'était mis à gravir une échelle de pierre adossée à une habitation. Pelmen força le rythme, bondit et réussit *in extremis* à lui agripper la cheville. Il tâcha de le faire retomber, mais l'autre résistait de toutes ses forces.

Leurs souffles menaçants lui parvinrent alors. Pelmen lâcha aussitôt prise, ce qui lui permit d'esquiver un coup de pied qui l'eût plaqué contre l'échelle. Il ressentit une bouffée de colère plus forte que la peur *(ils ne m'empêcheront pas de retrouver Teleg)* et sa main se referma sur son silex à la ceinture. Il n'eut pas le temps de s'en saisir. Un deuxième larron s'était rué sur lui et l'empoignait. Dans la mêlée qui s'ensuivit, il compta trois adversaires. D'une ruade il se défit de celui qui le chevauchait, se releva en lui administrant au jugé un coup de pied, mais fut frappé à la tête avec le plat d'un objet.

A demi assommé, la vue brouillée, gagné par un début d'affolement, il chercha à fuir. En pure perte. Les coups se mirent à pleuvoir et il tenta de les éviter ou du moins de se protéger de son mieux. Il bascula dans l'inconscience sans s'apercevoir que le vent qui soufflait sur la plate-forme tourbillonnait de manière étrange autour de ses ennemis. Presque tangible, l'air devenu glacial les enserrait et ralentissait leurs mouvements. A leur tour ils tombèrent un à un, percutés par une force invisible.

CHAPITRE SEPT

L'AUDIENCE

Pelmen reprit conscience en ayant l'impression qu'une troupe de musiciens avaient pris son crâne pour un tambour duquel ils ne cessaient de jouer. Ses tempes, son menton, l'une de ses pommettes et l'arrière de son crâne rivalisaient pour lui signaler le plus douloureusement leur existence. Il toucha une narine et sentit le sang coagulé. Ses doigts remontèrent le long de l'arête de son nez… Pas de brisure de ce côté. Sa langue délimita le contour de ses dents – encore le goût du sang – et de nouveau, Pelmen s'estima heureux qu'aucune n'ait été délogée. La taille de ses bosses, en revanche, devait le rendre méconnaissable.

La lueur vive d'Astar entrait par une fenêtre anormalement large. Autre anomalie, Pelmen reposait, non dans sa litière habituelle mais dans un confortable lit. Celui de Xuven.

Un sourire fugace éclaira le visage de son oncle quand Pelmen tourna la tête vers lui.

« Depuis… combien de temps ? » articula-t-il malgré ses lèvres boursouflées.

« Tu es resté toute la nuit inconscient mon garçon.

– Toute la nuit ! Le… le tournoi... » De ses avants-bras, Pelmen tenta de se hisser mais ses forces le trahirent et il retomba sur le dos.

« Bois ceci. » Xuven lui tendit un gobelet rempli au tiers d'un liquide épais qui ressemblait à du lait.

« Qu'est-ce que c'est ?

– Bois, te dis-je. C'est un remède qui hâtera ton rétablissement. »

Trop affaibli pour discuter, Pelmen s'exécuta. Le liquide avait une saveur capiteuse. « Le tournoi » répéta-t-il. Bientôt, il se sentit emporté par de puissantes vagues qui semblaient concentrer son épuisement.

« Il est trop tard pour le tournoi » murmura Xuven lorsque les paupières alourdies de Pelmen se furent refermées.

A son réveil plus tard dans la journée, Pelmen avait recouvré suffisamment de vigueur pour se lever et aller dans la cuisine s'alimenter en compagnie de son oncle. Il le fit avec application, en rassemblant et ordonnant ses pensées.

« C'est toi qui m'as retrouvé, hier ?

– Tu as eu cette chance. A l'avenir, quand je te demanderai quelque chose, tu devras m'obéir ou bien te trouver un autre maître d'œuvre.

– Je ne pouvais pas rester les bras croisés. C'était impossible. »

Xuven soupira, mais son ton se radoucit. « Tu vas devoir apprendre à me faire confiance et à m'écouter, mon garçon. Sinon, ça ne va pas fonctionner entre nous.

– J'essaierai » fit Pelmen. Il détailla son oncle du regard. « Et donc, tu passais par hasard à l'endroit où tu m'as retrouvé ?

– Je savais que tu t'aventurerais de nouveau dans le secteur puisque c'est là que tu te rendais ces derniers temps pour voir ton ami. Quand le soir venu j'ai vu la boutique fermée et que tu n'étais nulle part, j'ai tout de suite compris ta démarche et il m'a paru prudent de vérifier que tes recherches ne t'avaient pas attiré d'ennuis – je connais la réputation des trois tavernes. La fortune a fait le reste.

– Ceux qui m'ont attaqué… ils étaient encore là quand tu es arrivé ?

– Ils t'avaient laissé pour mort. Il m'a fallu louer un attelage pour te ramener ici.

– Je suis désolé. Je t'ai causé beaucoup de tracas, on dirait.

– C'est le moins qu'on puisse dire. Qu'as-tu appris ?

– Teleg a parlé à quelqu'un peu après ma dernière entrevue avec lui, la nuit même de sa disparition. Un marchand.

– Le dénommé Komel ?

– L'hevelen qui m'a livré l'information n'a pas voulu en dire plus. Il s'est enfui et c'est en essayant de le rattraper que j'ai été attaqué. Mais j'espère bien pouvoir le retrouver… »

Xuven avait levé la main pour lui intimer le silence. « Tu ne le retrouveras pas. Je t'avais déjà prévenu de ne pas sous-estimer ceux qui organisent les disparitions.

– Oui, mais…

– Te figures-tu qu'ils vont laisser des traces, à présent qu'ils savent que tu es à la recherche de ton ami ? “Ce n'est pas quand le sanrkhas a flairé ton odeur qu'il te faut le traquer”, dit le proverbe. As-tu songé que ceux qui t'ont attaqué pouvaient être les mêmes que ceux qui t'avaient poursuivi ?

– Maintenant que tu en parles, c'est une possibilité, oui.

– Ce qui signifie que ton visage est connu. Le mieux est de faire profil bas, comme si la leçon t'avait suffi. Tu dois te faire oublier.

– Et pour le tournoi ?

– Tu as manqué celui de cette année, et le suivant n'est prévu que pour les prochains mois du Renouveau.

– Les prochains mois du Renouveau ! »

Le rêve que Pelmen avait caressé durant tant de rudes heures à la tannerie et à chaque fois qu'il partait s'exercer à l'arc, ce rêve tombait en ruine. Il se passa la main sur son visage tuméfié.

« C'est ce que je disais, fit-il d'une voix brisée. Je rate tout ce que j'entreprends.

– Et tu continueras à essuyer des revers tant que tu te laisseras dominer par tes émotions, martela Xuven. Si je ne m'abuse, Aoles t'a transmis la faculté de raisonner. A toi de l'utiliser. »

Pelmen pinça les lèvres, mais s'abstint de répondre.

« Cela dit, poursuivit Xuven, ton échec n'est pas total. Ta tentative nous permet au moins de savoir avec certitude que la disparition de Teleg n'est pas une simple fugue.

– Et en quoi est-ce que ça nous avance ?

– C'est évident, nous savons où concentrer nos efforts. Dans l'immédiat, tu dois te préparer à un autre rendez-vous, sans doute plus important encore que le tournoi. Dès demain après-midi, nous allons au Sanctuaire où je te présenterai à l'Infatigable Voyageuse. J'ai obtenu une audience. »

Pelmen contempla son oncle avec incrédulité. *Une audience auprès d'une Aguerrie, rien que ça ! Voilà qui explique en tout cas sa visite d'hier au Sanctuaire.*

« Inutile de préciser que tu as intérêt à faire bon effet, et que ce n'est pas avec une aussi piètre figure que tu y parviendras. Suis-moi. »

Il fureta dans la réserve et en ressortit, un petit pot en terre cuite entre les mains.

« Le baume qu'il contient est rare et recherché, expliqua-t-il. Il provient des territoires malanites, bien au-delà des Canyons. Laisse-toi faire. » Ses gestes furent vifs et précis, et bientôt Pelmen eut le sentiment de porter un masque dont la douceur veloutée contrastait avec la brûlure de ses cicatrices.

Xuven lui ordonna de garder le lit, ou du moins de ne pas faire d'efforts pour le restant de la journée. Pelmen obtint toutefois de sortir prendre l'air.

Le ciel était d'un jaune éclatant, sans un nuage. Le vent redonna des couleurs à Pelmen. Quand il voulut s'aventurer sur la passerelle, pourtant, il fut pris de faiblesse et dut s'agripper au parapet. Le décor vertigineux sous ses yeux l'entraînait, l'aspirait dans le vide.

Son cœur battant la chamade, il se rejeta en arrière puis tourna la tête pour se raccrocher à la vision rassurante de l'échoppe. La bannière de la Voyageuse était retournée contre le frontispice. Les jambes encore flageolantes, il regagna la chambre de son oncle et défit ses sandales. Le contact soyeux du tapis en peau de sanrkhas sous ses pieds était agréable. Sans autre forme de procès, il se laissa tomber dans le matelas en duvet de galcyne. La torpeur l'envahit aussitôt. Pensées amères et rêveries douloureuses se mêlaient en fragments indistincts tandis que peu à peu, son visage tuméfié absorbait le baume. La luminosité avait diminué quand il émergea de sa léthargie. Si ses idées avaient gagné en clarté, Pelmen se sentait plus affaibli qu'auparavant.

Des clapotis se firent entendre dans la pièce adjacente. Un peu plus tard Xuven entra dans la chambre, les traits tirés mais environné du parfum de tachefleurs et délivré de la poussière de la journée. « Le repas est prêt », annonça-t-il.

Ils dînèrent de viande de nidepoux fumée et de fèves qu'ils arrosèrent avec de la bière. « Ton visage est encore bien contusionné, fit remarquer Xuven. Viens donc par ici, la seconde couche d'Eau apaisante devrait être plus efficace. »

Pelmen laissa les doigts burinés et rugueux apposer le baume. Dès qu'il le put, il sortit s'imprégner de la fraîcheur de la nuit tombante. Nombreux étaient les porteurs d'eau qui approvisionnaient les demeures et repartaient en tirant leur charrette emplie de provisions. Au nord, il pouvait apercevoir les contours de la plate-forme du divertissement.

Pelmen plissa les narines. Lui qui croyait avoir abandonné ses soucis à Durepeaux en récoltait plus que sa part. Ses tentatives pour améliorer les choses ressemblaient aux inutiles soubresauts d'un poisson hors de l'eau. Si son jugement était à ce point obscurci, mieux valait s'en remettre pour l'heure à celui de son oncle.

Pelmen avait pensé ne pouvoir s'endormir avant un long moment mais ce fut le contraire qui se produisit. Sitôt allongé il ferma les paupières et sa respiration se fit régulière. Au réveil, ses doigts lui apprirent que l'Eau apaisante avait fait effet au-delà de toute espérance. Aucune bosse ne subsistait, ses lèvres avaient recouvré leur volume habituel et les cicatrices sur ces dernières étaient déjà en voie de résorption. Une telle efficacité tenait du prodige.

Sur un coffre était disposée une tunique de cuir à la

découpe simple mais de bon goût, qui s'assortirait au mieux avec son pantalon.

« Tu as l'air d'aller mieux », dit Xuven, lui adressant un regard appréciateur. Lui-même était vêtu d'une tunique de nécot blanc brodée de motifs ondoyants qui lui octroyaient presque une apparence de noblesse, pour le moins insolite chez lui.

Ce fut en début d'après-midi qu'ils prirent le chemin du Sanctuaire des Dix. Pelmen portait sous le bras un coffret de bois ouvragé – présent de Xuven à la Voyageuse. Après un premier escalier qui les mena au balcon supérieur, ils contournèrent le massif et dépassèrent plusieurs aires de départ signalées par des bannières, où des traqueurs vérifiaient l'identité des Opulents qui prétendaient avoir accès aux nacelles. Xuven s'immobilisa devant le symbole d'un attelage de nidepoux. Au signal du garde, ils avancèrent et l'hevelen donna deux courtes tractions sur une corde qui pendait à son côté.

Ils s'élevèrent d'abord par à-coups, puis plus régulièrement.

« Le traqueur te connaissait ? demanda Pelmen qui s'étonnait d'avoir pu passer si aisément.

– C'est l'une de leurs fonctions. Ils ne pourraient travailler ici s'ils n'avaient la mémoire des visages. »

Pelmen était partagé entre le soulagement de ne pas avoir à grimper jusqu'au Sanctuaire – il n'était pas complètement remis de ses blessures, les efforts prolongés lui donnant le tournis – et la répugnance qu'il éprouvait à infliger ainsi un surcroît de travail aux Déshérités commis aux treuils. *Je pourrais être l'un d'eux. Je l'étais il n'y a pas si longtemps. Teleg en était devenu un, quoique par accident.*

La nacelle oscillait gentiment au gré du vent et de la tension imprimée dans la corde. Quand elle atteignit l'ouverture ménagée dans la roche du Sanctuaire, les bras musclés du treuillard chargé de la réception la halèrent. Pelmen fut heureux de sentir à nouveau la fermeté du roc sous ses sandales – il n'était pas plus rassurant que cela d'avoir à remettre sa vie entre les mains d'inconnus. Il se retint de dévisager les treuillards, craignant de laisser transparaître la compassion qu'ils lui inspiraient. A sa surprise, ces derniers semblaient en meilleure condition que ceux aperçus lors de sa première visite. L'un d'eux porta le goulot d'une outre à ses lèvres. Le regard qu'il lui lança ne comportait pas trace d'hostilité ou de reproche – juste de la curiosité.

Guidé par Xuven qui allait d'un pas vif, Pelmen s'éloigna pour gravir un couloir en pente douce. Ils débouchèrent sur un balcon qui encerclait une vaste enceinte à ciel ouvert. Xuven désigna une grande table ronde en marbre anthracite entourée de sièges à haut dossier. « C'est là que se réunissent les Dix pour débattre des affaires en cours. »

Un peu plus loin ils traversèrent une salle à ce point ornée de tachefleurs et de plantes grimpantes qu'elle évoquait un jardin d'agrément. Des couples conversaient ou badinaient, profitant de la fraîcheur et de la sérénité des lieux. Puis les deux longèrent plusieurs couloirs, contournèrent un escalier de taille respectable – selon Xuven il conduisait au sommet de la tour de la Voyageuse – pour enfin se présenter dans le vestibule de la salle de réception. Un serviteur revêtu d'une robe aux couleurs dorées, brunes et ocre de sa maîtresse vint s'enquérir de leurs noms. Il leur demanda de patienter pendant qu'il annonçait leur arrivée. Bientôt, la double porte de bois s'ouvrit de l'intérieur et le serviteur, s'inclinant, leur fit signe d'entrer.

Les lèvres de Pelmen s'arrondirent en un « O » d'admiration. Le trône qui occupait le centre de la pièce était un magnifique coquillage surélevé sur une estrade dont la partie inférieure de nacre bleutée était rembourrée de coussins aux couleurs vives. La Voyageuse se tenait debout sur le côté. Quoiqu'elle n'arborât ni parure ni ornement, il ne fallait aucune perspicacité pour la distinguer de ses courtisans et domestiques. Elle seule portait une robe pourpre faite d'un tissu ondoyant et miroitant tel qu'il n'en avait jamais vu. D'une pureté surnaturelle, on suivait les contours de ce véritable feu liquide sans pour autant parvenir à en fixer la forme.

« Si tu continues à ouvrir la bouche ainsi, ta mâchoire va finir par se décrocher » fit Xuven en administrant un léger coup de coude à son neveu. Lequel scella aussitôt les lèvres, mais ses narines restèrent dilatées, palpitantes.

Insigne honneur, la Voyageuse s'avançait vers Xuven en souriant, sans plus de cérémonie que si elle n'avait été qu'une amie de longue date. Le parfum qui l'environnait était plus subtil qu'envahissant. Chaque fois que Pelmen croyait saisir une fragrance, une autre venait s'y substituer.

Elle tendit les mains et Xuven les serra en courbant la nuque.

« Très cher ami ! Vous revoir me comble d'aise. Vos visites me sont d'autant plus précieuses qu'elles sont rares.

– Votre Altesse, je suis impardonnable. Vos intérêts me tiennent tellement à cœur que je manque à mes devoirs en ne venant pas vous rendre hommage aussi souvent que je le voudrais.

– Voilà qui est habilement tourné, si ce n'est que mes intérêts sont aussi les vôtres, n'est-ce pas ? (Ses prunelles brillaient de malice.) Et pas de "Votre Altesse" entre nous, voulez-vous ? Nous nous connaissons depuis suffisamment longtemps. » Le regard de la Voyageuse effleura Pelmen. « Qui donc m'amenez-vous ? » Son visage était maquillé avec art, et seules ses quelques rides au coin des yeux indiquaient qu'elle devait à peine être un peu plus jeune que Xuven.

« Je vous présente mon neveu, Pelmen. Il vous apporte un petit témoignage de mon estime qui j'espère rencontrera votre approbation. » Xuven fit un discret signe de tête et Pelmen tendit le coffret à la Voyageuse. Elle l'ouvrit et déplia une étole turquoise de la même eau que la robe qu'elle portait. Ravie, elle la jeta sur ses épaules et avec grâce fit un tour complet sur elle-même, sous les regards interdits de l'assistance. Son cou était une vague diaprée, aussi fluide et légère que le vent.

« Une étoffe malanite ! Et de première qualité, comme d'habitude ! Elle se mariera mieux avec une autre robe, mais vos goûts sont toujours aussi exquis, mon ami. Vous avez l'art de me faire oublier votre manque d'assiduité. Quant à votre neveu, ajouta-t-elle en posant ses yeux ornés de longs cils sur lui, pour quelle raison me l'avoir si longtemps caché ?

– C'est que... il n'a sollicité mon enseignement que depuis peu, quand son âge l'a autorisé à choisir sa propre voie. De fait, j'ai reconnu en lui les talents d'un apprenti et je crois qu'il vous servira bien.

– Je vous fais entièrement confiance là-dessus. Mais je suis impatiente de passer à l'objet de votre visite. Votre message m'a intriguée, je l'avoue. Voulez-vous que nous en discutions... en privé ? »

Xuven esquissa l'ombre d'un sourire en s'inclinant. Quand ils commencèrent à s'éloigner, Pelmen leur emboîta le pas mais Xuven se retourna vers lui.

« Attends-nous ici. »

Ils disparurent derrière une porte dissimulée par un double rideau.

Pelmen n'était pas le seul à se sentir mis à l'écart, plusieurs des courtisans faisaient grise mine ou bien s'entretenaient à voix basse. N'osant se mêler à eux, il résolut de faire le tour de la salle. Les fascinants cristaux de lumière rayonnaient à l'intérieur de la charoche, mettant en relief la décoration qui conférait aux lieux chaleur et intimité. Des vases aux formes et aux motifs insolites, dont quelques-uns lui arrivaient à hauteur d'épaule, étaient placés à intervalles irréguliers sans pour autant qu'il en résultât une impression de désordre. A vrai dire l'espace n'était en rien encombré de luxe ostentatoire – nul doute que si ses voyageurs lui apportaient régulièrement des présents, l'Aguerrie devait disposer de beaucoup plus d'objets exotiques que n'en contenait la pièce. Pelmen s'approcha de hautes tapisseries tendues entre des pilastres de bois. Là étaient représentés les grisepeaux, ou malians. Êtres des plus étranges, qui vivaient loin au-delà des Canyons et même des Steppes Venteuses. L'une des scènes les dépeignait parlementant avec des hevelens. Certains étaient pourvus de deux têtes et de quatre bras comme s'il s'agissait d'individus adossés, à la différence que ces binômes ne possédaient qu'une paire de jambes. D'autres se distinguaient juste par leur aspect longiligne et imberbe. Ils paraissaient amicaux.

Xuven tardant à revenir, Pelmen s'assit sur un coussin à l'écart. Quelques instants s'écoulèrent, pendant lesquels il se demanda sur quoi pouvait porter la discussion. Très certainement sur les disparitions, et peut-être sur celle de Teleg. Il l'espérait en tout cas. Quelles pouvaient être les rapports entre l'Infatigable Voyageuse et le Charpentier Emérite ?

La porte fut tirée derrière la tenture et Xuven reparut. A hauteur de son neveu, il se retourna vers l'Aguerrie demeurée sur le seuil pour s'incliner plus profondément qu'il ne l'avait fait la première fois. Pelmen en fit autant. Se relevant, il eut l'impression que c'était à lui que la Voyageuse faisait signe de la main.

Tandis qu'ils prenaient le chemin du retour, Pelmen assaillit son oncle de questions.

« Pas ici » fit laconiquement Xuven.

Ils utilisèrent de nouveau les nacelles pour quitter le Sanctuaire, mais une fois sur le balcon supérieur, Xuven ignora le chemin qu'ils avaient emprunté à l'aller pour continuer sur le pourtour du massif. Un peu plus loin, ils descendirent les degrés d'un escalier puis obliquèrent vers le nord. Manifestement ils ne rentraient pas à la boutique.

« Où allons-nous ? s'enquit Pelmen.

– Voir un vieil ami. Lui et Sélénice entretiennent de bons rapports, je ne crois pas qu'il lui refusera son aide. Tu écouteras bien ce que j'ai à lui dire, cela m'évitera d'avoir à me répéter. »

Xuven s'arrêta devant un renfoncement creusé à même la roche, à l'intérieur duquel se nichait une échoppe. Mis en évidence sur le comptoir de pierre, divers silex s'offraient au regard des passants. L'un en particulier se distinguait par sa pigmentation bleu-nuit. Maître Galn avait naguère évoqué devant Pelmen l'existence de ces pierres à la dureté et au tranchant similaires à ceux de l'ambreroche, presque aussi rares.

Pelmen avança la main. Le silex devait être très résistant, mais se révélait plus lourd et moins maniable que de l'ambreroche.

« Tu n'en avais jamais vu auparavant, n'est ce pas ? »

Pelmen sursauta et lâcha le silex. La voix était aussi sonore que l'écho de tambours se répercutant dans un canyon. Il leva les yeux vers son possesseur qui sortait de l'ombre... puis les leva un peu plus haut. La carrure de l'inconnu était écrasante, sa peau brun-noir, granuleuse et rigide, était piquetée de fragments semblables à des pointes de cristal, plus longs qu'ailleurs sur le pourtour des épaules. Plus effrayant encore, n'émanait de lui aucune odeur hormis celle de la pierre et des vêtements. Le colosse portait une tenue fort commune : bandeau rouge sur le front, tunique de cuir, large ceinture de la même matière attachant une culotte mi-longue de nécot. Pourtant sur lui, ces vêtements donnaient envie de hurler au déguisement. Il paraissait capable de demeurer surnaturellement immobile, comme si son rythme de vie eût été moins rapide que celui des êtres vivants ordinaires.

Il se tourna vers Xuven.

« Bienvenue dans la roche mon cher confrère, je me demandais si tu finirais par me rendre visite. » Le timbre sonore roulait et résonnait sans fin.

« C'est un privilège de te saluer, Fekkar, je n'y aurais certes pas manqué. » La voix de Xuven était celle d'un enfant en comparaison.

« Je… vous n'êtes pas… » fit Pelmen.

Les yeux vitreux de la créature, dépourvus de pupille, revinrent sur lui. A l'intérieur de chacun on distinguait une lueur blanche attentive.

« Comme toi ? » Subitement, le monstre se mit à osciller dangereusement tout en émettant une série de sons plus gutturaux que jamais. *Un rire ?* « Non, je ne suis pas comme toi, petit être. Comment as-tu deviné ? Mes vêtements ne sont-ils pas… assez ressemblants ?

– Eh bien, à vrai dire… » Pelmen demeura prostré, le contemplant de pied en cap.

« Dois-je comprendre que tu te demandes vraiment à quelle sorte de peuple j'appartiens ? »

La question demeura en suspens quelques instants.

« Il est vrai que nous ne sommes plus assez nombreux à présent. » Il y avait une nuance de regret dans l'intonation. « Le souvenir des krongos de l'Ouest se dilue dans la mémoire des hevelens, et bientôt plus aucune trace n'en subsistera.

– Pour ce qui me concerne, je suis sûr de ne pas vous oublier de sitôt, dit Pelmen en recouvrant un peu d'aplomb.

– C'est… gentil.

– Fekkar est colporteur, dit Xuven.

– C'est exact, fit le krongos. Je vais mon chemin en quête de nouvelles et d'objets rares.

– Je t'apporte les unes si ce n'est les autres, dit Xuven. Ma visite n'est pas de simple courtoisie.

– Tiens donc ? »

Xuven baissa la voix. « Sélénice m'a appris que tu n'ignorais pas la nature de la véritable mission confiée à son frère, Stenlen Milempas.

– C'est possible.

– Il se trouve que Sélénice nous a choisis, mon neveu Pelmen ici présent et moi, pour nous mettre en rapport avec Stenlen. Et lui offrir toute l'aide dont il aura besoin. La situation actuelle l'exige.

– Je vois. »

Pelmen allait de surprise en surprise. Non seulement Xuven avait des rapports privilégiés avec une Aguerrie – une *Aguerrie !* – mais il était prêt à offrir ses services au frère de celle-ci ! Et par-dessus le marché, il connaissait cet être à l'odeur de pierre !

« Nous avons pensé que ton apport serait le bienvenu, acheva Xuven. Ce serait un honneur et un plaisir que de faire la route de nouveau en ta compagnie.

– Les préoccupations de Stenlen sont aussi les miennes, en effet. Nos objectifs devraient donc se rejoindre.

– Nous devons nous mettre en route dès demain. Comme de simples voyageurs, bien entendu.

– Je reconnais bien là l'empressement de ton peuple.

Heureusement, la plupart de mes affaires ici sont réglées.

– Nous pouvons donc compter sur toi ? Rendez-vous peu après l'aube, à la sortie du souterrain ?

– Comme la dernière fois », confirma Fekkar.

Xuven s'inclina de manière aussi marquée qu'il l'avait fait devant la Voyageuse, puis lui et Pelmen s'en retournèrent. Ce dernier observa son oncle à la dérobée et fut même sur le point d'ouvrir la bouche, mais un signe de tête négatif l'en prévint. Pelmen rongea donc son frein jusqu'à l'échoppe.

« Je croyais que tu étais juste un négociant, attaqua Pelmen une fois la porte close.

– Je suis surtout un négociant. Seulement les voyageurs doivent aussi veiller sur leurs intérêts. C'est pourquoi Sélénice a le pouvoir de leur confier des missions.

– Fekkar… est-ce un allié ?

– Ne te fie pas à son aspect étrange, je ne connais pas ami plus loyal.

– Et Stenlen Milempas… Nous devons aller le retrouver, c'est bien ça ? »

Xuven acquiesça.

« Sa mission, quelle est-elle ?

– Tu l'as déjà deviné, voyons. Il enquête sur les disparitions.

– Et où habite-t-il ?

– Eh bien… en ce moment, il se trouve dans les Steppes Venteuses, un peu avant le fleuve Hado. »

Pelmen blêmit. En théorie, il savait pouvoir être amené à quitter l'enceinte protectrice des Canyons, lui et Xuven en avaient déjà discuté. Il y avait un pas, cependant, entre une possibilité éloignée et la réalité toute proche. S'aventurer dans les Steppes, c'était risquer la rencontre avec des bêtes fauves que les traqueurs les plus expérimentés hésitaient à défier. Sans compter les peuples barbares qui vivaient par-delà les Monts Infranchissables.

« Je… je ne vois pas le rapport avec les disparitions. Elles se produisent dans les cités ou villages, non ?

Quoiqu'il n'eut pas l'habitude d'atteler des bêtes de trait, en suivant les conseils de son oncle il y parvint sans peine. Afin de s'assurer de ne rien perdre en route, il avait été décidé que Pelmen marcherait à l'arrière durant la traversée de la cité. Il commença par se mettre sur le côté et observa avec scepticisme les nidepoux peser sur leurs sabots et ployer l'échine sous la charge. Il dut pourtant se rendre à l'évidence, l'aspect grassouillet des bêtes dissimulait une authentique musculature. Non sans force gémissements et grincements de bois, l'attelage s'ébranla et les roues se mirent à tourner. Peu d'hevelens circulaient à cette heure, si bien que Xuven n'eut aucun mal à effectuer les manœuvres nécessaires pour rejoindre les galeries souterraines. A la lueur spartiate des torches, ils descendirent la pente sinueuse. Pelmen sentit resurgir ses doutes. Il laissait Alicène seule et démunie.

Elle s'est beaucoup mieux accommodée de son sort que son frère. Elle saura se débrouiller, se répéta-t-il pour la centième fois.

Au-delà de la sortie du tunnel, un petit attroupement s'était formé à l'écart de la piste. L'objet de la curiosité n'était pas tant Fekkar lui-même que son improbable attelage. Le chariot à l'avant duquel il était juché, équipé de roues de pierre, mêlait intimement le bois et la roche. Deux créatures au corps démesuré supportaient avec indolence le harnais. Recouvert de plaques de granit, leur dos paraissait aplati. De respectables molaires garnissaient leur gueule et leur museau était surmonté d'une double corne de pierre. Leur longue queue annelée remuait de temps à autre, balayant l'espace sous le chariot.

Pelmen se porta à hauteur de son oncle, lequel s'aperçut de son ébahissement et s'en amusa.

« Tu n'en avais jamais rencontré ? Ce sont des melepeks, les montures des krongos. Ils ne vont pas très vite, mais leur endurance est sans égale. »

Sa phrase à peine terminée il échangea avec Fekkar un salut, après quoi celui-ci émit un son si guttural que le sol en vibra. Les sabots crochus des six pattes de chaque melepek s'agrippèrent à la pierraille. Un bref instant, Pelmen eut l'impression que c'était le sol qui était repoussé et se déroulait derrière eux tandis que les animaux demeuraient immobiles. En un battement de paupière l'illusion se dissipa, puis Pelmen réalisa que la populace s'était écartée. Il se dépêcha de grimper à côté de Xuven pendant que son oncle guidait les nidepoux sur le flanc de l'attelage de Fekkar. La masse du colosse et de son chariot empli de fournitures faisait sentir à Pelmen sa propre insignifiance. En se retournant, il s'étonna de ce qu'un sillon ne se fut creusé sous le passage des roues de pierre.

Ils se déplacèrent à une allure inconstante. A chaque fois qu'ils contournaient des veguer'en, le chariot de Xuven prenait de l'avance, car sous la puissance décuplée du souffle d'Aoles, les nidepoux bondissaient. Après cela Xuven accordait une pause aux quadrupèdes, ce qui permettait à Fekkar de les rejoindre. Pelmen profita d'un de ces moments de répit pour demander à son oncle qui étaient les krongos.

« Ils sont le peuple de la roche, celui des bâtisseurs. Ils existent depuis des temps immémoriaux. Leur peuple était au faîte de sa gloire avant même qu'Aoles ne prête vie aux Dix Premiers – les Aguerris desquels nous sommes issus. Ce sont les krongos qui ont bâti Alveg et Seledchâ. »

Pelmen ne cacha pas sa surprise. « Vraiment ? Comment est-ce possible ?

– Tu ne t'es jamais demandé pourquoi les portes des demeures d'Alveg sont si grandes et les marches des escaliers si hautes ? Les krongos ont édifié Alveg à notre attention, et pour se faciliter la tâche ils ont conçu les éléments architecturaux de taille intermédiaire.

– Pourquoi avoir fait cela ? » L'intonation de Pelmen laissa transparaître plus d'amertume que de perplexité. Apprendre que les plus considérables réalisations des Canyons étaient du fait d'étrangers revenait à se voir retirer ce qu'il croyait acquis. Intuitivement, il savait pourtant que Xuven disait la vérité. Il avait vu des hevelens construire des bâtisses en bois ou en terre cuite, en aucun cas travailler la roche.

« Une dette de sang. Notre peuple était exsangue quand l'algam de Panjurûb l'a mené aux Canyons. Et pour cause, en apportant notre concours à la guerre contre les armées des quatre valnys, les démons de Valshhyk l'Immolé, nous avions payé un lourd tribut. En témoignage de leur reconnaissance, les krongos ont bâti nos deux cités principales ainsi que la Porte que nous franchirons demain. Les Aguerris de l'époque avaient fait serment de fidélité aux krongos, dont les représentants pouvaient nous rendre visite chaque fois qu'ils le souhaitaient. Ils étaient les bienvenus alors.

– Ce n'est plus le cas ?

– Vois ce qu'il en est aujourd'hui. Fekkar suscite au mieux la curiosité, au pire la crainte chez la plupart des nôtres. »

Du coin de l'œil Pelmen aperçut l'intéressé se rapprocher. Il posa une dernière question.

« Pourquoi en voit-on si peu de son espèce ? Ils ne sont plus aussi nombreux que du temps où ils ont construit nos cités, n'est-ce pas ?

– Ce serait trop long à expliquer, mais tu as raison, les krongos ont périclité. Et si tu désires questionner notre ami à ce sujet, je te conseille d'y mettre les formes. C'est un sujet sensible pour lui. »

Pelmen contempla le géant dont les éclats de cristal sur les épaules brillaient des feux d'Astar. Il était difficile de croire que quoi que ce fût puisse l'atteindre.

Désert au début, le défilé rocheux se peupla peu à peu d'hevelens à pied ou à dos de nidepoux. Xuven fit en sorte de demeurer devant le chariot de Fekkar pour permettre aux engins à voile de les dépasser. Quand Astar fut à son zénith, ils franchirent l'embranchement qui menait à Durepeaux. Pelmen sentit son cœur se contracter mais garda les lèvres closes. Dryna était si proche... Quant à Mils, s'il avait survécu, peut-être s'ébattait-il non loin. Le ptat l'avait sans doute déjà oublié...

Et il y avait aussi son père, et la tannerie. *Tant de souvenirs sor-*

dides ou au contraire si précieux entre Durepeaux et Falsine...

Dryna ne méritait pas qu'il s'éloigne si longtemps sans une parole d'adieu, mais la revoir n'apporterait rien de bon.

Je reviendrai. Et peut-être que tu seras fière de ton fils. Au moins toi.

A quelque distance, le canyon s'élargit et Xuven immobilisa les nidepoux le long de la paroi. Là ils bivouaquèrent, entamant avec parcimonie les réserves de voyage. La viande séchée était coriace et Pelmen eut tôt fait de se fatiguer la mâchoire. Fekkar s'alimentait lui aussi, mais quand Pelmen observa avec plus d'attention ce qu'il mangeait, il ne vit qu'une bouillie brune qui paraissait tout à fait indigeste. Le krongos absorba son plat sans presque mastiquer, puis saisit un mortier dans lequel il entreprit de mélanger à l'aide d'une spatule de pierre de la poudre épaisse à de l'eau. Cela accompli, il transféra le contenu dans sa gamelle et se remit à engloutir. S'il s'avisa de la curiosité de Pelmen, son expression se modifia à peine, de sorte qu'il était impossible de déterminer s'il s'en offusquait ou au contraire s'en amusait.

L'après-midi s'écoula sans incident. Pelmen, qui avait déposé arc et carquois derrière lui, se laissait bercer par le roulis des nidepoux, ne s'animant un peu qu'en sentant le vent souffler avec plus de vigueur dans son dos. En soirée, ils dépassèrent les régions fertiles du lac Subelin et remontèrent vers le nord. La masse sombre des Monts Infranchissables se faisait plus proche et plus oppressante lorsqu'ils firent halte pour la nuit. Xuven et Fekkar échangèrent quelques paroles une fois les nidepoux bouchonnés et le campement de fortune dressé. Il était question d'expéditions passées et de souvenirs communs qui n'intéressaient guère Pelmen. Pour soulager ses reins mis à mal par l'inconfort du chariot, il s'allongea sitôt qu'il le put dans sa fourrure de nidepoux. Le lendemain, il n'eut pas vraiment l'impression de s'être reposé en émergeant de son sommeil. Maussade, il mâchait une galette quand son regard fut attiré par le découpage irrégulier – et familier – de la roche à l'ombre de laquelle il s'abritait.

Il y eut un mouvement inexplicable.

La paroi prenait subitement vie et *s'animait*. Pelmen, abasourdi, aurait cru avoir basculé dans quelque absurde cauchemar s'il n'avait reconnu l'éclat blanc des yeux jusque-là dissimulés par les paupières de pierre.

« Votre roche est accueillante, fraîche et reposante. C'est ce que j'aime, ici » commenta Fekkar de sa voix de stentor. Comme il achevait de se détacher, sa peau reprenait sa coloration brun foncé originelle. Derrière lui, les melepeks s'agitèrent à leur tour et d'ocre, leur derme redevint gris.

Pelmen se demanda d'abord avec colère si le krongos n'avait pas cherché à l'intimider – il n'y avait que trop bien réussi, à en juger par les battements affolés de son cœur – mais l'attitude sans malice de ce dernier finit par le convaincre du contraire. Les nidepoux avaient recouvré leurs forces, aussi les trois compagnons ne tardèrent-ils pas à se remettre en ordre de marche. En chemin ils croisèrent plusieurs convois de voyageurs. Avisant des tonneaux à l'intérieur d'un des chariots, Pelmen s'interrogea sur leur contenu réel. Si ardente que fut sa curiosité, ils ne pouvaient se livrer à des fouilles. Le mandat de l'Infatigable Voyageuse n'avait rien d'officiel, il s'agissait comme le précisa à mi-voix Xuven de ne pas éveiller les soupçons.

Ce fut seulement quand Astar se fut résigné à basculer vers la ligne d'horizon que les contours de la Porte se dessinèrent. Longtemps ils cheminèrent à sa rencontre, et ce qui au début n'avait été qu'une modeste dalle circulaire enchâssée dans les montagnes leur apparut peu à peu sous un jour différent. L'édifice de roche lisse était le plus formidable que Pelmen eut jamais vu, bien plus haut et large que le Sanctuaire des Dix. Les ultimes doutes qu'il avait pu conserver quant à l'intervention des krongos s'envolèrent. Une structure d'une telle taille ne pouvait tout simplement avoir été bâtie par ses pairs. La roche devait être creuse au moins en certains endroits, car des meurtrières avaient été percées de part et d'autre de l'axe central de forme sphérique.

A leur arrivée, ils perçurent les sons étouffés d'hevelens peinant sous l'effort, puis un déclic se produisit. Alors, le raclement de la pierre fit vibrer le sol et se répercuta au loin. L'axe central coulissa, faisant apparaître une section excavée qui s'ouvrait sur un étroit passage sur le côté. Des traqueurs en sortirent, armés de haches de silex bleu sombre, d'arc et d'épines.

Xuven invita Pelmen à présenter à leur chef, individu trapu à l'expression vigilante, des peaux de nidepoux qu'il réservait pour l'occasion.

Le don fut accepté. Fekkar demeura quant à lui en retrait et il ne lui fut rien demandé. Les gardes disparurent avec leur dû dans le tunnel d'où ils étaient venus et quelques instants plus tard, gémissements et grognements se firent de nouveau entendre. Nouveau déclic, et la sphère axiale pivota plus avant. La partie en creux révéla cette fois une plaine si vaste que l'œil n'en appréhendait pas la fin, envahie de lichens bleutés où s'étendaient les ombres crépusculaires. Sans traîner mais sans hâte excessive, Xuven et Fekkar manœuvrèrent leur chariot dans le tunnel. Tandis que le vent s'engouffrait dans son dos, Pelmen évalua l'épaisseur de la paroi. Son respect envers les krongos ne fit que croître.

Ils débouchèrent de l'autre côté et dans un tumulte de fin du monde, la sphère centrale se referma derrière eux. Des meurtrières défendaient également ce versant-ci, mais Pelmen ne s'y attarda pas. Ils pénétraient dans les Steppes Venteuses.

CHAPITRE HUIT

DANS LES STEPPES

Les plaines d'herbe rase et sèche s'étendaient à l'infini. A les contempler, Pelmen eut le tournis. Pour la première fois de sa vie, nul obstacle ne retenait son regard. Comment feraient-ils pour ne pas s'égarer dans cette immensité, avec de pauvres arbres esseulés pour tout point de repère ?

« Mieux vaux que tu reprennes ton arc », dit Xuven.

Pelmen sursauta. Plus par réflexe que de sa propre volonté, il obéit. Sa main se posa sur la courbe en bois d'élancé, son odorat partit en quête des familiers effluves de cactus des épines, les séparant des odeurs nouvelles qui flottaient dans l'air. Non sans effort, il repoussa la vague de détresse qui menaçait de le submerger. Son oncle ne lui avait pas demandé de reprendre son arme par caprice, ils n'étaient plus à l'abri des prédateurs désormais. *Avec un champ de vision aussi dégagé, je verrai le danger de loin. Je dois juste rester vigilant.* Il commença à dresser la liste des bêtes sauvages dont il avait entendu parler, lorsque Xuven interrompit le cours de ses pensées.

« Nous avons franchi trop aisément la Porte, dit-il. As-tu remarqué qu'ils n'ont pas fouillé nos chariots ? »

Fekkar approuva d'une syllabe gutturale. Le krongos prit la tête, usant de brèves injonctions sonores pour guider ses melepeks dans les herbes. La voie qu'ils empruntaient devait être une ancienne piste aménagée, car la plupart des ocreronces et ortalies poussaient sur les côtés – les végétaux urticants ou piquants qui avaient osé empiéter étaient écrasés sans remords par les melepeks. Elle ne sinuait que pour éviter un rocher ou un repli de terrain.

A la nuit tombante, Xuven donna des instructions à Pelmen pour dresser le camp avant de s'éclipser derrière des arbres morts.

Fekkar, pour sa part, n'avait pas choisi l'emplacement au hasard. Un roc surgissait à demi du sol, isolé dans la plaine. Il s'y adossa et très vite, il n'y eut plus qu'une masse inerte, sculpture au visage méconnaissable. Pelmen se demanda si par le passé dans les Canyons, il ne s'était pas approché de cette sorte de roc sans en deviner la nature véritable. Les melepeks refermèrent à leur tour leurs paupières. Quant à eux ils se repéraient sans peine, n'étant pas en contact avec la roche. Xuven revint au bout d'un moment. Il s'empara de deux calebasses et conduisit Pelmen devant un cactus de belle taille qui poussait au bas d'une pente. Si son aspect différait de ceux des Canyons, il possédait en revanche les mêmes épines. « Tu vois ces renflements, dit Xuven en désignant diverses rotondités dans la partie inférieure du tronc. Ils contiennent des réserves d'eau à l'état pratiquement pur. Il suffit de se débarrasser des épines, puis d'inciser pour la recueillir. »

Ils s'attelèrent à la tâche et Pelmen mit de côté les épines découpées à l'aide de son silex.

« Les coupures ne doivent pas être profondes, recommanda Xuven. Arrête-toi à ce niveau. » Son index délimitait l'espace précédant les premières divisions du végétal.

« Pourquoi ?

– Même dans les Steppes, il y a des règles. Prélever l'eau au-dessus serait fatal au cactus à brève échéance. Si nous le tuons, les prochains voyageurs devront faire un détour, et nous aussi si nous repassons ici. »

L'eau commença à s'écouler dans les récipients. Pelmen accomplit plusieurs allers-retours pour abreuver les nidepoux.

Dans l'intervalle, Xuven s'occupa des gourdes et prépara le repas. Frugal – les céréales qui le composaient rappelaient désagréablement l'ordinaire de Durepeaux – il fit regretter à Pelmen la nourriture d'Alveg.

Le silence était épais. Pelmen se contenta de manger puis sans un mot, s'étendit dans la fourrure douce et chaude que lui avait donnée Dryna. Dans la clarté de Tinmal et d'Hamal se découpait la gigantesque silhouette des Monts Infranchissables. Pelmen s'imagina à la place de Relven Panjurûb, laissant derrière lui les siens, bravant le danger pour suivre l'algam en quête d'une hypothétique voie au travers des montagnes. Son désespoir devait avoir été grand, pour s'être résolu à un recours aussi extrême ! Et pourtant il avait réussi. A lui seul, il avait redonné à son peuple foi en l'avenir.

La respiration de Xuven était devenue régulière. Fekkar, quant à lui, ne faisait aucun bruit perceptible. Pelmen ne pouvait que leur envier leur quiétude, lui qui ne cessait de se retourner. L'univers au-delà des Canyons était si étendu ! Si étrange aussi... Difficile d'évacuer le malaise qu'avaient suscité les espaces sans limites, allié à ce sentiment diffus d'insécurité. *Nous ne risquons probablement rien si près de la Porte, autrement Fekkar et Xuven ne reposeraient pas avec tant de confiance.*

Le vent frais de la nuit lui chatouillait les narines. Il avait conscience d'avoir besoin de repos, toutefois en guise de sommeil il lui fallut se satisfaire d'un vague engourdissement. Ce fut donc hagard et les paupières lourdes qu'il passa la matinée du lendemain. Tenir son rôle d'escorte vigilante devenait plus ardu. Le repos qu'il s'accorda à l'heure du déjeuner fut trop bref, si bien qu'en début d'après-midi il dodelinait du chef quand son oncle lui enfonça un coude dans les côtes, le réveillant en sursaut.

« Il va falloir que tu t'adaptes rapidement mon garçon, si tu veux survivre à cette équipée. Ce qu'il te faut, c'est de la bonne fatigue, et ce dont nous avons tous deux besoin –

Fekkar, comme tu l'as remarqué, dispose de ses propres moyens de subsistance – c'est de nourriture fraîche. » Il embrassa l'horizon d'un geste ample. « Va, porte-toi à l'avant et ramène-nous de la bonne viande. N'utilise tes épines qu'à bon escient.

– C'est que… je n'ai jamais chassé ! se récria Pelmen, ébahi.

– Tu n'avais jamais été négociant avant de commencer à l'échoppe. Ne perds pas de temps à discuter, et tâche d'améliorer notre ordinaire. »

Pelmen n'avait d'autre choix que de faire taire ses inquiétudes. *Teleg, par Aoles, pourquoi est-ce que je dois toujours te sauver la mise ?*

Le chariot de Fekkar progressait à allure modérée, en trottant il n'eut pas de mal à le dépasser. Le colosse fit signe de la main et sa voix parut émaner d'une caverne. « Bonne chasse. »

Bien que la plupart des herbes lui arrivaient à peine à hauteur de cheville, Pelmen prit garde où il mettait les pieds. Les plantes à feuilles brun-noir pigmentées de blanc appelées ortalies poussaient également dans les Canyons, sa peau avait déjà subi leur cuisante caresse.

Il dégagea son arc de son épaule. A perte de vue, aucune ondulation sinon celle du vent. Aucune odeur animale non plus, excepté celle des nidepoux et de son oncle – lui aussi s'était badigeonné de graisse de linguilis le matin même. Pelmen entreprit exploration et reniflements en s'arrangeant pour précéder l'avancée des chariots, sans trop s'éloigner de la piste. Quand Astar eut achevé sa courbe descendante, toutefois, il dut s'avouer son échec. Il n'était parvenu à surprendre qu'un ptat. Dressé sur les ergots, inconscient de sa présence le rongeur lui tournait le dos et il aurait pu l'ajuster aisément. Il s'en était abstenu.

A l'évocation de son insuccès, Xuven fronça les sourcils. « Tu aurais dû t'occuper de ce ptat. Maigre chère vaut toujours mieux que ventre vide. »

Pelmen pâlit, mais dut admettre que son oncle avait raison.

Leur survie n'avait aucune commune mesure avec celle de rongeurs – fussent-ils rattachés à des souvenirs qui lui étaient chers.

Après qu'ils eurent calmé leur faim en puisant de nouveau dans leurs réserves, Pelmen s'enquit auprès de Xuven de l'endroit où avait élu domicile Stenlen Milempas.

« Lui et son apprenti vivent à l'orée d'un bois de trifeuillus, au sud-est de l'Hado. Le chemin est encore long. »

A leur troisième jour en dehors des Canyons, le vent tourna. Pelmen, qui sa vie entière l'avait senti provenir de l'est, en fut déstabilisé. Sa direction était désormais changeante, comme si Aoles, pris de folie, avait perdu tout sens de l'orientation. L'angoisse avait dû se peindre sur ses traits car Xuven s'adressa à lui d'une voix rassurante.

« Ce changement est normal ici. Ouvre-toi, ressens le vent comme tu le faisais dans les Canyons. Apprends à te servir des odeurs qu'il convoie. Au début, bien sûr, c'est lui qui trahira ta présence, c'est inévitable. Mais si tu te fies à ton instinct, au bout de quelque temps tu devineras la prochaine direction qu'il prendra. Tu pourras dès lors te déplacer de manière à éviter que ton odeur ne parvienne aux bêtes que tu traques. »

Le message sous-jacent était limpide. Pelmen hocha la tête et, les lèvres serrées, descendit du chariot. Il lui fallait faire meilleure chasse que la veille, dans des conditions plus difficiles encore. Il avait mieux dormi, cependant, et bien que ses membres fussent las, il commençait à s'accoutumer aux steppes et à leur horizon dénudé. Cette fois, il s'éloigna davantage des deux attelages – la taille de celui de Fekkar le rendait heureusement visible de loin. Avec minutie, il fouilla le sol à la recherche de traces de gibier. Huma l'air en s'employant à appliquer les recommandations de son oncle. Sans succès. Etait-il si repérable, pour que les animaux de tout poil et de tout plumage échappent perpétuellement à ses investigations ?

Il se figea au bourdonnement d'un insecte. Le son n'était pas seulement agaçant, mais synonyme de danger. Dryna l'avait déjà mis en garde contre les zeanongs, dont les pattes terminées par des ventouses pouvaient libérer une substance paralysante. Si trop d'insectes volants en répandaient sur votre peau, vous sombriez dans l'inconscience pour vous réveiller sans le moindre souvenir. Pelmen regarda vainement autour de lui. Son anxiété s'accrut quand le bourdonnement se rapprocha. Il leva la tête et malgré l'aveuglant disque d'Astar, distingua enfin le zeanong. Lequel modifia sa course – son corps au poil pourpre s'éloigna rapidement. Conscient de prendre un risque, Pelmen décida de le suivre. Avec un peu de chance, l'insecte le mènerait au tumulus où lui et les siens élisaient domicile et entreposaient la cire qu'ils fabriquaient. Une pénétrante odeur sucrée envahit ses narines. Pelmen pressa le pas et bientôt, un spectacle insolite s'offrit à lui. Une plante ovoïde de larges proportions déployait son enveloppe de pétales blancs tout piquetés d'orange et de grenat. C'était d'elle que provenait le parfum, lequel se faisait plus entêtant à mesure que s'ouvrait la corolle. La tige désormais visible luisait du nectar qui faisait palpiter les narines de Pelmen. Il en aurait presque oublié le zeanong, qui en cercles concentriques, se rapprochait maintenant de la tige. L'insecte s'y posa et sans tarder, se mit à aspirer à l'aide de sa trompe la substance convoitée.

A partir d'interstices que Pelmen n'avait pas remarqués de prime abord, des cils se déroulèrent. Ils se penchèrent sur le dos de l'insecte comme s'ils désiraient le caresser. Lorsque le zeanong, repu, voulut s'envoler, il fut fermement maintenu en dépit de tous ses vrombissements affolés. Quelque peu écœuré, Pelmen se détourna de la plante carnivore pour aller chasser un peu plus loin.

Il n'avait pas fait quinze pas qu'un piétinement frénétique le fit se retourner, une épine encochée et prêt à tirer. Une double corolle crénelée, de couleur vert pâle teintée de rose, avait surgi là où il n'y avait rien auparavant. Le quadrupède auquel elle appartenait s'était immobilisé devant le végétal, de sorte que Pelmen ne pouvait apercevoir son museau de l'endroit où il se tenait. En revanche il distinguait fort bien les quatre redoutables queues hérissées de pointes de l'animal, ainsi que les poils verts de son corps bien découplé, taillé pour la course.

Pelmen savait bénéficier d'un avantage non négligeable. Les effluves de la plante prédominaient, sa propre odeur ne risquait donc pas d'être détectée. Il fit trois pas pour obtenir un meilleur angle de tir. La gueule de sa proie s'avérait étroite, dominée par un museau aplati. L'animal était tout à son affaire, sa langue parcourait avec agilité la tige pour revenir chargée de nectar. Les cils surgissaient pour happer l'intruse, mais pas assez vite tant elle se faufilait avec aisance.

Les pétales gênaient sa visée, mais Pelmen ne voulait pas courir le risque de se déplacer de nouveau. Il lâcha la corde qui émit un son clair en vibrant. L'animal se rejeta en arrière en feulant et en fouettant l'air de ses queues, l'épine fichée dans le flanc. Pelmen eut-il été plus proche, il aurait difficilement pu éviter d'être lacéré. Le souffle court, il encocha à nouveau.

Sa proie dut sentir le danger, car au moment où il libérait son trait elle l'esquiva en bondissant de côté. Puis détala. Sa course était si vive qu'on aurait pu croire qu'elle chevauchait Aoles. Durant les quelques instants où elle fut encore à portée, et malgré toute l'application qu'il mit dans son tir en courbe, Pelmen la manqua. Il avait insuffisamment anticipé sur sa trajectoire. Ravalant un juron, il s'élança à son tour.

« Halte-là ! Ne bouge pas ! »

C'était Xuven, dont il n'avait pas perçu l'approche dans son dos.

« Je l'ai blessé ! » Pelmen désigna de la pointe de l'arc le quadrupède, qui déjà se réduisait à une tache presque indistincte dans la steppe. « Il va s'épuiser beaucoup plus vite, et je l'aurai ! » Ses yeux auburn étincelaient d'un feu mal maîtrisé.

« C'est dangereux, par là-bas. Il y a des sanrkhas.

– Comment ça des sanrkhas ? Qu'en sais-tu ?

– Je le sais, fais-moi confiance. Les sanrkhas vont se charger du coureur des Steppes, et pendant ce temps, nous ferons un détour et ne serons pas inquiétés.

– Mais c'est injuste ! » Pelmen secoua la tête. « Cette prise nous revient !

– Le coureur aurait pu t'entraîner trop loin. Mieux vaut que les sanrkhas s'occupent de lui plutôt que de nous. »

De lourds nuages aux nuances vert sombre s'amoncelèrent au cours de l'après-midi. Xuven s'éloignait de temps à autre, confiant les rênes à Pelmen. De retour de l'une de ses explorations, il annonça qu'ils avaient dépassé la zone périlleuse, si bien qu'ils regagnèrent la piste. Le soir, la pluie tomba, les lavant de la poussière accumulée. Pelmen s'en réjouit tout d'abord, mais comme sous les sabots des nidepoux le sol se transformait peu à peu en bourbier, il dut enlever ses sandales et descendre prêter main-forte aux bêtes, non sans pester contre son infortune. Ce fut donc avec la mine piteuse d'un ptat mouillé qu'il s'allongea sous le chariot de Fekkar. Pour tout repas, il avait dans l'estomac quelques racines de trana que Xuven avait mis à jour et qu'ils avaient découpé au silex. Les racines avaient le pouvoir de redonner de la vigueur, mais ne calmaient guère la faim.

Dans la matinée du lendemain, Pelmen découvrit plusieurs terriers de rongeurs. Il lui fallut quelques heures de patience pour qu'un ptat pointe le bout de son museau, mais dès lors, ce fut presque sans remords qu'il l'abattit. Il revint son maigre butin en main pour trouver Fekkar et Xuven qui se concertaient, l'air préoccupés.

« Qu'y a-t-il ? »

Xuven tourna la tête vers lui. « Nous sommes suivis. C'est peut-être le fait du hasard, mais les hevelens qui sont derrière nous gagnent du terrain et devraient nous avoir rejoints dès ce soir.

– Tu les as vus ?

– Bien sûr que non. » Devant le regard intrigué de Pelmen, Xuven haussa les épaules. « Aoles répond à ceux qui savent l'interroger. »

Pelmen huma l'air à longues inspirations, s'efforçant de filtrer les plus petites nuances olfactives. Nombreux étaient les effluves, mais aucun n'appartenait à d'autres hevelens que lui ou son oncle. S'il disait vrai, ce dernier devait posséder un odorat supérieurement développé.

Etrangement, Fekkar avait une lueur dansante dans les yeux et la fente de sa bouche semblait presque sourire.

« Nous allons en avoir le cœur net, trancha Xuven. Fekkar, es-tu d'accord pour quitter de nouveau la piste et nous ouvrir la voie ? »

Le krongos acquiesça du chef.

« S'ils continuent à nous suivre, nous pourrons nous préparer à les accueillir » déclara Xuven.

Malgré la végétation en dehors de la piste, les melepeks, imperturbables, continuèrent à marcher sur le même rythme. Les nidepoux suivaient sans regimber, ce qui rassura tout d'abord Pelmen. Quand il vit les sillons tracés par les chariots, toutefois, son soulagement s'amenuisa.

Comme il l'avait fait lorsqu'ils avaient traversé le territoire des sanrkhas, Xuven confia les rênes à son neveu avant de se laisser distancer. Pelmen demanda à Fekkar ce que partait accomplir son oncle. Le krongos se contenta de secouer la tête sans répondre. Bien qu'il parut songeur, aucun indice ne permettait de supposer qu'il s'inquiétait outre mesure.

Xuven revint ainsi qu'à son habitude, se glissant derrière le chariot quand Pelmen ne s'y attendait pas, puis se hissant à ses côtés avec une vigueur inattendue pour quelqu'un de son âge. Si son visage demeurait tendu, ce fut d'une voix maîtrisée qu'il s'exprima, s'adressant à son neveu autant qu'à Fekkar. « Ils sont toujours derrière et nous auront bientôt rejoints. Une quinzaine d'individus.

– Une quinzaine ! dit Pelmen. Qu'allons-nous faire, si ce sont des ennemis ?

– Nous allons faire halte comme si nous campions pour la nuit, répondit Xuven. J'ai mon idée. »

***

Allongé à l'écart des chariots derrière un monticule de terre et de cailloux, Pelmen attendait, une flèche encochée, aux aguets. Le vent qui changeait sans cesse de direction allait-il dévoiler leur présence ? La fortune en déciderait. Hélas, la déesse bienveillante, Tinmal, ne se montrait pas dans le firmament étoilé. Seule Hamal éclairait de sa lueur verdâtre les contours des chariots.

Quoique Xuven ne fût pas optimiste, ceux qui les suivaient n'avaient peut-être pas de mauvaises intentions. Ils n'allaient pas tarder à être fixés.

Pelmen tressaillit. Dans son dos, Xuven avait entonné une mélopée en une langue aux accents familiers mais dont la signification lui échappait, sur un ton bas et grave. Depuis qu'il n'ignorait plus la vérité, Pelmen s'attendait à ce type de démonstration autant qu'il la redoutait. Son oncle exhibait un morceau de bois d'une variété inconnue, tordu, qui aurait à peine mérité un regard n'étaient les courants d'air compacts l'environnant en permanence. Xuven l'avait fait apparaître de sous les plis de sa toge en contemplant l'horizon derrière les chariots, le front barré d'une ride, avant de faire signe à son neveu de le précéder jusqu'à leur poste d'observation. A en croire les récits qui avaient trait aux shamans d'Aoles versés dans les mystères du vent, ces bâtons, appelés noueux, faisaient partie de leurs attributs.

Tant de choses lointaines ou qui appartenaient à la légende ont pris corps, ces derniers temps. Mais de là à imaginer mon propre oncle s'adonner à la magie !

Pour vertigineuse que fût la découverte, ce n'était pas le moment d'y penser. Le connaissant, Xuven n'aurait pas dévoilé son secret si le danger n'avait eu de grandes chances d'être réel. A l'instant où la mélopée s'acheva, les courants d'air nocturnes glissèrent autour de Pelmen, le frôlèrent et le chatouillèrent comme autant de serpents malicieux. Saisi par le prodige, il demeura bouche bée.

« Que fais-tu ? » haleta-t-il en se retournant à demi.

Xuven lui fit signe de se taire. Il venait de planter son bâton au sol, entre eux deux. « Je disperse nos odeurs, murmura-t-il. Nous allons devoir nous contenter de nos yeux pour déceler l'approche de nos poursuivants, mais du moins Aoles ne leur annoncera pas notre présence. »

Pelmen s'aperçut qu'en effet il était désormais isolé des fragrances de la steppe, les courants d'air qui l'environnaient faisant barrage. Il frissonna et son cœur se mit à battre plus fort dans sa poitrine car il se retrouvait dans le brouillard, sans son odorat pour le guider.

Et pourtant, se raisonna-t-il, *c'est tout le contraire*. A l'abri des regards derrière son buisson, il était presque indétectable et avait plus de chances de surprendre que d'être découvert. A peine recommença-t-il à scruter la plaine qu'il les aperçut. Ce n'étaient que des silhouettes dans l'ombre, mais elles se découpaient dans la clarté d'Hamal. *Elles seront bientôt à portée de tir.* Les hevelens empoignaient une sagaie ou bien un silex, quand ce n'était pas des objets recourbés en pointe – des poings de sanrkhas. Ils marchaient en ordre dispersé, sans s'embarrasser de précautions, sûrs de leur nombre. Oui, ils devaient être une quinzaine. Lorsqu'ils atteignirent les abords du campement, ils ralentirent et assurèrent leur prise sur leurs armes. La plupart semblèrent étonnés de ne trouver âme qui vive, mais l'un d'eux armé d'une hachette bondit tout à coup à l'intérieur du chariot de Xuven. Là, il souleva le couvercle d'un tonneau qu'il brandit et se mit à crier à pleins poumons. Malgré son accent étrange, Pelmen comprit qu'il revendiquait la prise.

« Je me charge de lui, dit Xuven. Vise l'un des autres. Ne tire qu'à mon signal. »

S'efforçant de son mieux d'oublier que jamais de sa vie il n'avait pris pour cible un hevelen, Pelmen opta pour un individu corpulent. A cette distance, il ne pouvait heureusement distinguer son visage.

Un peu plus loin, à l'orée de sa vision, un deuxième larron

s'enhardit à son tour suffisamment pour grimper dans le chariot de Fekkar. Le pillage pouvait commencer.

Xuven arracha sa baguette du sol – les courants d'air autour d'eux s'interrompirent aussitôt – et la pointa vers l'intrus sur son chariot. « *Halneven !* »

La baguette vibra de l'intérieur. Fugacement, Pelmen discerna les contours d'une forme sphérique à son extrémité – un battement de paupières et la chose avait disparu. L'individu à la hachette, quant à lui, venait de s'emparer de ce qui devait être un collier. Il n'eut pas l'occasion de l'enfiler. Son corps entier fut parcouru d'un soubresaut et il s'écroula de tout son long.

Les yeux de Pelmen s'arrondirent.

« Ta cible ! Concentre-toi sur ta cible ! »

Xuven paraissait furieux et Pelmen rougit sous le reproche. Il obéit sans se poser de question, banda son arc...

« Vas-y ! »

Il lâcha son trait, qui fila dans la nuit.

A l'instar de ses compagnons, l'hevelen aux larges épaules s'était figé quand son complice avait été assommé. Il contemplait stupidement le corps inerte et dans un premier temps, ne parut pas sentir l'épine oblongue plantée dans son bras. Puis il poussa un rugissement et fit un tour complet sur lui-même avant de refermer la main sur le projectile.

« Une flèche ! On nous tire dessus ! » cria quelqu'un.

A cet instant, l'hevelen qui avait grimpé dans le chariot de Fekkar fut saisi par une poigne puissante. Le colosse de pierre, jusque-là étendu dans l'ombre, s'était redressé de toute sa hauteur. Le temps sembla s'arrêter tandis que tous les regards convergeaient vers lui. Sa voix profonde, presque sépulcrale s'éleva dans l'air. « VOUS N'AVEZ RIEN A FAIRE ICI. »

Projetée tel un fétu de paille, la victime de Fekkar culbuta l'un de ses comparses en contrebas. Ce fut la panique. Les hevelens hurlaient de terreur et s'enfuyaient de-ci de-là, se heurtant comme s'ils avaient perdu la raison. Aucun n'eut le courage de faire face. Gagnés par l'affolement, les nidepoux s'ébrouèrent et se débattirent, tirant sur leurs longes attachées à des piquets, menaçant de les arracher. Fekkar descendit de son chariot et se dirigea vers les bêtes sans plus se soucier des derniers fuyards, lesquels redoublaient d'efforts pour s'éloigner le plus vite possible. Le krongos émit des sons plus graves encore qu'à l'accoutumée. Les nidepoux dressèrent l'oreille, puis se calmèrent. Les melepeks étaient quant à eux demeurés imperturbables, comme si toute cette agitation ne les concernait en rien.

Pelmen surgit de sa cachette, un cri de triomphe aux lèvres. La victoire avait été beaucoup plus rapide qu'il ne l'avait envisagé. Le plan mis au point par Xuven s'était parfaitement déroulé, Fekkar ayant jeté le trouble dans le cœur des ennemis au moment décisif. Pelmen pressa le pas en direction du krongos, heureux à l'idée qu'un tel allié fût dans son camp.

« Te voilà enfin, l'archer ! Ton misérable crâne va finir en bouillie ! »

Le sang de Pelmen se figea dans ses veines. La voix provenait de l'ombre du chariot de Xuven. L'instant d'après, un gourdin brandi à deux mains occulta Hamal. Le visage de l'intrus était encore dans la pénombre, mais sa calvitie verdissait à la lueur de la lune.

« Ecarte-toi ! »

C'est à peine si la voix de son oncle pénétra la chape de terreur qui emprisonnait Pelmen. Il demeura immobile, paralysé, tenant toujours son arc et fixant l'ennemi pendant qu'une partie de son esprit étrangement détachée notait que l'un des bras aux muscles épais – du sang y perlait – ralentissait le second.

Ce fut cette partie insensible aux émotions qui prit en charge ses mouvements. Le fit saisir une épine dans son carquois en un geste si vif qu'il ne l'aurait jamais réussi consciemment, encocher, tendre sa corde et la relâcher. Une fraction de seconde seulement s'était écoulée, si bien que le gourdin n'avait pas encore entamé sa trajectoire descendante quand le trait transperça la gorge de l'agresseur. Le grand gaillard tomba à genoux. Futilement, il tenta d'atteindre le projectile. Un horrible gargouillis suivi de hoquets sanglants, puis il s'affaissa sur le côté avec lenteur, comme s'il voulait s'endormir les yeux ouverts. Il ne bougea plus.

Xuven posa sa main chaude sur l'épaule de Pelmen sans que celui-ci ne réagisse.

Au-delà des mots ou des pensées, tel était l'acte qu'il venait de commettre. Ce ne fut qu'en contemplant le regard sans vie du cadavre qu'il commença à en réaliser la portée – il plaqua le front sur la poitrine de Xuven, saisi de dégoût. Son oncle lui tapotait le dos. « Là… remets-toi… ça va aller, mon garçon, ça va aller. C'était lui ou toi… lui ou toi. » Tel un somnambule, Pelmen s'arracha à l'étreinte et gagna le centre du campement, dépassa Fekkar sans remarquer l'attention dont il était l'objet. *C'est pour ça que j'ai passé des heures à m'entraîner, pour ça que j'ai essayé de reculer mes limites ? Pour ce résultat ?* Il ne se rendit pas même compte qu'il s'était assis parmi les lichens quand Xuven vint le tirer de sa transe.

« Bois, mon garçon. »

Le liquide était amer et capiteux – de la bière.

« Pourquoi ? fit Pelmen, la mâchoire serrée. Pourquoi ne s'est-il pas enfui comme les autres ?

– Les êtres vivants réagissent différemment à la douleur, dit Xuven. Tu l'avais blessé au bras, il a vu rouge et il n'y a plus eu que sa haine et son désir de vengeance. La démonstration de Fekkar aura tout juste suffi à l'inciter à la prudence en se dissimulant à son tour dans notre chariot. Ensuite, il a attendu son heure.

– Seul contre nous trois… il n'avait aucune chance !

– L'intelligence ne devait pas être sa première qualité. »

Pelmen renifla, puis désigna le corps du brigand mis hors de combat au tout début. « Mort, lui aussi ?

– Inconscient. Nous allons le veiller à tour de rôle, Fekkar et moi. Il aura des choses à dire à son réveil… De ton côté, tâche de trouver le sommeil. Ou du moins de te reposer. »

L'image de l'hevelen à l'agonie, la gorge transpercée, les

yeux révulsés vint hanter Pelmen chaque fois qu'il ferma les paupières. Il s'efforça donc de ne pas s'endormir… ce à quoi il échoua, vaincu au milieu de la nuit par l'épuisement.

La brise fraîche de l'aurore le réveilla. Les lichens de la steppe ondulaient sous le vent à perte de vue, et dans le lointain, les premiers feux d'Astar enflammaient l'horizon. La journée s'annonçait ironiquement belle. A la périphérie du camp, de la terre avait été remuée de fraîche date.

C'est là qu'ils l'ont enterré. Malgré les efforts de son oncle et de Fekkar pour se montrer discrets, Pelmen les avait entendu creuser. Il repoussa la nausée qui menaçait de lui faire rendre le peu qu'il avait dans l'estomac. Lorsqu'il se tourna vers le prisonnier, ce fut sans aménité qu'il le détailla. Lui aussi s'était éveillé et se tenait debout sous le regard de Fekkar. Les côtes saillantes et vêtu de pauvres hardes, il aurait fait pitié sans cette lueur mauvaise qui animait ses prunelles.

Sans attendre que Xuven se réveille, Pelmen s'avança vers lui. Son arc était resté à proximité de sa couverture, mais il portait son silex à la ceinture, qu'il recouvrit de sa main.

« Qui es-tu ? »

L'hevelen le toisa de pied en cap et Pelmen crut qu'il n'obtiendrait pas de réponse.

« Je n'ai plus de nom. » Il parlait lentement et sa voix était rauque, il devait avoir soif.

« Plus de nom ? A quel clan appartiens-tu ? »

Une lueur narquoise parcourut le regard du prisonnier, mais cette fois il se tint coi. Fekkar désigna de la tête Xuven, qui s'était levé et baillait à s'en décrocher la mâchoire. D'un pas tranquille, ce dernier s'approcha.

« Les présentations sont faites ? Non ? » Xuven dévisagea le prisonnier. « A en juger par ta mise, tu es un Banni, n'est-ce pas ? Inutile de feindre l'indifférence, ta réaction me prouve que j'ai vu juste. » Une moue de dédain que Pelmen ne lui connaissait pas se dessina sur ses lèvres. « Les affaires n'ont pas l'air florissantes pour toi et les tiens, ces derniers temps… »

Le prisonnier serra les poings à en faire blanchir les jointures. « Ah ! Bah ! lâcha-t-il finalement. Si vos traqueurs (il cracha par terre) nous pourchassaient pas comme des sanrkhas, on serait pas obligés de s'en prendre à des gens comme vous pour survivre ! Ça leur suffit donc pas, de nous avoir jetés hors des Canyons ?

– C'est ça, ironisa Xuven, toi et les tiens êtes des galcynes blancs et le monde s'est ligué contre vous. Vous avez été bannis pour de bonnes raisons, il me semble ? Si vous prenez d'assaut les convois, quoi de plus normal que l'on y mette bon ordre…

– Même quand on file droit et qu'on se tient à l'écart des caravanes, les traqueurs, y s'acharnent contre nous. »

Devant l'air peu convaincu de Xuven, le Banni fit éclater sa rancœur. « Et vous ! Depuis quand vous vous mettez avec ces… ces géants de pierre ? Depuis quand vous vous servez des flammes ? » L'hevelen exhiba son avant-bras. Du coude au poignet, sa peau avait la pâleur caractéristique que laisse le passage du feu.

Les pupilles de Pelmen se dilatèrent. « Tu as rencontré un shaman pourpre ? s'exclama-t-il. A quand cela remonte-t-il ? »

L'individu se tut comme s'il avait décidé de ne pas en révéler davantage, mais lorsque Fekkar s'avança, il eut un mouvement de recul et balbutia :

« C'était… c'était y'a une saison déjà. »

Pelmen l'examina. Il n'en menait pas large et rien n'indiquait qu'il mentait. « Toi et ta bande, vous avez attaqué d'autres chariots il y a peu ? L'un transportait-il des tonneaux qui auraient dû contenir de la bière ? Avec à son bord des Déshérités ?

– Rien… rien de tout ça. Z'êtes les premiers qu'on rencontre depuis plusieurs lunes. »

Il peut vouloir protéger le shaman pourpre et ses acolytes, se dit Pelmen. En dehors de la peur, toutefois, le Banni ne paraissait avoir aucun motif d'agir de la sorte. Quoique décevants, ses dires tendaient à confirmer que des hevelens tels Komel et ses alliés shamans circulaient dans les Steppes.

Xuven ne sembla pas remettre en cause la sincérité du prisonnier, lequel malgré sa peur refusa de révéler son nom. En guise de petit déjeuner, Xuven lui permit de se désaltérer et lui octroya même une part de galette de veguer, que l'hevelen dévora.

« Si tu veux vivre, il faudra te rendre utile, le prévint-il. Mon neveu n'est guère versé dans l'art de la chasse. Tu lui apprendras. »

Pelmen jeta un regard interloqué à son oncle.

« Prends garde cependant à ne commettre aucune traîtrise. Où que tu sois, je puis te frapper sans que tu t'en aperçoives, souviens-t'en. » Xuven caressa le noueux.

L'hevelen tressaillit en percevant les courants d'air qui agitaient la surface du bâton.

« Je le ferai, marmonna-t-il en baissant les yeux et palpant la rotondité au-dessus de sa nuque. Mais y me faut ma hachette.

– Pas question. L'arc et les épines de Pelmen suffiront. »

Le prisonnier émit un grognement de déception. « On a intérêt à commencer maintenant, soupira-t-il, si on veut rapporter quelque chose pour le déjeuner.

– Dirigez-vous par-là » indiqua Xuven en pointant l'index vers le sud-ouest. Il se rapprocha de Pelmen pour lui murmurer à l'oreille. « N'aie crainte, je ne serai pas loin derrière. »

Non sans une certaine réticence, Pelmen alla ramasser ses armes. Il guida le prisonnier du geste et tous deux s'éloignèrent.

Une fois qu'ils furent hors de portée de voix, Fekkar apostropha Xuven.

« N'est-ce pas exposer ton neveu ? Et si ceux de sa bande cherchaient à récupérer le Banni ?

– Ça ne risque pas d'arriver après la déroute qu'ils ont subie. Ils s'en souviendront longtemps, tu y es pour beaucoup d'ailleurs. Et puis tu dois le savoir, les Bannis n'ont pas l'esprit de clan.

– Pourquoi fais-tu cela ?

– J'entends éviter à Pelmen de trop cogiter. Rien de tel qu'une situation de danger pour le maintenir en alerte. »

Pelmen ne quittait pas le prisonnier des yeux – lequel marchait d'un pas tranquille, sans se préoccuper du regard qui pesait sur lui. L'hevelen eût-il voulu endormir sa méfiance qu'il ne s'y serait pris différemment. Il était plus petit et plus mince que lui-même, mais ses mouvements dénotaient l'habitude des steppes.

Où le conduisait-il ? Auprès de ses amis ? Comme le lui apprit un coup d'œil derrière lui, Xuven les suivait à – trop grande – distance. Face à plusieurs adversaires, les chances semblaient minimes que sa magie puisse le protéger.

Sa magie… les questions que Pelmen se posait à ce sujet se bousculaient dans son esprit. Il faudrait qu'il ait une sérieuse conversation avec lui. Dès que possible.

« As-tu relevé des traces de gibier ? interrogea-t-il.

– Pas pour l'instant », répondit l'hevelen avec un geste d'impuissance.

Pelmen se mit à réfléchir. Le prisonnier allait la tête haute et d'un pas régulier, sans paraître se soucier de flairer les odeurs ou repérer les empreintes. Selon toute évidence, il ne faisait preuve d'aucun excès de zèle… Peut-être même se moquait-il de lui. La nuit écoulée avait été épuisante, aussi Pelmen rassembla-t-il sa volonté pour garder son calme. Il saisit le poignet de l'hevelen, refermant sa seconde main sur le silex à sa ceinture.

« Je me dois de t'apprendre que nous sommes presque à court de vivres » dit-il en fixant l'individu dans les yeux.

Un demi-mensonge, mais il y avait peu de chances que l'autre connût la vérité.

« Ce que nous chassons aujourd'hui, c'est ta pitance du jour aussi bien que la nôtre. »

L'hevelen se borna à marmonner quelque chose d'inintelligible, mais dès lors parut mettre plus de soin à explorer les alentours. Ils cheminèrent quelque temps ainsi, Pelmen surveillant toujours le hors-la-loi comme s'il avait été l'unique gibier.

« Là ! » fit l'individu en soulevant des fougères. Pelmen jeta un coup d'œil, mais les granules noirs épars qu'il aperçut n'évoquaient

rien pour lui – leur odeur était quasiment imperceptible.
« Qu'y a-t-il ?
– T'es donc aveugle ? De la fiente de rocol cendré ! Et fraîche avec ça ! Si tu sais viser, on va se remplir la panse.
– Je *sais* viser. Tu ferais mieux de t'en souvenir. »

L'autre lui lança un regard de vertu offensée. Comme Pelmen le fixait sans ciller, il se détourna pour explorer le sol avec minutie. Il désigna un emplacement où l'herbe paraissait en effet avoir été légèrement écrasée – Pelmen n'aurait rien décelé sans son intervention.

« Il est passé par là. »

Pelmen ne connaissait le volatile que de réputation. Sa viande constituait un mets de choix, que seuls les Opulents pouvaient s'offrir. Il encocha une épine et s'empressa à la suite du prisonnier. Tandis qu'il évaluait la direction empruntée, des piquants d'ocreronce lui fouettèrent la cheville – il étouffa un juron mais continua au même rythme.

A quelques centaines de coudées, le miroitement d'une petite étendue d'eau tranchait avec les tonalités grises et brunes de la steppe. Penché au bord de la mare, un oiseau au cou mince et aux serres proéminentes s'abreuvait, les ailes sagement repliées.

Le prisonnier accéléra encore le pas, manifestement désireux de capturer l'animal à mains nues.

« Halte ! fit Pelmen. Arrête-toi, maintenant ! »

L'intéressé obtempéra sans délai, puis sur un geste impatient de Pelmen s'écarta à grands pas de la ligne de tir. Trop lentement hélas, car déjà le rocol avait levé sa minuscule tête et regardait dans leur direction. Ses pattes musculeuses se replièrent à la manière d'un galcyne couvant ses œufs.

Pelmen visa en retenant son souffle. Le volatile était de bonne taille et à condition que sa corpulence ne soit pas due à une épaisseur excessive de plumes, il fournirait de la viande pour au moins deux jours. La corde vibra. Malgré la distance, le mouvement n'avait pas échappé au gibier, et vif comme la foudre, l'oiseau se détendit. Il prit son envol à larges battements d'ailes, en sorte que la flèche passa trop bas. Pelmen poussa un cri de frustration, rapidement réprimé pourtant. Trop pesant, le corps du volatile ne paraissait pas de nature à rester en l'air bien longtemps – son vol n'avait rien de gracieux. Pelmen le prit en chasse, se sentant capable de soutenir son allure, voire de le rattraper.

Si tout d'abord il gagna en effet du terrain, il en reperdit quand il dut contourner la mare. Il économisa son souffle. Bientôt il eut motif de se réjouir, car la course du rocol se faisait de plus en plus erratique. Enfin le volatile perdit de l'altitude et disparut derrière un massif de cactus.

Pelmen s'immobilisa en se mordant la lèvre. *Le prisonnier*.

La perspective d'en finir au plus vite avec sa proie et de revenir après tant de déboires ces derniers jours avec de la viande fraîche, cette perspective avait relégué son devoir de surveillance au second plan.

Il se retourna. Fouilla du regard le paysage.

Partout, les étendues illimitées de la steppe. La silhouette de son oncle apparaissait en retrait à plusieurs centaines de coudées. Et puis à l'opposé, il le vit. Le prisonnier courait comme si tous les démons de Valshhyk étaient à ses trousses. Il avait fui en ligne droite, sans changer de direction ni tenir compte de celle empruntée par Pelmen. *Il est encore à portée.*

Avisant un petit tertre à proximité, Pelmen l'escalada en toute hâte. Un genou au sol, il encocha et prit soin cette fois d'évaluer la trajectoire en fonction de la course du fuyard. Dans son esprit, celui-ci tressaillait déjà sous l'impact, trébuchait pour mordre la poussière. Ses prunelles devenaient fixes et toute vie se retirait de ses membres.

L'épine se mit à trembler sur son axe, puis rejoignit l'arc dans sa chute. Hébété, Pelmen mit un moment avant de reprendre pied.

Alors, il se demanda s'il trouverait jamais le courage de tirer de nouveau sur un hevelen.

CHAPITRE NEUF

STENLEN MILEMPAS

« Tu n'as pas pu, c'est bien ça ? » Xuven avait fini par rejoindre son neveu prostré sur le sol. Arc et épine reposaient toujours à ses côtés.

Pelmen hocha la tête, comme tiré d'un cauchemar. Il produisit un immense effort pour se relever. Sa bouche avait un goût de cendre.

« C'est tout à ton honneur, dit Xuven.

– Tout à mon honneur ? De laisser filer l'ennemi sous mon nez ? Il va s'empresser de rallier les siens pour nous préparer une embuscade !

– Je ne crois pas. Les Bannis préfèrent des proies plus faciles. Ils ont déjà perdu l'un des leurs, il serait surprenant qu'ils veuillent de nouveau se frotter à un krongos, un shaman et un archer. »

Sceptique, Pelmen fixa les imperturbables yeux gris de son oncle. « Il aurait pu nous en révéler davantage. S'il nous a menti et qu'il a partie liée avec nos ennemis, il aura tôt fait de les avertir de notre curiosité.

– C'est peu vraisemblable. Je ne te blâme pas de mettre en doute sa parole, mais réfléchis. Ceux qui orchestrent ces disparitions ont des moyens très importants, suffisamment pour offrir de l'ambreroche à de simples Déshérités. Leurs alliés n'ont peut-être pas les mêmes moyens, certes, mais je les vois mal décider d'une attaque à l'emporte-pièce comme l'ont fait ces Bannis. Non, ceux que nous cherchons sont plus organisés que cela.

– Ils ont pourtant attendu qu'Astar soit couché pour passer à l'action.

– La prudence la plus élémentaire le commandait. Mais ont-ils seulement exploré les alentours du campement ? Leur impatience, ainsi du reste que leurs vêtements, prouvent qu'ils sont à bout de ressources. Ce qui nous a été confirmé par celui que nous avons capturé. »

Le ton employé par Xuven intrigua Pelmen. « Et alors ? demanda-t-il.

– C'est une indication intéressante, et pas seulement parce que leur pauvreté les distingue de ceux que nous recherchons. Le nom de Tchulen Poindivoire te dit quelque chose ? C'est l'Indomptable Traqueur, l'Aguerri dont tu dépendras si tu réussis ta formation. »

Pelmen n'était plus du tout convaincu d'avoir les capacités requises pour devenir traqueur, mais fit taire ses objections.

« Il est notre Protecteur, celui que Sélénice Milempas interpelle à chaque session du conseil à propos des disparitions de négociants. Si elle nous a chargés d'enquêter, c'est bien entendu parce que le problème persiste. Ce que nous venons de vivre confirme pourtant que Tchulen Poindivoire mène la vie dure aux Bannis…

– Mais il se trompe de cible, c'est bien ça ?

– Il est sans doute logique que ce soient les bandes les plus vulnérables qui soient prises en chasse en premier lieu. »

Xuven observa l'horizon, songeur. Puis il désigna l'arc aux pieds de Pelmen. « Ramasse-le donc. Il te sera encore utile.

– Je n'en suis pas si sûr.

– Allons, allons ! Tu as fait honneur à cet arc en ne gaspillant pas l'existence du prisonnier. Il n'est pas une menace.

– Je ne l'ai pas épargné parce que je respectais sa vie.

– Ton *esprit* ne respectait pas sa vie. On est toujours dans le vrai quand on écoute son cœur en ces occasions. Comme tu ne peux l'ignorer à présent, la conscience de nos actes ne nous abandonne pas une fois ceux-ci accomplis. »

Pelmen courba les épaules, méditant les paroles de son oncle. Puis il s'agenouilla, ramassa l'épine et la remit dans son carquois. Enfin, il s'empara de l'arc sans le regarder et le mit en bandoulière.

A leur retour aux chariots, Fekkar ne leur posa qu'une seule question.

« Il s'est enfui ? »

L'absence de réaction du krongos après que Xuven lui eut confirmé la chose surprit Pelmen. « Tu n'es pas en colère ?

– Au contraire, la nouvelle est satisfaisante. Il nous aurait retardés inutilement.

– Tu ne préférerais pas le savoir mort ?

– Je n'ai aucune rancune personnelle contre cet hevelen. Je ne pense pas qu'il puisse m'atteindre, ni d'ailleurs qu'il en ait la volonté. »

Pelmen acquiesça. *Je prends les choses de manière trop personnelle, voilà ce que c'est.* Il enviait au krongos son détachement.

Xuven demanda à Pelmen d'atteler les nidepoux, puis ils se remirent en route. Pelmen avait l'estomac vide et sa fatigue conjuguée à son accablement ne lui laissait d'autre énergie que de faire défiler à rebours les images morbides de la veille. Lorsque la chaleur du zénith fit luire le poil des nidepoux et qu'ils se restaurèrent, il se sentit un peu mieux. Nombre d'interrogations demeuraient en suspens et l'une d'entre elles en particulier ressurgit. Pelmen questionna donc son oncle sur son état de shaman.

Xuven se montra peu disert. Plusieurs décennies auparavant, il avait été l'aide d'un vénérable maître du vent. Nul autre que celui qu'ils allaient rejoindre, Stenlen Milempas, frère de l'Infatigable Voyageuse. Ce dernier la lui avait présentée et sentant le sens du vent, Xuven avait fini par se mettre au service de l'Aguerrie. Quant au vieux Stenlen, il s'était depuis lors officiellement retiré de la cour de Sélénice. Les personnes bien informées, toutefois, n'ignoraient pas qu'il était l'éminence grise derrière le trône de sa sœur.

« Pourquoi avoir choisi la profession de voyageur plutôt que d'obtenir le titre de shaman ? » demanda Pelmen.

Une ombre traversa le visage de Xuven. « Mes choix en la matière ont été contrariés. C'est sans doute pour le mieux, au demeurant. Sans cela je n'aurais pas eu la même marge de manœuvre.

– Ah bon ?

– On ne décide d'aborder un shaman que pour de sérieux motifs. Il est plus facile de côtoyer un négociant et de répondre à ses questions de manière naturelle. J'en apprends ainsi davantage.

– De quelle façon tes choix ont été contrariés ? »

Xuven parut songeur, mais sa rêverie ne dura pas. « Tu ferais mieux de préserver ta salive. Une longue route nous attend encore. »

Pelmen tenta de changer de sujet. « Et Fekkar ? Possède-t-il sa propre magie ?

– Fekkar est un krongos, avec toutes les différences que cela implique. Mais, si c'est ce que tu veux savoir, à ma connaissance il n'est pas de ceux initiés aux secrets de son dieu, Kerengar. » Xuven se leva, mettant fin à la conversation.

Pelmen obtint non seulement de ne pas avoir à chasser pour le restant de la journée, mais aussi d'accompagner Xuven lorsqu'il partit en reconnaissance. Ainsi eut-il le privilège de l'observer convoquer les vents. Son noueux tendu à hauteur des yeux, son oncle psalmodia un chant dont certaines modulations évoquaient le bruissement de feuilles. Bientôt, les odeurs de la steppe affluèrent comme autant de fils invisibles qui se seraient enroulés autour de son bâton.

Les narines de Pelmen ne percevaient que quelques bribes d'effluves, lesquels laissaient pourtant présager la quantité de senteurs enchevêtrées. La concentration se lisait sur le visage de Xuven. L'expérience aidant, son oncle devait avoir appris comment trier ces multiples odeurs, évaluer à quelle distance se trouvait leur source en fonction du temps qu'elles mettaient à lui parvenir et de la force du vent.

Le lendemain, quand Pelmen redemanda la permission de rester à ses côtés, son oncle la lui refusa. La chasse ne pouvait être différée car les réserves diminuaient.

« Avec tes pouvoirs, tu pourrais aisément nous procurer tout le gibier dont nous avons besoin ! protesta Pelmen. Ne me dis pas que tu en es incapable ! »

Xuven se lissa la barbe. « C'est l'une des raisons pour lesquelles je souhaitais éviter de te révéler trop tôt mes quelques talents. Tu dois apprendre à survivre dans les Steppes sans secours extérieur. Imagine que nous soyons séparés ? Ou que par mauvaise fortune, il me faille rejoindre nos ancêtres ? »

Pelmen n'avait pas envisagé la situation sous cet angle. Il ne pouvait que reconnaître la justesse de l'argument.

« Allons, tu seras d'autant plus fier de ce que tu auras obtenu à la pointe de tes épines. »

Sans grand enthousiasme, Pelmen obtempéra. Ce jour-là comme les suivants, ses excursions s'avérèrent peu fructueuses. Les petits mammifères dont il repérait les traces reniflaient invariablement par quelque saute de vent son odeur et leurs bonds se révélaient imprévisibles, de sorte que ses épines allaient se perdre dans la verdure. Il maugréait alors sans trop de conviction, dépensait beaucoup de temps à récupérer ses flèches et se lançait derechef dans des tentatives tout aussi vaines. En fin de compte il se rabattait sur des baies et racines qu'il apportait à Xuven. Celui-ci poussait un soupir de dépit, mais lui désignait ceux des végétaux qui étaient comestibles, si bien qu'il se familiarisait peu à peu avec la flore.

Pelmen gardait espoir, car à mesure qu'ils se rapprochaient du fleuve Hado, l'aridité coutumière cédait le pas à une végétation plus abondante et le vent colportait les odeurs d'une chair plus variée et nombreuse. Tous ses sens semblaient se réveiller, faisant chorus avec la vivacité nouvelle de l'environnement. Des oiseaux les survolaient, l'herbe frémissait au passage de quelque sinueux reptile et les fourrés plus touffus s'agitaient – parfois, on entrapercevait un pelage gris ou bleu s'empresser hors d'atteinte. Pelmen n'aurait su mettre un nom sur la plupart des créatures, mais il était évident que ces dernières avaient déjà eu affaire à des hevelens. La nuit, les choses s'inversaient. Rugissements et feulements hérissaient tous les poils de son corps et accéléraient les battements de son cœur. Xuven, cependant, plantait son noueux en terre avec soin et avait recours au sortilège qu'il nommait Protection d'Aoles. Les bourrasques tourbillonnantes les enveloppaient alors et dissipaient leurs odeurs. Tant qu'ils restaient allongés sans bouger, les prédateurs les prenaient pour des formes inertes et sans vie.

Un matin où Pelmen s'apprêtait à partir chasser, Xuven le surprit en lui enjoignant de demeurer à ses côtés.

« Divers clans sont susceptibles d'occuper ce territoire. Tous ne sont pas forcément amicaux envers des hevelens en provenance des Canyons. »

Pelmen se renfrogna. « C'est dommage, pour une fois que le gibier ne manquait pas… »

Les heures s'écoulèrent trop lentement à son gré. Pour tromper son ennui, il demandait à son oncle les noms des végétaux les plus insolites. Xuven satisfit tout d'abord sa curiosité, mais bientôt le fit taire en embrassant d'un geste l'horizon à sa droite. « Regarde plutôt de ce côté. Voici le fleuve Hado, qui rejoint l'océan d'Emeraude au sud et partage les Steppes entre ses rives est et ouest. »

En effet, les eaux vertes et limoneuses d'un fleuve démesurément large se déployaient le long de son lit. Pour Pelmen, un tel spectacle était nouveau et il demeura interdit, observant ramilles et branchages emportés par le courant. Le lac Subelin aussi était imposant, et les eaux tumultueuses des petits torrents des Canyons avaient de la fougue. Mais le fleuve Hado les surpassait incomparablement en puissance et majesté. Son débit pouvait être moins rapide que celui des torrents, il n'en était pas moins irrésistible. Que Pelmen orientât son regard vers le nord ou le sud, il ne pouvait discerner où se terminait son cours, malgré l'horizon dégagé.

« Ne peut-on s'en rapprocher ? suggéra-t-il en s'apercevant

qu'ils se maintenaient à bonne distance.

– Mauvaise idée. Les berges sont boueuses et traîtresses la plupart du temps. »

Ils continuèrent dans la même direction toute la matinée et une partie de l'après-midi. Quand le fleuve Hado s'incurva, ils s'en éloignèrent au point de le réduire à un long sillon miroitant. Ils traversaient une plaine infertile et caillouteuse, de sorte que les chariots allaient de conserve, lorsque Xuven arrêta le sien et en descendit pour prendre de l'avance. Il revint la mine sombre, tenant toujours son noueux en main.

« Qu'y a-t-il ? s'enquit Fekkar.

– Là où devrait se trouver la demeure de Stenlen, les effluves sont ceux du soufre et de la matière carbonisée. Des odeurs qui s'insinuent dans l'esprit. De celles qui en se retirant ne laissent que maux de crâne et pensées amères.

– Tu n'as rien senti d'autre ? demanda Pelmen.

– Elles masquent tout le reste, comme si…

– Comme si ? »

Le regard de Xuven avait la dureté du silex. « Comme si elles étaient l'œuvre de shamans pourpres. Je ne crois pas qu'un seul d'entre eux aurait pu obtenir ce résultat. »

Pelmen blêmit. Il se remémora le visage hideux de celui qui avait tenté de l'éliminer. *Par Aoles, en affronter plusieurs…* Il se sentit soudain aussi faible qu'un nouveau-né.

« Ils ont ce pouvoir, confirma Fekkar. Leurs flammes détruisent, et l'odeur des cendres trouble l'esprit et suscite les pires cauchemars.

– Alors, ils nous attendent, articula Pelmen d'une voix sourde. Et nous ne pouvons savoir combien ils sont ?

– C'est impossible, répondit Xuven.

– Faisons un détour. Ou bien attendons la nuit.

– Nous serions encore plus vulnérables sans même nos yeux pour nous guider. Mais tu as raison sur un point. Tu vas m'attendre ici. Fekkar veillera sur toi.

– Et toi ?

– Je dois savoir ce qu'il est advenu de mon maître.

– Non, répliqua Pelmen, mâchoires crispées et narines frémissantes. Pas question que je t'abandonne. » Il formula un vœu pour que son oncle ne devine pas à quel point il était terrifié.

« Il ne sera pas dit qu'un krongos aura laissé un ami seul face au danger, renchérit Fekkar. Laissons les bêtes derrière ce groupe de rochers (il désigna un monticule de blocs rocailleux) et allons-y tous les trois.

– Il n'y a donc personne ici capable d'un brin de bon sens ? fit Xuven. Eh bien finissons-en. »

Les nidepoux furent attachés et Fekkar émit un son grave et modulé. Des images de roches gris-argenté, d'une variété jamais rencontrée dans les Canyons, s'imposèrent dans l'esprit de Pelmen. Fekkar se tenait entre ses melepeks, ses mains larges comme des battoirs sur l'échine de chacun. Le son qui s'échappait de sa bouche sans lèvres s'avérait bien plus riche en nuances que celui employé pour apaiser les nidepoux pendant l'embuscade. Lorsqu'il se fut affaibli à la manière d'une montagne dont la pente se fait plus douce vers la base, les melepeks ployèrent les genoux et bientôt devinrent à peine discernables du granit.

Xuven avança le noueux en main, Pelmen avait encoché et quant à Fekkar, il n'avait que ses poings, mais qui valaient les armes les plus redoutables.

Les cailloux sous leurs pieds furent remplacés par les herbes – des traces de piétinement étaient visibles çà et là. Encore très éloignés, se dressaient des géants végétaux de près de cent coudées. Ils formaient un bosquet de bois pourpres solidement enracinés, semblant en permanence défier Aoles de les jeter à terre. Quand ils furent assez proches, Pelmen discerna entre leurs feuilles rousses les branches de différents arbres reliées entre elles. Ces derniers étaient groupés par trois, composant des ensembles cohérents et solidaires.

« Des trifeuillus » commenta Xuven.

Comme ils progressaient, l'odeur du soufre assaillit les narines de Pelmen. Il renifla, puis grimaça. Ainsi que l'avait prédit

Xuven, il était impossible de capter aucune autre senteur. Ils pénétrèrent sous la voûte végétale où la pénombre contrastait avec la luminosité des vastes plaines. Ni bruissement ni chant d'oiseau. Pelmen se rendit compte qu'il respirait beaucoup trop vite et qu'il avait tendu au maximum la corde de son arc. Il s'astreignit à se calmer, à faire refluer la tension extrême tandis qu'il détendait lentement la corde. Dans son état, il pouvait tout aussi bien blesser Xuven à la moindre alerte.

Son oncle leva la main et ils s'immobilisèrent. Au centre d'une clairière, un grand arbre noirci dressait ses branches calcinées vers le ciel, implorant Astar d'abréger ses souffrances.

C'est de là que viennent les odeurs. La nausée de Pelmen s'accentua. A l'endroit où les branches rejoignaient le tronc reposaient encore les restes de ce qui avait dû être une bâtisse. Dans la clairière, nul mouvement. Xuven avait le regard fixe. Il s'avança à découvert, bientôt suivi de Fekkar. Pelmen demeura dans l'ombre, l'arc levé.

Pourvu que mon bras ne tremble pas. S'il y a des ennemis, ils ne peuvent plus ignorer que nous sommes là à présent. Il essuya d'un revers rapide la sueur dans ses sourcils. Les branchages alentour étaient immobiles. Le silence était plus pesant que la roche.

Xuven et Fekkar parcoururent l'espace les séparant de l'arbre. Le premier détacha en grimaçant du tronc l'un des barreaux à demi calcinés qui avaient fait office d'échelle.

Il demanda à Fekkar de l'aider. Le krongos présenta ses mains jointes et Xuven y grimpa. Celui-ci ne fit pas un mouvement tandis que Fekkar l'élevait au-dessus de ses épaules. Puis il se mit à escalader, faisant tomber des barreaux noircis tout en s'accrochant à l'écorce. Il se hissa dans ce qui restait de la demeure de Stenlen et commença à déblayer les résidus. Peu après, Pelmen vit Xuven traîner avec peine quelque chose de lourd. Son oncle héla Fekkar avant de faire basculer vers lui la masse inerte. Un cadavre, sans aucun doute un hevelen, qui avait dû être corpulent.

Un deuxième corps, beaucoup plus chétif, vint bientôt rejoindre le premier. Pelmen scruta le visage de son oncle.

Il y eut un déplacement d'air. Pelmen se rejeta en arrière, ce qui lui permit d'éviter la hampe qui l'aurait assommé… Mais pas le genou de son agresseur, qu'il reçut en pleine poitrine. Sous l'impact, il lâcha arc et épine.

L'arbre. Il devait être sur l'arbre, au-dessus de moi.

L'inconnu se jeta sur lui. Ses mains lui agrippèrent la gorge et l'air vint à lui manquer. D'un coup de pied convulsif, Pelmen atteignit l'entrejambe de son agresseur. La pression se relâcha et Pelmen le fit reculer d'un coup de poing. Il se remit debout, haletant et lança de nouveau son poing. Mais l'autre, se fendant, lui délivra un coup de coude derrière l'oreille. Pelmen, étourdi, titubant, fut plaqué contre un arbre. La détermination se lisait dans les yeux sombres de son adversaire, dont les triples narines frémissaient d'excitation à l'idée de la victoire toute proche. L'inconnu tira un silex – celui de Pelmen ! – de sa ceinture et s'apprêta à l'abattre.

Une main démesurée saisit l'hevelen par le torse. Il fut repoussé et à son tour plaqué contre un tronc.

« Inutile de te démener, prévint Fekkar. Plus tu résisteras et plus tu rendras ta situation difficile. »

Pelmen, la respiration sifflante, se massa le cou. Xuven approchait à son tour.

« J'ai bien cru ma dernière heure venue, dit Pelmen d'une voix tremblante en ramassant son silex.

– Silence, intima Xuven, la mâchoire serrée. S'il y a quelqu'un qui doit parler, c'est toi, dit-il en s'adressant au prisonnier. Que faisais-tu là ? As-tu vu ce qui s'est passé ? » Sa voix se fit plus dure. « Y as-tu… participé ?

– Je… je ne sais rien » fit l'inconnu. Son accent rendait les sonorités qu'il employait difficilement reconnaissables, si bien que Pelmen ne saisit le sens de la réponse que dans un second temps.

« Dans la position où tu te trouves, articula Xuven, je te déconseille de mentir. »

Ce fut une autre voix qui répliqua, pleine d'ironie.

« Dans la position où *vous* vous trouvez, je vous conseille de déposer les armes et de vous rendre. »

Pelmen regarda tout autour et ses yeux s'arrondirent. Dans les branches un peu plus hautes, un arc était pointé sur lui. Deux autres hevelens visaient Fekkar. Un fourré bougea et un lancier, son arme dirigée vers Xuven, s'avança. De nouveaux ennemis surgirent de l'ombre.

Encerclés ! Ils nous ont encerclés !

Plus personne ne remua. Pelmen pouvait compter les battements de son cœur.

Xuven fit un geste vers le silex à sa ceinture. Il le prit et le laissa tomber au sol. Pelmen ne tarda pas à l'imiter, tandis que Fekkar relâchait sa victime.

« Vous allez nous suivre » dit le lancier qui semblait commander, un grand hevelen aux mouvements souples. « A la moindre tentative de fuite, nous vous abattrons sans hésiter. »

Xuven renifla. Ses prunelles grises brillaient d'une lueur inquiétante. Fekkar, pour sa part, se contenta de hausser les épaules. Aucun des hevelens qui descendirent des arbres ne s'approcha à moins de dix pas de lui.

Ils se mirent à avancer dans l'ombre du sous-bois. Pelmen dénombra plus d'une dizaine d'individus.

Xuven va attendre que l'occasion se présente pour passer à l'attaque. Il a rendu son silex, pas son noueux caché dans les replis de sa toge. Il peut intervenir à tout moment, en essayant de faire jouer l'élément de surprise. Et Fekkar ne les craint pas, bien sûr.

Ce qui n'était pas son cas. Pelmen doutait que Fekkar et Xuven puissent neutraliser tous les ennemis sans que lui-même n'ait à essuyer au moins un coup de sagaie ou un tir direct. Il lui faudrait récupérer son arc au plus vite, mais le guerrier qui s'en était chargé, particulièrement musclé et vigilant, ne serait pas facile à terrasser.

A mesure qu'ils progressaient sous les branches, la nervosité de Pelmen s'accrut. Des silhouettes, certaines armées de lances, apparurent fugitivement. Les odeurs étaient de nouveau perceptibles, si bien qu'il devint évident que d'autres hevelens se tapissaient dans l'ombre. La voûte végétale abritait à présent des tentes de toile cirée perchées sur l'amalgame de ramifications des trifeuillus. Près du sol, les branches se révélaient le plus souvent assez larges pour accueillir tout individu en quête de refuge. Quand ce n'était pas le cas, des échelles en bois léger permettaient d'accéder aux plus stables d'entre elles. Les hevelens ne faisaient plus d'efforts pour se dissimuler. Sûrs de leur nombre, ils ne montraient aucun signe d'inquiétude – uniquement de la vigilance.

Pelmen et ses compagnons arrivèrent devant ce qui devait être le centre du campement. Sous les trifeuillus, des attelages de nidepoux patientaient. Des individus des deux sexes déchargeaient leur cargaison.

Peut-être les fameux voyageurs dont Sélénice Milempas nous a chargés de retrouver la trace. Dans ce cas, Teleg pourrait bien être dans les parages.

Pelmen huma l'air et observa avec soin, levant la tête vers les habitations. En vain chercha-t-il à repérer la chevelure blonde et à distinguer la fragrance de son ami. Les senteurs étaient trop abondantes et entremêlées, les cachettes trop variées.

Le lancier murmura quelques mots à l'un de ses archers, puis, s'élançant vers l'avant, se faufila parmi les hevelens. Nombreux étaient ceux qui les considéraient, intrigués. Fekkar en particulier était l'objet de toutes les attentions et de tous les chuchotements.

Ils patientèrent. Leurs gardiens ne se relâchaient pas, bien au contraire. Les arcs étaient bandés, prêts à tirer. Xuven s'était tourné de biais. Son regard étincelait de fureur. Pelmen allait suivre sa direction quand il aperçut le lancier revenir escorté de deux hevelens. Le plus petit et corpulent d'entre eux portait une barbe rousse, une triple rangée de colliers et la plupart de ses doigts étaient ornés de bagues. Sa cape en cuir de sanrkhas claquait sous le vent. La chevelure de jais du second était zébrée d'une ligne immaculée sur le côté du crâne, véritable trait de lumière. Tous deux avançaient sans un bruit, avec assurance pour le premier et une souplesse animale qui aurait presque fait oublier sa légère claudication pour le second. La blessure qui en était à l'origine avait laissé une cicatrice en forme de point sombre, qui creusait le dessus de l'un de ses genoux. L'hevelen le plus corpulent et le lancier s'immobilisèrent tandis que celui à la crinière noire se dirigea droit sur Xuven, écartant un archer sur son passage.

Xuven fit face sans reculer d'un pouce.

En un éclair, l'hevelen lui empoigna les avant-bras. Pelmen banda ses muscles.

Le guerrier lâcha alors Xuven, qui l'étreignit. Il lui tapota même le dos ! Pelmen, bouche bée au milieu des murmures – nombre des hevelens alentour partageaient sa stupéfaction – contempla le guerrier se détacher pour aller saluer Fekkar.

« La joie de vous revoir tous deux est entachée d'une grande peine » déclara l'inconnu en regardant dans la même direction que Xuven un peu plus tôt.

Pelmen plissa le nez en considérant les deux corps brûlés, qui avaient été transportés sur des civières de fortune. Un vieillard aux jambes malingres se tenait à proximité. Passé à sa ceinture, il y avait un noueux. Pelmen se demanda avec un sursaut d'espoir si en fin de compte, il ne pouvait s'agir de Stenlen Milempas. *Ce ne doit pas être un shaman pourpre, en tout cas. Celui que j'ai rencontré n'avait pas de noueux.*

« Heureux de te revoir également, Fregan Halenor » dit Fekkar.

L'individu ainsi nommé se tourna vers les gardes. « Baissez vos armes ! Tous ! Ce sont des amis. » Malgré sa prestance, celle d'un Aguerri dont l'influence ne reposerait pas sur sa position, mais sur sa capacité à susciter l'adhésion immédiate de ses hevelens, les guerriers attendirent que le personnage à la barbe rousse ait donné son consentement – ce qu'il fit d'un geste d'apaisement.

Xuven, le dénommé Fregan et Fekkar se dirigèrent vers les cadavres. Pelmen s'approcha à son tour. Il se sentait plus léger, délivré d'une bonne partie de la tension et de la peur qui l'habitaient jusqu'alors.

Fregan contemplait le plus rabougri des deux corps. « Stenlen Milempas marchait sur les traces de Cilamon » dit-il, confirmant les craintes de Pelmen.

Le regard de Xuven brillait. « Il m'a recueilli et hébergé en un moment de grande nécessité. Il m'a appris tout ce que je sais.

– Il s'est toujours montré accueillant envers le peuple de la roche, déclara Fekkar. Tout au long de sa vie il a contribué à resserrer les liens entre nos peuples. »

Fregan se tourna vers le lancier et donna des ordres pour que les deux corps reçoivent une sépulture.

« Depuis quand êtes-vous arrivés ? demanda Xuven.

– Quelques heures à peine, répondit Fregan. Selon nos habitudes, nous avions envoyé une patrouille pour nous assurer des lieux. » Il désigna le vieillard au noueux. « Féan Solthal, l'un de nos shamans, en faisait partie.

– Désolé pour la méprise, dit l'intéressé en s'inclinant devant Xuven.

– La méprise était des deux côtés, fit ce dernier en s'inclinant à son tour. Les émanations de Valshhyk attisent méfiance et ressentiment.

– Et les circonstances n'ont pas aidé, ajouta Fregan. Que faisiez-vous dans le secteur ?

– Du commerce, principalement. Fekkar et moi avons caché les chariots derrière des rochers dès que nous avons senti que quelque chose allait de travers.

– Je comprends. Suivez-moi tous les trois. Mon cousin Tenel voudra que vous lui expliquiez vous-mêmes les raisons de votre venue. Il a fait appeler les chefs du clan et le conseil va se tenir immédiatement. Mais dis-moi Xuven, qui est ce jeune hevelen qui vous accompagne ?

– Mon neveu et apprenti Pelmen. »

Les prunelles cerclées d'or évaluaient Pelmen avec perspicacité. « Ton neveu... je croyais que tu ne t'entendais pas avec ta famille ?

– C'est toujours le cas, dit Xuven. Mais lui non plus, de toute évidence. »

Fregan eut un rire sans joie. « Vous autres des Canyons avez l'art de compliquer ce qui devrait être simple... Mais ne parlons pas de ça. »

Le guerrier à la barbe rousse devant lequel les amena Fregan n'était autre que Tenel Halenor, Aguerri du clan des Rameaux comme l'apprit peu après Pelmen.

« Aujourd'hui est un jour plus sombre qu'une nuit sans lunes, déclara-t-il. Le jour qui aura vu un territoire cilamenite violé par l'engeance dévoyée de Valshhyk...

– Selon mon estimation, corrigea Xuven, l'intervention des shamans pourpres remonte à plusieurs jours, quoique l'odeur en soit encore puissante.

– C'est possible, admit non sans une certaine irritation Tenel. J'aimerais toutefois avoir des explications sur votre présence en ces lieux. »

A voix basse, Xuven lui résuma les ordres qu'ils avaient reçus.

« Je savais que mon cousin était en relation avec un marchand canyonite, commenta Tenel en lançant un regard appuyé à Fregan, non que ce même marchand se trouvait directement sous les ordres de l'Aguerrie Sélénice Milempas.

– Il s'agit d'une mission ponctuelle, tempéra Xuven avant que Fregan ne puisse répliquer. Qui doit rester confidentielle. La Voyageuse ne me l'a confiée que parce que je connaissais son frère, et parce que mon neveu lui-même est à un certain degré, et pour son malheur, mêlé à l'affaire dont s'occupait Stenlen.

– Confidentielle ou pas, les chefs de notre clan en seront informés. Ils sauront tenir leur langue, rassure-toi. Des messagers vont aussi être envoyés aux trois autres clans. Chaque Aguerri devra tenir ses hevelens sur le pied de guerre jusqu'à ce que la menace ne soit plus qu'un mauvais souvenir.

– Si une telle chose est possible, répartit Fekkar, lugubre. Les shamans n'agiraient pas ainsi s'ils n'étaient sûrs de leur force. » Bien qu'il eût murmuré, plusieurs hevelens à proximité lui lancèrent un regard troublé.

« Nous allons en débattre en conseil. Les avis d'un krongos, bien entendu, seront hautement appréciés. »

Leurs armes leur furent rendues, et ils circulèrent entre des racines épaisses pour finir par se présenter au pied d'un trifeuillu où trônait une tente écarlate et dorée. Des passerelles de bois avaient été jetées aux différents étages, reliées à des plates-formes circulaires. Pelmen eut le sentiment de contempler une version végétale d'Alveg. Les arbres étaient immenses et quand bien même leur taille était loin d'égaler celle du massif d'Alveg, l'effet était grandiose.

« Je n'escalade que la roche » fit Fekkar.

Tenel en parut contrarié. Sur la suggestion de Fregan, il fut alors décidé de tenir conseil dans la partie la plus touffue du sous-bois, au sein d'une clairière ceinturée d'un cordon de sentinelles. A son grand dam, Pelmen fut invité à aller quérir sans plus tarder le chariot de son oncle en compagnie de deux gardes.

« Ne t'occupe pas des melepeks, enjoignit Fekkar. J'irai les récupérer moi-même. »

Le crépuscule s'étendait tel un linceul de feu quand Pelmen revint dans le sous-bois. En interrogeant les guerriers qui l'escortaient, il avait appris qu'ils étaient des Cilamenites.

Pelmen ignorait tout de ce peuple. Dans les Canyons, le terme désignait les tribus barbares des Steppes Venteuses dans leur ensemble. On disait qu'elles ne restaient jamais en place longtemps, c'était sans doute pourquoi Xuven n'avait pas pensé retrouver là ce Fregan Halenor auquel il paraissait lié. Pelmen espérait que la confiance de son oncle et de Fekkar était bien placée. Pour l'heure, la présence de son arc sur son dos était rassurante.

Les gardes lui indiquèrent un enclos à l'écart du campement

où des Cilamenites bouchonnaient leurs nidepoux. Pelmen détela les bêtes harassées et se mit à son tour à l'œuvre. Malgré les parasites avec lesquels les rongeurs cohabitaient et le dégoût que lui avait inspiré par le passé son travail sur le cuir de leurs congénères, son opinion sur les quadrupèdes s'était peu à peu modifiée. Leur ténacité et leur fidélité s'étaient révélées dignes d'éloges – sans compter que le fonds de commerce de son oncle reposait en bonne partie sur leurs épaules. Tout en s'activant il observa du coin de l'œil les Cilamenites opérer, notant leur tour de main et la façon dont ils s'y prenaient. Les bêtes avaient bien besoin de repos et lorsqu'il en eut terminé, se roulèrent sur le sol avec soulagement.

Les gardes s'étaient éclipsés pendant que Pelmen s'occupait des nidepoux. Un chemin s'enfonçait dans le sous-bois. Il s'en approcha, s'interrogeant sur la conduite à tenir.

Des voix lui parvinrent. Il ne reconnut pas la première, bien qu'il l'eût déjà entendue.

« Tu as pris un risque en révélant à Féan tes… talents.

– C'était nécessaire. »

Pelmen identifia la voix une seconde avant que Xuven accompagné de Fregan n'apparaisse au bout du sentier. Son oncle lui fit signe en l'apercevant.

« Ton apprenti et toi avez des choses à vous dire, déclara Fregan lorsqu'ils se furent rejoints. Je vais aider Wilnë à préparer le repas. Tu connais le chemin. »

Xuven acquiesça et Fregan s'éloigna de sa démarche silencieuse.

« Qu'a décidé le… »

Pelmen n'eut pas le temps d'achever sa question. « Pas maintenant, fit Xuven. Suis-moi. »

Ce dernier prit les devants et contourna l'enclos de nidepoux, jetant un regard sur ses bêtes et le chariot dételé. « Inutile de garder sur toi ton arc, chuchota-t-il. Si des ennemis devaient parvenir jusqu'ici, nous en serions prévenus à l'avance. »

Non sans réticence, Pelmen dissimula arc et carquois parmi les marchandises. Xuven l'entraîna ensuite au milieu des broussailles, dans un secteur écarté. Le noueux en main, il lança le sortilège qu'il nommait Signe d'Aoles. Ses narines se mirent à palpiter.

« Personne à proximité immédiate. On ne devrait pas nous entendre, murmura-t-il.

– Alors ? fit Pelmen.

– Des émissaires vont être envoyés auprès de la Voyageuse. Stenlen et moi avions travaillé à resserrer les liens entre le clan des Rameaux et Sélénice. J'espère que ce qui s'est produit ici ne va pas ruiner nos efforts.

– Pourquoi ne pas la prévenir nous-mêmes ?

– Tu oublies notre mission. Elle demeure plus que jamais prioritaire. J'espère simplement que les déploiements de force ordonnés par Tenel Halenor ne vont pas trop nous compliquer la tâche.

– Tu estimes donc pouvoir te mesurer aux shamans pourpres ? Avec ma seule aide et peut-être celle de Fekkar ? »

Xuven balaya l'argument d'un geste sec. « Il ne s'agit pas de confrontation, ni de vengeance. Pas immédiatement, en tout cas. La mission de Stenlen reposait sur la discrétion, tout comme la nôtre. Mon maître était puissant en son domaine, hélas son âge ne lui permettait plus de traverser les Steppes de long en large. Il a donc eu recours à son apprenti pour obtenir les informations qui lui faisaient défaut. Il faut croire que celui-ci n'avait pas l'expérience requise.

– Comment sais-tu tout cela ?

– Nous en avons discuté au conseil. Fregan avait rapporté à Stenlen des allées et venues pour le moins suspectes. Des malians ont été vus en compagnie de marchands et de hors-la-loi hevelens dans les Steppes Venteuses.

– Les malians ? Tu veux dire, les grisepeaux ? Ces… créatures qui vivent en double ?

– Nous les appelons grisepeaux, mais eux-mêmes se nomment malians. Ils vivent dans des terres distantes à l'ouest de l'Hado, aussi je n'aurais pas cru qu'ils puissent avoir un rapport avec l'affaire qui nous occupe. Laisse-moi terminer, veux-tu ?

– Bien sûr.

– L'un de ces convois était dirigé par un malian défiguré par un tatouage. Les éclaireurs cilamenites n'ont pu distinguer de quoi il s'agissait, mais ils le surnomment le Marqué. Ceux qui ont cherché à les suivre ont été victimes de maux de tête, puis de visions cauchemardesques dans leur sommeil. Après quoi ils ne percevaient plus l'odeur des membres du convoi.

– Les shamans pourpres…

– Il n'y a aucun doute là-dessus. D'après Fregan, Stenlen avait envoyé son apprenti, un certain Kalel, enquêter à Belenia – la grande cité malanite – il y a une saison de cela. On peut penser qu'il a été repéré à un moment ou à un autre. Il devait avoir découvert quelque chose. Plutôt que de l'éliminer directement, les shamans pourpres auront préféré le suivre jusqu'ici. Les Cilamenites n'étant pas encore revenus, le reste n'a guère posé de difficultés. Stenlen ne semble pas… » Xuven déglutit. « …avoir résisté, ils ont dû le surprendre. Peut-être pendant son sommeil. »

Pelmen secoua la tête. Ils s'attaquaient à si forte partie qu'aucune erreur n'était permise. Que venait-il donc faire au milieu de tout cela ?

« Ont-ils laissé quelque chose derrière eux ? demanda-t-il tout de même. Un indice ?

– Je n'ai rien vu, et Fekkar non plus. A moins que les hevelens de Tenel ne retrouvent leur trace – ce dont je serais surpris – nous devrons reprendre la piste là où l'avait laissée ce Kalel.

– C'est à dire…

– Tu as bien compris. Nous devrons nous rendre à Belenia. »

Pelmen avait la gorge sèche, tout à coup. « Je… je n'aurais jamais pensé que la piste de Teleg pourrait nous mener aussi loin. Devoir se mêler des affaires de… de shamans pourpres, et de grisepeaux !

– Il va nous falloir redoubler de prudence, confirma Xuven. Je peux toujours compter sur toi ? »

Pelmen respira à fond. « J'ai fait une promesse. Et je connais quelqu'un qui va avoir besoin de toute mon aide… s'il est encore vivant.

– Tu es quelqu'un de courageux, mon garçon.

– J'essaie surtout de ne pas trop penser à ce qui nous attend.

– C'est plus sage, en effet. Pour le moment, nous allons séjourner ici et pratiquer un peu de commerce comme si nous n'étions venus que pour ça. Cela va sans dire, notre conversation devra rester secrète.

– Même auprès de Fekkar ?

– Il connaît déjà les tenants et aboutissants – y compris ce qui concerne Teleg – mais garde-toi d'évoquer le sujet pour le moment. Il a accepté de nous prêter main-forte le cas échéant.

– C'est toujours ça. »

Xuven conduisit Pelmen dans une nouvelle partie du campement. Sous un trifeuillus, deux guerriers semblaient les attendre. L'un comme l'autre présentaient des traits trahissant un lien de parenté avec Fregan. Le plus massif des deux avait le visage fermé, ses muscles lourds saillaient sous sa tunique de cuir. Des poings de sanrkhas étaient accrochés à la ceinture du second, dont les prunelles alertes examinaient Pelmen avec curiosité.

« Le vent t'est-il favorable, Beran ? demanda Xuven au grand guerrier musclé – lequel émit un grognement d'approbation. A toi aussi Ielun ? » Quand l'hevelen aux défenses d'ivoire eut opiné à son tour, Xuven s'adressa à Pelmen. « Voici donc Beran, l'aîné des trois fils de Fregan, et Ielun.

– Quatre fils, rectifia Ielun. Notre mère a enfanté durant le mois de Tinmal.

– Eh bien ! Voilà enfin une nouvelle qui réchauffe mes vieux os. Puissent les faveurs de la déesse lui échoir tout au long de son existence. Comment se nomme-t-il ?

– Echven » répondit Ielun.

Pelmen et Xuven suivirent Beran et Ielun sur les branches larges et accueillantes. Ils empruntèrent deux échelles avant de parvenir devant la tente de Fregan. Celle-ci était adossée au tronc, à l'instar de plusieurs autres à proximité. Suspendus en hauteur, des filets de corde étaient emplis de victuailles : quartiers de viande salée, fruits, baies, champignons, racines et grandes feuilles jaunes comestibles, et même du poisson, selon toute vraisemblance en provenance du fleuve Hado.

L'intérieur de la tente ne contenait que l'essentiel, soit une paillasse bien rembourrée, une jarre, quelques ustensiles en bois, un berceau et deux sièges. Sur le côté, une sortie menait à une passerelle que Beran et Ielun traversèrent comme s'il s'agissait de la terre ferme. Pelmen fit de son mieux pour masquer son appréhension, ce qui n'avait rien d'évident en l'absence de rambarde à laquelle se raccrocher. Sur la plate-forme voisine, assis sur des tabourets disposés autour de plats fumants, les attendaient Fregan et plusieurs Cilamenites. Il y avait là une jeune hevelen dont la tenue en peaux de bêtes laissait apprécier les formes athlétiques, un garçon plus jeune que Pelmen à la tignasse ocre et une femme d'âge mûr aux longs sourcils aussi blonds que la chevelure, qui berçait dans ses bras un nourrisson. Tous avaient cette attitude à la fois fière et vigilante propre aux Cilamenites. Leurs odeurs étaient celles de personnes saines et robustes, seule l'hevelen plus âgée accusant une certaine lassitude. Quand leurs yeux se posèrent sur Pelmen, il lut chez la jeune fille et le garçon une considération inattendue, comme s'ils mettaient en retrait leur orgueil pour l'accepter à tout le moins en tant qu'égal. Peut-être par politesse, ils détournèrent bientôt le regard.

« Pelmen, voici ma fille Laneth et mon avant-dernier fils, Symen. »

Les intéressés inclinèrent la tête, leur gravité contrastant avec leurs traits juvéniles.

« Et bien sûr le petit dernier, Echven, et mon épouse Wilnë. » Sur ces mots, Fregan alla la rejoindre et prit le petit dans ses bras. Les paupières mi-closes, celui-ci ne protesta pas. Il ne devait pas avoir plus de trois mois car il ne possédait la teinte cuivrée des hevelens que sur les flancs, une partie de la poitrine et les épaules, le reste de son torse étant encore éclairci.

Wilnë présenta ses condoléances à Xuven pour la mort du shaman Stenlen. « Nous nous réjouissions à l'idée de lui rendre une visite de courtoisie, dit-elle. Je n'oublie pas qu'il était à tes côtés quand tu as rencontré celui qui allait devenir mon époux. »

Le sourire de Xuven ne masquait pas son affliction. « C'était une autre époque. L'insouciance de ce temps-là me semble bien loin à présent. Pourtant, ce soir, l'héritage de Stenlen ne sera peut-être pas tout à fait perdu. »

Bien que les paroles de Xuven fussent mystérieuses, personne ne posa de question, respectant sa douleur.

Les étoiles se mirent à luire là où Tinmal et Hamal le leur permettaient au moment où hôtes et invités partagèrent le dîner sur la plate-forme. Sans accorder la moindre attention à Pelmen, Symen, Laneth et Ielun déchiraient à belles dents la chair savoureuse en écoutant Xuven et Fregan évoquer leurs souvenirs de chasse en commun. Beran, quant à lui, se signalait par son expression taciturne. Pelmen aurait juré que le grand guerrier ne considérait pas leur arrivée comme une nouvelle réjouissante.

« Le shaman Solthal ne devrait plus tarder, annonça Fregan. Tu dois brûler de savoir si ton neveu a hérité du don d'Aoles.

– L'impatience est mauvaise conseillère mais la question se pose, en effet, répondit Xuven.

– Ai-je manqué quelque chose ? » intervint Pelmen.

Xuven le mesura du regard. « Il est possible qu'Aoles t'ait investi sans que tu en aies conscience d'une parcelle de ses pouvoirs.

– Tu veux dire, les mêmes que les tiens ? Tu plaisantes, je suppose ?

– Aujourd'hui n'est pas un jour pour plaisanter, le rabroua Xuven d'un ton sec. Quand un shaman trépasse, il arrive que le don se manifeste chez un nouvel hevelen. Tu es mon neveu. Il est possible que tu aies des prédispositions.

– Et c'est ce shaman, Solthal, qui doit le vérifier ?

– Il n'en a pas le pouvoir. Seul l'Arbre de Vie peut transmettre la preuve matérielle du don. Ainsi que la tradition l'exige, Féan Solthal en a fait sa demeure, c'est pourquoi il nous faut requérir son autorisation.

– Son autorisation ? Pour quoi faire ? Tu parles par énigmes.

– Patience. Tu vas bientôt savoir.

– En attendant, vous me ferez honneur en acceptant ces fruits », dit Fregan.

Malgré son impérieux désir d'éclaircissements, Pelmen ne dédaigna pas l'offre. Il y avait là des camlorns et différentes baies à la saveur sucrée ou douce amère.

A quelle épreuve va-t-on me soumettre ? se demanda-t-il en mangeant. Contre toute attente, Xuven l'avait présenté à Fregan comme potentiellement doué de magie. Ce qui expliquait l'attitude des enfants de Fregan, imprégnée de la même distance révérencieuse à l'égard des shamans qui avait cours dans les Canyons. Pelmen n'aurait jamais songé que son oncle puisse le croire investi de facultés similaires aux siennes. La disparition de son maître devait l'avoir ébranlé.

Mais si je me découvre réellement des pouvoirs, devrais-je vivre à l'écart pour le restant de mes jours ? Ou bien en dissimulant comme mon oncle le faisait en Alveg ? Tout cela est absurde.

Le shaman tardait à paraître et la pensée de Pelmen se fixa sur l'Arbre de Vie. De quels pouvoirs était-il doté ? Il devait s'agir de l'un des trifeuillus. Pelmen ne connaissait nul autre végétal procurant semblable impression de vigueur, mais aussi de confort, de sécurité et de… *cohésion*. Aoles avait beau tenter de les secouer, les branches les plus importantes demeuraient stables.

Le shaman Solthal survint un peu plus tard sur la passerelle d'accès. Il avançait tête haute malgré le poids des ans. On avait peine à croire que des jambes aussi malingres pussent supporter une démarche si volontaire. Fregan donna l'exemple, se levant le premier pour accueillir le shaman. Tous l'imitèrent.

Féan dépassa tout le monde pour s'arrêter devant Pelmen, qu'il transperça de ses yeux clairs. Le silence s'était fait complet. Le shaman resta ainsi un moment avant de se retourner vers Xuven. « Tu me devras une nuit, dit-il.

– Je te devrai une nuit. »

Féan avança d'une démarche rigide et ils le suivirent, Xuven et Pelmen à quelques pas de distance, Fregan et les siens plus en retrait encore. Ils redescendirent jusqu'au sol, le shaman faisant preuve d'un sens de l'équilibre que son âge ne laissait aucunement présager.

« Qu'est-ce que cela voulait dire, "je te devrai une nuit" ? chuchota Pelmen en écartant une branche sur son passage.

– Féan va devoir abandonner son domicile pour te permettre de dormir au pied du cilamen, répondit Xuven. En échange, je devrais à mon tour lui prêter pour une nuit ma demeure si d'aventure il s'y présente, et qu'il désire s'y reposer ou y héberger l'un de ses disciples.

– Tu mettrais à disposition ton échoppe, avec tous les objets précieux qu'elle contient ?

– Je m'y suis engagé. Les chances sont minces pour que cela se produise, la plupart des Cilamenites évitent de pénétrer dans les grandes cités autant que possible.

– Tu as parlé d'un… cilamen ?

– Oui, un Arbre de Vie. » Xuven le dévisagea en humant l'air. Sa mine s'assombrit. « C'est bien ce que je craignais, le nom t'est inconnu. Les Avisés des Canyons ne le mentionnent pas volontiers, de sorte que le souvenir de nos propres origines nous échappe peu à peu. Il te faut savoir que si Aoles est le père des hevelens, rien n'aurait été possible sans Cilamon, géniteur d'Aoles, dispensateur et protecteur de toute vie sur terre. C'est vers Cilamon le Protecteur que se tournent ceux que nous nommons Cilamenites.

– Et les cilamens ?

– Les émanations du dieu de vie sur les terres d'Ardalia. Les hevelens qui possèdent la magie d'Aoles l'ont dès la naissance, mais ce sont les cilamens qui délivrent l'attribut des shamans sans lequel ils ne peuvent exercer leur pouvoir.

– Ce… bâton, le noueux ? »

Xuven hocha la tête.

Ils venaient de déboucher à l'orée du sous-bois et Féan se dirigeait vers une gigantesque silhouette végétale. Isolé sur la plaine de lichens, l'arbre suscitait même de loin une impression de puissance et de sérénité, néanmoins ce ne fut qu'après plusieurs minutes de marche que Pelmen prit conscience de sa réelle envergure. En comparaison, les trifeuillus faisaient presque figure de nains. Ses racines quasiment noires, d'une épaisseur prodigieuse, s'enfonçaient sous terre à des profondeurs inconnues. Brun et massif, le tronc paraissait plus solide qu'un roc. A une centaine de pieds, la base se subdivisait en branches qui se tordaient selon d'étranges motifs, mais se montraient inébranlables sous les assauts du vent. A l'observer, Pelmen conçut sa supériorité sur les trifeuillus. Le cilamen, à l'instar des veguer'en, semblait devoir être renforcé par le souffle plutôt qu'affaibli. Pelmen se savait minuscule sous ces branches qui masquaient les étoiles, pourtant la taille monstrueuse de l'Arbre de Vie avait quelque chose de plus réconfortant qu'écrasant, il n'aurait pu expliquer pourquoi.

Pelmen se sentit tiré par la manche de sa chemise. Xuven lui faisait signe d'approcher de Féan. Non sans quelque hésitation, il s'exécuta. Le pépiement des oiseaux, qui s'était interrompu sur le passage du petit groupe, reprit de plus belle, bruissement multiple et effréné. Féan se tenait dans un corridor qui aurait pu évoquer ceux des Canyons, excepté qu'en l'occurrence les murs se composaient du bois souple des racines. Le shaman prononça une phrase. Son accent s'avérait plus marqué encore que celui de Fregan, si bien que Pelmen retourna les sonorités plusieurs fois avant de comprendre qu'on lui indiquait l'endroit où il passerait la nuit. « En quoi consiste l'épreuve ? » demanda-t-il.

Féan sourcilla. « Qui a parlé d'épreuve ? Tu dormiras ici. A l'aube, nous saurons si tu as le don. »

Pelmen écarquilla les yeux sans parvenir à distinguer les traits du shaman. Il n'aurait pas imaginé que ce qu'on lui demandait était d'une telle simplicité. « J'ai besoin de ma couverture » dit-il. Il fit demi-tour et guidé par Xuven, rejoignit sans difficulté le chariot.

Fekkar était de retour avec son attelage. Pelmen le salua de la main avant de prendre l'assemblage de fourrures de nidepoux à poils longs. Il fit d'abord mine de se diriger vers le cilamen, puis bifurqua pour aller d'un pas vif dans sa propre direction. La manœuvre n'avait pas échappé à son oncle, qui l'appela.

Plutôt que de s'arrêter, Pelmen ralentit. Xuven le rattrapa et le tira par le bras. « Où vas-tu ? Ce n'est pas la direction de l'Arbre de Vie.

– Qui t'a dit que j'acceptais de dormir là-bas ? »

Pelmen regretta de ne pouvoir discerner aussi bien qu'il l'aurait voulu le visage de son oncle. L'inquiétude dans son odeur et dans sa voix lui procura néanmoins de la satisfaction.

« Tu ferais cette injure à nos hôtes ? Au shaman Solthal qui a consenti à abandonner sa demeure ?

– *Tu* as décidé, de ton propre chef et sans m'en parler, que je me soumettrai à ce rituel. Comment veux-tu que je me fie à toi si tu agis de la sorte ? Quant au shaman Solthal, en ce qui me concerne je ne lui ai rien demandé. Ce n'est donc pas moi qui ai fait preuve d'inconséquence.

– As-tu songé à Stenlen ? Il ne doit pas être mort en vain.

– J'ai bien vu que tu avais du chagrin, dit Pelmen en se radoucissant. Sa… disparition t'a chamboulé, je le sais. On perd ses repères. Mais enfin, tu aurais dû m'associer à cette décision ! Que je sois ton apprenti ne veut pas dire que c'est à toi de régir mon avenir. Non ? »

Dans l'ombre, la silhouette de Xuven s'agita. « Alors, que vas-tu faire ? » finit-il par demander.

Pelmen s'accorda un moment pour répondre, comme s'il soupesait avec soin ses différentes options. En réalité, il savourait cet instant où la décision lui appartenait.

« J'ai une dette envers toi, dit-il finalement. Je te dois beaucoup, en réalité. Et je suis avec toi, même si ta douleur, je ne peux pas vraiment la partager puisque je ne le connaissais pas. Je dormirai sous ce cilamen. »

Xuven plaqua ses mains sur les épaules de Pelmen. Celui-ci, surpris, eut un léger mouvement de recul. Son oncle l'attira contre lui avec vigueur. Il sentait la poussière, la graisse de linguilis et la transpiration, mais l'odeur de chagrin lui parut s'estomper.

« Merci Pelmen. Tu es en train de changer, tu sais. Tu deviens un hevelen. »

La figure cramoisie, Pelmen eut l'impression que l'on venait d'appliquer un baume sur des blessures encore vives. Une fois que son oncle eut relâché son étreinte, il sourit, se détourna et prit la direction du cilamen, percevant la présence d'individus qui, à l'abri des regards, ne perdaient pas un de ses mouvements.

CHAPITRE DIX

L'ARBRE DE VIE

De larges et épaisses plaques imbriquées composaient l'écorce du cilamen. Avec autant de points d'appui, l'escalade était aisée, pourtant Pelmen ménageait son souffle. Il ignorait depuis combien de temps il avait entamé l'ascension, ignorait aussi ce qui l'avait poussé à un tel exercice. La partie de son esprit qui s'en étonnait demeurait impuissante.

Pelmen se retourna et manqua défaillir. Les buissons et rochers au pied de l'arbre ressemblaient à des miniatures. A plus de cinquante pieds du sol, chaque fibre de son corps lui disait qu'une chute ne pardonnerait pas. Le vent qui l'environnait l'aurait sans doute éjecté si en arrivant au contact de l'arbre il ne s'y était en quelque sorte *intégré*, comme aspiré par les interstices entre les plaques. Pelmen se focalisa sur l'écorce brune en s'efforçant de respirer moins vivement afin de calmer les battements de son cœur. *Ne t'emballe pas. Tu vas y arriver.* Dès que bras et jambes eurent cessé de trembler, il reprit ses efforts. Le sentiment de linéarité du temps se morcela alors. Il se vit à différentes étapes de son escalade se succédant sans logique apparente. Quand épuisé, il se hissa à l'intersection du tronc avec ses maîtresses branches, il demeura un moment allongé sur le ventre. Puis leva les yeux.

Perché sur une branche assez large et solide pour supporter

une rangée entière de bâtisses, le rostre pointé dans sa direction, un grand oiseau aux plumes ocre le scrutait de ses prunelles dorées. Il prit son envol et tandis qu'il s'élevait et se faufilait entre les branches, ses ailes miroitèrent et il disparut.

Pelmen se réveilla en sursaut. L'air était chaud et sec, Astar de nouveau visible si bien que l'espace d'un instant, il confondit son éclat naissant avec les pupilles de l'oiseau. Il regarda en tout sens mais nulle part, ne l'aperçut. La créature ailée pouvait se camoufler à sa vue, il en était certain. *Comme... comme l'algam, l'oiseau des légendes*. Son aspect correspondait à la sculpture devant le Sanctuaire des Dix et aux descriptions des Avisés.

Il paraissait tellement réel. Etait-ce vraiment le fruit de mon imagination ?

Comme ses yeux balayaient le tronc, un détail retint son attention. Pelmen se rapprocha de l'écorce formée de plaques assujetties les unes aux autres. *Comme dans mon rêve. Et hier soir, je ne pouvais deviner que l'écorce de cilamen aurait cet aspect.* Il inséra l'extrémité des doigts dans les interstices et testa la résistance du bois, sans parvenir à plier aucune des plaques. *Aussi résistantes que dans mon rêve. L'odeur est également identique.*

Un bruit de pas le fit se retourner. Xuven s'avançait entre les racines, la mine préoccupée. Pelmen lui lança un regard interrogatif.

« Rien. Je viens de terminer le tour de l'arbre et je n'ai rien trouvé. Il devrait pourtant être ici, tout près de là où tu as dormi, en évidence.

– De quoi parles-tu ? fit Pelmen.

– Du noueux, évidemment ! Quoi d'autre ?

– Ah, cela... » Pelmen réprima un sourire devant l'opiniâtreté de son oncle à vouloir faire de lui un shaman. « Je ne l'ai pas trouvé non plus.

– Dis-moi, n'as-tu pas fait de songes inhabituels ? Des visions de plaines entières aux brins d'herbe couchés ? De toi, guidant le vent mugissant à l'aide de ton noueux ?

– Je... j'ai vu quelque chose, oui, mais pas de cet ordre. Il y avait un… un algam, je crois. »

Les iris de Xuven gagnèrent en volume.

« Un algam, dis-tu ? Alors, tu n'as pas le don. Ou plutôt, tu as probablement une aptitude, mais très différente…

– Tu espérais vraiment que je me découvrirais moi aussi des pouvoirs sur le vent ? »

Xuven cilla avant de considérer le cilamen.

« Qui peut prétendre connaître les projets des dieux ? » Un silence, puis il lui jeta un regard perçant. « En tous les cas tu devrais développer tes affinités avec les animaux. Tu pourrais commencer par les nidepoux. »

Pelmen se souvint de Mils, de la connivence si vite établie entre eux. « Tu veux dire que c'est ça, mon talent ? A quoi peut-il bien servir ?

– Shalgam est père de toute vie animale. C'est lui qui t'est apparu. Cela implique un pouvoir sur la faune, pouvoir qui te sera utile. Pour traquer, par exemple, ou te rapprocher de certains animaux. Hélas, je ne pourrai t'aider à le maîtriser. Il te faudra trouver quelqu'un ou bien apprendre par toi-même. Te fier à ton intuition. »

Pelmen eut l'impression qu'un nouveau champ de possibilités, jusque-là ignorées, s'ouvrait à lui. « Me fier à mon intuition, répéta-t-il en un murmure. Il y a justement quelque chose dont je ressens la nécessité depuis mon réveil. » Il revint vers le tronc et posa une main sur une plaque. Le contact était granuleux mais pas désagréable.

Son oncle eut beau hausser les sourcils, il s'en tint à son idée. « J'ai quelque chose à vérifier », lâcha-t-il en se mettant à grimper.

L'ascension s'avéra plus facile que celle vécue en rêve. Les plaques se révélaient rassurantes – les toucher lui conférait presque de l'énergie – et pas une fois il ne regarda en arrière. A mi-hauteur, il contourna une excavation naturelle dans le tronc. A peine visible depuis le sol, elle avait été aménagée et contenait une tente spacieuse, un couchage et divers effets personnels. *La « demeure » du shaman.*

Pelmen s'accorda des pauses suffisamment longues. Le vent le fouettait parfois, mais finissait toujours par s'incorporer au tronc. Il parvint au sommet tout juste essoufflé, surpris d'avoir si bien géré son effort. Aussitôt il examina branches et frondaisons. L'algam n'était pas dans le secteur, ou bien refusait de se laisser apercevoir.

Les ramifications spiralées le fascinaient, et pas uniquement en raison de leurs dimensions. Il se dégageait du vaste espace où il se tenait un sentiment de réconfort et de sécurité. *Pas étonnant que Cilamon soit appelé le Protecteur. Ici, on se trouve hors d'atteinte... Au creux de la main du dieu.* Il y avait des replis qui formaient des alcôves, autant d'invitations à s'allonger. Pelmen plia les genoux, cédant à l'impulsion. Sous lui, ferme et tendre à la fois, l'écorce lui transmit un message de vie immuable. Ses paupières se refermèrent et l'esprit apaisé, il ne pensa plus à son oncle, qui l'attendait peut-être encore au pied du cilamen. A son réveil, Astar ne s'était guère déplacé mais Pelmen se sentit bien plus détendu et reposé qu'auparavant.

C'est la première fois depuis la mort de maître Galn qu'avant de m'assoupir je n'ai pensé ni à lui ni à Teleg ou Alicène. J'en ai même oublié cet hevelen que j'ai transpercé. Jusqu'à la journée d'hier et ce qui est arrivé à Stenlen Milempas ! Il frissonna en repensant à la fournaise déclenchée à si peu de distance de là par les shamans pourpres. Le vieux maître de Xuven lui aussi s'était endormi en toute innocence dans son logis entre les branches d'un arbre.

Les ténébreuses pensées, cependant, paraissaient avoir moins de force ici, si bien que lorsque son odorat démêla la présence de baies parmi les feuilles, Pelmen alla les cueillir et s'en régala. Elles étaient pulpeuses et très nourrissantes. Il y avait de quoi faire subsister tout un clan des jours entiers sans qu'il fût besoin de redescendre. Un coup d'œil en contrebas lui apprit que Xuven avait déserté les lieux. A regret, Pelmen songea qu'il était temps de rejoindre les Cilamenites.

Xuven, Fregan et sa famille – Beran excepté – partageaient une collation matinale sur la plate-forme de la veille. Laneth fut l'une des premières à remarquer Pelmen, et cette fois, le dévisagea sans ciller. Les regards ou expressions de Symen et Ielun ne témoignaient pas davantage de la considération dont Pelmen avait bénéficié jusqu'à présent – à l'inverse, une certaine curiosité amusée semblait prévaloir.

Pelmen se contenta de s'alimenter sans parler. Fregan interpréta mal ce mutisme.

« Ne sois pas trop déçu, dit-il. Chacun d'entre nous, du clan des Rameaux, dort une nuit ou l'autre sous un cilamen, et rares, très rares sont ceux à avoir l'honneur de se voir attribuer un noueux.

– Rassure-toi, c'est un honneur dont je me passe très bien. »

La réponse fut diversement accueillie. Les visages de Fregan et Wilnë étaient graves tandis que Ielun secouait la tête, mais Pelmen crut entrevoir Symen et Laneth réprimer un sourire.

« Est-ce une coutume des habitants des Canyons, dit Fregan, de montrer de l'irrespect envers Cilamon et Aoles ?

– Il n'y a aucun irrespect, répartit Pelmen. Je suis soulagé de ne pas avoir dû m'engager dans une voie pour laquelle je ne suis pas fait.

– Ah bon ? Et nous qui pensions que tu souhaitais suivre les traces de ton oncle… Pour quoi es-tu donc fait, jeune hevelen ?

– Cela reste à déterminer.

– Il y a des indices, tempéra Xuven. Mais certes, personne ne tracera ton sillon à ta place. »

Pelmen accueillit le soutien avec reconnaissance. Fregan jeta un regard surpris à Xuven mais s'abstint de demander la raison de son revirement.

Aussitôt après s'être restaurés, Xuven et Fregan redescendirent de la plate-forme. Pelmen les rejoignit. Les deux hevelens discutaient des affaires de la famille Halenor et du clan des Rameaux. Il était question notamment d'un rituel du Voyage auquel Ielun, Laneth et Symen ne s'étaient pas encore soumis.

« Si les shamans pourpres en sont à pénétrer en territoire cilamenite, disait Fregan, je me demande si le Voyage est bien opportun. Peut-être vaudrait-il mieux le reporter à une période plus favorable.

– Tu es libre de décider, mon ami, dit Xuven. A ta place, je serais au contraire désireux d'offrir au plus tôt la possibilité à mes enfants de s'aguerrir, ainsi que le prévoient les coutumes du clan. Ils ont l'âge requis pour découvrir par eux-mêmes de nouveaux territoires.

– Dès qu'ils auront accompli le Voyage, objecta Fregan, Tenel sera en droit de les recruter. Il m'exhortait hier encore à les affranchir de ma tutelle, quand la patrouille est revenue. Tout cela tombe très mal.

– Les convois dont tu faisais mention sont-ils désormais trop nombreux ? »

Fregan fixa Xuven sans répondre, puis poussa un soupir. « Au contraire, nos guetteurs ne les ont plus signalés depuis quelque temps.

– Ne laisse pas la peur guider tes choix, fit Xuven. Même envers les tiens. Ils ne doivent pas être démunis lorsque le péril se présentera. »

Fregan avait baissé la tête. Le silence s'appesantit tandis que Pelmen et son oncle attendaient sa décision.

« Comme souvent, tu es dans le vrai mon ami, dit-il en plantant son regard dans celui de Xuven. Je ne sais ce qui me prend. Il est grand temps de les laisser aller. »

Leurs pas les avaient amenés jusqu'au chariot de Fekkar. Le krongos, qui ne perdait pas de temps, en avait aménagé l'intérieur de façon à y exposer ses articles. Nombreux étaient les Cilamenites à se presser tout autour. Beaucoup discutaient des événements dramatiques de la veille.

Il y eut des regards méfiants, néanmoins la plupart des chalands semblaient connaître Xuven, car ils s'inclinèrent devant lui ou lui adressèrent des saluts respectueux. Pelmen et Xuven allèrent défaire la bâche du chariot et disposer les marchandises. Malgré la concurrence de Fekkar, les dernières étoffes malanites que Xuven avait spécialement conservées suscitèrent plus d'une bouche en « O ». Passée la première curiosité, les autochtones s'éclipsèrent un à un pour revenir peu après, les bras chargés de bijoux, vêtements, herbes médicinales, armes d'ivoire ou de bois délicatement sculptées. La journée s'annonçait fructueuse.

« Je n'ai plus besoin de ton aide ici. »

Pelmen se tourna vers son oncle, étonné.

« Tu as mieux à faire que du troc. Prends donc ton arc et va t'entraîner. Tu es chargé de m'escorter, nul ne s'en inquiétera. »

Bien que ne comprenant guère la requête de son oncle au moment précis où il aurait pu lui être le plus utile, Pelmen savait vaine toute argumentation. Son équipement récupéré, il descendit du chariot et s'éloigna en direction des trifeuillus. Traversant le périmètre habité sans être inquiété, il progressa jusqu'à aboutir à une zone plus sauvage, où il ne serait pas dérangé ni ne risquerait de blesser quiconque. Il prit pour cible le tronc d'un arbrisseau mort.

Le vent le faisait à peine osciller, cependant Pelmen avait plus souvent qu'à son tour goûté l'échec dernièrement. Il se positionna à cinquante coudées seulement et visa avec soin, du moins le crut-il.

Aucune des cinq épines qui jaillirent tour à tour n'atteignit son but. Il poussa un gémissement. Comment avait-il pu tomber si bas ? Dépité, quoique pas réellement surpris, il se mit en devoir d'aller rechercher les épines. Se retournant pour revenir sur ses pas, il marqua un temps d'arrêt en apercevant la crinière rousse de Symen à l'endroit où il s'était placé auparavant.

Le jeune hevelen tenait un arc court. Un léger sourire se dessinait sur ses lèvres, et Pelmen devina qu'il avait été témoin de son insuccès. L'avait-il suivi à son insu ? Il fronça les sourcils, irrité.

« A mon tour, maintenant, dit Symen. Ecarte-toi s'il te plaît. »

Le Cilamenite bandait déjà son arc, aussi Pelmen ne se le fit pas redire. Symen huma le sens du vent, puis gonfla sa poitrine.

Tchac ! Tchac ! Tchac !

Il n'avait presque pas marqué de pause entre les tirs, et pourtant ses trois épines se retrouvaient fichées dans le tronc. Pelmen connut la même impression qu'en cette occasion où par défi, lui et Teleg s'étaient jetés sous une cascade d'eau glacée.

« Es-tu certain d'avoir bien choisi ton arme ? »

Quoique l'intonation de Symen contînt plus de sarcasme que de curiosité, Pelmen ne put s'empêcher de baisser les paupières vers l'arc de maître Galn. Le méritait-il vraiment ?

Il n'y avait qu'un seul moyen de le savoir, c'est pourquoi il s'avança vers Symen. « Je vais faire un nouvel essai. »

Symen s'effaça, toujours souriant. Pelmen encocha, puis leva son arc et tendit la corde.

Devant lui s'interposa l'image de l'hevelen transpercé à la gorge, se débattant tandis que le sang se retirait de son visage pour se répandre en un flux poisseux le long de l'épine.

Le cœur au bord des lèvres, le bras tremblant, Pelmen en appela à la sérénité qu'il avait ressentie le matin même, allongé au creux d'une branche de l'Arbre de Vie. Loin de chercher à combattre la vision ni se laisser paralyser par elle, il l'accepta comme faisant partie intégrante de lui-même, et elle le traversa avant de s'évanouir. Un à un, Pelmen se remémora les préceptes de maître Galn. Son bras se raffermit. *« Détends tout ton corps, lui disait le père de Teleg. Fais le vide. Ton arc doit devenir le prolongement de ton bras et ta flèche, ton œil. Au moment ultime, emplis d'air tes poumons et retiens ta respiration. Le vent te guidera. »* Il fit jaillir l'épine. Durant un instant de terrible incertitude, il crut avoir de nouveau échoué. Elle se planta sur le bord du tronc, y demeurant suspendue par quelque heureux effet du hasard.

« De justesse » fit Symen. A son timbre de voix, il était évident que Pelmen avait bénéficié de la chance des débutants.

Une deuxième, puis une troisième épine cette fois ajustées

au centre l'amenèrent à réviser son jugement.

« C'était trop facile, dit Symen. Mettons-nous plus loin. » Il s'éloigna de l'arbrisseau, et Pelmen lui emboîta le pas. Quand il s'immobilisa, cent coudées les en séparaient. Symen prit plus de temps. Pelmen vit bien qu'il bandait presque à fond son arc, choisissant avec soin sa trajectoire. Son premier tir toucha au but, suivi du deuxième. Seul le troisième finit sur le côté.

« Tu as été bien formé », murmura Pelmen. Il se positionna à son tour.

La végétation rendait le tir délicat. Son arc étant plus puissant que celui de Symen, Pelmen opta pour une trajectoire moins incurvée. Le vent soufflait par intermittence. Pour la première fois depuis son arrivée dans les Steppes, Pelmen sut à quel moment il allait changer de direction. Le premier trait se ficha dans le tronc avec un bruit mat, perceptible malgré la distance et les stridulations d'oiseaux. Pelmen n'esquissa pas un sourire ni ne jeta un regard vers Symen. Immergé dans des sensations qu'il redécouvrait avec soulagement, il lâcha l'épine suivante, qui vola vers sa cible. La troisième arracha une exclamation à Symen en rejoignant les autres sur le tronc.

« J'ai sans doute eu de la réussite, dit Pelmen d'un ton léger. Allons les récupérer. »

Ils n'échangèrent pas un mot en regarnissant leur carquois, toutefois Pelmen sentait Symen dans l'expectative. « Eloignons-nous encore, suggéra-t-il. Ainsi, nous pourrons vraiment nous départager. »

Après une légère hésitation, Symen opina. Pelmen choisit son chemin de manière à obtenir la ligne de visée la plus claire possible – il y fallut un certain nombre d'ajustements, car il perdit à plusieurs reprises l'arbrisseau de vue. Enfin il s'immobilisa, à deux cents coudées de la cible. Symen l'étudiait en fronçant les sourcils.

« A toi l'honneur », dit Pelmen.

Le visage fermé, Symen se mit en position. Bien que de

constitution plus frêle que ses frères, le jeune hevelen, grimaçant sous l'effort, parvint à bander son arc à son maximum tout en évitant de trembler. Sa première épine fusa, décrivit une courbe puis retomba à cent trente coudées de là. Symen secoua la tête, mais encocha une nouvelle flèche. Son trait resta en l'air moins longtemps que le premier. « Ça ne sert à rien, marmonna-t-il.

– Pas de troisième essai ? Dans ce cas, voyons ce que je peux faire de mon côté ». A son tour Pelmen plaça ses jambes avec application et prit une profonde inspiration. Ses bras tendirent la corde.

La première épine passa trop à gauche, mais à la stupéfaction de Symen, la distance était bonne. La seconde frôla le tronc, un échec qui ne surprit pas Pelmen – la cible était moins large que les pantins d'Alveg. Il mit plus de temps à libérer son dernier trait, les narines frémissantes, ressentant le souffle d'Aoles par tous les pores de sa peau, en osmose complète avec l'environnement. L'épine déchira l'air avec un sifflement. Sous l'impact, le tronc de l'arbrisseau trembla. Bien que Pelmen se sentît à cet instant sur un petit nuage, il se permit tout juste un sourire tandis que Symen lâchait un grognement incrédule. Le Cilamenite se dirigea le premier vers la cible, mais au bout du compte ne put que se rendre à l'évidence.

Si Pelmen lut une estime nouvelle dans les yeux émeraude, les paroles de Symen ne furent pas celles qu'il attendait.

« D'accord, admit-il, tu es un bon tireur. Reste à savoir si tu es aussi bon chasseur ?

– Eh bien… disons que je fais de mon mieux.

– Parfait ! C'est le moment de vérifier cela.

– Maintenant ?

– Je connais les bons coins. »

Symen ne s'avouait pas facilement vaincu. Pelmen ne pouvait refuser sous peine de reconnaître son infériorité.

Symen le conduisit au bord d'un ruisseau où ils se désaltérèrent.

« Restons ensemble, dit Symen quand ils eurent terminé.

Ainsi nous saurons qui de nous deux fait mouche le premier. » Il désigna un point en hauteur sur un arbre. « Tu vois ces nids ? Leurs occupants ne s'en éloignent jamais très longtemps.

– Vu. »

Ils attendirent, mais contrairement à l'assertion de Symen, aucun oiseau ne se présenta. Au bout de quelques instants, ce dernier fit signe à Pelmen de le suivre et ils s'éloignèrent. Symen s'était mis à marcher à demi courbé, parvenant à frôler les feuilles sans les faire bouger, ses sandales épousant les contours du sol, effleurant les brindilles sans provoquer de craquements. En comparaison, Pelmen se sentait tout empesé. Il tâcha néanmoins de l'imiter, avec un certain succès au début malgré l'encombrement de son arc, tenu en main pour prévenir tout contact malencontreux. Il enjambait une branche basse lorsqu'il entrevit de l'autre côté, à moitié dissimulées par des feuilles, les pointes d'une ocreronce. Aussitôt, il modifia sa trajectoire, ce qui eut pour effet de le déséquilibrer. Par réflexe, il se raccrocha à un arbuste et évita de justesse la chute.

Des ailes se mirent à battre frénétiquement. Pelmen suivit le regard de Symen, qui déjà avait encoché. Surgissant de l'ombre des frondaisons, un couple de galcynes s'enfuyait. Pelmen dégageait son épine de son carquois quand Symen tira. C'était à peine s'il avait visé, et pourtant l'un des galcynes chuta, le flanc transpercé. Le second volatile eut la mauvaise réaction. Plutôt que de poursuivre en ligne droite, il entama une courbe qui allait le ramener à la verticale des hevelens.

« Il est à toi, celui-là ! Vas-y ! » cria Symen.

Pelmen tenta d'évaluer le moment propice.

Lâché avec retard, son trait se perdit dans la nature. Le temps que Pelmen encoche une nouvelle épine et se retourne, le galcyne avait disparu sous le couvert des arbres.

« Concluant », ironisa Symen.

Pelmen se mordit la lèvre sans répondre.

« Dis-moi, n'as-tu jamais tiré que sur des cibles fixes ?

– Jusqu'à récemment, oui.

– Ça se voit. »

Pelmen soupira intérieurement, mais ne répondit pas. Symen se pencha sur le galcyne à l'agonie, qu'il acheva d'une manchette sur la nuque. Il mit le cadavre chaud sur son épaule. « Rentrons, cette chasse m'a ouvert l'appétit. »

Pelmen laissa Symen grimper le premier vers la tente de sa famille, lui-même prenant le chemin des chariots. Il s'approcha de Fekkar, qui avait commencé à préparer sa bouillie nutritive.

« Est-il vrai que vous avez accepté de nous aider, demanda-t-il, mon oncle et moi, si nous devons partir chez les grisepeaux ?

– C'est exact, répondit Fekkar sans s'interrompre. Ce qui s'est passé ici ne peut qu'aviver mes inquiétudes et celles de mes pairs. Et Xuven m'a dit, pour ton ami. »

Pelmen se souvint que son oncle avait exigé la discrétion sur tout ce qui avait trait à leur mission. A contrecœur, il changea de sujet. « Vous êtes si différent de ceux d'entre nous. Comment nos peuples ont-ils pu faire alliance ? »

Fekkar posa sur lui ses yeux sans pupilles. « Si nous avions dû nous en tenir à notre apparence, cela n'aurait pas été possible, bien sûr. Ceux du Nord étaient d'ailleurs hostiles à une telle alliance, pour leur malheur. Je crois pour ma part que ce qui nous différencie importe peu. C'est pourquoi toi et moi devrions nous tutoyer. »

Surpris, Pelmen haussa les sourcils. Le krongos était si imposant que son instinct de conservation lui interdisait la moindre familiarité… mais puisque contre toute attente c'était le colosse qui en faisait la demande...

« D'accord. Mais vous… *tu* n'as pas répondu à ma question.

– Cette alliance s'est nouée comme la plupart, en raison d'un besoin mutuel. Bien entendu, beaucoup parmi les miens ne soupçonnaient pas l'existence de ce besoin, de même que beaucoup parmi les tiens ne comprenaient pas qu'il puisse exister. Nous étions au début vos protecteurs et vos guides, un rôle qui nous donnait une raison supplémentaire de vivre et d'espérer.

– En quoi pouviez-vous avoir besoin de nous ?

– Certains d'entre nous partagions vos valeurs, et l'Histoire nous avait appris qu'il ne fallait négliger aucune ressource, même les plus anodines en apparence, dans la lutte contre les forces de destruction.

– Continue… »

La lueur dans les yeux de Fekkar s'anima. « Tu voudrais donc que je retrace devant toi l'histoire du monde ? Cela prendra plus de temps qu'il n'en faudra à Fregan et aux siens pour déjeuner. Ils t'attendent, je crois. »

Les joues de Pelmen s'empourprèrent. Fasciné par le krongos, il en avait oublié les Cilamenites. Sans plus tarder, il prit congé.

Au cours du repas qui suivit, Fregan se leva et dévisagea tour à tour Ielun, Laneth et Symen. « Le temps du Voyage est venu pour vous », annonça-t-il.

Les intéressés ne montrèrent pas de surprise ni n'émirent de protestation – au contraire, Pelmen vit plus d'une étincelle s'allumer dans les yeux, plus d'un sourire se dessiner. Il se souvint de sa propre réaction à la pensée d'accompagner Xuven en dehors des Canyons, et mesura la différence avec les jeunes Cilamenites.

Fregan se tourna à demi vers Xuven. « Vous accompagnerez tout d'abord le shaman Xuven, son neveu Pelmen et le krongos Fekkar jusqu'en bordure des territoires malanites. »

Xuven acquiesça et Pelmen comprit ce que cela impliquait. Les hevelens de l'Aguerri Tenel ne devaient avoir recueilli aucun indice qui aurait permis de se lancer à la poursuite des shamans pourpres. Pelmen ne pouvait se défendre d'en éprouver du soulagement.

« L'épreuve ne commencera donc pour vous qu'au moment du retour, où vous serez livrés à vous-mêmes et devrez faire la preuve que le temps passé à vous aguerrir aux périls des steppes n'a pas été gaspillé. Vous reviendrez au campement – pas celui-ci, mais aux Trois Rochers – en tant qu'hevelens accomplis, ou bien ne reviendrez pas. Vous partirez dès demain. »

La figure inexpressive de Wilnë tranchait avec la douceur

usuelle de ses traits. Pelmen admira son courage, car c'était là l'unique signe de son inquiétude.

Que peut bien penser Dryna en ce moment ? Il considéra quelques instants la question, et une fois de plus, se sentit coupable de la laisser si loin sans la moindre nouvelle. Il remarqua alors que Symen, Laneth et Ielun le soupesaient tous trois du regard, et sa réflexion prit un tour différent. Au cours de l'expédition, de nouveaux défis lui seraient peut-être lancés. Il repensa aux duels disputés face à Symen, à la manière dont celui-ci s'était déplacé. Sans aucun doute, Pelmen serait désavantagé. Xuven y avait-il réfléchi ? Les autres convives ne lisaient probablement que sa neutralité habituelle dans son expression, mais Pelmen aurait juré y déceler de la satisfaction. Son oncle était rusé comme un vieil hevel, Pelmen ne doutait pas qu'il se fût arrangé pour faire coïncider les impératifs du Voyage avec ses desseins.

Lorsque Xuven retourna à son chariot pour y reprendre son troc, Pelmen s'abstint de lui offrir son aide. A l'inverse, il s'abîma dans la contemplation des sous-bois en dilatant ses narines, en quête de la senteur fauve de gibier. Il devait cette fois s'éloigner suffisamment, s'assurer d'être bien seul pour ne plus encourir d'humiliation.

Une odeur discrète d'hevelen le fit pivoter sur ses talons. Les cheveux bruns de Laneth ondulaient sur ses épaules tandis qu'elle s'avançait vers lui, ses lèvres pleines ébauchant un sourire.

« Mon petit frère m'a dit que tu te débrouillais avec un arc, lança-t-elle en guise de salut. Utile, par les temps qui courent. »

Pelmen l'examina. Son attitude, à l'instar de son timbre de voix, ne semblait receler aucune trace d'ironie.

« Tu vois cette branche, là-bas ? » répondit-il.

Laneth opina et Pelmen mit sa cible en joue. Sa flèche fila entre les feuilles pour se planter sur la branche en vibrant. Comme il partait la récupérer en se gardant bien d'observer la jeune fille, Pelmen se demanda si elle n'allait pas à son tour lui proposer une partie de chasse. Bien qu'elle ne porta qu'une fronde à la ceinture, il chercha comment il pourrait décliner l'offre sans que sa dignité eût à en pâtir.

« Symen avait raison, tu es doué, fit-elle.

– Il y a une question que je me pose, dit Pelmen en détachant l'épine d'un coup sec.

– Vas-y.

– Comment ton père et mon oncle ont-ils fait pour lier amitié ? C'est peu courant de voir l'un d'entre nous – je veux dire, un habitant des Canyons – ainsi lié à un Cilamenite.

– Tu as demandé à ton oncle ?

– Il n'aime pas beaucoup parler de lui, fit Pelmen.

– C'est vraiment ça ? Ou bien est-ce qu'il ne te juge pas digne de ses confidences ? » Une lueur malicieuse traversa ses prunelles. « Et dans ce cas, pourquoi devrais-je t'en dire plus ? »

Pelmen ne sut que répondre. A cet instant, Laneth jeta un regard de biais, vers une silhouette bien découplée dans le clair-obscur rougeoyant, sur laquelle il lui fallut quelques secondes pour mettre un nom. *Beran.*

Une expression d'agacement parcourut les traits de Laneth, pour s'effacer aussitôt.

« Si tu veux que je te dise ce que je sais, reprit-elle, tu devras relever un défi.

– Lequel ? fit Pelmen en fronçant les sourcils.

– Viens par ici. »

Elle se faufila avec grâce parmi les fougères et branches basses, enjambant racines et herbes folles. Pelmen, circonspect, suivit. Ils ne tardèrent pas à atteindre une petite clairière.

« Nous y sommes. »

Pelmen inspecta les alentours sans rien trouver qui sorte de l'ordinaire. Si ce n'était peut-être le silence, plus profond ici. Les odeurs d'hevelen s'avéraient diffuses, à la limite du perceptible.

« Qu'y a-t-il ici ?

– Rien de particulier, mais on y sera tranquilles.

– Pour quoi faire ? » Pelmen huma l'air en direction de la

jeune fille, et il lui sembla percevoir des effluves épicés dénotant une certaine excitation.

« D'après ton oncle, vous autres des Canyons n'avez pas tout à fait rejeté les anciennes coutumes. A ce qu'il m'a dit, vous pratiquez toujours la lutte.

– Bien sûr, dit Pelmen. Surtout ceux qui désirent devenir traqueurs.

– Comme toi peut-être ? Je n'ai jamais eu l'occasion de me mesurer à un Canyonite. Ce serait un… honneur. »

De nouveau, Pelmen étudia l'expression de Laneth. Sa légère hésitation avant le terme « honneur » et la fierté naturelle des Cilamenites lui faisaient douter de la sincérité de ses paroles. Probablement, à l'image de son frère Symen n'avait-elle d'autre motif que de lui prouver la supériorité de ceux de son peuple. Il commençait à trouver les Cilamenites un rien irritants. Celle-ci avait sans doute besoin d'être remise à sa place, mais en serait-il capable ? Elle était musclée, certes. Même dans les Canyons, il arrivait que des hevelens de sexe féminin se mettent au service de l'Indomptable Traqueur sans susciter davantage que de la curiosité. Elles étaient presque regardées comme les égales de leurs homologues masculins, compensant leur moindre puissance par des qualités de souplesse et d'intuition. Pelmen, cependant, était un peu plus grand, et les efforts répétés pour découper des peaux ou tendre la corde de son arc avaient durci sa musculature. A condition de faire prévaloir sa masse, il estima pouvoir l'emporter sans coup férir.

« Es-tu vraiment décidée ? demanda-t-il en déposant arc et carquois derrière lui. Je ne voudrais pas que tu aies à le regretter…

– Si tu souhaites que je réponde à ta question, c'est le seul moyen. »

Elle se mit en position, les jambes arquées et le dos droit. A sa manière de se mouvoir, Pelmen se demanda s'il n'avait pas commis une erreur d'appréciation.

Il s'avança vers elle prudemment, quoiqu'en réalité il escomptât obtenir une victoire rapide. Elle se déplaçait autour de lui en pas chassés, dont la régularité était une indication. Ses yeux bruns étaient rivés aux siens – même en la circonstance, Pelmen ne pouvait s'empêcher de leur trouver du charme. Elle esquissa un nouveau pas. Avant qu'elle eût terminé, Pelmen était sur elle. Un instant encore et il la projetterait d'une violente poussée.

Tout en se dérobant avec une grâce féline, elle lui saisit les avant-bras, mit une jambe en barrage et en un éclair retourna son mouvement contre lui. Déséquilibré, il chuta et demeura sur le ventre, hébété. Si Laneth voulait en finir, elle n'avait plus qu'à s'installer sur son dos et lui maintenir les épaules au sol. Au lieu de cela elle resta debout, un petit sourire aux lèvres.

Rouge de confusion, Pelmen se releva. *Plus rapide. Elle est plus rapide que prévu.* Cette fois il l'observa plus longtemps, s'efforça d'élaborer une tactique pour la faire tomber à son tour.

Ce fut elle qui prit l'initiative. Elle l'empoigna par les épaules et entama une épreuve de force qui surprit Pelmen, car il recula de plusieurs pas – dans ce domaine à tout le moins, il s'était cru supérieur à elle. Il parvint cependant à planter les pieds au sol, et s'arc-boutant, cessa de reculer. Un instant ils demeurèrent immobiles, ne faisant plus qu'un. Puis ce fut à elle de perdre du terrain. Pelmen reprit confiance. Laneth semblait résolue à lui résister jusqu'au dernier moment, c'est pourquoi il entreprit de peser sur une épaule puis l'autre dans l'espoir de la déséquilibrer.

De nouveau, elle se déroba.

Sa vivacité était telle qu'une nouvelle fois, Pelmen fut surpris et tituba en avant. Il aurait réussi à conserver son équilibre si elle n'avait enchaîné en le chargeant, le renversant d'un coup d'épaule dans les côtes. L'instant d'après elle fut sur lui, ses seins ronds et fermes retenus par une simple lanière de cuir pressés contre sa poitrine.

Pelmen n'aurait dû penser qu'au combat, mais la situation le troubla plus qu'il ne l'aurait cru. Le visage d'Alicène lui revint soudain en mémoire, son expression réprobatrice ajoutant encore à sa confusion. Il s'efforça de se mettre sur un coude, réaction qu'elle avait anticipée car elle lui tordit le poignet. Il lâcha prise et elle lui plaqua les épaules au sol.

« Tu as perdu » dit-elle avec un sourire.

Humilié, il tenta un ultime et dérisoire soubresaut. Agenouillée au-dessus de lui, elle le maintenait avec fermeté mais sans le faire souffrir. Il émit un vague grognement d'assentiment tout en se prenant à songer avec un pincement de culpabilité que la situation n'était pas si désagréable. Elle leva les yeux pour observer quelque chose au-delà de son champ de vision avant de les replonger dans les siens, provocante. Pelmen s'était attendu à des sarcasmes, il en était encore à se demander comment réagir lorsqu'elle consentit à le libérer.

Dans la direction où elle avait regardé se tenait Beran, les bras croisés et les narines plissées. Le grand guerrier fixa Pelmen puis fit demi-tour vers le camp.

« Je n'aurais donc pas la réponse à ma question » dit Pelmen en considérant pensivement Laneth.

Elle se tourna vers lui. « J'ai l'impression que ce qu'on vous apprend dans les Canyons ne vaut pas tripette.

– C'est que je n'ai pas été formé à la lutte… » Pelmen déglutit et inspira profondément. « Mais je ne demande qu'à m'améliorer. Je veux dire… puisque nous allons voyager ensemble, et si tes frères m'y autorisent…

– Mes frères n'auront pas leur mot à dire, le coupa-t-elle. Et si c'est Beran que tu redoutes, sache qu'il ne sera pas du voyage. Il a déjà passé l'épreuve de son côté.

– Je ne redoute personne. Je veux éviter les dissensions, voilà tout. »

Laneth fit entendre un petit rire cristallin. « Les dissensions ! Comme si on ne se querellait jamais, dans la famille ! »

Ils n'évoquèrent plus le sujet mais en rentrant au campement, Pelmen eut l'impression qu'ils venaient de passer un accord tacite. Sa pensée se reporta sur Alicène. La jeune hevelen aurait sans doute désapprouvé. *Elle est loin à présent, et après tout mon seul engagement envers elle est de retrouver Teleg.*

La main de Laneth se posa sur son épaule, ce qui augmenta son trouble. « Je veux bien te dire ce que je sais, pour ton oncle et mon père. »

Pelmen s'immobilisa pour la dévisager, incrédule. *Plus imprévisible que l'eau d'un torrent.*

« Alors ? fit-elle en le fixant de ses prunelles impatientes.

– Euh… d'accord, vas-y.

– C'est assez simple en réalité. Mon père s'était engagé à abattre sans aucune aide un sanrkhas. Il a réussi, mais a été blessé au genou.

– C'est à cause de cela qu'il boite ?

– Eh oui. Ton oncle est survenu peu après, accompagné de son maître, le shaman Stenlen Milempas. Il a bandé la blessure de mon père et l'a installé dans son chariot. Ils ont ainsi cheminé plusieurs jours côte à côte, et chaque soir, ton oncle s'occupait de la blessure de mon père. De là vient leur amitié.

– Et c'est dans cette période que Stenlen Milempas s'est mis en relation avec ceux de votre clan ?

– Oui, je crois que ça devait remonter à cette époque. C'est terrible, pour Xuven, ce qui lui est arrivé. Personne n'aurait pu penser qu'un maître aussi vénérable connaîtrait une telle fin…

– J'aurais aimé le rencontrer de son vivant. Mon oncle le tenait en haute estime, je crois. »

Ils marchèrent en silence quelques instants.

« A propos de ton père… fit Pelmen.

– Oui ?

– Pourquoi affronter un sanrkhas en combat singulier ? L'une de vos épreuves ?

– Notre peuple te semble téméraire, c'est ça ? Eh bien tu fais fausse route. Mon père a agi ainsi pour être celui qui épouserait ma mère, aussi bizarre que cela puisse te paraître. Son rival n'a pas relevé le défi. »

Pelmen hocha la tête. L'âge avait à peine altéré la beauté de Wilnë, il n'était pas étonnant que par le passé des prétendants aient été prêts à risquer leur vie pour la conquérir.

Pelmen avait estimé que lui et Laneth s'en iraient à présent chacun de son côté, il fut donc agréablement surpris quand elle lui proposa de lui faire visiter les alentours. C'est ainsi qu'ils passèrent le restant de la journée à explorer le sous-bois en conversant.

Le mode de vie des Cilamenites différait en plusieurs points de celui des habitants des Canyons. Ils s'encombraient de moins de fioritures et leur équipement de base était en permanence emballé dans des sacs de corde. Des patrouilles circulaient, comprenant l'un des shamans du clan, lesquels se relayaient pour détecter les odeurs du bois et au-delà, de la steppe. Si un petit groupe de prédateurs s'approchait du campement, une expédition était organisée pour faire front, ou bien les guerriers leur tendaient une embuscade, appuyés par les maîtres du vent. Quand le souffle d'Aoles devenait glacé ou si les carnassiers se faisaient trop nombreux, il fallait migrer. Le nécessaire de survie était alors ramassé à la hâte et la tribu s'en allait vers un autre point de chute dans les steppes. Si toute retraite se révélait coupée, l'Arbre de Vie lui-même constituait le refuge ultime.

« Vous vivez dans le péril en permanence, fit observer Pelmen. Prêts à vous battre ou bien à fuir.

– Et alors ? Du moins, on ne se terre pas dans des canyons comme des ptats apeurés. Si votre porte devait céder, que feriez-vous face au danger ?

– A l'évidence, tu n'as jamais vu la Porte. Et tu oublies que nous aussi avons des guerriers. Des traqueurs qui vont dans les Steppes et rapportent du gibier.

– Vous vous reposez trop sur eux. Et vous vous êtes trop éloignés de Cilamon.

– Amusant. Nos Avisés nous enseignent que ce sont les Cilamenites qui ont rejeté Aoles.

– Rien n'est plus faux ! Comment peuvent-ils prétendre une chose pareille ? »

Pelmen ne répondit pas. Lesquels des anciens détenaient la vérité, de ceux des Canyons ou de ceux des Steppes, il n'aurait su le dire. Jusqu'à une période récente, il avait considéré les Cilamenites comme une peuplade barbare et indistincte. La réalité était bien plus subtile, il devait le reconnaître. Quant aux histoires de dieux, lui qui ne s'en était guère préoccupé était encore troublé par la vision de l'algam. Le cilamen immense, pour sa part, était bien la créature végétale la plus proche d'une entité divine qu'il eût contemplée.

« A chacun ses croyances, c'est bien ça ? dit Laneth.

– Pas vraiment. A mon avis, nous aurions intérêt à apprendre les uns des autres.

– C'est ce que tu crois ?

– Peut-être qu'un jour ce sera mon tour de te faire visiter les Canyons et de t'instruire sur bien des choses. »

Elle le dévisagea quelques instants, de sorte que Pelmen, gêné, finit par détourner le regard.

Le soir tombait. Un peu plus loin dans la semi-pénombre, deux silhouettes s'empressaient, évitant buissons et racines de cette démarche souple qui n'appartenait qu'aux Cilamenites. Malgré la distance, Pelmen reconnut Ielun et Symen.

« Où vont-ils d'un pas si rapide ? demanda-t-il. Ce n'est pas la direction du trifeuillu de ta famille.

– Ils s'en vont retrouver des amis pour se réjouir, chanter et boire de la bière… Au cœur de la nuit ! C'est ainsi, avant chaque Voyage. C'est le moment pour moi de les rejoindre. »

Pelmen fit mine de l'accompagner mais elle se tourna vers lui, un sourire aux coins des lèvres.

« Je te conseille d'aller retrouver ton oncle et mon père. Ils doivent t'attendre. »

Pelmen n'avait rien à gagner à imposer sa présence. Sur un hochement de tête, il prit la direction de la tente de Fregan. Si Laneth entendait profiter de ses ultimes moments auprès de ses amis, quoi de plus naturel. Quels dangers pouvait receler leur route et combien de temps durerait leur périple, ni lui ni elle n'étaient en mesure de le dire. Il aurait juste aimé se sentir moins seul.

Il ne restait qu'une poignée de barreaux à gravir quand il perçut la voix de Fregan et une autre, qu'il ne reconnut pas.

« Pourquoi vouloir te joindre à eux ? interrogeait Fregan.

– C'est ainsi. Je les protègerai, répondit l'inconnu.

– Tu *la* surveilleras, tu veux dire. »

Pelmen se figea.

« Je les quitterai aussitôt qu'ils se seront séparés des étrangers. Mais je dois m'assurer qu'ils arrivent tous indemnes au début de l'épreuve. Je pourrais ainsi attester qu'ils sont bien partis affronter les périls de la Steppe, seuls et sans aide extérieure.

– Te connaissant, je soupçonne que tes motifs sont beaucoup moins généreux. Sache que je n'approuve pas une telle initiative. »

Le silence se fit, et Pelmen était sur le point d'aller les rejoindre quand Fregan reprit la parole.

« Oh, je connais ton entêtement, je sais bien que dès lors que tu as décidé de commettre un impair, il est inutile de chercher à t'en dissuader. N'oublie pas, en revanche, ceci : le danger peut tout aussi bien te frapper que tes… “protégés”. »

Pelmen repéra Xuven en contrebas. Sans tarder, il se remit en mouvement. Il se hissa sur la base de la branche, pour apercevoir au travers de l'embrasure de la tente la mâchoire carrée de Beran. Lequel braqua de nouveau sur lui un regard peu amène avant de tourner le dos et de sortir, sans se presser, par le côté opposé. Pelmen franchit le seuil et salua Fregan. Son hôte lui fit bon accueil, sans toutefois parvenir à dissimuler un restant de contrariété.

Xuven les rejoignit et ils se rendirent sur la plate-forme où Wilnë servit le repas. Ensemble, ils mirent au point les ultimes détails de l'expédition. Fregan annonça la présence de Beran, nouvelle que Xuven accueillit d'un haussement de sourcils. Au grand dam de Pelmen, son oncle en resta là, ne soulevant aucune objection.

Bien différente fut la réaction de Laneth le lendemain,

comme ils empaquetaient les dernières fournitures. Dès qu'elle eut avisé le grand guerrier, qui pour la circonstance arborait une impressionnante lance à la pointe de silex en plus d'une hachette passée à la ceinture et d'une large besace en bandoulière, elle se précipita dans sa direction.

« Que fais-tu ici ? le harangua-t-elle.

– Du calme, sœurette. Dès que notre mère m'a appris que le temps du Voyage était venu pour vous, j'ai fait mes préparatifs. J'aurais été un mauvais frère, si je vous avais laissé partir seuls. »

Les prunelles de Laneth auraient pu projeter des épines.

« Tu *es* un mauvais frère. Tu nous empêches d'accomplir notre épreuve ! » Puis, pivotant vers Fregan : « Ne me dis pas que tu l'as autorisé à venir avec nous ? »

L'intéressé eut un geste d'apaisement et expliqua le rôle qu'allait jouer Beran. « Personne ne pourra douter de sa parole, conclut-il, et à votre retour parmi nous, personne ne contestera que vous êtes tous trois des hevelens accomplis.

– Pourquoi prendrait-il de tels risques ? demanda sèchement Laneth. Il devra rentrer seul et par ses propres moyens au camp des Trois Rochers.

– C'est mon choix, dit Beran en élevant la voix et en considérant l'assistance. Quiconque s'y opposera devra m'affronter en combat singulier. »

Un petit groupe d'hevelens s'était réuni mais seuls les trilles d'oiseaux impertinents vinrent troubler le silence qui suivit. Beran hocha la tête. Sans plus se préoccuper de sa sœur qui le toisait les narines froncées et les poings sur les hanches, il alla se placer à l'arrière du chariot de Fekkar.

Les adieux furent aussi dignes que brefs, puis les attelages se mirent en branle, escortés des quatre Halenor.

CHAPITRE ONZE

L'HÉRITAGE D'ASTIAN

Dans les premiers moments, Pelmen demeura assis à côté de son oncle. *Nous allons sortir de la zone d'influence du clan des Rameaux*, songea-t-il avec anxiété. *Si nous tombons sur les assassins de Stenlen Milempas, nous ne pourrons compter que sur nous-mêmes.* Les éclaireurs de l'Aguerri Tenel n'avaient découvert aucun signe des shamans pourpres aux alentours du campement, ce qui pouvait signifier qu'ils étaient partis depuis longtemps, ou bien qu'ils avaient trouvé le moyen d'effacer leurs traces et de se dissimuler pour observer les allées et venues. Auquel cas, les Halenor, qui évoluaient autour des chariots comme des ombres, disparaissant et apparaissant sans un bruit dans la végétation, seraient les premiers exposés.

Le sous-bois était peu étendu, ils en sortirent sans encombre. Dans les steppes, les bosquets épars étaient autant de cachettes potentielles. Les Halenor s'éparpillèrent et Pelmen devina qu'ils allaient chasser. *A quoi bon vouloir être traqueur si c'est pour rester sur un chariot à crever de peur ?* se morigéna-t-il. *Ce n'est pas à eux de prendre tous les risques.* Résolument, il sauta à terre et courut rejoindre Symen.

« Shhhh ! fit celui-ci. Tu fais plus de bruit qu'une harde de nidepoux en rut. Tu dois apprendre à marcher silencieusement, ou bien tu ne risques pas de garnir ta besace.

– Comment vous y prenez-vous ? »

Symen s'immobilisa et se retourna vers Pelmen. « On ne t'a donc rien appris ? » Il soupira. « Tu dois contrôler ta respiration et ton odorat. C'est la base, ce que tout traqueur doit savoir. A condition que tu réussisses à filtrer ce qui vient à tes narines, elles te diront mieux que tes yeux où tu dois poser les pieds. Faisons un essai. Inspire et concentre-toi sur tes sens. »

Pelmen s'exécuta, heureux de focaliser sa pensée sur autre chose que ses craintes.

« Que perçois-tu ?

– Les odeurs d'herbe, de lichens. La tienne.

– C'est trop général ! Tu dois aller en profondeur, dans la nuance. Oublie les effluves les plus puissants.

– Il y a d'autres odeurs. Celles d'insectes… de la pierre… de la terre.

– Bien ! Ce sont celles-là que tu dois sentir en permanence quand tu évolues. Sans pour autant te fermer aux autres, bien sûr, ou tu deviendrais inconscient des dangers qui peuvent te guetter. Tu es toujours en phase avec la terre ? Alors, avance maintenant, et garde-la en mémoire. Plus lentement ! Tes pieds et tes jambes doivent se laisser guider. Tu perçois quelque chose ? Comme un nouveau rythme ?

– Pas vraiment.

– C'est que tu ne plies pas assez les jambes. Abandonne-toi aux odeurs, oublie tes autres sens. Utilise ta respiration, ton souffle pour mieux maîtriser tes mouvements… »

Symen continua de lui prodiguer des conseils, et lorsque Pelmen voulut reprendre une posture plus confortable, il l'en dissuada, le sourire en coin. « Tu dois oublier tes anciennes habitudes, au moins tant que tu chasses. Sinon, tu n'apprendras jamais. »

Pelmen s'astreignit donc à suivre les directives de Symen, mais il se sentait maladroit et ses jambes le faisaient souffrir. Il observa néanmoins son compagnon, copia de son mieux ses évolutions. Une partie de son esprit demeurait focalisé sur les odeurs, si bien que peu à peu, il lui sembla parvenir à les filtrer avec plus d'efficacité. Quand ils perçurent le fumet d'un rocol, il ne fit aucun geste pour s'emparer de son arc. Au contraire, il continua à étudier les mouvements de Symen. Le jeune hevelen s'approcha plus près que Pelmen ne l'aurait jugé nécessaire, à tel point que, conscient de son incapacité à rester aussi silencieux, il dût se résoudre à lui laisser prendre de l'avance. Symen progressait par à-coups et de biais, anticipant avec bonheur les sautes capricieuses d'Aoles. Pelmen grava dans son esprit la façon dont il se saisissait de son arc, attrapait une épine et ajustait sa cible, avec sa promptitude coutumière. Touché au flanc, le rocol tenta de s'envoler en poussant des gloussements suraigus. Une seconde épine le manqua, mais il tomba sous l'impact d'une troisième.

Un gargouillis s'éleva de l'estomac de Pelmen. Levant les yeux, il réalisa qu'Astar était déjà à mi-course. Son regard balaya les étendues monotones de la steppe, mais les chariots étaient hors de vue. Etant donné la multiplicité des détours accomplis, il aurait été bien en peine de déterminer la direction qu'ils devaient emprunter pour les retrouver.

Cela ne sembla pas être un problème pour Symen, qui après avoir humé l'air, opta sans hésiter pour le sud-est. Et en effet, peu de temps s'écoula avant que le grondement des roues de pierre de l'attelage de Fekkar ne devînt perceptible, porté par le vent.

« Un seul petit rocol ! fit Beran, son épaule lestée d'un quadrupède à la fourrure bleue dont la gorge avait été transpercée de part en part. Tu baisses, Symen ! A croire qu'un gros insecte t'a ralenti...

– Et qui te dit que ce n'est pas Pelmen qui l'a abattu ? répliqua Symen.

– Allons ! Tu sais bien qu'un Canyonite ne ferait pas de mal à un zeanong !

– Inutile de lui répondre, murmura Symen en adressant un léger coup de coude à Pelmen, dont le visage s'était tendu et les poings serrés. Il se complait à faire étalage de sa supériorité, mais ce n'est qu'une carapace.

– Supériorité ? Je ne suis pas sûr que tuer puisse rendre supérieur » répartit Pelmen en fixant Beran sans ciller. L'aîné des Halenor émit un ricanement.

Peu après ils furent rejoints par Ielun, qui avait accroché à sa ceinture des cadavres de ptats, les poings de sanrkhas encore sanglants à ses poignets. Laneth l'accompagnait. Sa besace était garnie d'œufs vermillon. Avec un sourire lumineux, elle en exhiba un aussi large que ses mains jointes. Pelmen lui sourit en retour.

A l'avant du convoi, Xuven leva le bras pour signifier une halte. Pelmen en profita pour s'asseoir dans l'ombre du chariot du krongos et étirer ses membres courbatus.

Au cours du repas, Laneth lança à plusieurs reprises des regards appuyés à Pelmen. Il n'y répondit que brièvement, de la manière la plus neutre possible. Si comme il le supposait elle était la cause de l'hostilité de Beran, le mieux était de ne pas attiser les braises, de laisser croire à son frère aîné qu'il contrôlait la situation. Il reporta son attention sur son oncle, lequel après avoir englouti une large rasade de bière s'éclaircissait la gorge.

« Vous le savez, nous allons bientôt devoir traverser l'Hado. Il existe un gué à quelques heures de marche, à l'endroit où le fleuve forme un coude…

– Il devrait être praticable en cette période de l'année, intervint Beran.

– J'ai besoin de m'en assurer. Je ne tiens pas à risquer les chariots dans la boue du fleuve si l'eau devait s'avérer trop haute. Y en a-t-il parmi vous prêts à partir en reconnaissance ? Dans cette direction (il indiqua l'ouest), les odeurs transmises par Aoles ne sont pas celles du danger.

– Je suis volontaire, dit Ielun. Par cette chaleur, me tremper les jambes dans l'eau ne me fera pas de mal.

– Sauf si elles rencontrent des sangsues des vases, dit Laneth avec un sourire moqueur. Là, tu auras vraiment chaud ! »

Symen partit d'un petit rire, mais Pelmen demeura impassible. Il attendit de voir si d'autres candidats se manifestaient, et quand il devint évident que ce ne serait pas le cas, annonça son intention d'accompagner Ielun – l'expression de Laneth se fit perplexe. Xuven hocha la tête. « Je préfère que vous soyez deux. Allez-y donc, et revenez porteurs de bonnes nouvelles. »

Ielun prit les devants et avec confiance, se mit à courir à foulées souples et nerveuses. Pelmen fit de son mieux pour tenir le rythme. Il humait toujours l'air avec appréhension et lançait des regards suspicieux vers les massifs de plantes susceptibles d'abriter des ennemis, mais l'action aux côtés d'un hevelen si familier de la steppe faisait office d'exutoire à la peur. Sans avoir la masse athlétique de son frère Beran, Ielun, de petite taille, était plus large d'épaules et plus trapu que Symen. Malgré cela, ses pieds touchaient le sol en ne faisant guère plus de bruit que le souffle d'Aoles entre les brins d'herbe. Il contournait les obstacles comme s'il avait su qu'ils se trouvaient là bien avant de les apercevoir.

Contre l'avis de ses propres jambes, qui lui rappelaient qu'il s'était déjà livré à un effort inhabituel dans la matinée, Pelmen se replongea à son tour dans cet état d'esprit qui d'après Symen était celui du traqueur. Donnant à son odorat la prééminence absolue, il tenta de ne faire plus qu'un avec la nature – sans trop de conviction, l'exercice s'était avéré difficile en marchant et Pelmen l'aurait cru impossible en courant. Les odeurs affluèrent sans qu'il pût en faire un tri conscient. A sa surprise, pourtant, les foulées les plus justes lui vinrent plus facilement. La course, en l'empêchant de réfléchir, l'aidait à se fier à ses sensations. A chacun de ses faux pas – inévitables, ni ses jambes ni son corps n'étant rompus à un tel exercice – Pelmen guettait les signes de réprobation de son guide.

Jamais Ielun ne diminua le rythme, si bien que seule la fierté poussa Pelmen à tenir jusqu'au bout. Peu à peu, l'air s'emplit des émanations d'algues, de mousse et d'eau douce. Ielun ralentit, puis se mit à marcher le long des berges du grand fleuve. Pelmen reprit haleine. Sur la rive opposée, des nidepoux sauvages s'abreuvaient. Comme annoncé par Xuven, le cours de l'Hado s'incurvait un peu plus loin et de nombreux rochers affleuraient là où l'eau était la plus basse.

« C'est ici, dit Ielun. Allons-y. »

L'eau verdâtre était fraîche et le courant perceptible, quoiqu'insuffisamment vigoureux pour déstabiliser. Sous la surface, une multitude de particules occultaient la vue. *Si des sangsues se cachent là-dessous, je ne le saurai que quand il sera trop tard.* La pensée n'était guère réjouissante, mais son compagnon avançait sans mollir et Pelmen se força à lui emboîter le pas. Contrairement à ce qu'il redoutait, ce fut sans encombre qu'ils atteignirent la rive nord.

« Tu es plus courageux et endurant que je le croyais » dit Ielun en se tournant vers lui. Il l'évalua d'un long regard. « Si tu l'acceptes, dès demain je t'apprendrais à te servir de ceci. »

Pelmen haussa les sourcils devant les poings de sanrkhas que brandissait Ielun. Il savait que le Cilamenite lui accordait une faveur. Rares étaient les maîtres de cette discipline en Alveg.

« C'est d'accord. »

Ils accomplirent le chemin du retour avec moins de diligence, prenant même le temps d'échanger quelques paroles. Le Voyage survenait à point pour Ielun, les sœurs de sa mère et sa grand-mère ayant prévu de le marier avec une jeune fille du clan nommée Osean, une perspective qui ne l'enchantait pas plus que cela.

« Ton frère Beran est aussi célibataire ?

– En effet. Ni lui ni moi ne nous soucions des affaires de femelles.

– Son arme, c'est la lance ?

– Il y excelle, fit Ielun en hochant la tête, je ne te conseille pas de le défier.

– J'ai remarqué que vous maîtrisiez tous des armes différentes. Y a-t-il une raison ?

– Tu veux dire, dans la famille ? Chacun a tout bonnement choisi celle qui lui convenait le mieux. C'est notre père qui nous a appris tout ce que nous savons. Il est maître d'armes, et l'un des plus respectés de tous les clans.

– Je n'ai aucun mal à le croire. »

Les lichens de la steppe prenaient une teinte violacée quand Pelmen et Ielun rallièrent les chariots.

La journée avait été éprouvante et Pelmen n'avait qu'une hâte, contenter son estomac pour s'étendre de tout son long le plus tôt possible. Lorsqu'au terme du repas Laneth lui fit un discret signe de tête, il fit celui qui n'avait rien remarqué et gagna en grimaçant l'endroit où il avait posé ses affaires – ses membres étaient si courbatus que le simple fait de les remuer exigeait des efforts considérables. Il se laissa tomber comme une masse. Paradoxalement, le sommeil tarda à venir, ce qui eut le don de l'agacer. N'avait-il pas mérité le repos après une telle journée ? Quand enfin il parvint à oublier ses douleurs et glissa dans l'abandon, quelqu'un s'évertua à lui secouer l'épaule.

« Hé ! » fit-il en clignant des yeux.

Les étoiles brillaient dans le firmament ténébreux – plusieurs heures devaient s'être écoulées – environnant la figure d'une jeune fille. Bien qu'encore désorienté, il reconnut Laneth.

« Que fais-tu ici ?

– Comment ça ? Je viens te chercher bien sûr ! C'est ce qui était convenu, non ? »

Pelmen produisit un son qui tenait à la fois du bâillement et du gémissement. « Je ne me rappelle pas t'avoir demandé de me réveiller au beau milieu de la nuit.

– Ne fais pas semblant de ne pas comprendre. Je devais t'apprendre l'art de la lutte, tu te souviens ?

– Maintenant ?

– Le plus tôt sera le mieux pour toi. Le trajet ne sera pas si long.

– C'est Xuven qui t'envoie ? grommela-t-il.

– Non. »

Pelmen l'examina en ayant conscience que non loin, Ielun venait de remuer dans son sommeil. Il poussa un soupir et se leva, davantage parce qu'il ne souhaitait pas réveiller ses compagnons que pour toute autre raison.

Elle le conduisit à une centaine de coudées de là, à proximité de plantes odoriférantes. « Comment allons-nous faire ? marmonna-t-il en réfrénant un nouveau bâillement. C'est à peine si je t'aperçois.

– Justement, l'exercice est excellent. Tu vas devoir te fier à tes sensations. Laisse ton corps trouver ses points d'équilibre. »

Pelmen soupira derechef. En cet instant, le seul point d'équilibre de sa carcasse aux membres douloureux se situait au plus profond de sa litière.

Elle s'approcha et mû par un réflexe défensif, Pelmen arqua les jambes. Ils s'empoignèrent par les épaules. Pelmen puisa dans des ressources inconnues pour résister aux poussées successives de la jeune fille. A deux reprises il fut déséquilibré et elle aurait pu le faire chuter et disposer de lui aisément. Au lieu de cela, à chaque fois elle tempéra son effort. Le souffle de Pelmen devint rauque. Au-delà de la fatigue, il comprit que la clé du combat résidait dans la connaissance du prochain mouvement de l'adversaire. Il lança donc ses sens à la recherche du moindre indice. Laneth se montrait habile à feindre et à dissimuler ses intentions, si bien que Pelmen fut de nouveau mis en difficulté. C'est au moment où épuisé, il pensait ne plus avoir la force de lutter qu'enfin il anticipa l'un de ses gestes et le bloqua. Il en éprouva une grande satisfaction et aussitôt, voulut contre-attaquer. Mais elle se déroba de sorte que, lui retournant sa propre énergie, elle l'envoya bouler au sol. Il se releva en serrant les dents, les jambes mal assurées. Prenant à peine le temps de souffler, il l'empoigna une fois de plus.

Une main s'abattit sur son épaule. « Que faites-vous ? »

Glacé, Pelmen reconnut la voix rauque. Il fit volte-face, se dégageant au passage – ou plutôt, Beran lui permit de se libérer.

« Ce que nous faisons ? Nous nous entraînons !

– Tu ne pourrais pas choisir un adversaire à ta mesure ?

– Figure-toi que Laneth n'est pas une adversaire, fit Pelmen. C'est elle que j'ai choisie pour m'enseigner la lutte.

– Une femelle ?

– Et alors ? rétorqua Laneth. L'Aguerrie du clan des Elancés est une femme.

– Les Elancés sont des mauviettes, affirma Beran en se tournant à demi vers sa sœur. Contre moi, elle ne tiendrait pas plus que le temps qu'il me faut pour engloutir un pichet de bière.

– Dans ce cas, pourquoi ne vas-tu pas la défier ? » dit Laneth.

Beran renifla bruyamment.

« Non, ce n'est pas pour ça que tu interviens comme un zeanong dans le veguer…

– J'ignore de quoi tu parles.

– Tu le sais très bien ! Tu te mets entre nous pour la même raison qui te pousse à intimider tous les hevelens qui ont le malheur de s'intéresser à moi. C'est de ta faute si personne n'a osé demander à partager ma litière jusqu'à présent ! »

Pelmen en resta le souffle coupé. Il aurait voulu être à bien des lieues de là, tout en ayant presque envie de plaindre Beran pour l'humiliation qui venait de lui être infligée. *Il l'a bien cherché après tout*, se raisonna-t-il. D'abord désarçonné, l'intéressé se ressaisit.

« Tu ne vas quand même pas fréquenter un Canyonite !

– Et pourquoi pas si ça me chante ?

– Ce serait avilir notre sang que le mélanger à celui de ces couards ! »

Pelmen ne pouvait laisser passer cela. Convaincu d'avoir déjà dépassé les limites de l'épuisement, il savait le combat voué à l'échec. Néanmoins il se mit en garde, décidé à frapper le premier.

Une imposante main grise se referma sur l'épaule de Beran, qui tressaillit puis recula de deux pas. Furieux, il lança son poing en arrière, mais poussa un cri de surprise et de douleur lorsque celui-ci s'écrasa contre le torse de pierre.

La voix emplie d'échos, profonde et rocailleuse familière à Pelmen retentit.

« Beran, je n'ai pu faire autrement que t'entendre et les paroles que tu as prononcées ne te font pas honneur. Est-ce moi, un krongos, qui dois t'apprendre l'histoire de ton propre peuple ? Ne sais-tu pas qu'avant la scission, Cilamenites et Canyonites ne faisaient qu'un ? »

Pelmen lança un regard débordant de reconnaissance à Fekkar, dont la carrure masquait une bonne partie des étoiles.

« De quoi te mêles-tu ? gronda Beran en massant sa main endolorie.

– Réponds à ma question.

– C'est justement ce qui a montré qu'ils étaient si différents de nous. Ils ont choisi de s'abriter et de vivre une vie de... citadins. » Beran cracha le mot avec mépris.

« Et vous avez choisi Cilamon. Un choix plein de dignité, mais qui a coûté la vie à nombre d'entre vous. L'un des cilamens fut incendié par les suppôts de Valshhyk. Tous ceux qui s'y croyaient protégés ont péri.

– Cet épisode est l'un des plus illustres de notre histoire, répliqua Beran en bombant le torse. Chacun sait qu'un nouvel Arbre de Vie a repoussé à l'endroit précis où l'ancien avait brûlé. »

Dans la clarté diffuse de Tinmal et Hamal se découpèrent les silhouettes de Symen, Ielun et Xuven. Ils firent cercle, spectateurs silencieux.

« Et cela prouverait que vous avez fait le bon choix ? » Fekkar secoua la tête. « Le fanatisme n'engendre que la douleur et la mort. »

Malgré la pénombre, Pelmen eut l'impression que Beran n'était pas convaincu.

« Sais-tu seulement, poursuivit Fekkar, d'où te vient le langage que tu utilises ?

– Des pères de nos pères, et de leurs pères avant eux.

– Voilà qui prouve ton ignorance, j'en ai peur. Ecoute donc ceci. Bien avant que les démons de Valshhyk ne parcourussent le monde et que la plupart des hevelens ne fussent contraints de se réfugier dans les Canyons de Panjurûb, votre peuple nomade pratiquait déjà le négoce avec les malians et ceux des miens qui à l'époque se nommaient krongos de l'Ouest. En ces temps reculés il fut décidé d'un commun accord de fonder une cité où des représentants de chaque population vivraient en harmonie. Une cité dédiée à Ast le créateur, dont Astar lui-même n'est qu'une émanation. Et pour cela, elle fut nommée Astian. »

Fekkar se tournait alternativement vers chacun des membres de l'assistance dont la plupart l'écoutaient, subjugués.

« Edifiée aux sources du fleuve Hado, Astian fut durant plus de cinquante siècles un havre de paix, et sa prospérité ne fit que croître à l'égal de sa notoriété. Même parmi nous autres les bâtisseurs il se murmurait que le monde n'avait jamais connu cité plus admirable. » Le krongos plongea ses yeux laiteux dans ceux de Beran. « C'est dans cette période que fut forgée une langue commune à nos trois civilisations, lesquelles ne pouvaient jusqu'alors se comprendre qu'imparfaitement. Toi et les tiens utilisez tous les jours cet héritage, Beran… Garde-toi donc d'afficher trop de mépris envers ceux que tu nommes citadins, et n'oublie pas que certains de tes ancêtres vivaient peut-être en Astian. »

Beran voulut répliquer, mais aucun son ne sortit de sa bouche. Il fronça le nez en direction de Pelmen, puis en une volte brutale, s'en retourna vers le campement.

Tandis que Laneth, Ielun et Symen conféraient à voix basse, Xuven fit signe à Pelmen de le suivre.

« Que faisais-tu avec Laneth, pour déclencher l'ire de Beran ?

– Rien qui te concerne, rétorqua Pelmen avec humeur.

– Hum. Méfie-toi des femelles, mon garçon. Elles sont source de problèmes à n'en plus finir.

– Qu'est-ce que tu en sais ? »

Xuven fit la moue. « Il est temps de prendre du repos. Tu as l'air exténué. »

Pelmen obtempéra, non sans au préalable se diriger vers Fekkar pour le remercier avec chaleur de son intervention.

Pour la seconde fois en une poignée d'heures, on secoua l'épaule de Pelmen.

« Enfin tu consens à ouvrir les paupières ! fit Xuven. Nous t'avons attendu autant que possible, mais nous devons partir, à présent. Ce matin, nous franchissons l'Hado. Allons ! Tu te restaureras en route, dans le chariot. »

Astar était en effet déjà entièrement visible à l'horizon. Clignant des yeux et bâillant sans discontinuer, Pelmen ramassa ses affaires et alla s'installer. Avant de songer à avaler quelque chose, il étira ses membres gourds. Les racines de trana qu'il entreprit de mastiquer distillèrent leur jus revigorant, chassant une partie de la fatigue et lui rendant plus supportables les cahots du chariot. Pelmen compléta le repas de plusieurs poignées de veguer qu'il fit passer avec un peu d'eau. Il se demanda si le discours de Fekkar de la veille suffirait à amener Beran à modifier son comportement. *Pas le genre de la maison.* Laneth n'était pas en vue, ce qui était une bonne chose. Ce qu'elle avait déclaré à son frère était peut-être flatteur pour Pelmen, mais il savait qu'il se sentirait gêné en sa présence.

Le grand fleuve présenta bientôt son lit miroitant. De temps à autre, cependant, de lourds nuages venaient réduire la luminosité et lui conférer un aspect plus inquiétant. Sous la conduite de Ielun ils remontèrent jusqu'au gué, puis allégèrent le chariot de Xuven en transportant une partie de la marchandise à pied. Ensuite, Pelmen et Xuven revinrent prêter main-forte aux nidepoux, si bien que hormis quelques branches mortes emportées par le courant qu'il leur fallut écarter, la traversée de l'Hado s'effectua sans heurts. Fekkar, de son côté, avait également mis pied à terre. Lui et ses melepeks franchirent le cours du fleuve sans presque ralentir leur rythme habituel.

Les premières gouttes s'écrasaient sur le marchepied quand Ielun s'approcha de Pelmen. « Je crois que les nidepoux te seraient reconnaissants de les décharger de ta grande carcasse, dit-il avec un petit sourire. Ils sont résistants, mais je suggère d'éviter de les épuiser trop vite.

– Il a raison, mon garçon » fit Xuven.

Pelmen soupira. Les Cilamenites, apparemment dotés d'une inépuisable énergie, le prendraient pour un paresseux en cas de refus.

« Ne vous éloignez pas trop ! lança Xuven. La pluie va masquer vos odeurs. »

Le dos courbé, Ielun trottait. Pelmen se contraignit à l'imiter, comme la veille. L'averse se fit plus intense et le sol devint spongieux. En ce début du premier mois d'Astar, l'atmosphère était lourde et Pelmen accueillit la fraîcheur avec gratitude. Les odeurs avaient tendance à s'uniformiser, rendant la perception des accidents de terrain et des pierres plus ardue – une fois encore, Pelmen se sentit désavantagé par son manque de pratique.

« Symen et moi avons parlé à Beran », fit Ielun sans presque ralentir.

Pelmen leva la tête.

« Il ne vous importunera plus. Nous lui avons fait comprendre que ma sœur était en âge de choisir son compagnon… de lutte, bien sûr.

– Oui, de lutte ! Mais pourquoi être intervenus ? »

Ielun stoppa sa course et retint Pelmen du bras, le visage redevenu grave. « Notre groupe aura sans doute à affronter des dangers en chemin. Tout ce qui peut causer la discorde et diminuer notre vigilance risque de nous être fatal. Mon frère n'aurait pas dû nous accompagner, puisqu'il a déjà subi l'épreuve...

– Ce n'est pas moi qui dirais le contraire.

– Voilà pourquoi, s'il devait de nouveau créer des problèmes, nous demanderions à ton oncle et Fekkar de le renvoyer. »

Ielun se remit à courir en silence. Après un temps d'arrêt, Pelmen le suivit. Que Beran ait été raisonné – mais pouvait-il vraiment l'être ? – s'avérait une bonne nouvelle. En revanche, Pelmen n'était pas sûr d'apprécier l'allusion concernant sa relation avec Laneth. La jeune fille bénéficiait certes d'un physique attrayant. Son caractère était tout aussi fascinant, il fallait le reconnaître. Mais si en apparence ce qu'elle avait dit pouvait être flatteur, elle ne cherchait sans doute en réalité qu'à faire sortir Beran de ses gonds. L'avait-elle « choisi » ou l'utilisait-elle à ses dépens ?

« Shhht ! Moins de bruit ! »

Pelmen réalisa qu'en effet, il avait repris ses anciennes habitudes de course. Il s'admonesta intérieurement. En plus des prédateurs naturels de la steppe, ils pouvaient croiser la route d'autres Bannis ou pire, des shamans pourpres. Dans ce cas, ceux qui repéreraient l'ennemi les premiers seraient avantagés.

Un peu plus loin, Ielun lui fit signe de s'immobiliser. Ils se trouvaient au milieu d'une prairie d'herbes hautes que le vent tordait en tout sens, faisant ruisseler une multitude de perles de pluie. Ielun s'éloigna en indiquant à Pelmen de demeurer sur place. Il obliqua et entreprit de décrire un cercle, humant l'air.

« On devrait être tranquilles pour un moment, fit-il à son retour. Enfin, je crois. Avec la pluie, on ne peut pas être sûr. » Avec application, il défit les défenses de sanrkhas nouées à ses poignets. Il les lui tendit. « Prends-les. Je vais t'aider à les mettre. »

Les globes oculaires de Pelmen s'agrandirent. Depuis qu'il côtoyait les Halenor, il n'avait pas encore vu Ielun se séparer de ses précieux poings d'ivoire.

Une certaine impatience couvait dans le regard du Cilamenite, démentant l'air détaché qu'il affectait. Cela ne présageait rien de bon mais Pelmen prit tout de même les défenses. Il n'en était plus à une déconvenue près. Ielun lui arracha une grimace en serrant les sangles sur ses avants-bras. Pour commencer, Pelmen fit quelques passes. Les poings alourdissaient ses membres et conféraient à chaque geste une signification différente. La main ouverte, il était à même de se saisir d'objets, ses nouveaux attributs pouvant passer pour de simples ornements. Le poing fermé, en revanche, les colifichets se transformaient en armes mortelles.

« Pointus, pas vrai ? Ils ne m'ont jamais déçu. Seuls les plus courageux s'en servent, évidemment. Les autres se contentent d'abattre leur cible à distance, quand ils savent qu'ils ne risquent rien... »

Pelmen répondit au clin d'œil narquois de Ielun par un grognement.

« Ce que je dis ne te plaît pas ? Vas-y, attaque-moi ! »

Ielun s'était mis en garde, les pupilles brillant d'excitation. Devant l'attitude perplexe de Pelmen il ajouta : « Ça fait partie de l'entraînement ! Allez, bats-toi ! Je ne t'en voudrais pas. Tu n'es pas une fillette ? »

Les dernières hésitations de Pelmen tombèrent. Le regard fixe et les poings serrés, il se mit à faire tournoyer ses bras de plus en plus vite, prenant garde à ne pas se blesser lui-même. Il avança sur Ielun, qui demeura imperturbable. Incrédule, Pelmen se força à continuer. Il calcula son prochain geste pour assommer plutôt que perforer.

Au moment décisif, Ielun esquiva. Luttant contre la force d'inertie, Pelmen interrompit ses moulinets et pivota. Son bras gauche décrivit un arc de cercle, son poing de sanrkhas volant vers l'épaule de Ielun. Lequel dévia d'un revers de main et lança son pied sur la face de Pelmen.

S'il s'était produit, si Ielun n'avait stoppé son geste à temps, le choc aurait mis Pelmen hors de combat, l'envoyant valser en arrière. Seul le déplacement d'air fit frémir ses narines.

« J'aurais pu t'assommer juste avec ce pied, dit Ielun en conservant la pause. Reprenons.

– On ne ferait pas mieux de se battre à mains nues ? Ou avec des bâtons ?

– Tu as déjà un maître pour le combat à mains nues, et je n'enseigne pas le maniement du bâton. Si ça peut te rassurer, quand tu seras arrivé au point où tu risques de me blesser, je te le dirai. »

Ils continuèrent ainsi une bonne partie de l'après-midi. Ielun se déplaçait de façon tout aussi imprévisible que sa sœur. Même désarmé, il donnait le sentiment de brandir ses armes fétiches. La dynamique de sa danse de guerre n'avait que peu en commun avec celle de Laneth, ses mouvements étaient plus circulaires. Plus brutaux aussi, comme s'en aperçut amèrement Pelmen en mordant à plusieurs reprises la poussière. Chaque fois qu'il se relevait, il observait avec morgue le visage de Ielun. A sa surprise, sa physionomie ne portait pas trace de moquerie.

Il avait cessé de pleuvoir et la luminosité déclinait lorsque le jeune guerrier acheva enfin la séance en prodiguant remarques et conseils. Pelmen fut étonné de voir que ce n'était pas la volonté de le rabaisser qui animait Ielun.

Durant le trajet du retour, Pelmen se demanda comment lever toute ambigüité dans sa relation avec Laneth. Il n'y avait pas de solution idéale, mais il pensa avoir trouvé un recours acceptable. Une fois rallié le campement, il ne chercha plus à l'éviter. Malgré la fatigue accumulée, ce fut lui qui s'avança vers elle pour lui réclamer de l'affronter. Un feu de camp avait été allumé, dont chacun hormis Fekkar s'était rapproché au plus près afin de sécher ses vêtements. A la lueur des flammes, Pelmen aperçut le sourire de la jeune hevelen, immédiatement suivi de la moue réprobatrice de Beran. Aucun des autres convives ne manifesta son désaccord, et après s'être restaurés ils s'éloignèrent dans la nuit.

Les nuages n'avaient pas tous été dispersés, de sorte que l'obscurité était profonde. Plus que jamais, il fallut à Pelmen s'appuyer sur son odorat, son ouïe et son instinct. Il combattit avec plus de hargne et de volonté encore que la veille. Laneth ne s'en émut pas et le terrassa avec la même régularité. Elle lui fit des remarques également, l'incita à travailler son souffle et ses points d'équilibre. Pelmen n'était pas accoutumé à devoir ravaler sa fierté devant une femme, et il se serait senti diminué s'il ne s'était rendu compte à quel point la technique de Laneth surpassait la sienne. Malgré son orgueil quelque peu blessé il l'écoutait donc, désireux de progresser non pas pour lui plaire mais dans le but de lui démontrer qu'il ne la laisserait pas se servir de lui comme simple contre-feu.

Les nuages qui masquaient Tinmal se déplacèrent et à plusieurs dizaines de coudées Pelmen vit la silhouette de Beran.

« Pourquoi ne suis-je pas surpris ? » murmura-t-il en pointant son coude dans la direction du guerrier.

Laneth eut ce petit froncement de narines qui lui était devenu familier. « Il ne peut pas s'en empêcher, répondit-elle. Tout au long du voyage, il veillera sur moi avec l'assiduité du coureur des steppes suivant le nectar de carnalyne.

– Même au retour ?

– S'il le fait alors, je te jure bien que mes frères et moi le traquerons comme un vulgaire sanrkhas ! »

Ils échangèrent un petit rire, bien que Pelmen ait lu dans son regard qu'elle ne plaisantait pas.

Les jours qui suivirent confirmèrent la prédiction de Laneth, Beran ne relâchant pas sa vigilance. Rien que pour cela, Pelmen était tenté d'oublier sa résolution, et d'embrasser la jeune femme – il l'aurait fait, s'il n'avait pressenti que ce n'était pas ainsi qu'il gagnerait son estime. Il s'astreignait donc à combattre avec ferveur, et peu à peu assimila des techniques insoupçonnées. Laneth lui fit tout d'abord découvrir de nouvelles postures, puis lui enseigna comment canaliser son énergie pour la projeter en un point précis de son corps. Elle appelait cette technique la Bourrasque d'Aoles. Ses leçons quotidiennes complétaient au mieux celles de Symen et Ielun, et ce d'autant que Pelmen appréciait de plus en plus son caractère franc et honnête. De temps à autre, il repensait à Alicène et s'étonnait de s'apercevoir que les souvenirs qu'il avait d'elle se faisaient moins vivaces. Teleg lui-même n'apparaissait plus qu'en arrière-plan de ses pensées, tant il était accaparé par sa volonté d'amélioration.

Ce fut avec Symen que les progrès furent les plus rapides. Au fil des semaines, l'organisme de Pelmen prit peu à peu le dessus sur la fatigue. Les déplacements propres aux Cilamenites lui devinrent comme une seconde nature. Il pouvait désormais anticiper chaque caprice d'Aoles et ses flèches trouvaient plus fréquemment leur cible, si bien que ses traques étaient pour la plupart couronnées de succès. Sa vivacité égalait presque celle de Symen et sa précision s'avérait supérieure. Son odorat n'ayant pas été amoindri définitivement par les exhalaisons de la tannerie, il se développait en s'affinant.

Pelmen se découvrait en outre d'autres sens. Ainsi fut-il en mesure de déterminer quand les nidepoux avaient soif ou faim bien avant qu'ils ne le manifestent, et de déceler chez eux les premiers signes de la peur à l'approche de prédateurs. Il apprit à prévoir la plupart des réactions des animaux et y devint aussi habile que Symen, qui parmi eux était le plus doué.

Certains soirs à la clarté des étoiles, Pelmen songeait à Astian, la merveilleuse cité cosmopolite décrite par Fekkar. Xuven lui avait révélé qu'elle avait été détruite sans même que n'en subsistent quelques ruines, à la suite de quoi Pelmen avait cherché à en savoir davantage auprès du krongos. Mais celui-ci s'était muré dans le silence, secouant la tête. Interrogé, Xuven lui dévoila que le destin d'Astian était lié à la chute des krongos. « Aussi inexplicable que cela puisse paraître, malgré le temps écoulé le sujet met encore à vif les cicatrices de notre ami. C'est un peuple très différent, vois-tu. Il t'en parlera, le moment venu. »

Plus d'un mois et demi s'était écoulé et le paysage avait changé. Les bosquets de trifeuillus et d'élancés parsemaient de tâches écarlates et or le décor si longtemps uniforme de la steppe. La senteur vivifiante de résiniens isolés parvenait aux narines. Dans la lumière, leurs aiguilles jaunes se détachaient sur le fond bleu de leur écorce. Trois jours déjà que les chariots accompagnaient de loin une harde de nidepoux se dirigeant également vers l'ouest. L'occasion avait été trop belle pour Pelmen d'expérimenter ses nouveaux talents. Le premier jour, il s'était approché d'un mâle dominant, bête du double de la taille des nidepoux des Canyons, qui se tenait le plus souvent à l'écart de la harde. Même à quelques coudées, l'empathie de Pelmen lui permettait de savoir lesquels de ses gestes allaient provoquer une réaction de défiance ou de recul, lesquels étaient autorisés. Il s'était en premier lieu astreint à familiariser l'animal à son odeur d'hevelen mélangée à celle de linguilis. Symen et Laneth avaient témoigné de l'intérêt pour sa tentative mais ni l'un ni l'autre ne disposait pour sa part de graisse ayant la propriété de repousser les poux. Tous deux l'observaient donc à distance tandis que d'un endroit plus éloigné encore, Beran surveillait sa sœur.

Le deuxième jour, Pelmen avait gagné du terrain pas à pas, pour finir par indiquer au nidepoux les fèves les plus savoureuses. D'abord suspicieuse, la bête s'était ensuite dirigée vers la nourriture.

Le lendemain, Pelmen sut qu'il ne pouvait plus temporiser pour réussir son pari, car la harde avait incurvé sa route et s'éloignait désormais. A son approche, le maître nidepoux leva vers lui son groin avant de se remettre à fouir le sol. Pelmen lui tourna le dos et s'employa à inspecter l'horizon. Tout était tranquille dans la plaine, et il songea que son oncle les avait guidés avec sagesse, puisque jusqu'à ce jour ils avaient évité les prédateurs. Son ouïe l'avertit que le nidepoux avait interrompu ses investigations. Pelmen continua à guetter comme si sa vie en dépendait. Il crut que l'animal s'était désintéressé de son sort, lorsque soudain le souffle chaud de son haleine rencontra la paume de sa main. Le nidepoux la frôla de son groin.

Alors seulement, à gestes lents et détendus, Pelmen répondit aux instances par des caresses. Qu'il renouvela quelques instants en reculant insensiblement. Avec le plus de naturel possible, il enfourcha la bête d'une souple rotation du bassin. Il n'aurait su dire pourquoi il l'avait fait à ce moment précis, il avait juste senti qu'il pouvait se le permettre. La réaction du nidepoux lui prouva que son instinct ne l'avait pas trahi. Bien que surpris, le grand quadrupède demeura immobile, les oreilles dressées. Nouvelles caresses et chuchotements apaisants, presque complices. Pelmen perçut sous ses doigts les poils s'assouplir à mesure que la tension qui habitait la bête s'estompait. De ses genoux, il lui suggéra d'avancer. Le nidepoux obtempéra en renâclant. Ils firent plusieurs pas, et Pelmen guida l'animal vers une zone où il avait rassemblé des fèves. Aux gestes enthousiastes de Laneth et Symen, il répondit d'un petit signe de main. Pelmen ressentait la satisfaction du nidepoux, laquelle peu à peu l'emportait sur son inquiétude. Il le laissa finir de s'empiffrer pendant que les Halenor s'approchaient.

« Va ! » fit Pelmen à l'oreille de sa monture tout en la talonnant. Le nidepoux chuinta et tenta une ruade, mais Pelmen s'accrocha et lui rabattit les oreilles sur les yeux jusqu'à ce qu'il se fige. Derechef, il s'agrippa à sa fourrure en le talonnant. Le rongeur s'élança, et Pelmen le dirigea de son mieux vers Symen et Laneth, qui s'étaient immobilisés. Arrivé à quelques coudées, il saisit les mâchoires du nidepoux et les tira en arrière. L'animal ralentit, et Pelmen tendit le bras vers Laneth. « Grimpe ! » fit-il.

Une brève hésitation, puis la jeune hevelen bondit et s'appuya sur l'avant-bras offert pour volter et se rétablir en croupe. Elle entoura de ses bras le buste de Pelmen, lequel s'efforçait maintenant de faire obliquer sa monture récalcitrante. Car leur course les ramenait vers Beran qui s'était mis à courir dans leur direction, sa lance en main. La brutale réaction du nidepoux manqua les déséquilibrer et les projeter au sol – à coups de mouvements saccadés des pattes antérieures, il parvint à se redresser et à virer de bord. Un peu plus loin ils déboulèrent au milieu de la harde qui à grand renfort de chuintements et glapissements, se dispersa dans un nuage de poussière. Le cri de dépit de Beran retentit derrière eux. Cheveux au vent, grisé par la vitesse, le sentiment de triomphe et de liberté, Pelmen exulta en essuyant les gouttes de sueur qui lui obstruaient la vision. Il saisit le poignet de Laneth et le tira avec douceur en arrière, desserrant quelque peu son étreinte.

L'animal était robuste, ses bonds réguliers et rapides. Ils dépassèrent un premier bosquet de trifeuillus et Pelmen guida le nidepoux vers un groupe d'élancés à l'horizon. Comme ils s'en approchaient, les foulées se firent moins vives. A la respiration de leur monture, il devint évident qu'elle ne tiendrait plus très longtemps. Les à-coups de ses bonds successifs s'avéraient plus difficiles à supporter, néanmoins Pelmen maintint la pression jusqu'au bout.

Laneth sauta au sol avant même que le nidepoux se soit

immobilisé. Elle plongea les mains dans son abondante chevelure pour se gratter furieusement le crâne.

Pelmen mit pied à terre et gratifia le nidepoux d'une caresse sur le flanc – lequel s'éloigna au pas, haletant, trop épuisé pour protester contre le traitement infligé. De la sacoche qu'il portait en bandoulière, Pelmen extirpa une feuille de trifeuillu soigneusement enroulée. « Appliques-en sur le front et autour des oreilles, dit-il le sourire toujours aux lèvres en la donnant à Laneth. Cela devrait suffire pour les chasser rapidement. »

Laneth eut une mimique dubitative, mais prit la feuille et la déroula, révélant la graisse de linguilis. Elle procéda avec application tout en dévisageant Pelmen, perplexe.

« Eloignons-nous hors de vue » fit-il lorsqu'elle lui rendit la graisse. Elle acquiesça et ils s'avancèrent sous le couvert des arbres. « Bien. » Pelmen assouplit ses membres et son cou. « Ne perdons pas de temps, Beran doit être sur nos traces. Mets-toi en garde. » Il fléchit les jambes et cambra le dos.

« Tu… tu m'as amenée jusqu'ici pour combattre ?

– Bien sûr ! Quoi d'autre ?

– Je… je ne sais pas.

– J'en avais assez que Beran épie le moindre de nos faits et gestes chaque fois qu'on s'entraîne. Allons-y ! »

Laneth sourcilla mais se mit en position.

Leur course folle avait éveillé tous les sens de Pelmen, qui à cet instant percevait le monde de manière plus aiguisée. Son cœur battait puissamment et rien ne lui semblait impossible. En près de deux mois, il ne l'avait pourtant jamais emporté sur Laneth. Son seul accomplissement était d'avoir réussi à mettre à terre le jeune Symen, qui avait parfois consenti à se prêter à la lutte. Bénéficiant d'une plus grande expérience, Laneth s'était tirée d'affaire les rares fois où il avait pu la déséquilibrer.

Ils entamèrent leur danse de guerre. A plusieurs reprises, Pelmen s'avança vivement pour tester la défense de son adversaire, sans donner suite. Ce fut donc elle qui attaqua la première. Elle fit osciller son torse, feinta un assaut sur sa jambe pour le reporter en un éclair sur son bras. Pelmen se déroba. Elle enchaîna diverses attaques et feintes, ses jambes presque aussi véloces que celles du coureur des steppes. Pelmen anticipa ses mouvements à l'odeur, les accompagna pour mieux les neutraliser. Il savait que plus le combat se prolongerait, plus elle risquerait de le surprendre comme si souvent, car aucune de ses tentatives n'était semblable à la précédente.

Soudain il se pencha et la saisit à la cheville. Il voulut la projeter mais juste avant de perdre l'équilibre elle l'ajusta d'un coup de pied aux poignets qui lui fit lâcher prise.

Ils s'observèrent. Le visage de Pelmen était un masque où ne filtrait nulle émotion. Laneth témoignait de la même impassibilité de façade, à l'exception de sa respiration qui s'était accélérée.

Il se déplaça plus vite qu'il ne l'avait jamais tenté. Se retrouva sur son flanc. Tout juste eut-elle le temps de transférer ses points d'appui pour résister à la charge. Dès qu'ils entrèrent en contact, ses jambes à lui s'effacèrent et il la contourna de nouveau en la ceinturant. Laneth le griffa de ses ongles pour se libérer – méthode à laquelle elle n'avait jamais eu recours. Sans résultat. D'une irrésistible rotation, il la projeta en sens inverse. Elle se reçut sur le dos et cette fois, ce fut son tour de s'installer à califourchon sur elle.

Pelmen reprit son souffle, s'étonnant de ne lire sur les traits de Laneth qu'une déception somme toute modérée. *Comme si elle avait su que je la vaincrais un jour.* Sa fierté, qu'il avait cru incommensurable, ne l'avait donc pas empêché d'envisager la possibilité.

L'expression de Laneth se modifia quand elle murmura :

« Tu as gagné. A toi de prendre ce qui te revient. »

Pelmen haussa les sourcils, néanmoins sa perplexité fut de courte durée. S'il n'avait perçu que de la résignation dans ces paroles, si la voix de Laneth n'avait pas tremblé et ses yeux noirs brillé avec moins d'ardeur, il ne se serait pas incliné vers ses lèvres pour y joindre les siennes. Il oublia tout et le baiser se prolongea, suave et moelleux. Ils étaient tels deux voyageurs qui étanchent leur soif après une longue traversée du désert.

CHAPITRE ONZE

Pelmen détacha ses lèvres pour contempler le corps magnifique dont la peau cuivrée luisait de sueur. Sur la figure de la jeune hevelen transparaissait de l'indécision.

« Il est encore…trop tôt, décida-t-il.

– Trop tôt ? Trop tôt pour quoi faire ? »

Le rugissement était celui de Beran. L'aîné des Halenor s'était arrangé pour approcher contre le vent, attendant le moment propice pour surgir dans son dos.

D'un même mouvement, Pelmen se retourna en se relevant. Beran pointait sa lance sur sa poitrine.

Leurs regards se croisèrent. La colère déformait les traits du Cilamenite, mais on y devinait aussi une satisfaction mauvaise.

« Trop tôt pour faire ce que tu aurais dû accomplir depuis longtemps avec une femme », répondit froidement Pelmen.

Les sourcils de Beran s'arquèrent et ses lèvres tremblèrent. Il y eut un silence pendant lequel tout devint possible, pendant lequel Pelmen crut entendre résonner les ultimes battements de son cœur. Malgré tout il ne cilla pas.

Laneth s'interposa alors, empoignant la lance et la dirigeant sur sa poitrine. « Il a raison, dit-elle, et tu le sais. Ton cœur le sait. Il sait qu'il a besoin d'une hevelen, et que ce ne peut être moi…

– Tais-toi !

– Si tu veux tuer Pelmen fais-le, mais il faudra d'abord me traverser le corps avec ça. Et si tu le fais, ce ne sera que par dépit. Oui, car aujourd'hui tu as entendu la vérité. »

Beran ne réagit pas tout de suite. Ses épaules s'étaient affaissées. Il finit par reculer avec une grimace de dégoût en dégageant sa lance d'un geste brutal. « Bah ! Vous ne valez même pas que je m'occupe de vous ! »

Il fit demi-tour et d'une démarche alerte, s'éloigna dans la steppe sans se retourner.

CHAPITRE DOUZE

LE MARQUÉ

Une nappe orangée s'étalait comme une flaque d'huile à la surface de l'eau. Pelmen ne l'aurait pas remarquée dans les étendues verdâtres et brumeuses si Xuven ne la lui avait signalée. La nappe s'agita et parmi les remous quelques bulles éclatèrent en son centre. Pelmen réprima un frisson. Selon Xuven, ce qu'on pouvait apercevoir des amibes représentait à peine le dixième de leur taille réelle. Celle-ci, informe masse gélatineuse en immersion, devait donc être suffisamment volumineuse pour absorber un hevelen de pied en cap. Pelmen ignorait comment ce pouvait être possible, mais on disait que les proies des amibes demeuraient en vie durant une bonne partie du processus de digestion, lequel prenait des jours entiers, voire des semaines.

Il fronça le nez, réflexe futile pour se débarrasser des âcres relents de décomposition qui imprégnaient toute chose. C'était bien le plus inquiétant. Depuis qu'ils avaient pénétré dans les marais de Morteracine, il était devenu impossible de se fier à son odorat. Pour détecter un éventuel danger, Pelmen en était réduit à tenter de percer la brume du regard. Des silhouettes de colosses à la chevelure épaisse et filandreuse traînant jusqu'au sol se détachaient parfois. Guidés par Fekkar, les chariots se rapprochaient bientôt de l'un de ces saules au large tronc, dont l'écorce beige translucide était parcourue d'un réseau de veines aussi sombres qu'une nuit sans étoiles. Les saules étaient les seuls végétaux qui poussaient ici, toutefois leurs feuilles étaient toxiques, de sorte qu'il fallait puiser dans les réserves pour alimenter les nidepoux. Ces derniers avançaient avec leur obstination coutumière, mais Pelmen pouvait percevoir leur réticence à chaque pas. Lui-même se sentait d'autant plus oppressé que ses options se résumaient à demeurer dans le chariot ou bien à marcher à l'arrière du convoi. De fait, en dehors du chemin suivi par Fekkar, le sol pouvait se révéler instable et engloutir à tout moment le voyageur imprudent – sans parler des amibes.

« C'est la voie d'accès la plus rapide et la plus sûre malgré les apparences » avait répondu Xuven lorsque Pelmen lui avait demandé pourquoi ils passaient par là.

Pelmen chassa d'un geste impatient les moustiques qui ne cessaient de le harceler. Insensibles à la graisse de linguilis, ils avaient été une nuisance depuis l'intrusion des trois compagnons dans cet univers d'eau saumâtre et glauque. Ils s'étaient séparés de Laneth et ses frères deux jours auparavant, et déjà Pelmen mesurait combien leur compagnie – et en particulier celle de la jeune fille – lui manquait.

Après le départ de Beran, Pelmen avait entouré de son bras les épaules de Laneth et elle avait fait reposer sa tête contre lui. Pelmen s'était senti soulagé et heureux comme il ne l'avait pas été depuis bien longtemps, détaché de tout souci. Symen les avait rejoints, craignant le pire, stupéfait de leur intimité affichée. Ils l'avaient rassuré en riant puis s'en étaient retournés aux chariots. Xuven et Fekkar avaient à leur tour voulu savoir ce qui s'était passé, car Beran avait donné congé et s'en était allé après avoir rassemblé en hâte son équipement. Pour seule explication, le guerrier leur avait déclaré avoir accompli son devoir de protection puisqu'ils franchiraient dès le lendemain les limites des Steppes Venteuses.

Pelmen avait relaté les faits en quelques mots.

« La fougue de la jeunesse ! avait soupiré Xuven. Ce qui est fait est fait, mais n'oubliez pas à l'avenir que les Steppes ne sont pas un terrain de jeux – ni de quoi que ce soit d'autre. »

Par la suite, Laneth et Pelmen n'avaient plus osé afficher leur relation naissante, se limitant à échanger regards et frôlements de mains à la dérobée.

Jusqu'à la séparation.

Alors, ils s'étaient éclipsés pour gagner l'ombre d'un résinien – les lèvres charnues de Laneth avaient la saveur du miel, et leurs cœurs avaient battu à l'unisson. Elle lui avait indiqué les campements où il pourrait la rejoindre dans les prochains mois, et il lui avait promis que ce baiser ne serait pas le dernier.

Pelmen se demandait pourquoi il ne lui avait pas dévoilé la mission qui l'avait conduit à accompagner son oncle. Elle croyait que Xuven et Fekkar allaient faire du commerce, et rien de plus. Son père Fregan et les chefs du clan des Rameaux connaissaient leur véritable motif, mais avaient reçu pour consigne de ne pas l'ébruiter.

Pour qu'elle ne s'inquiète pas et parce que la discrétion est primordiale.

Il secoua la tête. C'était une excellente raison, et qui l'arrangeait bien. Il s'en était servi comme bouclier pour repousser l'évidence, pour ne pas avoir à reconnaître que le serment de retrouver Teleg le liait à une autre hevelen. La personnalité réservée d'Alicène, sa distinction et sa délicatesse de traits avaient représenté un idéal à conquérir, et pourtant, Pelmen s'apercevait qu'il n'y avait jamais eu entre eux une complicité approchant celle qu'il s'était découverte avec Laneth. Dans ces conditions, et même s'il ne cessait de se répéter qu'Alicène le considérait juste comme un ami, la perspective de se retrouver face à elle était pour le moins embarrassante. Quant à Laneth, il préférait ne pas envisager la façon dont elle réagirait si elle s'imaginait avoir affaire à une rivale.

Il sera temps de régler les problèmes quand ils se présenteront.

Il s'épongea le front bien qu'il sût là encore l'inutilité de son geste. Même torse nu, la chaleur moite qui régnait ici s'avérait à peine supportable. Aoles avait omis de souffler sur ces terres déshéritées, ou bien ne jugeait pas qu'elles faisaient partie de son royaume. N'y tenant plus, Pelmen descendit du chariot pour aller marcher à l'arrière. Sa situation n'en fut guère améliorée, car il détestait les bruits de succion et la manière dont ses sandales s'enfonçaient dans le sol. Il se consola de son mieux en se disant que du moins, il avait quelque chose sur quoi concentrer ses efforts.

Avec une lenteur infinie, les brumes se firent moins prégnantes et le terrain s'assécha sous ses pieds. Lorsqu'il devint évident que la puanteur s'atténuait, Pelmen rendit grâce à Astar. Il voulait à tout prix éviter de passer une troisième nuit dans les marais. Fekkar lui-même émit un son de basse dans lequel on décelait de la satisfaction, et Xuven hocha la tête. Les prairies étaient stériles à proximité du marais, les rares arbustes déformés et racornis. Un peu plus loin cependant, la végétation avait gagné la bataille, quoique n'ayant pas encore recouvré toute sa vivacité. Ils campèrent parmi quelques élancés puis repartirent après une nuit de sommeil réparatrice.

Le vent se manifestait avec nettement moins de vigueur que dans les Steppes Venteuses – il pouvait même retomber complètement de longues heures durant. L'herbe devenait plus jaune et plus vivace, elle couvrait les collines là où l'espace n'était pas empli de forêts de trifeuillus poussant en rangs serrés. Vint le moment où ils traversèrent le premier champ de toropones, des plantes olivâtres dont le bulbe se dressait au ras du sol, l'extrémité des plus imposants tutoyant les trois pieds de hauteur. D'après Xuven, c'était le mets de base des malians. Toxique pour les hevelens. Des individus vêtus d'un pantalon ou d'une robe, ceints d'une large lanière de toile moissonnaient le champ, et Astar renvoyait parfois l'éclat bleuté de leur serpe. Pelmen dilata les narines. Les créatures n'émettaient qu'une odeur très faible, difficilement identifiable. *L'odeur de l'eau douce.* Leur peau avait une coloration gris-bleu et leurs membres s'articulaient d'étrange manière, témoignant d'une qualité de souplesse et de rigidité tout à fait inconnue.

« Des… des malians ? »

A ses côtés dans le chariot, Xuven acquiesça.

« Je les croyais beaucoup plus petits ! » Selon son estimation, le malian le plus proche devait mesurer plus de six pieds, gabarit qu'il partageait peu ou prou avec les autres paysans. Imberbe et longiligne, l'autochtone s'était interrompu pour les observer.

« Les rares représentations que nous avons des malians sont plutôt flatteuses… pour nous, sourit Xuven. Les artistes ont sans doute jugé que la différence de taille ne valait pas d'être mentionnée. »

Plusieurs étaient de plus forte corpulence. L'un d'eux ne se trouvait qu'à quelques coudées de la voie qu'ils empruntaient. Alors même qu'il se penchait pour entailler une tige de toropone, il scrutait Pelmen tout en croisant ses bras libres. Le tronc qui supportait son cou et son visage – *l'un* de ses *deux* cous et visages ! – s'amincissait au niveau du bassin. Il n'avait que deux jambes orientées du côté opposé, plus épaisses qu'elles n'auraient dû l'être si les proportions avec le reste du corps eussent été respectées. Ses pieds nus étaient palmés, contrairement à ses mains aux doigts longs et fins. Passée la stupeur initiale, Pelmen réalisa qu'il avait affaire à l'un de ces êtres dédoublés qui figuraient sur les tapisseries de la salle d'audience de la Voyageuse. L'une des deux parties – en l'occurrence, celle qui maniait la serpe, avec les pieds tournés dans le bon sens – était plus « complète » que celle qui l'observait en s'amusant de son ébahissement. Il aurait cru à une difformité de naissance si plusieurs de ses congénères n'avaient présenté un aspect similaire.

Il s'aperçut que l'insistance de ses regards frôlait l'irrespect. Confus, il braqua les yeux sur la ligne d'horizon.

« Des *feless'tu*, fit Xuven. Des fusionnés, si tu préfères. Il faut un certain temps pour s'habituer à cette… particularité des malians. Ce qui chez nous est extravagance représente ici la norme. »

Devant eux, l'attelage de Fekkar obliqua pour contourner un

chariot rempli au tiers de toropones. Un melepek patientait entre ses brancards, immuable et placide.

Ils ne croisèrent plus âme qui vive jusqu'aux rives de l'Iogar. Les eaux du grand fleuve étaient d'un vert plus clair que celles de l'Hado, quasi transparentes. De nombreux malians, *feless'tu* ou *mil'ser* – ainsi se nommaient ceux qui n'étaient pas fusionnés – marchaient le long des berges, qui tirant une charrette chargée de provisions ou de vêtements, qui tenant un enfant par la main. Pelmen allait d'étonnement en étonnement. Tous étaient imberbes de sorte qu'au premier abord, on pouvait croire qu'il n'y avait ni mâle ni femelle. Un examen plus attentif révélait cependant des hanches plus larges et des attitudes différentes, des traits de visage plus fins chez les femmes. A la différence de celui des hevelens, leur nez n'avait qu'une paire de narines, et leurs mains possédaient un doigt supplémentaire. Les murailles des Canyons étaient bien loin désormais, et durant un instant de détresse, Pelmen se demanda si lui et ses compagnons n'avaient pas franchi les frontières qui rendaient le retour à la normalité impossible. Il respira profondément, s'efforçant de faire refluer au moins en partie son angoisse.

Fekkar lui aussi m'a paru plus qu'étrange au début. Je dois juste essayer de comprendre ce que sont ces dédoublés.

Il considéra son oncle. « Tu as parlé de "fusionnés". Est-ce que ça signifie que ces *feless*... quelque chose sont nés en tant qu'individus distincts ? Et l'un d'eux aurait perdu ses jambes ?

– C'est le miracle de l'Eau turquoise, acquiesça Xuven. Après la naissance et lors des périodes de conjonction de Tinmal ou d'Hamal avec Astar, les nouveau-nés malians ressentent le besoin de s'adosser avec celui qu'ils appellent leur *mil'nan* – leur être concordant – dans des bassins d'Eau turquoise, sacrés aux yeux de ce peuple. Par la grâce de Malia, leur déesse de l'harmonie, la fusion s'opère et l'un des enfants devient alors ascendant, l'autre répondant. L'ascendant est celui qui porte le répondant.

– Il y est condamné toute sa vie ?

– Non. Lors de la conjonction suivante de la lune sous laquelle ils sont nés, les rôles sont inversés.

– Tu veux dire que l'un a les jambes qui repoussent tandis que le deuxième les perd ?

– Elles ne disparaissent jamais complètement, je crois. Le corps des malians n'est pas fait comme le nôtre, et l'Eau turquoise lui confère des propriétés spéciales.

– Ils sont vraiment... bizarres, c'est le moins qu'on puisse dire.

– Autant que nous le sommes pour eux. »

Pelmen aurait préféré que les malians fussent moins grands, tant il se tordait le cou à observer leur visage. Certains des porteurs – ou plutôt, ascendants, corrigea-t-il – étaient des femelles et leur répondant des mâles. L'inverse se produisait aussi, et ils croisèrent également des fusionnés composés de deux mâles ou de deux femelles. Nombre d'entre eux baissaient respectueusement la tête à la vue de Fekkar, mais la plupart accordaient à peine un regard à son oncle et lui-même. Quand ils le pouvaient, les malians allaient jusqu'à faire un léger détour. Pelmen tenta de démêler les odeurs de chaque membre des binômes – ce n'était pas une mince affaire avec des effluves aussi discrets. En dernier ressort, il fut forcé d'admettre qu'il ne parviendrait pas à différencier par ce biais les ascendants de leur répondant.

Le plus souvent, l'Iogar était masqué par les rangées de cannelées qui poussaient en abondance sur ses bordures. Ce fut au travers de l'une des rares trouées que Pelmen aperçut deux nefs malanites. De forme allongée, elles étaient dépourvues de voile mais le profil épuré de leur carène leur permettait de fendre les flots avec célérité. Leurs flancs étaient si hauts qu'ils dissimulaient entièrement l'équipage. Ils étaient percés d'ouvertures où des mains couleur gris bleues maniaient des rames dont les fines extrémités évoquaient les nageoires nervurées de poissons.

A en juger par leur largeur, elles doivent transporter des marchandises.

L'après-midi était avancé lorsque les deux chariots ralentirent, puis s'immobilisèrent. Les malians se pressaient à l'avant comme à l'arrière – nul ne se tenait sur les côtés de l'attelage de Xuven, quand bien même l'espace était suffisant pour cela.

« Pourquoi s'arrête-t-on ? demanda Pelmen.

– Il y a un resserrement, répondit son oncle. Nous arrivons au pont qui enjambe l'Iogar. Si tout va bien, nous devrions entrer dès demain dans la cité de Belenia. »

Au bout d'un moment, Xuven se rembrunit. « On ne reste pas bloqué aussi longtemps, d'habitude.

– Les malians n'aiment guère les étrangers, on dirait » murmura Pelmen en se penchant vers son oncle. Ses pupilles désignèrent d'un mouvement rapide les bords désertés du chemin.

Xuven gloussa. « Ce sont surtout les nidepoux qu'ils ne portent pas dans leur cœur. »

La procession avançait désormais par à-coups. Malgré la densité de population et la présence d'enfants, on n'entendait aucun cri et les voix se réduisaient à de timides vagues de murmures indistincts. Pelmen comprit la cause du retard en apercevant des gardes s'activer devant leur poterne, laquelle défendait l'entrée d'un édifice de bois doré, arche légère qui reliait les rives opposées. Armés de lances à la pointe végétale effilée et de massues recouvertes de piquants, ils se livraient à une fouille en règle des individus et du contenu des chariots. La progression des voyageurs aurait été encore plus lente si nombre de malians n'avaient choisi de plonger dans le fleuve. Ils transperçaient la surface sans tumulte ni éclaboussures, fait d'autant plus remarquable que la majorité d'entre eux étaient des *feless'tu*. Quelques instants seulement leur suffisaient pour reparaître, le plus souvent à proximité de la berge opposée. Les malians provenant à la nage de l'autre rive n'étaient pas moins nombreux ni véloces.

« Pour le peuple de l'harmonie, tout ça ne serait pas un peu désordonné ? ironisa Pelmen.

– “Harmonie” ne signifie pas nécessairement “ordre”. Mais il est vrai que ceci est anormal. En règle générale, seuls les étrangers sont inspectés. »

Fekkar devait bénéficier d’une certaine réputation, car lorsque vint son tour les gardes ne jetèrent qu’un simple regard aux tonneaux et caisses à l’intérieur de son chariot. Peut-être parce que Xuven le suivait, la fouille de son chargement fut à peine plus scrupuleuse.

Les sentinelles portaient des tuniques bleu foncé sur lesquelles étaient brodés en cercle huit bassins turquoise bordés de blanc. De près, Pelmen s’aperçut que leurs lances étaient en bois de cannelée. Par quel procédé les malians étaient-ils parvenus à tailler en pointe les tubes creux, de surcroît avec une telle précision et tout en maintenant leur cohésion interne, il ne pouvait le deviner. Les répondants des gardes étaient quant à eux armés de massue et scrutaient sans relâche les arrivants en provenance de l’autre rive, où à quelques détails près la même scène se reproduisait.

Le pont franchi, leur progression redevint fluide, quoique les voyageurs qui avaient eux aussi pour destination Belenia fussent nombreux à les accompagner. La route était large et poussiéreuse, elle ne tarda pas à longer l’Ig, un affluent du fleuve Iogar. Des malians travaillaient dans les champs où d’ingénieux goulets avaient été aménagés, que Xuven nommait canaux d’irrigation. Les fermes qu’ils aperçurent çà et là avaient la forme de coquillages géants. Seules les plus importantes bénéficiaient de la présence de melepeks. A l’est pardelà l’Ig, les collines surmontées d’élancés rappelèrent à Pelmen celles de Falsine, où vivait dans un autre temps Teleg.

Ils campèrent à la tombée de la nuit, à une centaine de coudées d’un groupe de malians. Un tel voisinage mettait Pelmen mal à l’aise. Tout semblait plus retenu et réservé dans l’attitude des malians, mais quand ils prenaient une décision ils agissaient promptement. On cherchait sur eux des odeurs que l’on ne trouvait pas, de sorte qu’on avait tendance à se reporter à leur physionomie dans l'espoir de mieux les cerner. Or, les interrogations en étaient décuplées. Pelmen n'arrivait pas à déterminer si pour eux, ce qu'il appelait le « dédoublement » s'apparentait à une malédiction ou bien l'inverse.

Il finit par s'endormir avec un sentiment de frustration et d'impatience. Xuven le réveilla dès l'aube. Ils allèrent avec plus de vitesse ce jour-là, uniquement dépassés par les nefs qui glissaient sur l'Ig. Des autochtones récoltaient des algues sur les berges à l'aide de râteaux de bois, et Pelmen eut l'idée de pêcher afin de préserver leurs provisions.

« Ce serait très mal vu, dit Xuven. Les malians se sentent une affinité avec les poissons de toutes sortes. L'un de leurs dieux, Andunievë, revêt d'ailleurs l'aspect d'une créature marine. »

De loin, Belenia ressemblait à un assortiment de coquillages montés sur des étages circulaires décroissant vers le sommet. Sous les feux d'Astar, le palais qui couronnait la cité projetait des éclats or, lapis et émeraude. La ville ne possédait aucun rempart mais s'enorgueillissait d'un port dont l'activité était incessante. Les nefs venaient y décharger leurs marchandises, les charpentiers y radoubaient les coques et des dizaines de vendeurs itinérants donnaient de la voix pour attirer le chaland.

Alors qu'ils approchaient de la périphérie, Pelmen aperçut deux hevelens surveiller des nidepoux dans un enclos. Leur présence le surprit et le soulagea, car c'étaient les premiers compatriotes qu'ils croisaient depuis longtemps. A quelque distance de là, ils longèrent un immense bâtiment en forme de demi-sphère, dont l'axe central était soutenu par des colonnes de pierre. Des melepeks se tenaient dans des stalles spécialement aménagées, sous la garde de malians.

La cité possédant plusieurs points d'accès contrôlés par des sentinelles, l'attente fut moins longue que sur le pont Iogar. Fekkar passa sans difficulté, mais deux gardes se mirent en devoir d'escorter le chariot de Xuven. Dans les rues, la proportion de *feless'tu* était bien supérieure à celle des isolés. Aucun des malians n'était chaussé, et un grand nombre d'entre eux ne portaient pas de vêtements. Quand Pelmen en demanda la raison à son oncle, celui-ci esquissa un sourire.

« Il existe de nombreux bassins dans la cité et ceux qui projettent de s'y baigner laissent tout simplement leurs vêtements chez eux. Comme tu as pu t'en rendre compte, ils n'ont pas d'organes génitaux apparents, leur nudité n'a donc rien de choquant. »

Les conques abritant les citadins, dotées de fenêtres rondes et de portes coulissantes, s'incurvaient en spirales concentriques. Les plus imposantes étaient composées d'ensembles qui s'interpénétraient.

« Nous sommes au cinquième degré, dit Xuven. Ce que tu vois là (il désigna l'étage supérieur) est le quatrième degré, puis vient le troisième et ainsi de suite jusqu'au premier, dominé par le palais de l'Hortal.

– L'Hortal ?

– Celui qui les gouverne, précisa Xuven. Ici, le pouvoir est concentré entre les mains d'un seul, un *feless'tu*. L'Hortal est au-dessus de ses conseillers bien qu'élu par eux.

– Comment ça, élu ?

– Hum. Je t'expliquerai cela plus tard. Comme je te disais, c'est un mode de fonctionnement différent du nôtre, mais leur peuple s'en accommode fort bien. »

Ils parvinrent sur une place dont le centre était encombré d'étals autour desquels se pressait la foule. A l'approche des nidepoux cependant, les passants s'écartaient vivement en fronçant de contrariété leurs arcades dépourvues de sourcils. Pelmen respira mille exhalaisons dont la plupart lui étaient inconnues, contempla d'étranges assemblages de parchemins que Xuven appelait "grimoires", des étoffes moirées telles celles vendues par son oncle, des tapis, coussins, parfums, des outils en silex bleus, plus répandus ici que dans les Canyons, des sarbacanes, des lances et masses à pointes, de la corde, des instruments et récipients de cuisine en bois et en céramique, des bougies, de la cire de zeanong, de la mousse orange des profondeurs, diverses variétés de tachefleurs, des bijoux et même de l'ambreroche en petite quantité.

Pendant qu'ils manœuvraient le chariot pour le ranger à côté d'un étal de bulbes de toropones, Fekkar leur fit signe de la main. « Je me rends au quatrième degré. Nous nous retrouverons demain. »

Xuven opina et le krongos s'éloigna, suscitant maints commentaires sur son passage. Pelmen aida son oncle à dételer.

« Tu te souviens de l'enclos de nidepoux à l'entrée de la ville ? demanda Xuven. C'est là qu'il te faudra les conduire. Prends un sac de provisions, tu en auras besoin pour ce soir.

– Je ne viens pas te rejoindre juste après ? »

Xuven répondit par la négative. « Qui garderait les nidepoux ? Les hevelens que tu as vus n'étaient pas des bergers, mais des voyageurs comme nous. Tu vas les relayer, et ils prendront la suite dès demain matin, ainsi que cela s'est toujours fait. Tu peux leur répondre s'ils t'adressent la parole, mais révèles-en le moins possible et abstiens-toi de poser des questions. Je me charge d'obtenir des informations. Nous reverrons Fekkar demain, et aviserons alors. Vas-y maintenant, avant que les gardiens de l'harmonie ne s'impatientent. »

Pelmen voulut récupérer son arc, mais Xuven interrompit son geste et secoua lentement la tête. « Je veille sur tes affaires », murmura-t-il.

Le visage des hevelens de l'étable s'éclaira quand Pelmen leur présenta une étoffe où était brodé un attelage de nidepoux. Ils lui donnèrent les indications et consignes utiles, puis s'en furent d'un pas léger.

En premier lieu, Pelmen s'occupa des bêtes de son oncle. Epuisées par le périple, elles avaient à peine la force de s'alimenter. Il les bouchonna, les flatta et les encouragea longuement, puis s'estimant satisfait fit le tour de l'enclos. Il s'employa à recenser les rongeurs dont il avait la charge, notant leurs odeurs et particularités avant de les conduire dans leurs stalles. Lui-même s'endormit après un repas frugal dans un coin de l'étable où l'on avait disposé du fourrage. Le lendemain, il n'eut guère à attendre avant que de nouveaux hevelens ne surviennent avec leur bannière de la Voyageuse et leurs propres montures. Il répercuta les consignes et prit congé sans tarder.

Quoique désorienté par la taille de la cité où s'entrecroisaient venelles sinueuses et rues poussiéreuses, il s'abstint de demander son chemin, son odorat le guidant plus sûrement que toute indication jusqu'à la place où tant de senteurs complexes s'entremêlaient. Xuven s'entretenait avec un *feless'tu* derrière l'éventaire. Le malian n'était vêtu à l'instar de la majeure partie de ses semblables que d'un pantalon flottant.

« Ah ! Le voici justement ! s'exclama Xuven. Pelmen, je te présente Denealan-Arlin. »

Le malian se pencha, un léger sourire aux lèvres. Puis il pivota et son répondant inclina la tête un peu plus sèchement. Pelmen fit de son mieux pour masquer son trouble, mais ses yeux roulaient dans leurs orbites. C'était la première fois qu'il avait affaire à un fusionné, aussi décida-t-il d'observer la plus grande prudence pour ne pas commettre d'impair.

« L'un comme l'autre m'ont rendu de grands services depuis que je viens ici. A ce jour, je n'ai hélas pu les convaincre de m'acquitter de ma dette en leur offrant l'hospitalité de notre beau pays.

– Je dois dire que j'ai tellement entendu parler de vos canyons que l'idée de les visiter ne serait pas pour me déplaire » déclara celui qui devait être Denealan. Son accent avait des tonalités plus musicales que celui des Cilamenites.

« Ce serait en rupture avec toutes nos traditions, fit une voix plus haut perchée. Et où trouverions-nous des bassins, dans ce pays ?

– Il est vrai que si l'eau n'était si rare, l'expédition serait plus facilement envisageable » convint Denealan.

Pelmen les contemplait les lèvres closes, ne sachant que dire.

« Vous oubliez notre lac intérieur, intervint Xuven. Celui de Port Subelin. Ses eaux fraîches vous plairaient, je pense.

– Quand bien même, il ne saurait en être question ! fit la voix qui émanait du dos du malian. Je refuse d'aller si loin !

– Il ne faut pas en vouloir à Arlin, dit Denealan avec un geste d'excuse. Les excursions dans nos propres villes lui sont pénibles.

– Ne dis pas de sottises ! Tu sais bien que par les temps qui courent, il est préférable d'éviter de voyager.

– Parce que tu crois la situation meilleure ici ? »

Xuven se racla la gorge. « Chers amis, accepteriez-vous de veiller sur mes biens une fois de plus ? Mon neveu et moi devons nous absenter.

– Déjà ? Bien entendu, fit Denealan.

– A charge de revanche ? dit Arlin.

– A charge de revanche ! » sourit Xuven. Et d'empoigner le bras de Pelmen en saluant de la main le *feless'tu*. Ils traversèrent le marché et s'éloignèrent pour finir par s'engager dans une allée déserte. « Je préférais éviter qu'ils ne s'étendent sur leurs sujets de préoccupation, expliqua Xuven. Je les ai déjà questionnés assez longtemps hier soir – j'ai pris mes précautions, évidemment.

– Ils sont vraiment déconcertants, commenta Pelmen. Je ne sais pas si je parviendrais à m'habituer à leur étrangeté.

– Oui, c'est un peu déstabilisant au début. »

« Un peu déstabilisant » ! se récria intérieurement Pelmen. *Comment Cilamon a-t-il pu créer pareilles monstruosités ?*

« Tu t'y feras, j'en suis sûr. Allons rejoindre Fekkar. »

Ils gagnèrent un large escalier de pierre dont ils gravirent les marches jusqu'au niveau supérieur. Xuven guida sans hésitation Pelmen entre les conques. Ils longèrent bientôt un couple de bassins dont l'eau avait la couleur verte habituelle pour le premier, une teinte bleutée que Pelmen n'avait contemplée que sur des étoffes malanites pour le second. Si la surface du premier était trouble, celle du second en revanche se révélait limpide.

Les malians ne faisaient que passer dans l'eau verte et paraissaient s'immerger beaucoup plus longuement dans la bleue. Dès qu'ils pénétraient dans cette dernière, des spores éclosaient sur leur peau. Tous avaient par ailleurs de multiples replis dans leur chair, et leurs mouvements étaient lents.

« C'est le bassin du retour vers l'Harmonie, dit Xuven. Les plus âgés des malians viennent ici se préparer à rejoindre leur déesse dans l'autre monde. A ce propos, ne t'avise sous aucun prétexte d'entrer dans l'un de leurs bassins, quel qu'il soit.

– L'eau est nocive ?

– Pas directement. Mais ce serait un acte sacrilège, une profanation. L'Eau turquoise en particulier représente le bien le plus précieux aux yeux des malians. »

Quelques centaines de coudées plus loin, ils débouchèrent sur une nouvelle place de marché. Les objets d'ornement et d'orfèvrerie étaient ici plus nombreux qu'à l'étage inférieur, il y avait davantage de parfums et la qualité de la nourriture était supérieure. Fekkar se tenait devant une demeure d'aspect ramassé, taillée dans un bloc de roche. Comme en Alveg, le krongos possédait son propre étal de granit sur lequel il avait disposé ses marchandises. Pelmen se demanda comment des matériaux aussi massifs avaient pu être acheminés jusque-là.

Fekkar précéda Xuven et Pelmen dans son refuge.

Xuven sortit son noueux d'un repli de sa tunique et prononça des paroles inaudibles. Le courant d'air invoqué s'avéra plus ténu qu'à l'accoutumée. Son examen terminé, il se tourna vers Fekkar.

« As-tu eu l'écho de quelque chose, ami ?

– Rien de bien précis. » Fekkar avait beau s'efforcer de murmurer, sa voix grave se répercutait dans la roche. « Certains malians sont inquiets. L'harmonie ne serait plus de même qualité au sein des bassins. Trop de pensées d'enrichissement et de profit, d'après ce que j'ai compris.

– Ni le commerce ni le troc ne sont pourtant une nouveauté pour eux, objecta Xuven.

– C'est exact. Il a dû se produire un changement.

– Tu as autre chose ? »

Fekkar eut un geste de dénégation. « Les malians me respectent mais ne vont pas jusqu'à me faire des confidences. Pas si rapidement, en tout cas. »

« Et toi, Pelmen ?

– Je m'en suis tenu à tes instructions. Je n'ai donc rien de nouveau.

– Tu as bien fait. Après quelques coupes d'esprit de trana, Denealan s'est heureusement montré loquace pour plusieurs. »

Pelmen haussa les sourcils. « Je croyais que c'était un ami.

– Moi aussi. C'est pourquoi j'ai été surpris de le voir si réticent sitôt que j'ai évoqué le Marqué. Il m'a donc fallu changer de sujet, puis m'arranger pour lui délier la langue. Je n'avais pas le choix.

– Je me doutais que cette histoire ne serait pas facile à aborder, dit Fekkar. Sinon, elle me serait parvenue depuis longtemps.

– Arlin n'a pas protesté ?

– Lui aussi a subi les effets de l'esprit de trana. Il ne s'en est pas plaint au début... et ensuite il était trop tard pour se plaindre.

– Que t'a-t-il dit ? » demanda Fekkar.

Surpris, Pelmen étudia sa figure. Les nuances de l'intonation du krongos devaient correspondre à ce qui se rapprochait le plus de l'impatience chez lui.

Xuven se lissa la barbe et les observa tour à tour. « L'histoire qui nous intéresse commence il y a quatre ans. Il existe dans les eaux de l'Ig comme de l'Iogar une espèce animale particulièrement rare et révérée, ici. Le poulpe fouisseur, puisque c'est son nom, a la propriété de sécréter dans une cavité interne une perle couleur indigo, qu'on ne peut lui retirer sans l'occire. » Xuven se tourna vers Pelmen. « Comme je te l'ai dit, mon garçon, les malians interdisent la pêche, mais tuer un poulpe est pour eux un acte spécialement blasphématoire. Il y a quatre ans, donc, les gardiens de l'harmonie, menés par le Haut Hiérarque – un *feless'tu* chargé par l'Hortal d'appliquer la justice – étaient sur la trace d'un plongeur qui faisait l'objet de leurs soupçons. Ils savaient que l'individu n'agissait pas pour son propre compte, aussi afin de pouvoir remonter jusqu'au commanditaire, ils le laissèrent perpétrer son méfait. Puis ils le suivirent quand il remonta vers la ville. Le *mil'ser* gravit l'un des escaliers menant à une luxueuse demeure du troisième degré. Au moment où il remettait la perle indigo au propriétaire, un riche oisif nommé Sinistan, *mil'ser* lui aussi, les gardes accompagnés du Haut Hiérarque en personne surgirent. Ils pensaient sans doute que leur présence seule suffirait à paralyser d'effroi les coupables, mais au contraire ceux-ci se défendirent, l'arme au poing. Le plongeur fut transpercé d'une lance et Sinistan lui-même, blessé. Celui-ci avait pourtant eu le temps de toucher mortellement Falnan-Jalti, le Haut Hiérarque. L'ascendant succomba à sa blessure et le répondant le rejoignit dans l'au-delà quelques heures plus tard.

« Sinistan comparut devant l'Hortal. Les gardes avaient découvert dans un coffre à double fond toute une collection de perles indigo, aussi, pour avoir renié tous les préceptes de Malia et commis un meurtre, il fut condamné à la peine capitale. Le bannissement. Avant qu'il ne soit escorté aux marches des Steppes Venteuses, le symbole de Valshhyk lui fut imprimé sur le front à l'aide de braises ardentes. Depuis cette époque, Denealan n'a plus entendu parler de Sinistan que sous forme de rumeurs qu'il jugeait ineptes.

– Quelles rumeurs ? demanda Fekkar.

– Les malians le croient mort, et d'aucuns soutiennent que son esprit est revenu perturber l'harmonie des bassins et hanter ceux qui les utilisent pour les rendre fous, les amener à s'enfuir et ne plus revenir. »

Les narines de Pelmen se dilatèrent. « Des malians disparaissent ?

– Deux aides de Denealan, des *mil'ser,* ne se sont plus présentés du jour au lendemain, acquiesça Xuven. Il ne les a retrouvés nulle part, et quand il s'est rendu devant le Conseiller en charge de la main-d'œuvre, il a été reçu avec d'autres qui avaient les mêmes doléances.

– Voilà qui explique les sentinelles sur le pont de l'Iogar et aux portes de Belenia, dit Fekkar. Denealan a-t-il voulu savoir pourquoi tu t'intéressais au Marqué ?

– Il croyait que j'avais entendu les rumeurs sur son esprit revenu d'entre les morts, et je n'ai rien fait pour le détromper, bien au contraire.

– En cela tu as mon approbation, dit Fekkar, il ne faut à aucun prix alerter ceux dont nous suivons la trace. Et Denealan, a-t-il un avis personnel sur la question ?

– Il est troublé, comme on pouvait s'y attendre. Selon lui, les problèmes actuels viendraient d'une mauvaise répartition de l'Eau turquoise issue des bassins originels, qui est la plus pure.

– C'est évident, fit Pelmen. Le Marqué, ou Sinistan puisque tel est son nom, a été vu dans les Steppes avec des malians et des hevelens. C'est donc qu'il a pris le risque de revenir. Ou du moins, il a gardé des relations ici pour agir en sous-main.

– Rien ne prouve que les malians repérés dans les Steppes et ceux qui disparaissent ici sont les mêmes, dit Xuven.

– C'est l'hypothèse la plus probable, non ?

– Je te l'accorde.

– Il est donc possible que nous soyons aux prises avec un réseau assez développé pour agir simultanément sur les territoires malanites et hevelens, déduisit Fekkar. Pour susciter une telle association entre hevelens et malians, il aura fallu une motivation puissante.

– L'ambreroche, fit Xuven.

– En sais-tu assez pour alerter ton Aguerrie ?

– J'y ai réfléchi. Après la disparition de son frère, Sélénice voudra quelque chose de beaucoup plus concret. Une confession de l'un des proches de Sinistan, par exemple. De plus, il ne faut pas laisser le temps à nos ennemis d'organiser leur défense, et c'est ce qui arrivera si nous donnons l'alerte prématurément. La première intervention devra être décisive. Je vais interroger Denealan plus avant. »

Les clients furent nombreux dans l'après-midi. Comme ils partageaient l'étal de Denealan-Arlin – à la nuance près que son oncle et lui-même se trouvaient juchés sur des coffres pour compenser leur moindre taille – Pelmen pouvait suivre les échanges du malian. A l'un des chalands qui se plaignait du choix trop restreint de toropones, il répondit que les livraisons de son fournisseur avaient diminué ces derniers mois. « Une recrudescence de ptats, expliqua-t-il. Une partie de la récolte a été dévorée. »

En soirée, la clientèle se raréfia à mesure que la nourriture diminuait sur les étals. Xuven croisa le regard de Denealan. « Non seulement tu as perdu ton plongeur et ton cueilleur de champignons, mais en plus, tu as moins de toropones, cette année ! L'infortune te poursuit.

– Ce n'est pas une année faste.

– Dis-moi, si j'ai bien compris tu n'as toujours pas remplacé ton plongeur et ton cueilleur ?

– La main-d'œuvre se fait rare, hélas.

– Il ne doit pas être facile de retrouver deux aides qui mettaient du cœur à l'ouvrage, si je me souviens bien.

– Du cœur à l'ouvrage ? Au début, oui.

– Mais sur la fin, lança Arlin, nous devions le plus souvent aller les déloger du bassin de félicité, quand ce n'était pas du *Palais d'Ambreroche* ! »

Devant la mine perplexe de Xuven, Denealan précisa :

« Une taverne du quartier des Egarés. En réalité, nous n'y sommes allés qu'à deux reprises, l'endroit est peu recommandable. Serephan aimait se vanter de la quantité de bière qu'il ingurgitait là-bas.

– Un débauché ! commenta Arlin.

– Un provocateur, rectifia Denealan. Je ne crois pas que la moitié de ce qu'il racontait approchait la vérité.

– De nos jours, affirma Xuven, on ne sait plus à qui se fier. C'est regrettable, car bonnes volontés et bras vaillants ne devraient pas manquer, dans une si vaste cité.

– Si tu en déniches, fit Arlin, n'hésite pas à nous les signaler ! »

Xuven baissa les paupières, songeur. « Et pourquoi pas, après tout… » Il fixa Denealan, bien que ses paroles fussent destinées à son répondant. « Je te prends au mot. Si dans mes allées et venues je découvrais des apprentis libres de leurs obligations, je leur indiquerais votre étal.

– Nous t'en serions reconnaissants, dit Denealan.

– C'est bien peu de chose. »

La journée terminée, Xuven et Pelmen rangèrent les biens invendus dans le chariot, puis afin de se prémunir contre tout vol, allèrent s'acquitter de la taxe auprès des gardiens de l'harmonie. Ils pénétrèrent dans une conque de pierre où un guerrier de haute stature – même selon les critères malanites – assis entre deux demi-tables accepta d'un hochement de tête les béryls de Xuven.

Pelmen avait été décontenancé par les échanges de ces pierres précieuses, jusqu'au moment où son oncle lui avait appris le rôle de la monnaie. Il jugeait cette façon de faire du négoce trop théorique, l'une de ces coutumes exotiques dont l'utilité était douteuse.

Ils sortirent et prirent la direction du port, qu'ils surplombaient – d'où ils étaient, ils pouvaient apercevoir une de ces nefs sans voiles glisser sur le fleuve et l'équipage orienter les avirons pour accoster. A mi-parcours, Xuven fit signe à un malian et lui demanda le chemin du *Palais d'Ambreroche*. Le *feless'tu* les considéra avec étonnement, mais leur fournit des indications.

Les ombres s'allongeaient et la cité se laissait gagner par la quiétude et le silence. Xuven tira son neveu par la manche.

« Te sens-tu capable d'honorer une mission de confiance ? »

– Du moment que cela nous remet sur la piste de Teleg...

– Tu devras te faire le plus discret possible, te montrer prudent et te rendre non loin du *Palais d'Ambreroche*. N'y entre à aucun prix, tu serais aussitôt repéré, la seule auberge de Belenia où séjournent les hevelens est celle des *Descendants d'Aoles*. Cache-toi et contente-toi de surveiller les allées et venues. Quand tu commenceras à lutter contre le sommeil, rejoins-moi au chariot.

– J'aurais préféré avoir mon arc. Pourquoi ne pas venir avec moi ?

– A deux, nous paraîtrions suspects, de même que si l'un de nous portait des armes trop voyantes. Seul, tu pourras toujours jouer le jeune visiteur égaré si on t'interroge. » Xuven le fixa du regard. « A présent, répète-moi ce que tu as retenu de l'itinéraire. »

Pelmen s'exécuta, et Xuven rectifia ce qu'il n'avait pas correctement interprété.

« Je crois que ton apprentissage t'a beaucoup apporté, termina-t-il en lui étreignant les épaules. C'est le moment de montrer comment tu le mets en pratique. »

CHAPITRE TREIZE

LE BASSIN DE FÉLICITÉ

Les conques du quartier des Egarés, en terre cuite, étaient pour la plupart rongées par la moisissure, décrépites. Certaines à moitié écroulées abritaient malgré tout des malians. Pelmen hocha la tête. *Aussi différent soit-il, ce peuple n'échappe pas à la misère, qui partout est la même.* Les ruelles encombrées de détritus où s'écoulaient parfois des rigoles d'eau malodorante n'étaient pas faites pour atténuer son malaise.

Malgré l'aversion que lui inspiraient les lieux, Pelmen s'était replongé avec satisfaction dans l'état d'esprit du traqueur. Il marchait silencieusement, se glissant d'ombre en ombre, et lorsqu'il ne pouvait éviter de croiser un malian, ralentissait en observant son entourage avec curiosité.

Longtemps il avait pris son mal en patience, se demandant quand il pourrait reprendre les recherches de manière plus active. Et voilà que celles-ci le menaient de nouveau vers une taverne. La similitude de la situation était frappante… Le guet-apens dont il avait été victime cette nuit-là avait ébranlé sa résolution et sa confiance en lui. Mais depuis lors, quelque chose avait changé. Quasiment désarmé, livré à lui-même dans un environnement insolite, ses mouvements étaient plus assurés, ses déplacements plus fluides que jamais.

« *Le traqueur doit être partout chez lui.* » La phrase était de

Symen, et Pelmen se l'était appropriée. Cela ne l'empêchait pas d'être aux aguets, conscient de la responsabilité qui pesait sur lui.

Ainsi que l'avait indiqué le passant, la rue s'ouvrit sur une place où deux plans d'eau avaient été aménagés. L'air chargé d'humidité colportait les murmures impatients de malians rassemblés autour du premier bassin. Pelmen s'adossa contre un mur. Les individus, pour la plupart des isolés dont les gestes vifs et saccadés trahissaient l'agitation, attendaient visiblement que le second plan d'eau, saturé de monde, se désemplisse. Ce dernier accaparait leur attention, aussi Pelmen décida-t-il de se risquer à découvert sans plus tarder.

« Toi aussi tu voudrais goûter au bassin de félicité ? »

Pelmen sursauta, se tourna en direction de la voix grinçante. Le malian avait dû surgir d'une ruelle adjacente, car il ne l'avait pas repéré lors de son examen initial des lieux. A en juger par les poches sous ses yeux jaunes injectés de sang, le *mil'ser* n'avait pas dormi depuis longtemps. Quelque peu voûté, il ne présentait pourtant pas les replis caractéristiques de l'âge chez ses congénères. Sa peau, desquamée sur de larges portions, révélait des pustules rouges peu engageantes.

« Je... je ne suis pas un malian, dit Pelmen en reculant d'un pas.

– Tu connaîtras l'extase, dit l'inconnu au regard fiévreux comme s'il ne l'avait pas entendu. Tes rêves les plus fous se réaliseront dans le bassin. » L'intrus s'avança d'un pas.

Sans demander son reste Pelmen s'enfuit en courant, poursuivi par le rire dément du malian. Au bout d'une cinquantaine de coudées, il ralentit en s'apercevant que l'individu ne faisait rien pour le rejoindre. Les poils hérissés, le cœur battant la chamade, il observa les alentours.

Sa course l'avait rapproché des bassins miroitants. Par bonheur, si les malians l'avaient remarqué, ils ne se préoccupaient nullement de sa présence. Plusieurs visages étaient parcourus de tics nerveux et quelques bras et torses s'avéraient également desquamés, quoique dans de moindres proportions. L'eau verdâtre du premier bassin était inoccupée, au contraire de l'étendue liquide presque aussi jaune que bleue du second. Les malians qui y flottaient avaient les spores largement ouvertes. Sur leurs traits s'étalaient des expressions de ravissement, et Pelmen vit même de la bave couler aux commissures de plus d'une bouche. Parfois un *feless'tu* accomplissait une demi-révolution, permettant au second membre du binôme de respirer – selon toute évidence les capacités respiratoires des malians n'avaient rien en commun avec celles des hevelens. La face de celui qui avait été immergé se tordait d'un spasme de douleur, puis l'extase reprenait le dessus.

Pelmen achevait de traverser l'esplanade quand un malian se hissa sur le rebord, déclenchant un murmure de satisfaction parmi ceux qui attendaient leur tour. Une bousculade et des grondements s'ensuivirent. L'un des rivaux parvint à s'extraire de la mêlée, sauta sans grâce dans le premier bassin pour gagner à grand renfort de mouvements désordonnés l'extrémité opposée et l'escalader non sans se cogner les jambes. Il se laissa retomber de l'autre côté avec un râle de plaisir anticipé.

A l'extérieur, le sourire de l'isolé ruisselant s'était transformé en rictus. Il s'éloigna sans se retourner, la tête basse. Pelmen poursuivit également son chemin, s'efforçant de chasser son trouble. Il n'aurait su expliquer pourquoi, mais il y avait quelque chose de dégradant, de contre nature dans la scène dont il avait été le témoin. Il ne connaissait les malians que depuis peu, mais ce qu'il venait de voir ne coïncidait en rien avec l'image qu'il se faisait d'eux.

Les lueurs crépusculaires s'étiolaient, si bien que Pelmen n'était plus sûr de distinguer tous les points de repère mémorisés. C'est au moment où il envisageait de faire demi-tour pour vérifier son parcours qu'un parfum d'huile brûlée lui parvint. Il le suivit jusqu'à aboutir à un carrefour au centre duquel deux lampes éclairaient la devanture d'une conque. Les symboles peints sur l'enseigne lui étaient impénétrables. Si la structure en question s'avérait plus imposante que les autres, rien dans son aspect ne pouvait lui permettre de prétendre au titre de « palais », à l'inverse, ses spirales étaient aussi poussiéreuses que celles alentour. Quant à l'ambreroche, Pelmen n'apercevait aucune dorure. Ce devait malgré tout être la taverne qu'il recherchait, car lorsque deux *mil'ser* franchirent le seuil s'éleva la rumeur de tintements de gobelets, raclements de chaises mêlée aux voix pour certaines éméchées. Pelmen avisa un monceau d'épluchures de toropones à la senteur douce-amère. Il se glissa derrière de manière à pouvoir observer sans être vu.

Commença une veille aussi fatigante que laborieuse. Les clients, pour la plupart des isolés, entraient seuls ou en groupe et ressortaient beaucoup plus tard, d'un pas souvent mal assuré ou se soutenant mutuellement. La réserve naturelle des malians semblait l'emporter sur l'humeur joyeuse procurée par la boisson, de sorte que les conversations se faisaient sur un mode feutré. Le peu qu'il percevait ne présentait pas d'intérêt. Pour couronner le tout, la nuit était nuageuse et Pelmen n'arrivait pas à distinguer de visage.

Si je pouvais me faufiler à l'intérieur, j'en apprendrais sans doute davantage.

Sans un bruit, il entreprit de faire le tour de la taverne. Il dut reconnaître, cependant, que tenter d'y pénétrer serait trop risqué. Les fenêtres ovales de la conque ne possédaient pas de système d'ouverture qui lui fût familier. Il existait à l'arrière une seconde porte, mais il n'avait aucun moyen de savoir ce qui l'attendait de l'autre côté.

Etouffant un bâillement, Pelmen se résigna à rebrousser chemin. La nuit était fraîche et dans l'ombre, rien ne bougeait. Il progressa avec plus de prudence encore qu'à l'aller, s'immobilisant dès lors qu'il détectait la moindre odeur inhabituelle. Il parvint enfin sur la place du bassin de félicité, laquelle à cette heure avancée était déserte. Comme il se rapprochait de l'étendue liquide, les nuages se déchirèrent pour révéler Hamal, qui projeta sa lueur spectrale sur les lieux. La surface de l'eau était plane, et Pelmen s'aperçut qu'il en était beaucoup plus proche qu'il ne l'avait cru.

Trop proche. Dans un jaillissement d'écume, une serre lui happa la jambe.

Pelmen se rejeta en arrière en poussant un cri de surprise. En vain. Il réalisa que ce n'était pas une serre, mais bien une main décharnée qui s'était refermée sur sa cheville. Celle du malian qui l'avait abordé auparavant. Leurs regards se croisèrent, et en cet instant où Pelmen discerna l'étincelle de ferveur qui animait les pupilles dilatées, il sut que l'individu avait perdu la raison. En proie à la terreur, il se mit à haleter. Il avait beau résister, l'autre l'entraînait. Un seul faux mouvement et sa jambe serait brisée. Son abdomen était devenu un bloc de granit et Pelmen se vit tout au fond de l'eau, là où il serait le plus vulnérable et sans aucun doute vaincu, sa bouche puis ses poumons s'emplissant inexorablement.

Alors que la situation semblait sans espoir, Pelmen fut frappé d'un éclair de lucidité. Il détendit sa jambe emprisonnée et cessa de résister. Dans le même temps, tout en calculant sa trajectoire il se donna une impulsion et replia aussitôt sa jambe libre. A peine avait-il quitté le sol qu'il la propulsa en avant. L'impact fut violent, son talon heurta avec un bruit sourd le crâne du malian et il y eut un craquement sec.

Le malian lâcha prise.

Les ongles de Pelmen ripèrent sur le rebord du bassin mais il l'agrippa avec l'énergie du désespoir en agitant les jambes dans l'eau. Il réussit à se stabiliser et se hissa à la force des bras, non sans ressentir un léger picotement aux endroits où il avait été mouillé. Les narines dilatées à fond, aspirant l'air comme si déjà il avait commencé à se noyer, il roula sur le côté, se releva et se mit à courir droit devant lui. Il ne stoppa sa course qu'en se retrouvant à bout de souffle dans une venelle déserte, le cœur battant à tout rompre, les jambes flageolantes. Il demeura immobile un bon moment, appuyé sur un tonneau, s'efforçant de recouvrer un rythme de respiration normal. D'instinct, il avait fait appel à la Bourrasque d'Aoles enseignée par Laneth. C'était sans doute ce à quoi il devait d'être encore en vie. Il ignorait s'il avait assommé ou tué son agresseur.

Quelle abomination ! Depuis combien de temps était-il sous l'eau ? Il frissonna. *Autant ne pas y penser, autant oublier au plus vite cette lueur dans ses yeux.*

Il observa les environs, puis huma l'air, mais ne reconnut rien de l'itinéraire emprunté à l'aller. Alors, les membres toujours tremblants, il parcourut les ruelles perpendiculaires, marchant et revenant sur ses pas pour suivre d'autres embranchements jusqu'à ce qu'enfin, son odorat perçoive des effluves familiers. Les murs des conques rougeoyaient sous les rayons naissants d'Astar lorsqu'il s'engagea sur la place du marché et pénétra dans le chariot, où il trouva Xuven endormi. Il lui secoua fébrilement l'épaule pour le réveiller, s'écroula sur un coffre et lui relata les faits d'une voix qu'il espérait suffisamment maîtrisée.

« Il va nous falloir établir un nouveau parcours afin que tu évites ce bassin, à l'avenir, dit Xuven.

– Comment ça ? demanda Pelmen en pâlissant. Tu veux que j'y retourne ?

– Dès ce soir. Le danger réside surtout aux abords du bassin. Si tu parviens à ne pas te faire repérer, et je sais que tu en es capable, tu ne courras aucun risque.

– C'est toi qui le dis ! Je n'ai rien vu d'inhabituel là-bas. Pourquoi ne pas plutôt essayer de surveiller des apprentis ? Ainsi, nous verrions s'ils se font approcher, et par qui.

– Hum. Il nous faudrait beaucoup de chance pour retrouver la piste de ceux que nous recherchons au troisième Degré. C'est dans cette zone que la plupart des corps de métiers sont représentés. En revanche, ta mésaventure au bassin me paraît significative. »

Pelmen eut une moue désapprobatrice.

« Celui qui m'a attaqué n'était pas un comploteur. Il avait perdu l'esprit.

– Certes. Mais à ce que j'en sais, les bassins de félicité sont censés permettre la relaxation, et non l'euphorie ni moins encore les réactions très déplacées que tu évoquais. Ceux que nous poursuivons sont peut-être responsables de ces dérèglements. Enquêter sur les bassins eux-mêmes serait trop risqué, en revanche, je persiste à croire que c'est aux abords de cette taverne que nous en apprendrons plus. » Xuven fronça les sourcils. « Tu n'as pas l'air convaincu.

– Je préfèrerais éviter le secteur, au moins pour aujourd'hui. »

Xuven se leva, se mit à marcher tête baissée au milieu du chariot, puis se retourna vers son neveu. « Je m'en voudrais de te forcer la main, d'autant que la prudence est parfois nécessaire. Tu as été bien secoué, on dirait.

– Quelle perspicacité, ironisa Pelmen. Donc, d'accord pour suivre mon idée ? »

Xuven acquiesça. « Il nous faut un prétexte. Tu iras négocier des étoffes malanites. Mais en dehors du marchandage, tu devras te contenter d'observer, c'est compris ?

– Entendu.

– Si tes résultats ne sont pas concluants, il te faudra reprendre ta veille au *Palais d'Ambreroche* dès demain soir. » Il poussa un soupir. « Je souhaiterais t'aider davantage, mais mon visage est trop connu par ici, et tes nouveaux talents sont plus utiles que les miens en la circonstance. Désolé de faire reposer une telle responsabilité sur tes épaules. »

Pelmen eut un pauvre sourire. « Il faut bien que je serve à quelque chose. Après tout, c'est à nous deux que la Voyageuse a confié cette mission. Mais pour le moment, j'ai juste besoin d'un peu de temps pour me remettre.

– Bon esprit, fit Xuven. A ce propos, j'ai bien peur qu'il ne te faille retourner à l'enclos de nidepoux prendre la relève. Tu pourras t'y reposer une fois seul. »

Pelmen grimaça, mais se leva malgré ses jambes raides.

***

La relève se présenta plus tôt que prévu à l'étable, si bien que Pelmen, ayant dormi quelques heures, put repartir en début d'après-midi. La pluie qui avait commencé à s'abattre en cours de matinée lui fit regretter son abri, mais s'affaiblit le temps qu'il rejoigne Xuven. Celui-ci lui remit une bourse de béryls jaunes et blancs et lui fit mémoriser les tarifs auxquels il entendait acquérir les différentes étoffes. Enfin, il déroula un parchemin.

« Qu'est-ce que c'est ? » demanda Pelmen.

Xuven le fixa sévèrement. « Une carte. J'en ai fait l'acquisition ce matin, elle figure la cité de Belenia. » Son index parcourut des traits parallèles. « Là, c'est une rue, tu vois. Là, les escaliers que tu vas devoir emprunter. Nous sommes ici. » L'index s'arrêta sur un secteur où avaient été dessinés les étals vus à la verticale. « Grâce à ce plan, je pourrai t'indiquer le meilleur itinéraire pour éviter le bassin de félicité, le moment venu. »

Pelmen acquiesça. Le plan n'était peut-être pas une garantie en soi, néanmoins avoir la quasi-certitude de pouvoir passer au large du bassin était rassurant. Il visualisa le trajet du jour tant qu'il ne fût pas certain d'avoir retenu tous les embranchements. Puis, muni d'un coffre en bois léger, il prit congé, nerveux à la pensée de ce que représentait la bourse de béryls à sa ceinture. Le ciel était encore d'un vert sombre mais la pluie avait cessé. Çà et là, des trouées jaunes semblaient annoncer le retour du beau temps.

Les marches luisantes d'humidité aux bords arrondis étaient hautes et rudes à gravir. Des voies en pente flanquaient l'escalier, raides et en ligne droite. Sur l'une d'elles une paire de melepeks au corps allongé tiraient un chariot empli de marchandises, leur double corne pointée vers le ciel, leurs sabots crochus s'agrippant au sol. Unique indication des efforts déployés, leurs prunelles brillaient d'un éclat plus vif qu'à l'accoutumée. *Jamais des nidepoux ne seraient capables de pareil exploit.* A mesure de son ascension, Pelmen croisa des malians vêtus différemment. Les plus nombreux portaient des vêtements de simple facture, mais il en était habillés d'une tunique en cuir de sanrkhas ou de pourpoints à épaulettes. Un hevelen s'était glissé parmi ceux qui montaient, de la taille d'un de leurs enfants mais plus corpulent et dont la peau était cuivrée. Pelmen ne pouvait détacher les yeux des boucles blondes de sa chevelure.

Et si…

Il accéléra, le cœur battant plus vite. C'était une idée folle, bien sûr, mais s'il y avait la moindre chance que ce fut *lui*, il ne devait pas la laisser passer.

A peine s'il eut conscience de dépasser le troisième degré, des pensées tumultueuses roulant dans son crâne. Les malians autour de lui n'étaient plus que des obstacles à contourner tandis que les marches succédaient aux marches. A plusieurs reprises, il perdit de vue celui qui était peut-être Teleg. Toute discrétion oubliée, Pelmen courut de biais jusqu'à l'apercevoir de nouveau. Cent coudées, puis cinquante. Haletant, il se rapprochait, et bientôt il n'y eut plus aucun malian entre eux. L'individu portait une tunique brune qui s'arrêtait au bas de ses cuisses.

Sa démarche. Ce n'est pas la même. Son odeur est différente.

Il lui fallait savoir, malgré tout. L'inconnu allait lentement, de sorte qu'il le dépassa sans forcer.

C'était une hevelen aux traits ridés, encore vive en dépit de l'âge, dont le visage s'éclaira dès qu'elle le vit et qui lui demanda d'où il venait. Submergé par la déception, le cœur gonflé d'amertume, Pelmen répondit laconiquement. Inclinant la tête, il l'abandonna derrière lui comme si son temps était compté. Les marches étaient maintenant de marbre blanc veiné de bleu. Des *feless'tu* environnés de parfums de tachefleurs, dont l'ascendant était de sexe féminin faisaient voleter des robes agrémentées de broderies. Un malian à la figure anguleuse l'évalua, les lèvres pincées. Ce devait être un haut dignitaire, avec sa toge de nécot immaculée surmontée d'une collerette. Sa répondante, plus affable, lui sourit quand il la dépassa. Pelmen n'en avait cure. Il prit pied sur l'esplanade du premier degré.

Tandis qu'il faisait glisser sa charge au sol pour redresser son dos courbatu, un pli toujours maussade sur la bouche, il se promit d'offrir moins de prise aux émotions, à l'avenir. Il avait voulu revoir Teleg, à tel point qu'il avait tenté de plier la réalité à sa volonté. *C'est le meilleur moyen d'être déçu. Tant que mon souffle n'aura pas rejoint Aoles, mon esprit doit rester sur terre.* L'espièglerie et l'insouciance de son ami lui revinrent en mémoire comme autant de souvenirs douloureux. Ces temps étaient révolus, les chances de le retrouver plus minces que jamais.

Il soupira en reprenant le coffre. Le ruissellement de l'eau sur l'eau transmettait sa rafraîchissante mélodie. A plusieurs dizaines de coudées, des arcs entrecroisés se déversaient de la bouche de fantastiques animaux marins, dont la plupart lui étaient inconnus. Des bas-reliefs de poissons et pieuvres décoraient les rebords de la fontaine étincelante.

Pelmen fit quelques pas en levant le menton, incrédule. Le palais de l'Hortal avait des dimensions qui auraient paru écrasantes si le regard n'avait été attiré et séduit par son architecture et la profusion de ses ornements. Bien que rectangulaire de forme générale, il ne montrait aucun angle droit, tout en courbures, spirales et rotondités. Sur le fronton, une immense perle bleu-gris reflétait les rayons d'Astar qui parvenaient par intermittence à transpercer la couche nuageuse. Des fenêtres ovales de cristal orange, émeraude, lapis et or rehaussaient l'éclat de la perle. En surplomb, des tours dont les spires étaient en partie d'ambreroche diffusaient des lueurs or et vermeille. L'une d'elles, en cristal, était presque transparente.

Deux statues considérables flanquaient la porte d'entrée à double battant. La plus proche figurait ce qui aurait pu être une malian aux larges hanches, une isolée aux traits fins et au sourire généreux. Elle était coiffée d'une tiare dont les arceaux d'ambreroche rayonnaient par ordre décroissant autour de l'axe principal. Une lune de joyaux cobalt la surmontait, tandis que c'était une lune émeraude qui dominait la seconde statue. Celle-ci surprenait de par la crête multicolore qui partait de son crâne chauve pour descendre jusqu'au bas de la colonne vertébrale. Son cou était massif, son visage masculin, ses bras et son torse musclés. Sa peau était recouverte d'écailles bleu vert et une imposante nageoire se substituait aux membres inférieurs.

Il est puissance là où la femelle est grâce et sérénité. La plus majestueuse des deux est sans conteste la femme. Ce ne peut être que Malia, la déesse qu'ils révèrent.

Ses soucis provisoirement mis de côté, Pelmen s'accorda quelques instants pour examiner les sculptures marines ouvragées dans la porte d'entrée, dont les poignées étaient d'ambreroche.

Au troisième degré, l'air vibrait du martèlement des outils et des raclements de silex. Les ouvriers travaillaient qui le bois, qui la pierre. Il y avait des orfèvres attisant les flammes de leurs chaudrons emplis d'ambreroche fondu aussi bien que des jardiniers qui sarclaient leur potager. Chaque conque ou parcelle de terrain abritant les corporations s'accompagnait à la fois d'étals exhibant les marchandises et d'un couple de bassins. Au fond de l'Eau turquoise – à l'éclat plus vif que celle du bassin de félicité – il était fréquent de voir des malians assis en tailleur. On pouvait lire sur leurs visages la concentration et le recueillement. Les apprentis n'étaient pas toujours aisés à distinguer des maîtres d'œuvre, mais personne ne semblait les surveiller.

Les rares tavernes, pratiquement désertes en ce milieu d'après-midi, présentaient un aspect extérieur plus reluisant que le *Palais d'Ambreroche* – ce qui, il est vrai, n'était pas difficile. Les demeures revêtaient des formes variées de coquillage, nautiles géants, troques circulaires, haliotides aux multiples protubérances et d'autres encore, qui s'assemblaient de façon hétéroclite. Leur matériau était plus durable que les conques du cinquième degré, de pierre et non de terre cuite, les plus luxueuses recouvertes de nacre.

Pelmen se demandait où poursuivre ses recherches lorsqu'il

avisa ce qui devait être une armurerie. En dehors du vendeur, seuls deux malians se trouvaient sous la surface du bassin tout proche. Les couteaux sur l'étal étaient taillés dans du silex bleu et quant aux sagaies, lances et massues, elles avaient pour matière première divers végétaux, dont le bois de cannelée. Les fléchettes de sarbacane n'en étaient pas moins effilées, les sagaies moins dures et pointues, très maniables de par leur légèreté. Quand Pelmen s'informa de l'usage de petits pots de glaise placés sur l'éventaire, le vendeur lui répondit qu'ils contenaient du poison.

Pelmen ne pouvait s'attarder, il fit donc le tour du quartier en examinant d'un air distrait les passants. Personne ne paraissant suspect, il se résigna à gagner l'échoppe des tisserands. Là, il marchanda ferme, tâchant de faire valoir les arguments habituellement employés par son oncle. Sa jeunesse jouait toutefois en sa défaveur, aussi lui fallut-il laisser de côté plusieurs étoffes.

Trois jours passèrent, et chaque nuit Pelmen s'aventura dans le quartier des Egarés pour reprendre sa surveillance des abords de la taverne, contournant avec soin le bassin de félicité et ses alentours immédiats. Des *mil'ser* erraient dans les rues, le regard vague ou fiévreux. A plus d'une reprise, Pelmen se tapit dans l'ombre pour éviter d'être aperçu. Souvent il songeait avec un frisson aux recherches de Kalel, l'apprenti du shaman Stenlen, et à leur sort funeste à tous deux. Dans ces bas-fonds, les patrouilles de gardes se restreignaient à des incursions aussi brèves que possible. Pelmen exerçait son art de la dissimulation avec d'autant plus d'application, et gagna en maîtrise. Le sentiment de danger mis à part, sa frustration croissait à mesure que les heures froides s'égrenaient. Les échanges qu'il parvenait à surprendre se limitaient à des considérations sans intérêt sur le prix de la bière, la possibilité d'un crédit auprès du tavernier ou la difficulté du labeur quotidien. Comment espérer en apprendre davantage sans interroger des malians ? Pourquoi demeurer en territoire malanite, si leur marge de manœuvre était à ce point réduite ?

Il croyait savoir comment Xuven répondrait à ces questions, c'est pourquoi il se retenait de les lui poser. La démarche était de toute façon inutile, car dans le chariot les réserves de fournitures provenant des Steppes et des Canyons s'épuisaient. Bientôt, très bientôt, ils ne pourraient faire autrement que de rentrer chez eux. Xuven, dont la mine s'assombrissait de jour en jour, devrait s'y résigner.

Pelmen ne s'avouerait pas vaincu. La parole donnée ne pouvait être reprise. Il rejoindrait Laneth, lui expliquerait sa mission et avec ou sans elle, partirait à la recherche du Marqué. En l'absence d'une quelconque piste, la tâche serait presque impossible, il s'en remettrait donc au souffle d'Aoles. Convaincre Xuven serait sans doute le plus ardu.

Pelmen n'eut pas à attendre pour voir ses prédictions confirmées. Au matin du quatrième jour, Xuven annonça qu'ils rencontreraient Fekkar le soir même.

« Nous n'allons pas pouvoir rester plus longtemps, expliqua-t-il. Mon intuition concernant le *Palais d'Ambreroche* était peut-être fausse. » Sa voix se réduisit à un murmure. « Cela ne nous empêchera pas de surveiller cette nuit l'une des routes qui part de Belenia vers les Steppes. La chance sera peut-être de notre côté, cette fois. Le seul problème est que nous ignorons laquelle ils empruntent. Ce pourrait aussi bien être la voie fluviale, pour ce que nous en savons.

– Comment faire ?

– Il faut que nous réfléchissions. Fekkar aura peut-être une idée. »

Les chalands se pressaient plus nombreux ce jour-là, et Pelmen vit circuler des dizaines de chariots emplis de nourriture ou d'objets les plus hétéroclites. En fin d'après-midi, un *feless'tu* accompagné d'une isolée immobilisa son attelage de melepeks juste devant leur étal, causant les récriminations des marchands qui se voyaient coupés de leur clientèle.

« Ah ! Le voilà enfin ! » fit Arlin.

Son ascendant s'avança pour saluer le nouveau venu. Denealan examina d'un œil évaluateur les toropones dans le chariot avant de faire signe de décharger.

Tandis que le transporteur et son aide s'activaient, Denealan revint vers Xuven. « Il était temps qu'il arrive. Ses livraisons sont de plus en plus irrégulières.

– Comment se nomme-t-il ? s'enquit Xuven.

– Ezechian-Uzève, pourquoi ?

– Pour savoir vers qui ne pas me tourner si j'ai besoin de toropones. » Xuven cligna de l'œil.

Son oncle invita Pelmen à regarnir l'étal en récupérant les ultimes fournitures au fond du chariot. Pelmen fit plusieurs allers-retours avant de pouvoir s'occuper de nouveau des clients.

Des éclats de voix s'élevèrent, couvrant le tumulte ambiant. Denealan-Arlin venait de se retourner et désignait d'un geste théâtral les toropones déchargés. « C'est du vol, vous dis-je ! Trois béryls jaunes et vingt blancs, c'est tout ce que ça vaut ! »

D'autorité, il mit les pièces dans la main de son fournisseur.

Le silence se fit et Pelmen crut qu'Ezechian-Uzève allait les jeter ou du moins, argumenter de plus belle. Il se borna à hausser les épaules et se détourner. Denealan et Arlin secouèrent leur tête. En revenant derrière l'étal, Denealan maugréait entre ses dents.

« Ça me livre moitié moins que la quantité prévue, et ça voudrait le tarif habituel ! » Il s'inclina vers Xuven. « C'est décidé, nous changeons de fournisseur.

– Tu fais bien, mon ami, il ne faut jamais laisser les rênes à un nidepoux boiteux. » Xuven pivota vers son neveu et lui décocha une œillade. « Tu viens de vendre l'une de nos dernières tuniques, je crois ?

– Euh… oui.

– Alors, nous ne serons pas trop de deux pour aller chercher celles que nous garde Fekkar. Elles se vendent bien aujourd'hui, il faut en profiter. »

Xuven croisa le regard de Denealan, qui soupira.

« Vas-y. Tes marchandises ne craignent rien. »

Ils s'éloignèrent, et Pelmen dut presser le pas pour se maintenir à hauteur de son oncle. Il ne fut qu'à demi surpris de voir Xuven ignorer l'embranchement qui menait aux larges escaliers pour continuer à suivre de loin le fournisseur de toropones. Ils ralentirent pour demeurer à distance respectueuse.

« Qu'est-ce qui te fait penser qu'Ezechian-Uzève pourrait être impliqué ? demanda-t-il.

– Une intuition.

– Comme celle que tu as eue à propos du *Palais d'Ambreroche* ? »

Xuven cessa de marcher et plissa le nez en considérant son neveu. « Tout le monde peut se tromper. Mais n'oublie pas qu'Ezechian-Uzève a pu avoir l'occasion de rencontrer le cueilleur et le plongeur de Denealan-Arlin par le passé. Si tout nous semble normal, nous pourrons toujours l'interroger à leur sujet. En attendant, soyons discrets. »

Pelmen replia un doigt qu'il se passa sur les lèvres. Il dut convenir que le raisonnement de son oncle se tenait.

« Allons-y, maintenant. » Xuven se porta en avant, et Pelmen lui emboîta le pas.

Le chariot emprunta des ruelles à peine assez larges pour lui. Quand les passants commencèrent à se raréfier, Xuven lui laissa prendre de l'avance. L'attelage finit par s'immobiliser contre l'un des entrepôts du port. Ses occupants mirent pied à terre. Pelmen tira son oncle par la manche, lui signalant l'angle d'une demeure d'où ils pouvaient observer sans être vus.

Le silence n'était troublé que par le clapotis de l'eau toute proche. L'aide d'Ezechian-Uzève, une *mil'ser* au visage triste, lui posa une question à laquelle il répondit d'un ton enjoué. Puis le fournisseur exhiba une bourse de béryls et lui fit signe de le suivre.

Dès qu'ils eurent tourné le coin de la rue, Xuven indiqua l'attelage. « Allons l'examiner de plus près. »

Pelmen regarda de droite et de gauche. Bien que l'endroit fut désert, sans aucune fenêtre en vis-à-vis, il était inquiet – ils ressembleraient trop à des malandrins, une fois qu'ils auraient commencé. Xuven n'hésita pas et grimpa lestement. Peu après, les toropones se mirent à rouler vers l'arrière. Les melepeks demeuraient impassibles.

« Aide-moi ! »

Pelmen le rejoignit et, non sans un dernier regard circonspect, lui prêta main-forte. Les gousses vertes et membraneuses étaient plus volumineuses que lourdes, mais ils devaient prendre garde à ne pas les effeuiller. Peu à peu, ils se dégagèrent un chemin.

« Tu vois ? » demanda Xuven en enlevant un bulbe posé sur le côté.

Une strie avait été creusée à mi-hauteur du garde-corps. « Je suis sûr qu'il y a la même en face, déclara-t-il en se dirigeant vers le bord opposé.

– Euh… ils peuvent revenir à tout moment, dit Pelmen en caressant le silex à sa ceinture.

– Je veux en avoir le cœur net. *Humpf !* Voilà ! » Le sourire triomphant, Xuven désignait une seconde raie.

« A quoi servent-elles ?

– Il doit y en avoir deux autres, mais il nous manque un élément primordial. Cherchons encore ! »

Xuven se remit en activité avec plus de ferveur s'il était possible. Se mordant la lèvre pour ne pas protester, Pelmen se joignit à ses efforts. Ils parvinrent à écarter suffisamment de gousses pour mettre à jour le plancher.

« Là ! fit Xuven. Tu sens ce rebord ? »

Pelmen posa les doigts à l'endroit indiqué par son oncle au milieu du chariot, puis hocha la tête.

« C'est une planche. Une planche amovible ! Comprends-tu l'astuce, mon garçon ?

– Ils peuvent la glisser dans les stries…

– Oui, mais d'abord ils retirent les toropones. Ils fixent la planche, les malians se glissent en dessous, et ils recouvrent. La planche et ce qu'elle renferme se retrouvent entièrement dissimulés par les toropones.

– Ils doivent avoir juste la place pour se glisser là-dessous…

et comment font-ils, pour les fouilles ?

– Rien de particulier. Les gardiens postés à la sortie de la ville n'ont pas le temps d'explorer à loisir le contenu des chariots. L'activité en serait par trop ralentie. Les gardes du pont font peut-être mieux leur travail, mais tu as vu comment les choses se passent là-bas.

– J'ai vu. Si on s'en allait, maintenant ?

– Remettons d'abord tout en place. Ils ne doivent se douter de rien. »

Ils s'attelèrent à la tâche, ne ménageant pas leur peine, après quoi Xuven se livra à une inspection et acquiesça, satisfait. Il sortit son noueux et murmura des bribes de paroles indistinctes.

« Que fais-tu ? s'enquit Pelmen.

– Nous continuons à les suivre. Le chariot est empli de leur odeur, nous les retrouverons malgré leur avance.

– Pourquoi ça ? Nous pourrions juste attendre leur retour en nous mettant à couvert.

– Il ne faut négliger aucun indice » répliqua Xuven. Son expression concentrée ne le quitta pas tandis qu'il se remettait en marche, tenant toujours son bâton entre les replis de sa toge. Pelmen suivit, ses mouvements redevenus ceux du traqueur. Il s'humecta les lèvres quand il reconnut les ruelles malodorantes bordées de conques aux murs de terre cuite fatigués. Le quartier des Egarés ne lui était devenu que trop familier. Ils ne croisèrent que quelques malians et si leur présence surprit, nul ne s'adressa à eux. Les ombres désormais plus longues ajoutaient au sinistre des lieux. Ils débouchèrent sur la place par une voie différente que celle que Pelmen avait empruntée alors.

Il y avait toujours autant de malians à attendre leur tour devant le bassin de félicité.

Pelmen et Xuven se firent aussi discrets que possible, s'abritant derrière la spire principale d'une conque. Pelmen, la figure blême, observa avec attention les alentours, et en particulier les encoignures, renfoncements de portes et recoins obscurs d'où l'on pouvait exercer une surveillance. Le déséquilibré qui avait cherché à l'entraîner dans le bassin n'était visible nulle part.

« Ils sont là » chuchota Xuven.

Ezechian-Uzève et son aide poursuivaient en effet une discussion animée non loin du premier bassin. La jeune *mil'ser* fit une demande à laquelle le *feless'tu* répondit par l'affirmative. Elle se mordit la lèvre en dansant d'un pied sur l'autre, le fixant du regard. Sa décision arrêtée, elle se dirigea d'un pas traînant vers la file des malians qui attendaient leur tour.

Xuven fronça les sourcils à la vue des bousculades qui se produisaient chaque fois qu'une place se libérait. Plusieurs malians dépassèrent sans vergogne la *mil'ser*, mais finalement elle prit une inspiration, se faufila et parvint à se jeter dans l'eau. D'une brasse rapide et fluide, elle traversa le bassin de purification, en ressortit puis s'immobilisa devant le bassin de félicité.

Elle plongea. Ezechian-Uzève s'était déplacé afin de suivre ses évolutions.

Pelmen ne se contentait pas d'observer le centre de l'esplanade mais guettait en permanence la périphérie, conscient qu'à deux, le risque d'être repérés augmentait. Pour l'heure, rien ne bougeait. Il s'aperçut qu'en dépit des circonstances, il avait faim. Son oncle était aussi immobile qu'une statue. Les feux d'Astar ne provenaient plus que de derrière les habitations lorsque la *mil'ser* finit par sortir de l'eau. Elle se tourna vers Ezechian-Uzève, et Pelmen entrevit son visage hébété. Ils s'éloignèrent ensuite, elle les épaules courbées, lui avec une expression satisfaite. Le sentiment de malaise déjà éprouvé en assistant à une scène similaire revint à la charge, plus envahissant encore.

« Des disparitions pourraient bien survenir dès ce soir » chuchota Xuven.

A ces mots, la nausée de Pelmen fut supplantée par un frémissement où se mêlaient anxiété et excitation.

« Nous allons nous séparer. Retourne au chariot et remets tout en ordre. Si Denealan pose des questions, dis-lui que je dois régler des affaires urgentes. Puis retrouve Fekkar et informe-le de la situation. Demande-lui de t'aider à rassembler des vivres que tu amèneras à l'étable. C'est là que je vous rejoindrai.

– Et le chariot ?

– C'est un crève-cœur, mais s'ils agissent dès cette nuit, nous devrons nous résoudre à l'abandonner. Heureusement qu'il nous reste encore la majorité de nos béryls. S'il le faut, nous chargerons les sacoches de provisions sur les nidepoux. Qui sait, peut-être Denealan veillerait-il sur les marchandises jusqu'à notre retour. » Xuven voulut sortir du renfoncement, mais Pelmen le retint par le bras.

« Où vas-tu ? Tu continues à les suivre ?

– C'est la seule manière de deviner leurs intentions. Va, maintenant ! »

Pelmen fit un bref salut puis s'évanouit dans l'ombre. Il alla d'un pas vif et nerveux, se plaquant contre un mur dès qu'un malian menaçait de croiser son chemin. Des dizaines de questions se bousculaient dans son crâne, mais il les repoussa. Jamais les recoins propices à une embuscade ne lui avaient paru si nombreux le long de ces venelles humides et sinueuses. Il finit cependant par rejoindre l'escalier monumental.

Après avoir retrouvé un Denealan-Arlin pressé de rentrer chez lui et s'être excusé de son retard – « un imprévu » – Pelmen rangea le contenu de l'étal et bâcha le chariot. Regagner l'escalier et l'emprunter jusqu'au niveau supérieur fut l'affaire de quelques minutes. Les rares habitants qui vaquaient encore dans les rues ne lui accordèrent pas la moindre attention. Par deux fois, il se trompa d'embranchement et dût revenir sur ses pas, les poings serrés. Il se força à conserver son calme. Ce n'était pas parce que la destinée de son oncle et peut-être celle de Teleg se jouaient en ce moment même qu'il devait perdre son sang-froid.

Heureusement que Xuven sait mieux se dissimuler qu'il ne me l'avait laissé entendre.

Pelmen poussa un soupir de soulagement en reconnaissant les bassins où lui et son oncle avaient vu évoluer les malians âgés. A partir de là, le marché du quatrième degré n'était plus très loin. Par précaution, il mit autant de distance avec les plans d'eau que le permettait la largeur de la chaussée.

Le gîte de Fekkar s'ouvrait à la manière d'une bouche ténébreuse – l'absence de porte avait quelque chose de troublant, mais Pelmen se remémora qu'il n'y en avait pas non plus dans son antre d'Alveg. *Qui oserait s'en prendre aux biens d'un krongos ?* Ses pas résonnèrent sur le sol de granit. Rares étaient les objets dont il distinguait les contours.

« Fekkar ? »

Aucune réponse. Pelmen s'avança. Il retint un juron en heurtant de la hanche un obstacle. Les contours lisses et froids étaient ceux d'un coffre de pierre. Un nouveau regard alentour ne lui révéla qu'un seul détail, qui suffit pourtant à lui faire ébaucher un sourire. Un peu plus loin, à peine touchée par un résidu de clarté, luisait la pointe d'un cristal. « Fekkar ? » Pelmen mesura ses pas. Il hésita, puis palpa la paroi fraîche et granuleuse sous les épaules hérissées de cristal. Comme il l'avait deviné, le krongos dormait selon son usage, incorporé au mur. Il l'appela derechef, et alla jusqu'à marteler ce qui devait être le bas de sa poitrine. Sans autre résultat que de s'endolorir les mains. Ce n'est que lorsqu'il se fut résolu à prendre son silex et à heurter le corps inerte qu'il obtint une réaction. Il y eut comme une vibration et en surplomb, les lueurs blanches des yeux s'éclairèrent. L'expérience de temps immémoriaux se trouvait renfermée là, ce fut du moins son sentiment en les contemplant de si près. Il se recula quand le krongos commença à détacher sa masse de la roche.

« Quelque chose est arrivé ? » La voix s'enroulait sur les parois comme un orage naissant.

Pelmen répondit par l'affirmative, et tandis que Fekkar allumait à l'aide d'un briquet de silex des lampes à huile, entreprit de lui faire le récit des derniers événements. Il termina avec les instructions de Xuven.

Fekkar ajusta une ample tunique de coupe malanite. « Ton oncle projette donc de les pister ? Pour découvrir leur repère ?

– Je crois bien, oui. C'est la seule chance que j'ai de retrouver Teleg.

– Mais vous n'êtes pas sûrs qu'ils partiront dès ce soir.

– A vrai dire, non.

– Voyons, réfléchit tout haut Fekkar, cet Ezechian-Uzève ayant fait sa livraison, plus rien ne le retient en Belenia. S'il devait s'attarder trop longtemps avec les toropones qu'il lui reste, cela pourrait éveiller des soupçons. De surcroît, l'endroit où tu dis qu'il a rangé son chariot n'est pas si éloigné de la sortie de la ville. » Il hocha le chef. « Le plan de ton oncle n'est pas sans risques, mais… bien évidemment, le témoignage de ton ami pourrait s'avérer précieux, s'il figure bien parmi ceux que nous recherchons. Il vous faudra être plus prudent que l'insecte devant la carnalyne. »

Les traits de Pelmen reflétèrent son incompréhension et son désarroi. « “Vous” ? Comment ça, “vous” ? »

Fekkar inclina la tête d'un air contrit. « Je ne pourrai pas me joindre à vous. A moins que Xuven ne désire plutôt capturer sans délai cet Ezechian-Uzève, auquel cas je vous apporterais mon aide.

– Pourquoi ne pas venir ?

– Tu ne l'avais peut-être pas remarqué (la lueur dans les yeux de Fekkar se mit à danser), mais je suis trop repérable. Si vous choisissez de suivre nos ennemis et de les espionner, je ne vous serais d'aucun secours, bien au contraire. »

Pelmen en resta pantois. Il n'avait certes pas prévu cela, pas après qu'ils aient identifié au moins l'un des ravisseurs. L'imposante carrure du krongos avait fini par devenir un point d'appui au cours du périple jusqu'à Belenia. Pelmen mesurait à quel point cela avait été un privilège d'avoir bénéficié de la sagesse et de l'amitié de Fekkar.

Ce dernier lui tourna le dos, se baissa et apposa les mains sur une plaque de granit qui scellait un coffre du même matériau. Un trait aveuglant se dessina là où il passait les pouces. Le couvercle devait à lui seul être plus lourd que deux hevelens, pourtant Fekkar le souleva sans forcer, d'un geste ample. Il plongea les mains à l'intérieur, retirant des colliers de bois souple auréolés d'une pâle luminescence. Qu'il fourra dans une besace sans un mot.

« Qu'est-ce… commença Pelmen.

– Pas maintenant » dit Fekkar. Il fixa Pelmen avec gravité. « Je veux que tu te souviennes d'une chose : si tu meurs, tu ne seras d'aucune utilité à ton ami. »

Pelmen acquiesça, la gorge serrée.

Fekkar leva les yeux. « A présent, allons récupérer sacoches et vivres. Pour vous, la route sera longue, je le crains. »

Au-dehors, une brise légère accueillit Pelmen. La fraîcheur nocturne n'était toutefois qu'en partie responsable des frissons qui le parcouraient.

CHAPITRE QUATORZE

ESPOIRS ET DANGERS

Pelmen se faisait l'effet d'accompagner une montagne en mouvement. Compte tenu de la masse de Fekkar, chacune de ses enjambées aurait dû faire vibrer le sol avec fracas, réveillant en sursaut les habitants endormis – Pelmen supposait que les malians dormaient, quoique n'ayant jamais pu le constater de visu. A l'inverse, les énormes pieds épousaient le terrain en produisant un son étouffé qui ne devait pas être perceptible à plus d'une dizaine de coudées. Les sacoches sur les épaules de Fekkar le rendaient encore plus volumineux. Elles luisaient de l'éclat des deux lunes.

Pelmen réajusta son carquois sur son dos. Il avait récupéré son arc avec un sentiment partagé entre la satisfaction et l'humeur maussade. Si ce dernier lui permettrait de chasser et de se nourrir, s'il le protégerait contre prédateurs et ennemis, pour chacun de ses pairs que Pelmen abattrait, cependant, il savait le prix à payer. Etait-ce le confort de la vie dans les Canyons qui l'avait rendu trop sensible ? Les choses étaient sans doute plus simples pour les Cilamenites, quotidiennement confrontés au danger – Laneth lui avait confirmé que son clan avait affronté des groupes de bannis par le passé. « Il faut parfois les remettre à leur place. Après, ils nous laissent en paix un bon moment. » Une tâche désagréable mais nécessaire. Pelmen se demandait s'il pourrait arriver à ce niveau de détachement. Peut-être n'était-ce pas souhaitable.

Le bras soudain en opposition de Fekkar le contraignit à s'arrêter abruptement. La bergerie se découpait à l'horizon. L'enclos était vide, les nidepoux probablement rentrés dans les stalles. Le krongos se saisit d'une sacoche et en retira une outre de bière.

« Tu es allé t'enivrer dans la taverne des *Descendants d'Aoles*, murmura-t-il de sa voix profonde, la luminescence de ses yeux fixée sur Pelmen. Comme je connais ton oncle et que je t'ai aperçu tituber dans la rue, j'ai décidé de te raccompagner à l'étable. Il m'avait prié de te surveiller et je compte bien l'informer de ta conduite à son retour. Ça te va, comme histoire ?

– Euh… Je suppose que les krongos ne boivent pas. »

Fekkar lui lança un regard dissuasif.

Pelmen s'éclaircit la gorge. « Est-ce bien nécessaire ?

– Nous ignorons jusqu'où s'étend le réseau de Sinistan. Si l'étable devait être occupée et que des hevelens en venaient à parler d'un krongos et d'un compatriote arrivés au beau milieu de la nuit et repartis peu après sans explication, cela éveillerait les soupçons. Bois, maintenant ! Et asperge-t'en le visage. Tu dois empester la bière. »

Ils se remirent en route, Fekkar soutenant Pelmen qui avançait cahin-caha. Quand la porte de l'étable s'ouvrit en grinçant sous la poussée du krongos, les hevelens remuèrent dans leur sommeil. L'un d'eux entrouvrit les paupières. A mesure qu'il levait la tête, ses yeux s'arrondirent d'incrédulité. Hoquetant de terreur, il s'adossa à la paroi comme s'il voulait la repousser. Fekkar lui tendit le symbole de la Voyageuse, quoiqu'il fit trop sombre pour distinguer davantage que des contours. La respiration de l'hevelen devint plus saccadée encore, et Pelmen crut qu'il allait tourner de l'œil.

« Veuillez me pardonner de troubler votre sommeil, dit Fekkar à mi-voix – ce qui suffit à réveiller en sursaut les deux autres et à les faire à leur tour se recroqueviller de frayeur. Ce vaurien ici présent (il poussa Pelmen, qui tituba puis s'affaissa le long d'une paroi latérale, un sourire béat aux lèvres) s'est adonné à la boisson une bonne partie de la nuit. Il entendait fêter son retour au pays, à ce qu'il semble. » Fekkar s'empara d'une torche accrochée au mur et se servit de son briquet de silex pour l'allumer.

Les voyageurs le regardaient faire les sourcils levés, n'osant émettre un son. Il produisit derechef l'étoffe brodée figurant l'emblème de la Voyageuse, ce qui parut les rassurer. Du moins, ils cessèrent presque de trembler. Pelmen s'était mis à chantonner quelque chose d'incohérent. L'un des hevelens plissa le nez de dégoût tandis qu'un second lui décochait un regard lourd de reproches.

« Toi, tu viens avec moi » dit Fekkar en empoignant Pelmen de sa main libre. Et de le traîner en ouvrant la porte à la volée dans la grande pièce adjacente, jusqu'à l'un des abreuvoirs en face des stalles. Avant qu'il fût revenu de sa surprise, il lui plongea la tête à l'intérieur.

L'eau était froide et visqueuse. Dès que Fekkar lui en laissa la possibilité, Pelmen se rejeta en arrière et secoua furieusement ses cheveux noirs, tout haletant. Il faillit rugir que ce n'était pas ce qui avait été prévu mais se retint à grand-peine, se contentant de toiser Fekkar comme si des idées de meurtre lui avaient traversé l'esprit.

Rassemblés sur le seuil, les voyageurs observaient sur la pointe des pieds, la curiosité ne l'emportant que d'un pouce sur la crainte. Après avoir sermonné le jeune hevelen, le krongos, la torche toujours en main, lui enjoignit de s'allonger sur un petit tas de paille dans un coin et de ne plus bouger. Puis il se tourna vers eux, provoquant un mouvement de recul collectif.

« Si vous le permettez, je vais rester ici cette nuit. Je dois avoir une petite discussion avec son oncle avant qu'ils ne s'en retournent dans les Canyons. » Fekkar n'attendit pas qu'on lui balbutie des acquiescements pour étouffer la flamme de la torche en la recouvrant de son poing. Il s'assit en tailleur à côté de Pelmen. Les hevelens rabattirent la porte, mais longtemps, l'étable bruissa de leurs chuchotements surexcités.

Les planches disjointes filtrèrent les premières lueurs du jour, et Pelmen réalisa avec stupeur que malgré la tension, il s'était endormi. Au travers de la plus petite des deux portes de la pièce, des sons voilés lui parvenaient. Comme il se levait pour aller aux nouvelles, Fekkar le retint d'un geste de la main suivi d'un signe de tête négatif. Le krongos attendit quelques instants après que la porte d'entrée se fut refermée derrière les hevelens pour rompre le silence.

« Tu ferais bien de préparer les nidepoux et de manger quelque chose. Ton oncle peut arriver d'un moment à l'autre. »

Pelmen s'exécuta le front barré d'une ride, préoccupé par la journée qui l'attendait. Il sangla en premier lieu les sacoches sur le dos des nidepoux – lesquels paraissaient en bonne forme, comme le lui révéla un examen rapide – avant d'absorber quelques galettes de veguer. Les bêtes remuaient dans leurs stalles, réclamant qu'on les sorte. Pelmen n'en fit rien. A mesure que le temps passait, l'hypothèse selon laquelle un imprévu était survenu prenait plus de consistance. Son oncle avait de la ressource mais n'en savait pas plus que lui sur les moyens de leurs adversaires. Un shaman pourpre pouvait avoir surveillé à leur insu les arrières d'Ezechian-Uzève – auquel cas, les conséquences seraient catastrophiques.

Pelmen s'aperçut qu'il serrait les mâchoires au point de grincer des dents. Fekkar, quant à lui, demeurait assis, impassible, une main posée sur le sol, la tête à peine inclinée.

« Il arrive » dit-il.

Pelmen tendit l'oreille, puis se mit à humer l'air. Seules étaient perceptibles les odeurs musquées des animaux alentour.

« Tu es sûr ?

– J'ai reconnu sa démarche. »

Ils n'eurent pas à patienter longtemps avant que l'on tambourine sur le portail de l'enclos. Pelmen se précipita sur la barre qui le verrouillait, la rejeta de côté et poussa l'un des battants.

Si les cernes de Xuven s'étaient creusés, son visage buriné était toujours grave et attentif. Ses premières paroles confirmèrent tout à la fois les craintes et espoirs de Pelmen.

« Tout est prêt, mon garçon ?

– Oui, mon oncle. Il y a juste un problème avec... Fekkar. »

Xuven leva les yeux vers le krongos immobile, qui debout, les dominait de toute sa stature. « Tu ne viens pas, c'est ça ?

– Seulement si tu choisis de disposer de ce fournisseur. »

Avant même qu'il n'ait terminé sa phrase, Xuven secouait la tête.

« En admettant que nous y arrivions, nous perdrions du temps à vouloir le faire parler, lui et ceux qui l'accompagnent. Sans compter qu'ils risqueraient de nous envoyer sur une fausse piste. »

Fekkar hocha la tête. « Je comprends. » Il fouilla dans sa besace et en retira les colliers. « Voici quatre colliers de Cilamon. Deux pour vous et deux pour ceux que vous réussiriez à tirer de leurs griffes. »

Xuven le dévisagea, interloqué, avant de s'incliner en une profonde révérence, surprenant Pelmen. « Par Aoles, sois remercié pour ce don précieux entre tous ! » Il se redressa, saisit les colliers et fit briller de minuscules gemmes orange serties là où le bois de cilamen formait des nœuds. « C'est un grand poids que tu viens d'ôter de mes épaules. Bien sûr, nous te les rendrons dès lors que nous n'en aurons plus l'usage.

– A quoi servent-ils ? demanda Pelmen.

– Ce sont des colliers de Cilamon, répondit Fekkar. La plupart des Cilamenites eux-mêmes en ignorent l'existence, car ils remontent à l'époque oubliée d'Astian. » Il fit une pause, et un bref instant, la lueur dans ses yeux perdit de son éclat. « Leurs enchantements ont le pouvoir de vous préserver des effets de certains sortilèges des shamans de Valshhyk.

– Lesquels ?

– Ceux qui embrument l'esprit et vous laissent avec des maux de crânes si violents qu'il devient difficile d'avancer, expliqua Xuven.

– Je comprends, fit Pelmen. Ils vont sans doute nous être utiles si nous retrouvons les assassins de Stenlen. »

A la requête de son oncle, il fit sortir les nidepoux.

« Je m'occuperai de ton chariot pendant votre absence, déclara Fekkar. A moins que vous ne soyez contraints de rebrousser chemin dans les trois prochains jours, vous me retrouverez à Guernal.

– Décidément, tu es le plus irremplaçable des amis, dit Xuven en posant ses mains dans les battoirs de Fekkar. Mais je dois te prévenir que notre absence risque de se prolonger, si nous devons alerter les Aguerris.

– Tes biens seront en sécurité, assura Fekkar. C'est le moins que je puisse faire, puisque je ne peux me joindre à vous. Vers où sont-ils partis ?

– Par le pont de Belenia. Ils se dirigent vers le nord-est. Tu nous excuseras, mais le temps presse. »

Fekkar inclina le chef. « Bonne chance, enfants d'Aoles. Puisse le vent toujours souffler pour vous. »

Pelmen se joignit à son oncle pour le remercier, tâchant de faire bonne figure. Fekkar parut deviner sa tristesse. « Nous nous reverrons, jeune hevelen » dit-il, couvrant avec délicatesse de ses mains les épaules et une partie du dos de Pelmen.

Les nidepoux renâclèrent quand Xuven et Pelmen les enfourchèrent. La monture de Pelmen, reconnaissant l'odeur de celui qui s'était occupé d'elle, opposa moins de résistance. Pelmen se rapprocha de celle de Xuven, qui refusait d'avancer. Il la prit par la bride et après plusieurs essais, parvint à force de murmures et de tiraillements à la convaincre d'aller de l'avant. Plutôt que de suivre le chemin habituel, ils longèrent l'Ig en direction du port. Xuven dissuada Pelmen de faire bondir leurs nidepoux. Un tel empressement n'aurait abouti qu'à les retarder davantage.

« Mieux vaut se répartir les colliers, dit Xuven. Prends ces deux-là et surtout, veille bien sur eux. »

Pelmen palpa leurs nodosités comme pour mieux s'assurer

de la réalité de leur existence. Il les rangea avec soin, puis extirpa un petit pot de terre cuite pour s'enduire le visage et les mains de graisse de linguilis.

Les sentinelles les laissèrent passer lorsqu'ils leur eurent expliqué qu'ils n'entraient que pour franchir le pont. Au détour d'une courbe l'ayant jusque-là dissimulé à sa vue, Pelmen vit l'édifice de bois doré. Ce dernier fut long à traverser, car nombreux étaient déjà les malians à circuler dans les deux sens, et si les gardes n'inspectaient que superficiellement les chariots, ce seul examen suffisait à générer des files d'attente. Pelmen avait une question à poser à Xuven, cependant l'espace créé autour d'eux par l'aversion que suscitaient les nidepoux ne garantissait pas la confidentialité. Il patienta. Maintenant qu'il connaissait mieux les malians, il réalisait que les murmures alentour recelaient pour la plupart du mécontentement et de l'acrimonie. Les quidams les regardant d'un œil noir, lui et son oncle, étaient minoritaires par rapport à ceux qui se plaignaient de la lenteur de la progression.

Sans doute n'est-ce pas un peuple qui se rebelle aisément, mais quelque chose me dit que leur mauvaise humeur est une lame de fond dont il vaut mieux tenir compte.

Les tuniques d'un bleu sombre des sentinelles à la sortie du pont leur apparurent enfin. Aux questions qu'on lui posa, Xuven répondit qu'on leur avait tant vanté la beauté du lac Iogar qu'ils voulaient absolument le visiter avant de s'en retourner pour les Canyons. Les gardes s'entreregardèrent en haussant leurs arcades dépourvues de pilosité, mais parurent décider qu'il fallait s'attendre à tout avec des hevelens. Ils leur firent signe de passer.

Au-delà du pont, des collines couvertes d'herbe et de tachefleurs aux couleurs ondoyantes bordaient l'Iogar. Seules, quelques conques se nichaient aux endroits où le relief le permettait. La route était pavée, ce qui n'empêchait pas les chariots de remuer de la poussière entre les pierres. Du moins n'en avaleraient-ils pas autant qu'à l'aller.

« Combien sont-ils ? demanda Pelmen quand les intervalles s'espacèrent avec les autres voyageurs.

– Cinq se sont cachés dans le double fond, tous *mil'ser.* L'apprentie était parmi eux.

– Ils ont pris une bonne avance.

– Tranquillise-toi, ce n'est qu'un contretemps. Leurs melepeks sont puissants mais ne vont pas très vite. A moins qu'ils ne les abandonnent, ce qui semble improbable, nous aurons retrouvé leur piste d'ici la fin de la journée. »

Xuven laissa faire quand Pelmen prit son nidepoux par la bride et le fit avancer par petits bonds successifs. Ils dépassèrent de nombreux malians circulant à pied ou sur le rythme tranquille de melepeks, ne ralentissant que lorsqu'ils ne pouvaient faire autrement. Chaque fois que se présentait l'opportunité d'opérer en toute discrétion, Xuven s'emparait de son noueux et faisait appel au Signe d'Aoles. Il en était à sa cinquième tentative quand Pelmen, impatient, lui demanda s'il avait détecté quelque chose. Les nidepoux tiraient la langue et il leur faudrait bientôt démonter pour les reposer.

« Les odeurs des malians sont discrètes et nécessitent une concentration accrue, dit Xuven en clignant des yeux sous la lumière d'Astar. J'ai eu l'impression à un moment qu'ils s'étaient détournés du chemin – il y avait des traces de chariot dans l'herbe.

– Pourquoi ne pas les avoir suivies ?

– Ce pouvait être une autre piste que la leur, il n'y avait plus que des fragments d'odeur difficilement identifiables. La route que nous suivons est orientée au nord-est et aboutit à un pont sur l'Iogar. Je serais surpris qu'ils ne le rejoignent pas. Leurs seules alternatives seraient le nord ou le nord-ouest, où la contrée est civilisée. Ils y seraient facilement repérables. Si je voulais passer inaperçu, je choisirais de traverser le pont de l'Iogar au milieu des autres voyageurs.

– Donc, c'est là que nous allons ?

– Nous allons continuer nuit et jour jusqu'à l'atteindre.

Ensuite, il suffira de surveiller à tour de rôle le flot des arrivants.

– Et s'ils n'y vont pas, ils nous échappent.

– Il faut parfois faire des choix. »

Ils ne tardèrent pas à mettre pied à terre et à mener les nidepoux par la longe. Il faisait beau et une légère brise agitait les épines des résiniens, diffusant leurs senteurs pénétrantes. Un revers de colline pouvait masquer jusqu'aux derniers instants un ou plusieurs malians. Pelmen espérait que Xuven décèlerait à temps leurs odeurs – ses propres sens s'étaient affinés, mais pas au point de lui permettre d'identifier des effluves aussi faibles à plus de quelques coudées.

Ils se restaurèrent en marchant, ce qui était inconfortable, et plus encore quand il fallait tirer par la bride des animaux qui entendaient protester contre la différence de traitement. Pelmen les flatta et les cajola, se servant de son affinité pour susurrer ce qu'il savait devoir les encourager. Il n'était pas du tout sûr, néanmoins, de pouvoir avancer de nuit comme le réclamait Xuven. S'il voulait continuer à bénéficier de la confiance des nidepoux, ils allaient avoir besoin d'une double ration le soir même, et d'un minimum de repos. Quand ils les montèrent de nouveau, les rongeurs glapirent de mécontentement. Les remettre au trot exigea de l'obstination, et les bonds des bêtes se firent plus chaotiques et imprévisibles que jamais. L'arrière-train de Pelmen en fut tellement meurtri qu'il estima ne plus pouvoir s'asseoir avant deux jours. *Non, trois*, corrigea-t-il en poussant un grognement. Il faudrait du temps pour que ces montures de fortune s'habituent à progresser de manière souple et régulière, si tant est qu'elles ne maltraitaient pas intentionnellement leurs cavaliers.

Astar était à mi-parcours de sa courbe descendante lorsque Xuven tira sur ses rênes et se tourna vers Pelmen. Une lueur s'était allumée dans ses yeux.

« Ils sont tout proches. » Il désigna l'extrémité du chemin, lequel obliquait sur la droite derrière une vieille souche. « Juste après cette courbe. Allons, à terre. » Une fois au sol, il posa une main sur ses reins pour se redresser. Il ne se plaignait pas, mais Pelmen conçut quelque réconfort à l'idée qu'il n'était pas le seul à éprouver les rigueurs de la poursuite.

« Nous devons nous maintenir suffisamment loin pour ne pas être repérés, murmura Xuven comme ils approchaient du tournant. Je puis les pister à l'odeur, désormais, peu importe si nous les perdons de vue. »

Son oncle avait beau dire, Pelmen avait hâte d'apercevoir de nouveau Ezechian-Uzève, c'est pourquoi il prit le virage sans ralentir. Tout d'abord, il ne vit qu'un petit nuage de poussière se dissipant paresseusement. Au sommet de la colline qui leur faisait face et sur le point de disparaître sur le versant opposé, une poignée d'isolés entouraient le chariot de toropones. Ils devaient être au moins cinq, torse nu et en pantalon bouffant à l'exception de l'un d'eux, vêtu d'une sombre étoffe moirée. Pelmen ressentit une bouffée d'excitation en reconnaissant à ses côtés la silhouette de l'apprentie du fournisseur de toropones.

« C'est sans doute pour cela qu'Ezechian-Uzève s'est écarté du chemin, dit Xuven. Les *mil'ser* devaient commencer à étouffer, dans leur cache.

– Ils ne craignent donc plus de se faire prendre ?

– C'était les gardes de la ville qui les inquiétaient. Les malians ne sont pas un peuple guerrier, et de fait nous n'avons croisé aucune patrouille depuis que nous sommes partis.

– Qui est celui vêtu de noir ?

– Un sixième larron que je n'avais pas vu jusque-là. Il a dû les rejoindre après mon départ.

– On dirait qu'ils ne prennent que des isolés, réfléchit tout haut Pelmen. Peut-être par manque de place dans le chariot…

– Pas seulement. Ezechian-Uzève s'en est tenu au quartier des Egarés pour recruter, et ce n'est pas un hasard. C'est là qu'on voit le plus d'isolés, d'où son nom. Les malians qui n'ont pas trouvé leur double sont aussi ceux qui ont recours le plus souvent aux bassins de félicité et à la boisson.

– Les plus vulnérables, c'est ça ? »

Le regard de Xuven se fit pénétrant. « Te souviens-tu à quel moment particulier de ta vie tu as rencontré le dénommé Komel et son acolyte ? »

Pelmen hocha la tête avec un sourire maussade. « Je sais où tu veux en venir. Je voulais en finir avec la tannerie et j'étais prêt à tout pour ça… Tout comme Teleg ne voulait plus être treuillard au moment de sa disparition.

– Leur stratégie est identique ici, voilà pourquoi j'ai de plus en plus le sentiment que c'est la même bande qui opère chez les malians et chez nous. La bande de Sinistan, selon toute vraisemblance. Il nous reste encore à découvrir quel est son objectif. »

Pelmen se rapprocha des nidepoux qu'il flatta de la main. L'objectif de Sinistan lui était bien égal. Qu'il parvienne à retrouver Teleg et à le ramener à sa sœur – ou au moins à l'informer du lieu où il avait été amené – et il considèrerait pour sa part sa mission accomplie. Alors il pourrait conclure qu'il méritait l'arc de maître Galn et serait libre de vivre sa propre vie. Et qui sait, de la partager avec Laneth, si elle pouvait l'attendre jusqu'à son retour.

Ils bivouaquèrent dès que Xuven eut acquis la certitude que leurs prédécesseurs avaient fait halte. Pour Pelmen, la tentation était forte d'aller vérifier la position ennemie plutôt que de s'en remettre aux déclarations de son oncle. Il écarta l'idée – sa tranquillité d'esprit ne valait pas de prendre un tel risque. Avec résignation, il éloigna les nidepoux du dénivelé où lui et Xuven avaient installé leurs affaires, pour les conduire sous un bosquet d'élancés. D'après son odorat, il y avait là quantité de glands à déterrer. Lui-même profita du répit pour boire et manger. Son oncle et lui se répartirent les tours de garde pour la nuit, davantage en ayant à l'esprit les malians qu'ils suivaient que par souci des prédateurs, peu nombreux dans la région.

Pelmen resserra contre lui la fourrure de nidepoux que lui avait confiée Dryna. La nuit fraîche était porteuse d'espoirs et d'incertitudes. Ce serait une traque d'autant plus difficile qu'ils ne pourraient allumer de feu pour se réchauffer ou cuire de la viande. Si le mois d'Aoles n'était pas encore le plus rigoureux de l'année, Pelmen ignorait où les amèneraient Ezechian-Uzève et les siens, et combien de temps s'éterniserait leur mission. Il s'arrangea pour laisser dormir Xuven audelà des limites que tous deux s'étaient fixées, conscient que son oncle avait du repos en retard après sa nuit blanche. Ce n'était pas uniquement par bonté d'âme qu'il agissait ainsi. Si son oncle n'avait plus assez de ressort pour en appeler au pouvoir d'Aoles, ils perdraient leur plus précieux atout. Lorsqu'il sentit que ses paupières ne lui obéissaient plus, il réveilla Xuven et s'allongea sans tarder dans ses fourrures. Le sol n'était ni assez dur ni assez froid pour l'empêcher de s'abandonner au réconfort du sommeil.

Sans doute avait-il trop attendu pour éveiller son oncle, toutefois, car il ne lui semblait pas avoir dormi plus d'une poignée de minutes quand Xuven lui secoua l'épaule. Et en effet, quelques étoiles brillaient de leurs derniers feux malgré les lueurs de l'aurore. Les narines de son oncle frémissaient de telle sorte que Pelmen eut la certitude qu'il venait de recourir à la magie. Xuven lui confirma ce qu'il craignait – les malians s'étaient déjà remis en route – et ils repartirent. Les paupières lourdes, Pelmen somnola une bonne partie de la matinée, se bornant à régler sa démarche sur celle de son oncle. Xuven faisait parfois signe de ralentir, de manière à garder le chariot de toropones en dehors du champ visuel. En fin d'après-midi, Pelmen se sentit assez vaillant pour partir chasser. Il transperça un rocol qu'il pluma le soir même et dont ils découpèrent la chair froide au silex. C'est avec gratitude qu'il alla se coucher, se promettant de ne plus fausser les tours de garde.

Le troisième jour, le gibier se fit plus rare de sorte qu'il fallut se contenter de cueillir des champignons et de couper des racines. Des nuages bas s'étaient accumulés dans la nuit et dans la matinée. Malgré la pluie qui s'abattit l'après-midi, ils maintinrent l'allure. Quand elle eut cessé, non seulement l'humidité dans l'air persista mais elle se renforça, et Pelmen comprit avant même de l'apercevoir qu'ils approchaient du fleuve Iogar. Xuven fit signe de ralentir, et tandis qu'ils franchissaient une courbe qui se prolongeait en ligne droite descendant vers le fleuve, ils furent dépassés par des voyageurs. L'attelage d'Ezechian-Uzève était bien là, à quelques encablures. Il devait rester une centaine de coudées entre le chariot et le pont sur l'Iogar, lorsque soudain Pelmen s'avisa que les malians qui entouraient ledit chariot n'étaient pas des *mil'ser*. Il scruta les abords du chemin et crut en reconnaître deux qui se portaient vers l'amont en écartant les cannelées sur leur passage. Trois autres s'étaient mêlés à des voyageurs et descendaient vers l'aval.

Pelmen enfourcha sa monture.

« Que fais-tu ? dit Xuven en levant vers lui ses sourcils froncés.

– Ils se séparent. Nous devons en faire autant pour continuer à les suivre ! »

Xuven s'empara de la bride de son nidepoux. « A terre, fou que tu es ! Ne vois-tu pas que l'un d'eux surveille la piste depuis le chariot ? »

Pelmen se pencha en avant. Entre plusieurs *feless'tu* transportant des jarres et des hottes chargées de fruits et légumes, il entrevit le malian vêtu d'un surcot noir, en effet assis au milieu des toropones, face à la route. Il démonta aussitôt.

« On laisse filer les autres, alors ? Qui nous dit que le chariot ne va pas nous promener ici et là ? »

– Ils le feraient, s'ils étaient sûrs d'être suivis. Mais jusqu'ici, nous avons pris toutes les précautions utiles, n'est-ce pas ? »

Pelmen opina, mais son expression devait refléter sa réticence, car Xuven poursuivit :

« Ils sont encore trois dans ce chariot. S'il faut vraiment en venir là, nous les capturerons et essaierons de les faire parler. Nous n'aurions d'autre choix s'ils devaient nous faire tourner en bourrique. Au pire, nous les conduirons devant l'Hortal, dans l'espoir que le double fond puisse suffire comme preuve à charge. En tout cas pour l'instant, ce que nous devons faire, c'est continuer à les suivre, d'accord ?

– Tu dois avoir raison » dit Pelmen.

Le chariot s'immobilisa devant la poterne de gardes. Xuven et Pelmen s'en approchèrent en compagnie de voyageurs. Les malians conservaient toujours ostensiblement leurs distances, attitude habituellement agaçante, mais qui menaçait désormais de trahir leur position. La voix d'Ezechian leur parvint malgré les attelages entre eux. A en juger par le ton, l'ascendant protestait contre les sentinelles en livrée bleue qui déplaçaient les toropones. Après un laps de temps interminable, le chariot se remit en mouvement.

Pelmen respira plus à son aise et reporta son attention sur les berges du fleuve, où des malians s'élançaient et plongeaient. *Si j'étais l'un de ces gardes, je me poserais la question de mon utilité.* Il fouilla le paysage du regard avant de repérer de nouveau l'attelage, qui se dirigeait vers le nord. Bientôt celui-ci disparut derrière une rangée de cannelées. Pelmen mit à profit l'attente pour s'enduire de graisse de linguilis sous le regard peu amène de négociants vêtus d'étoffes soyeuses. Ils étaient accompagnés de gardes en livrée vert foncé armés de sagaies et de massues.

A la vue des nidepoux, les sentinelles ne voulurent pas même s'approcher et sans autre forme de procès, firent signe de passer. Xuven et Pelmen franchirent le pont en marchant à côté de leur bête, puis obliquèrent vers le nord. Quelques centaines de coudées plus loin, Xuven confia sa bride à Pelmen et s'enfonça dans un buisson de hautes fougères. Pelmen, qui se doutait de ce qu'allait faire son oncle, le laissa s'éclipser. La route se poursuivait au loin. Parmi les chariots, Pelmen ne reconnaissait pas celui d'Ezechian-Uzève, et les odeurs, trop diverses et entremêlées, ne lui apprenaient rien de plus. En face du fleuve et derrière les fougères, un détachement de résiniens et d'élancés précédait une épaisse forêt, massée à quelque distance de là.

Il y eut un bruissement de feuillage et Xuven resurgit, son

noueux en main, l'air grave. « Ils se sont bel et bien enfoncés dans les bois. Ils ont dû effacer leurs traces derrière eux puisque nous ne les avons pas remarquées.

– Ils se méfient. »

Xuven acquiesça. « Heureusement qu'ils ne peuvent masquer leurs odeurs. Laissons-leur encore un peu d'avance, la piste est fraîche. »

Ils s'éloignèrent de la voie pour ne pas attirer l'attention. Pelmen contemplait les lianes bleues qui pendaient le long des élancés.

« La Forêt d'Ombres, commenta Xuven. Je voudrais pouvoir la contourner, mais nous ne pouvons courir le risque de les perdre. Le fait qu'ils aient choisi ce chemin est en soi une preuve de leur culpabilité. Ils ne veulent pas être suivis. Il va nous falloir redoubler de précautions. »

Pelmen observa son oncle avec inquiétude. « Il y a du danger ? »

Xuven opina. « Fais simplement ce que je te dis et garde le silence. »

Sur un signe de son oncle, Pelmen mit son arc sur son épaule avant d'enfourcher son nidepoux. Le sol était recouvert d'un tapis de feuilles mortes occasionnant beaucoup trop de craquements et froissements. Xuven mena sa monture entre des arbres aux troncs dorés ou bruns jusqu'à un sentier qui, par endroits, devait tout juste être assez large pour laisser passer l'attelage de melepeks. La forêt s'assombrissait à mesure qu'ils s'y enfonçaient. Les pépiements, caquetages, trilles et autres stridulations ne s'avéraient pas aussi nombreux que Pelmen s'y attendait. Les odeurs étaient celles d'existences vénérables ou éphémères mélangées à celle, prédominante, de terre humide. Il y avait parfois de grands frémissements parmi les feuilles, mais quand il levait les yeux Pelmen échouait à en déterminer l'origine.

« Des stranguls, fit Xuven. Ils vivent dans les hauteurs. »

Pelmen ignorait à quoi pouvaient ressembler ces créatures au nom sinistre. *Une chose est sûre, c'est qu'avec toutes ces ombres projetées par les branchages et troncs, elles ont de quoi se dissimuler. Cette forêt porte trop bien son nom.*

Xuven pointa le doigt vers le sol, où des rainures fraîches environnées d'empreintes de pas étaient apparues. Leurs prédécesseurs devaient se croire en sécurité, pour ne plus effacer leurs traces.

« A en juger par le nombre d'empreintes différentes, ceux qui s'étaient séparés du chariot l'ont maintenant rejoint », observa Pelmen.

Ils marchèrent jusqu'à la tombée de la nuit, puis se cherchèrent un endroit le plus sûr possible. Hormis quelques résiniens recouverts d'épines, aucun arbre ne possédait de branches assez basses pour y grimper. Ce fut finalement au centre d'une clairière dont l'accès était défendu par des buissons d'épineux que Xuven planta son noueux. Il tendit la main en murmurant les mots de pouvoir, et les courants d'air les environnèrent ainsi que les nidepoux. Les quadrupèdes s'étaient montrés nerveux et avaient renâclé plus souvent qu'à leur tour depuis qu'ils avaient pénétré dans la forêt. Une fois attachés cependant, ils parurent mettre de côté leur appréhension, et leur groin ne tarda pas à renifler avidement le sol. Pelmen se saisit de son arc et s'apprêtait à encocher une épine quand Xuven l'en dissuada.

« Ni entraînement ni chasse ici. Nous devons rester groupés, et autant que possible à proximité du noueux. »

Pelmen garda son arc en main tandis que Xuven, contrevenant à ses propres recommandations, s'approchait d'un groupe de résiniens. Sa silhouette s'accroupit au pied des troncs et il s'affaira à une tâche mystérieuse. Pelmen roulait entre l'index et le pouce l'épine qu'il avait encochée. L'obscurité était plus profonde à chaque minute. S'il devait tirer sur quelque chose menaçant son oncle, il ne pourrait l'identifier et aurait des chances réduites de faire mouche. Enfin Xuven revint, la besace gonflée.

« Des champignons, dit-il. Assez nutritifs pour nous épargner d'avoir à chasser. »

Pelmen fit la moue. Quelque chose lui disait que l'ordinaire n'allait pas être varié, dans les jours à venir.

Ils avançaient sur un rythme constant le long du sentier qui sinuait entre les arbres orgueilleux. Pelmen se faisait l'effet d'un insecte s'efforçant de ne pas réveiller des géants. Ce n'était que son deuxième jour dans la Forêt d'Ombres, et pourtant il lui tardait déjà d'en sortir. Assis sur le dos de son nidepoux ou le guidant par la bride, il tenait le plus souvent son arc prêt, l'impression d'être observé installée en lui tel un parasite silencieux.

Le visage de Xuven était son masque coutumier, à l'exception des narines qui frémissaient et des yeux qui par intervalles s'étrécissaient en direction des frondaisons. Lui aussi brandissait son noueux le plus clair du temps, mais n'utilisait le Signe d'Aoles qu'avec parcimonie, comme s'il avait décidé de préserver son énergie. Il fut cependant forcé d'y avoir recours lorsque les traces s'éloignèrent du sentier principal. Après avoir humé l'air avec circonspection, il fit signe de suivre les sillons.

« Tu crois qu'ils ont leur repère dans cette forêt ?

– Si c'était le cas, cela expliquerait que personne ne l'ait découvert jusqu'à ce jour. Sauf exception, on ne s'aventure pas ici. »

Pelmen ne comprenait que trop bien pourquoi.

Chaque fois que c'était possible, les empreintes contournaient les arbres à distance respectueuse. Pelmen desserra sa prise sur son arc et se massa la nuque. Sa tête allait finir par se détacher de son cou, à surveiller sans relâche les hauteurs. Ils longèrent un ruisseau, en profitant pour renouveler l'eau de leurs outres et s'abreuver. Un peu plus loin, l'herbe au pied d'un talus brun-noir – recouvert d'ortalies – avait été piétinée davantage qu'ailleurs.

« Ils se sont arrêtés ici », dit Xuven en jetant un regard circulaire. Il n'y avait aucun arbre à proximité.

Pelmen mit pied à terre, fit quelques pas et se baissa devant un parterre de foliapourpres qui avait échappé au piétinement. Ses narines palpitèrent. « Il y a une odeur de bois » murmura-t-il. Ecartant certaines des larges feuilles, il révéla un espace creux, à peine suffisant pour y glisser les mains. Une planche de bois y était dissimulée, qu'il s'efforça sans succès de bouger. Son oncle vint lui prêter main-forte et à eux deux, ils soulevèrent la trappe. Au fond de la cache, des lombrics d'au moins deux pouces de long circulaient entre des coffres. Il y avait aussi des tonneaux, des sagaies, des sarbacanes et des massues hérissées d'épines.

« Astucieux, fit Xuven. C'est ici qu'ils récupèrent leurs armes, ce qui leur permet de ne pas éveiller les soupçons. »

Il s'avéra qu'en dehors de fruits dont Pelmen s'empressa de garnir les sacoches, la nourriture dans les coffres n'était pas comestible pour des hevelens. Ils remirent tout en place et repartirent, non sans avoir pris la précaution d'effacer leurs propres empreintes. La piste de leurs prédécesseurs rejoignait le sentier principal.

Ils campèrent à proximité d'un élancé mort dont les composants se réincorporaient au terreau de la forêt. Des sifflements suivis de chuintements et de nouveaux bruissements de feuilles troublèrent le silence de la nuit, hérissant le poil de Pelmen et faisant glapir de terreur les nidepoux. Il s'efforça de calmer les bêtes.

« Il suffirait d'un rien, murmura-t-il à Xuven, pour qu'ils paniquent. S'ils s'enfuient, nous serons dans de beaux draps.

– C'est pourquoi je compte sur toi. A moins de tomber entre-temps sur leur repère, nous devrions quitter ces bois d'ici deux jours. »

Rien d'autre ne vint perturber la nuit, mais entre les tours de garde de Pelmen, son sommeil fut peuplé de cauchemars. Les nidepoux rechignèrent à se remettre en mouvement le lendemain, avivant les inquiétudes de leurs maîtres. Afin de compenser le retard, ils les firent avancer à bonds plus rapides dans la matinée. Les feuillages autour d'eux se resserraient encore, et la lumière d'Astar pâlit davantage pour autant qu'une telle chose fût possible.

L'air se chargea subitement d'une puanteur de chair avariée. Une branche gémit. Pelmen se retourna aux trois quarts sur sa selle, encochant une épine. Une ombre s'était détachée des ombres et plongeait vers eux depuis les hauteurs. Des crocs luisaient dans l'obscurité. Avant qu'il ait pu détendre sa corde, Pelmen entendit le mot de pouvoir de Xuven et la créature fut soudain repoussée en arrière, la tête penchée en sens inverse comme si elle avait reçu un coup de poing dans l'abdomen. L'épine de Pelmen se perdit dans la nature tandis que des lianes fouettaient l'air à quelques coudées. *Non, des tentacules. La chose vient de les ramener vers elle.* Pelmen crut que la créature allait tomber au sol mais au dernier moment, l'un des tentacules s'enroula autour d'une branche et se *rétrécit* en longueur tout en s'épaississant, ramenant sa propriétaire près de l'arbre. En un clin d'œil, l'ombre se projeta hors de vue. L'attaque n'avait duré qu'une petite poignée de secondes, mais les nidepoux ruèrent et se débattirent. Même les oreilles plaquées contre les yeux, ils continuèrent à trembler.

« Un strangul, dit Xuven. Ne traînons pas. La prochaine fois, il y en aura plusieurs. »

Pelmen déglutit, enviant à son oncle son calme apparent.

Cette fois, ils n'eurent pas besoin de les forcer pour faire avancer leurs montures – à l'inverse, les empêcher de s'emballer mit toute leur énergie à contribution. Pelmen se pelotonnait sur l'échine de son nidepoux, conscient qu'à cette vitesse il ne pourrait se retourner en cas d'attaque. *Trop d'arbres autour de nous, trop de recoins d'où ils peuvent nous surprendre.* Les odeurs tourbillonnaient, et qu'il ne perçoive pas celle qu'il redoutait dans cet amalgame n'était pas un gage de sécurité. Certaines lianes pouvaient être des tentacules, il ne ferait la différence qu'en les voyant s'animer de leur propre chef.

Xuven enjoignit de faire halte. A cet instant seulement Pelmen se rendit compte à quel point son dos était douloureux. Son oncle pointa son noueux en avant en humant l'air.

« Nous sommes tout près de ceux que nous suivons à présent. Il est temps de s'arrêter et de manger quelque chose. »

A l'idée de redevenir une cible fixe, Pelmen fit la grimace. Il emboîta pourtant le pas de Xuven, lequel s'approcha d'un résinien sous les racines duquel une cavité avait été creusée. L'endroit était inoccupé, et après avoir attaché les nidepoux à l'arbre, ils agrandirent fébrilement le trou pour s'y glisser en rampant. Il y avait suffisamment de jour entre les racines pour surveiller les bêtes, et peut-être même ajuster des assaillants si l'occasion se présentait. L'odeur animale imprégnait tout. Des poils bleus ayant appartenu au précédent occupant parsemaient la terre fraîche et meuble. Ils se relayèrent pour manger et faire le guet. Une fois restauré, Pelmen fut le premier à s'extraire du terrier oppressant. Il distribua des graines aux nidepoux en évaluant d'un œil noir les alentours.

Le vent apprit à Xuven qu'aucun ennemi ne se tenait à proximité. Les malians s'étaient éloignés. « Les melepeks peuvent avancer plusieurs jours de suite sans ralentir, dit-il en hochant la tête. Les malians doivent s'alimenter en cours de route. »

Ils repartirent, d'abord à pied puis sur leurs nidepoux dès qu'ils eurent regagné le sentier. Le silence autour d'eux était lourd de présages funestes. Pelmen tenait la bride et son arc d'une main, une épine encochée dans l'autre. Xuven regardait droit devant lui, l'extrémité du chemin en point de mire.

Ce ne fut qu'une vague rumeur au début, qui se précisa peu à peu : éclats de voix entrecoupés de cris d'affolement, ordres donnés d'un ton crispé. Pelmen et Xuven s'entreregardèrent.

« Continuons, dit Xuven, mais prudemment. »

Soudain, un hurlement déchirant. Le nidepoux de Pelmen rua, l'obligeant à lâcher son épine pour se raccrocher en catastrophe à ses poils. L'animal s'élança en avant – droit vers le danger.

Dès qu'il eut recouvré l'équilibre, Pelmen agrippa la bride et tira de toutes ses forces en grognant sourdement. Il ne parvint qu'à modifier la trajectoire de sa monture, lui faisant quitter le sentier, mais les cris continuaient à se rapprocher tandis qu'ils bondissaient par-dessus buissons et racines. Une tige d'ocreronce lacéra le bras de Pelmen, qui serra les dents pour ne pas crier. Le moment était venu de sauter sur le côté pour sauver sa peau.

Non ! Ne pas céder à la panique ! Sa grimace de douleur se mua en rictus de détermination lorsqu'il se pencha vers les oreilles du rongeur. Il se mit à répéter les mêmes mots d'une voix tremblante, assez près des tympans pour couvrir les bruits de combats, bien trop distincts de seconde en seconde.

Peut-être fut-ce sa litanie ou bien la fatigue, toujours est-il que l'animal ralentit suffisamment pour qu'il puisse lui cacher les yeux – lesquels roulaient follement dans leur orbite – sans risquer la collision avec un arbre. A bout de souffle, le quadrupède plia les genoux en émettant une sorte de râle. Pelmen s'essuya futilement le front – son corps entier était trempé de sueur – et attacha la longe à la branche d'un résinien. Un instant, il eut la tentation de se glisser sous une souche pour ne plus bouger jusqu'à ce que la mort s'abatte sur lui ou bien choisisse de l'épargner. Les cris qui lui venaient aux oreilles étaient de désespoir et de terreur. Il prit une grande inspiration, encocha une épine et faisant fi de tout raisonnement, s'orienta vers eux. Ils s'éloignaient. Ses narines aspiraient et triaient les odeurs, guidant ses pieds aux endroits où ils ne feraient craquer ni feuilles mortes ni brindilles. Il contourna les espaces dégagés pour se couler dans les ombres, conscient que les stranguls agissaient usuellement de même. *C'est sans doute un piège. Ces monstres m'ont tendu un piège et l'imbécile que je suis fonce en plein dedans. Quelle stupidité !* Il continua néanmoins. Ce qui avait poussé le hurlement émit de nouveau un cri aigu quoique plus faible, et c'est ainsi que Pelmen l'aperçut entre les lianes. Un malian, emprisonné par la paire de tentacules qui enserraient son ventre et son cou. La victime avait presque abandonné toute résistance. Alourdi, le strangul tractait sa prise à quelques coudées du sol, utilisant deux autres tentacules pour se projeter en l'air. Il se dirigeait vers Pelmen, aussi ce dernier se jeta-t-il dans l'ombre d'un rocher.

Il ne l'a pas encore complètement étranglé, sans ça il n'aurait pas pu crier.

Un bref regard alentour ne révéla aucun ennemi visible.

L'odeur écœurante de chair défraîchie était toute proche à présent. Sans prendre le temps de réfléchir, Pelmen s'agenouilla contre le rocher, leva son arc, le banda à son maximum et, en phase avec l'odeur, tira sans viser.

Bruit mat. Le strangul contempla avec incrédulité l'épine qui lui avait perforé le torse. Ses tentacules se rétractèrent et il chuta, libérant sa proie. Tels des serpents fous furieux, les appendices répugnants fouaillèrent la terre. Pelmen se rejeta à couvert. De toutes parts remuèrent des branchages, comme si la forêt dans son ensemble s'était décidée à prendre vie. Les bruissements s'accompagnaient de sifflements à vous glacer le sang, qui se répondaient.

La sueur gouttant sur le sol, Pelmen se concentra sur sa respiration, s'attachant à retrouver un rythme normal. A quelque distance de là, le nidepoux au regard fou tenta de se redresser, mais ses pattes tremblaient trop. Pelmen patienta sans un mouvement jusqu'à ce que le tumulte s'apaise en même temps que ses battements de cœur. L'arc encoché, il se déplaça alors imperceptiblement. Nombreux étaient les renfoncements où les stranguls pouvaient se dissimuler, mais l'un de ces recoins ténébreux, une branche haute recouverte de feuillages, était idéalement situé pour surveiller la zone. Non sans une muette prière pour ne pas être trahi par son instinct, Pelmen tendit la corde et tira.

Un sifflement suraigu lui transperça les oreilles et un strangul s'élança. Pelmen se rejeta de nouveau en arrière, retenant son souffle. Il avait eu le temps d'apercevoir son épine fichée dans ce qui devait être l'épaule de la créature. Des lianes remuèrent comme le strangul chuintait et sifflait – de douleur indéniablement – et il y eut d'autres déplacements de branches, de nouvelles stridulations en écho.

Si jamais l'un d'eux m'a vu...

Pelmen crut s'évanouir de soulagement quand il réalisa que les bruissements décroissaient peu à peu. Bientôt, le silence complet retomba sur les lieux. Il attendit encore pour faire bonne mesure, puis fit un pas mal assuré en direction de la victime. La pestilence soulevait le cœur. Le corps sans vie du strangul était pourvu de bras et de jambes étonnamment courts en comparaison de son torse étiré, auquel étaient reliés les quatre tentacules. Sa peau gris-noir était lisse, luisante. Le malian remuait faiblement dans son inconscience. Son visage bougea et Pelmen reconnut les traits juvéniles de l'apprentie d'Ezechian-Uzève. Le courant d'air le fouetta une fraction de seconde avant que le membre visqueux et froid – si froid ! – ne s'abatte et s'enroule autour de son cou. Lâchant arc et flèche Pelmen tâtonna vers son silex, ses sandales raclant le sol tandis qu'il était traîné en arrière. L'air vint à lui manquer lorsqu'il fut soulevé du sol… pour être relâché aussitôt. Le tentacule se déroula, il y eut un bruit sourd derrière lui.

Pelmen aspira à grandes goulées. Se frotta le cou en se retournant. Le strangul semblait encore en vie et Pelmen contempla, hébété, sa gueule ouverte qui révélait des crocs jaunâtres et au-dessus, les fines nervures des arêtes de son nez surplombées par les perles noires et oblongues de ses yeux. Il fallut que le poignard de silex de Xuven s'abatte sur la gorge de la créature, déclenchant un ultime spasme et faisant s'écouler un fluide noir poisseux, pour que Pelmen reprenne enfin ses esprits et plisse les narines, écœuré.

« Celui-ci s'était posté derrière un arbre et attendait son heure, expliqua Xuven. Malheureusement pour lui, moi aussi. Où est ton nidepoux ? Il faut fuir le plus vite possible.

– Attends ! Cette malian est vivante. »

Xuven fronça les sourcils en direction du corps longiligne agité de frémissements.

« Si tu as perdu ton nidepoux nous devrons la laisser sur place. Elle nous ralentirait trop.

– Il est derrière ce rocher, un peu plus loin ! » assura

Pelmen en faisant un vœu pour que l'animal y fût vraiment.

Tout d'abord il ne le vit pas, mais le nidepoux était bien là, recroquevillé entre les racines de l'arbre. Xuven revint avec sa propre monture. Le nidepoux de Pelmen, qui n'avait guère réagi à ses caresses et encouragements, trouva la ressource de se redresser en apercevant son compagnon. Il alla même le renifler de son groin, ce que voyant, Pelmen poussa un soupir de soulagement.

Le corps de la malian était souple et ferme. Ils la posèrent en travers de la bête de Xuven, les bras repliés contre le torse et les pieds traînant au sol. Des traces bleu-noir s'étalaient là où les tentacules s'étaient enroulés.

Ils laissèrent derrière eux les deux cadavres, progressant aussi vite qu'ils le pouvaient. Ils n'avaient pas fait une centaine de coudées que les branchages se remirent à frémir dans leur sillage. Pelmen se retourna sans voir de strangul.

« Avance, commanda Xuven. Notre seule chance est qu'ils s'occupent de leurs dépouilles plutôt que de nos carcasses. »

Pelmen tordit la bouche de dégoût en obtempérant. Le sentier principal se mit à sinuer, les traces de chariot bien visibles. Le noueux en main, Xuven confirma que les malians avaient survécu. Leurs jambes eurent beau s'alourdir et leurs pieds les meurtrir, ils marchèrent sans répit jusqu'à la nuit tombée. Xuven se tourna alors vers Pelmen. « Ils n'ont pas fait halte. Nous continuons aussi. »

Pelmen en aurait hurlé de frustration tant son corps exigeait du repos. Il savait, cependant, que son oncle avait raison. Ils prirent juste le temps de transférer l'apprentie sur le nidepoux de Pelmen – toujours inconsciente, elle remua faiblement durant l'opération – avant de repartir.

« C'est un miracle qu'elle ait survécu » dit Pelmen en se palpant le cou. Il avait encore à l'esprit l'étreinte glacée, implacable du strangul.

« Les malians sont résistants. Moins que les krongos, mais plus que nous. »

L'estomac de Pelmen se rappela à son souvenir, lui rendant la marche plus pénible encore. La pâle luminescence qui précédait l'aube révéla des lianes qui pendaient à proximité. L'arc au poing, Pelmen huma l'air avec circonspection. La brise nocturne devait être responsable de leur oscillation – il fallait l'espérer, en tout cas. Un peu plus tard, quand les arbres s'espacèrent et qu'Astar s'éleva dans sa majesté, il respira plus à son aise. La vue était à présent plus dégagée. Le chariot de toropones s'était immobilisé au-delà de la lisière de la forêt, en bordure du sentier.

Ils se mirent à couvert. Pelmen entreprit de plier et déplier les doigts de chaque main, lesquels à force de tirer sur la longe de son nidepoux récalcitrant s'étaient engourdis et creusés de sillons. Malgré la fatigue, lui et son oncle accomplirent un ultime détour pour gagner un repli de terrain. Pelmen tomba sur les genoux. Ils se trouvaient dans une plaine d'herbe jaune, hors de portée de ce qui s'agitait dans la forêt.

CHAPITRE QUINZE

DÉCISIONS

A peine à l'arrêt, les nidepoux se couchèrent sur le flanc, si bien que Xuven dut vivement saisir la malian par les jambes, puis la tirer afin de l'allonger. Si les bêtes étaient robustes et vigoureuses, si lors de la traversée des Steppes elles avaient démontré d'étonnantes ressources, elles n'étaient pas habituées à la course, et la peur avait sapé leur énergie. Leur cœur battait si vite que Pelmen craignit qu'elles ne passent sans crier gare de vie à trépas. Son propre épuisement mis de côté, il entreprit de les bouchonner. L'écuelle en terre cuite qui permettait de les abreuver, soigneusement enveloppée dans des linges, avait survécu à leurs cavalcades. Il la remplit et la posa devant leur groin avant d'étancher à son tour sa soif.

Xuven était agenouillé auprès de l'apprentie d'Ezechian-Uzève, une odeur douceâtre vaguement familière émanant du petit pot qu'il avait en main. De l'autre, il badigeonnait la malian aux endroits où s'étalaient les marques d'étranglement.

« L'Eau de Guérison devrait faire effet rapidement, dit-il en levant les yeux vers son neveu.

– Qu'allons-nous faire d'elle ? »

Xuven se leva pour attirer Pelmen à l'écart. « Elle peut être la complice d'Ezechian-Uzève aussi bien que sa victime, dit-il en baissant la voix. Dans les deux cas, elle représente un danger si nous la laissons s'en aller. Si elle est toujours solidaire de ceux du chariot, elle essaiera de les prévenir, auquel cas le péril est immense. Si elle ne le fait pas et qu'elle choisit de retourner à Belenia, elle peut y parler de son aventure et dévoiler notre présence à des oreilles ennemies.

– On lui a sauvé la vie, tout de même. »

Xuven balaya l'argument d'un geste de la main. « Sa réapparition là-bas ne nous sera pas favorable, sauf…

– Sauf ?

– Sauf si nous arrivons à la persuader de nous accompagner jusqu'au terme de notre mission et d'apporter le moment venu son témoignage à l'Hortal. Ce n'est certes qu'une *mil'ser*, et sa parole n'aura que peu de poids parmi les siens, mais si nous soutenons ses dires, peut-être les prendra-t-on en considération.

– Comment vas-tu faire ? demanda Pelmen.

– Nous allons tout simplement lui expliquer la situation. Oh, ne te fais aucune illusion, tu devras la surveiller la plupart du temps. »

Pelmen leva les yeux au ciel, ce dont ne tint pas compte Xuven.

« J'espère que nous n'aurons pas à prendre de mesure radicale. Avant tout, il importe de déterminer dans quel camp elle se trouve – quoique j'aie mon idée là-dessus. » Sur ces mots, Xuven se détourna pour aller rejoindre la malian. Elle dormait paisiblement. A la voir ainsi, Pelmen bailla à s'en décrocher la mâchoire.

« Elle a encore besoin de repos, dit Xuven. Je préf…

– Là ! » fit Pelmen. Il s'accroupit et tendit le bras vers une forme oblongue que l'on devinait sous le pantalon de l'apprentie. Ignorant le froncement de sourcils de Xuven, il glissa sa main à l'intérieur. Avec un sourire triomphant, il brandit sa prise, qui se mit à réfléchir les rayons d'Astar non sans les rehausser d'une lueur dorée.

« De l'ambreroche, murmura Xuven.

– Ce qui signifie, jubila Pelmen, qu'elle n'a été convaincue de se lancer dans ce périple que récemment. Sinon, elle se serait procuré d'autres vêtements depuis belle lurette. Tu as vu comme son pantalon est usé ?

– Très juste. Après son passage dans le bassin de félicité, Ezechian-Uzève l'a guidée jusqu'au *Palais d'Ambreroche.* Je n'ai pu les suivre à l'intérieur, bien sûr, mais c'est sans doute à ce moment que le marché lui a été proposé. »

Les paupières de Pelmen papillotèrent. Lorsqu'il remit l'ambreroche en place, il faillit s'écrouler sur l'apprentie. « Tu tiens à peine debout, dit Xuven. Repose-toi, je prends le premier tour de garde. »

Pelmen ne tenta pas de protester. Il n'aurait su dire d'où Xuven tirait son énergie. En ce qui le concernait cela faisait un bon moment qu'il avait excédé ses limites. Son sommeil fut profond et sans rêves.

Une voix l'extirpa de ce puits sans fond, une voix aigre et enrouée, qu'il ne connaissait pas.

« …j'en ai partout ! Partout ! Ils grouillent ! Ils me mordent ! Par Malia, comment avez-vous pu ? Comment avez-vous pu me mettre au contact de ces… *abominations ?*

– Sans ces abominations, comme vous dites, les stranguls festoieraient en ce moment sur votre cadavre » répliqua Xuven de son timbre pondéré.

A ces mots, Pelmen trouva la force d'ouvrir les yeux. La malian, de taille moyenne selon les critères de son espèce mais plus grande que n'importe quel hevelen, se grattait avec frénésie le torse, le dos, le visage et les bras – tout ce qui n'était pas recouvert, en fait. Ses longs doigts graciles auraient peut-être paru féminins en d'autres circonstances, malgré les cal dont ils étaient parsemés.

« Enduisez-vous de ceci, dit Xuven en exhibant le pot de graisse de linguilis. Ça les repoussera beaucoup mieux que toutes vos gesticulations.

– Je ne veux rien avoir à faire avec vous ! cracha-t-elle en reculant d'un pas.

– Quelle ingratitude, fit Pelmen en se redressant avec difficulté, envers ceux qui t'ont sauvé la mise. »

Elle le toisa d'un œil noir. Xuven fit quant à lui un signe de tête négatif. « Ne te fatigue pas, je lui ai déjà expliqué. Autant parler à un mur. » Il lui tendit le pot. « A ton tour. Les poux n'aiment rien autant que la chair des malians, nous verrons bien comment elle se débrouille par elle-même. »

Pelmen avait à peine commencé à se badigeonner que Xuven l'attirait vers les quadrupèdes allongés, réduisant sa voix à un murmure. Ses rides s'étaient encore creusées mais ses prunelles brillaient de détermination. « Ils sont repartis, dit-il. Nous allons devoir en faire autant, mais je doute que notre nouvelle amie veuille se joindre à nous. »

Elle se grattait si violemment que sa peau en devenait sombre par endroits. Ses yeux se reportèrent sur eux, emplis de larmes de rage. A leur stupéfaction, elle s'avança dans leur direction, les lèvres serrées. « Donnez-moi ça ! »

Pelmen en avait fini, aussi la laissa-t-il lui arracher le pot des mains. Elle s'éloigna à quelques dizaines de coudées et leur tournant le dos, commença à procéder à grands gestes.

« Avec modération ! enjoignit Xuven. Ou bien nous serons forcés de le faire à votre place ! »

La malian s'interrompit, puis reprit plus lentement, n'utilisant cette fois que ce dont elle avait besoin.

« L'as-tu interrogée ? s'enquit Pelmen.

– La crois-tu disposée à parler ? » L'esquisse de sourire de Xuven était démentie par la gravité de son regard. Il avait la main droite plongée dans sa toge, les doigts refermés sur son noueux. « Elle en aura bientôt terminé. Laisse-moi faire. »

D'autres que Pelmen n'auraient rien remarqué, mais au fil des mois il avait appris à interpréter ces ridules apparues au coin des orbites. *Il s'apprête à accomplir quelque chose qui ne lui plaît pas.* Les frémissements qui agitaient la malian avaient cessé, elle ne cherchait plus à se gratter. Elle posa le pot de terre cuite à ses côtés et se leva. Toujours le dos tourné, elle se mit à marcher en parallèle de la lisière de la Forêt d'Ombres. Puis à courir. Elle était faible et sa course saccadée. Xuven tendit son noueux en remuant les lèvres, et l'instant d'après elle s'écroulait en avant. Il se porta vers elle sans se presser, et Pelmen l'accompagna. Ils la rejoignirent au moment où elle s'appuyait sur les mains pour se redresser. Une nouvelle rafale la plaqua face contre terre, telle la main immatérielle d'un colosse. Pelmen haussa les sourcils devant la démonstration de force.

« Vous avez une dette envers nous, déclara Xuven d'une voix forte et claire, une dette de vie et de mort. Selon nos traditions, vous n'en serez délivrée que lorsque nous le déciderons. Jusque-là, vous nous appartenez. Vous allez nous suivre, et vous montrer aussi docile qu'un nidepoux. » Sur ce, Xuven se pencha vers elle, la prit par l'épaule et la retourna sans ménagement. La lèvre inférieure de la malian laissait échapper un filet de sang mauve. Ses yeux embués lancèrent des éclairs, mais ce fut sa seule réaction. « Ceux qui vous accompagnaient, ceux que nous pistons sont nos ennemis. Si vous cherchez à les rejoindre ou à les prévenir, sachez que nous vous traiterons comme telle. »

Le ton employé et l'expression de Xuven ne permettaient aucune ambiguïté. Il se saisit de son silex – les yeux en amande de la malian s'agrandirent tandis que Pelmen, alarmé, se demandait s'il ne devait pas s'interposer.

Cependant, Xuven fouilla dans sa besace et en retira un objet gris qui s'avéra être une racine de trana. Il la trancha en petits morceaux qu'il tendit à la malian. « Mangez ! Je n'accepterai pas de refus. »

Elle le dévisagea farouchement. Non sans une mimique de mépris, elle s'accouda, recueillit les morceaux et les avala. Le reconstituant ne tarda guère à faire effet – le regard de la captive devint plus brillant et trahit sa surprise.

« Les racines de trana vous fortifient mais ne vous nourrissent pas, expliqua Xuven. Vous devrez vous alimenter par vous-même. Vous feriez bien de commencer dès maintenant, d'ailleurs. Quel est votre nom ? »

Elle se mit sur pied sans répondre et s'éloigna, Pelmen sur

les talons. Xuven avait rangé son noueux et observait chacun de ses mouvements. Devant un parterre de plantes que Pelmen aurait prises pour des mauvaises herbes, elle s'accroupit, les empoigna et s'arc-boutant, parvint à les déterrer, révélant des bulbes noirs logés entre les racines. Elle croqua dans l'un d'eux à pleines dents. Quand Xuven ordonna de reprendre la route, elle désigna les nidepoux et fit comprendre qu'elle préférait rester en arrière.

Xuven secoua la tête. « Dans ce cas, vous avancerez en éclaireur. Inutile de chercher à nous fausser compagnie, Pelmen ici présent est aussi précis avec ses flèches que je le suis avec ceci. » Il inclina son noueux vers elle, et un courant d'air rabattit les replis de son pantalon large.

Elle écarquilla les yeux. Tête baissée, elle accomplit un demi-cercle pour les dépasser.

Quel caractère ! pensa Pelmen. *Xuven a bien fait de lui montrer qui commandait.* Il s'employa à mastiquer des racines de trana tout en l'observant, menant sa monture par la longe. Les quadrupèdes faisaient preuve de peu d'empressement, néanmoins il était confiant en leur rétablissement. Xuven criait par intervalles des ordres brefs à la malian, la guidant de la voix comme il aurait pu en user avec des bêtes de trait.

Lorsqu'ils retrouvèrent les empreintes de chariot, il fit appel au Signe d'Aoles. Leurs prédécesseurs avaient pris de l'avance, les nidepoux ne progressant qu'à petite allure.

« Une bonne chose, commenta Xuven. Etant donné l'horizon dégagé et la taille de l'isolée, ils peuvent nous repérer de plus loin, désormais. »

L'apprentie avait les épaules courbées, tout dans son attitude indiquait la résignation. Parfois elle trébuchait, poussait un petit gémissement avant de continuer. Quand elle sentait qu'elle avait trop ralenti, elle se retournait et voyant les nidepoux approcher, accélérait de nouveau. Son corps longiligne paraissait déplacé dans l'étendue jaune ondoyante.

« Pourra-t-elle survivre si loin des bassins ? demanda Pelmen.

– Ce Sinistan l'a bien pu, répondit Xuven. A ton avis, pourquoi lui et ceux de sa bande paieraient si grassement des *mil'ser* s'ils devaient périr en cours de route ? » Xuven contempla un instant Pelmen avant de reprendre la parole, un petit sourire aux lèvres. « Je crois qu'elle est plus rebelle et têtue encore que toi.

– Elle a aussi l'air complètement perdue. Je sens qu'elle ne va pas nous faciliter les choses. »

La partie inférieure d'Astar venait à peine de rejoindre la ligne d'horizon lorsque Xuven ordonna une halte à l'ombre d'un bosquet de trifeuillus. La peau grise de la malian était parcourue de lignes claires qui devaient indiquer une grande fatigue – les marques d'étranglement s'étaient pour leur part atténuées – car sitôt que les nidepoux se furent immobilisés elle se laissa glisser au sol. Même dans son épuisement, son mouvement avait eu quelque chose de gracieux. Xuven s'assit en tailleur et se mit à respirer profondément. Tout en s'occupant des nidepoux, Pelmen se demanda si son oncle pouvait s'endormir avec le dos si droit. Il n'avait plus l'air conscient de son environnement, en tout cas. Dès qu'il se fut assuré que les nidepoux étaient solidement attachés et avaient de quoi se nourrir, Pelmen alla vérifier que la malian n'avait pas bougé avant de partir chasser. Il savait prendre un risque, mais après s'être contenté de champignons et occasionnellement d'une galette de veguer les trois derniers jours, il lui fallait de la viande. La fatigue le ralentissait et diminuait ses réflexes, mais il parvint à flairer la trace de ptats et son instinct lui permit de prédire leurs actions. A la lueur d'Hamal, il retourna au bosquet avec deux prises à sa ceinture. Contre toute attente, la malian était assise et mangeait – des plantes, apparemment. Pelmen la détailla de pied en cap sans rien noter d'anormal.

Elle fit comme s'il n'existait pas, bien sûr.

Il ne s'en formalisa pas. Xuven s'était allongé et dormait. Pelmen dépeça l'un des ptats en se disant que son expérience de tanneur lui servait au moins à quelque chose. Il mâcha longuement la chair crue en surveillant du coin de l'œil la malian, qui en fin de compte se coucha. Le second ptat était destiné à son oncle, aussi Pelmen l'enveloppa-t-il dans des feuilles de trifeuillus. Il s'efforça de veiller tant qu'il le pouvait – il n'avait pas le cœur de réveiller Xuven. Puis se laissa à son tour gagner par le sommeil.

Ils allèrent avec plus de diligence le lendemain. A intervalles réguliers, Xuven faisait bondir son nidepoux en avant, dépassait la malian, qui s'écartait avec précipitation, et sondait les alentours. Il leur arrivait de s'éloigner de la piste de leurs prédécesseurs lorsque des prédateurs la croisaient, auquel cas ils accéléraient ensuite le rythme pour compenser le détour. Peu à peu, les plaines d'herbe jaune cédèrent le terrain aux tonalités bleutées des lichens de la steppe. Aoles se manifestait presque constamment à présent, d'une manière que Pelmen aurait en d'autres temps jugée imprévisible – depuis, il avait bénéficié de l'entraînement des Cilamenites.

Les ombres des rares cactus s'étiraient lorsque le chariot et son escorte de silhouettes dégingandées apparurent dans le lointain. Xuven ordonna sans délai à la malian de se coucher au sol, ce qu'elle fit.

Elle se montrait plus obéissante que prévu, si l'on oubliait son mutisme quand on la questionnait. Elle était entêtée, c'était un fait. Aux regards revêches qui lui échappaient parfois, on pouvait croire qu'elle en voulait à la terre entière. Pelmen se demandait s'il ne serait pas devenu comme elle, si à l'époque de la tannerie il n'y avait eu maître Galn, Teleg et Alicène pour le faire rêver d'un avenir meilleur.

Ils bivouaquèrent à proximité d'un cactus aux renflements proéminents, dont ils prélevèrent la précieuse eau. Pelmen en profita pour garnir son carquois de nouvelles épines.

« Il va nous falloir être plus prudents que jamais, dit Xuven. La vue porte loin, dans les Steppes. Aoles est heureusement puissant ici, si bien que nous pouvons laisser plus de distance entre eux et nous. »

Ainsi agirent-ils le lendemain. La monotonie et la platitude du décor pesaient sur Pelmen, qui regrettait les contreforts montagneux des Canyons sur lesquels il y avait toujours un détail pour accrocher l'œil. Il avait hâte de repartir chasser. Peut-être pourrait-il prendre un rocol ou même (il huma l'air avec plus d'attention) un coureur des Steppes. Sur sa gauche à quelques encablures, une carnalyne aux blancs pétales diffusait le parfum aguicheur de son nectar. La plante carnivore était en position fermée, certainement depuis peu, et il n'y avait rien de remarquable aux environs. Pelmen reporta son regard devant lui.

Il lâcha un juron tandis que les battements de son cœur s'accéléraient.

Ni Xuven ni la malian n'étaient plus visibles. Son oncle s'était porté au-devant un peu plus tôt, ce qui n'expliquait guère sa disparition étant donné la ligne de vue dégagée. L'absence de la malian était encore plus inconcevable. Pelmen enfourcha son nidepoux et était sur le point de le faire bondir, lorsque Xuven réapparut à quelques encablures. Ce fut d'abord sa tête qu'il aperçut, suivie du reste du corps. Quasiment indécelable de là où se trouvait Pelmen, une dénivellation, sans doute profonde, avait jusqu'à présent masqué son oncle.

Elle ne devrait pas tarder à se montrer à son tour. Il talonna néanmoins son nidepoux. Cent cinquante coudées plus loin, il s'arrêta comme il s'y attendait auprès de ce qui avait dû être un cours d'eau, désormais asséché. *Aucun signe de la malian.* Ce n'était pas encore complètement anormal puisque le versant opposé, quoique moins haut, était trop pentu pour autoriser l'escalade, et que le creux de terrain sinuait. *Pas complètement anormal, mais inquiétant.* Si leur captive avait voulu leur fausser compagnie, elle se serait dirigée sur la gauche. Pelmen démonta avant de faire descendre la pente abrupte à son nidepoux. Il commença à trier les odeurs, éliminant toutes celles qui n'appartenaient pas à la malian. La délicate fragrance était presque insaisissable. Il la reconnut pourtant, qui s'éloignait… sur la gauche, justement. Pelmen grogna en considérant le lit asséché. Jonché de pierres et de rocs pointus, il ne se prêtait pas à une poursuite à dos de nidepoux. Pelmen pouvait choisir de remonter le dénivelé puis de lancer sa monture à fond de train le long du fossé, mais la malian risquerait de se plaquer dans un recoin en l'entendant approcher. Mieux valait la pister à l'odeur.

Il se mit à courir en guidant son nidepoux par la bride. Il *devait* régler le problème par lui-même, la captive était sous *sa* responsabilité. Louvoyant entre les rocs, il ménageait son souffle comme il avait appris à le faire au cours de ses longues traques aux côtés de Ielun, Laneth et Symen, craignant non pour son cas mais pour le nidepoux dont la longe lui râpait la paume de la main. De temps à autre il perdait l'odeur, pour la retrouver un peu plus loin. Malgré tous ses efforts celle-ci ne se raffermissait pas. La malian avait attendu le moment le plus propice à son évasion, profitant du délai pour récupérer ses forces.

Astar fasse qu'elle ne me conduise pas vers nos ennemis. Peu probable au départ, l'hypothèse finissait par devenir plausible au fil des détours imprévisibles du cours asséché. La sueur de Pelmen creusait des sillons dans son visage couvert de poussière, pourtant ses jambes poursuivaient inlassablement leur course et il ne relâchait pas sa vigilance. S'il n'avait eu d'autre motivation, le souvenir du prisonnier qui lui avait échappé au cours de la première traversée des Steppes lui aurait suffi. Il parvint devant ce qui avait dû être la source du cours d'eau, où seule une flaque d'eau croupie subsistait. Sur le bord du fossé se détachaient des empreintes de pieds aussi longilignes que leur propriétaire. Pelmen grimpa sur le rebord, s'y reprenant à plusieurs reprises pour haler son nidepoux. Son regard embrassa les mornes étendues, et soudain il aperçut la silhouette de la malian. Il se hissa sur sa monture, qui, répondant à son coup de talon, s'élança. Le terrain était de nouveau favorable, si bien qu'il se rapprocha sensiblement.

L'arc ne servirait qu'en ultime recours, décida-t-il. La

malian avait jeté un coup d'œil derrière son épaule, elle devait avoir conscience que sa cause était perdue à présent et ne continuait que par pure obstination. *Je vais lui faire connaître ma façon de pen…*

La fuyarde venait de s'élever au-dessus du sol. Sans que rien ne puisse l'expliquer. La mâchoire de Pelmen s'affaissa, il en oublia de tirer immédiatement sur les rênes. *Par Aoles, l'instant d'avant elle court, et le suivant elle se retrouve à plusieurs coudées de hauteur* ! Suspendue en l'air, la malian semblait encore plus déconcertée. *Par quelle sorcellerie ? Un tour de Xuven ?* Si tel était le cas, c'en était un pour le moins inhabituel, car il le voyait bien maintenant, une sorte de bulle entourait la captive, désormais immobile à hauteur d'épaule.

Tous poils hérissés, Pelmen apprêta son arc et ouvrit la bouche, mais la malian le précéda en poussant un cri et en écartant brusquement les mains. Aussitôt la bulle se disloqua et un hoquet de surprise se fit entendre, qui ne provenait ni de Pelmen ni de la malian. L'air se brouilla pour se recomposer en l'image altière d'un *feless'tu* aux traits et membres doublement féminins, vêtu d'une robe fendue à crevés bleus. La pointe de l'épine de Pelmen, orientée vers l'ascendante, trembla. *Impossible ! Elle n'y était pas il y a à peine un instant.*

L'ascendante ignora la menace pour contempler les arcades relevées la malian retombée au sol qui se mettait sur les genoux, les mâchoires serrées.

« Tu n'iras pas plus loin » articula la *feless'tu* d'une voix calme et limpide aux accents mélodieux. Elle se tourna vers Pelmen, le considérant de toute sa hauteur. « Cet arc ne sera pas utile, mon ami, nous ne désirons pas nous battre. »

Pelmen abaissa son arme, subjugué par sa majesté. *Avec ses pouvoirs prodigieux, elle aurait déjà pu s'occuper de moi si elle l'avait souhaité.* Cette pensée était à la fois rassurante et inquiétante, il garda donc sa flèche encochée, prêt à toute éventualité. L'apprentie d'Ezechian-Uzève partageait des regards inquiets entre lui et la fusionnée. L'ascendante reporta son attention sur la *mil'ser*.

« Si tu pensais rentrer à Belenia, il va te falloir patienter, je le crains. Nous sommes Elisan-Finella, au service du Haut Hiérarque Talja-Guelza…

– Et par son entremise, de l'Hortal en personne, précisa Finella d'une voix plus veloutée.

– …chargées par lui de faire toute la lumière sur les disparitions par trop fréquentes de *mil'ser*, acheva Elisan. Dorénavant, tu es sous notre commandement. Nous souhaiterions savoir où se rend le chariot qui t'avait pris à son bord…

– …une curiosité que l'hevelen barbu et toi semblez partager » intervint Finella en s'adressant à Pelmen.

L'hevelen barbu ? Elles parlent de Xuven ? Comment savent-elles ?

« De fait, nous aimerions aussi apprendre pour quelle raison deux hevelens prennent de tels risques pour suivre ce chariot » confirma Elisan en jetant un regard de biais à Pelmen.

Lequel demeura coi. Ainsi donc ils avaient eux-mêmes été suivis ! Et ni lui ni Xuven ne s'étaient aperçus de rien… Quant à savoir si la *feless'tu* était ce qu'elle prétendait, cela restait à déterminer.

La *mil'ser*, qui venait de se relever, fit éclater sa hargne et sa colère.

« Je ne suis commandée par personne ! Et je n'appartiens à personne sinon moi-même ! » Elle brandit soudain son éclat d'ambreroche, dont la lueur vermeille lui embrasa les yeux. « Vous voyez ceci ? Je l'ai gagnée chèrement (sa main caressa fébrilement son cou), il est grand temps pour moi d'en profiter ! Vous croyez peut-être que je me complaisais dans la misère ? »

Elisan fronça les arcades mais Pelmen la devança. « On m'a offert le même genre de fragment, dit-il. Oui, aussi gros que le tien. J'ai refusé et tu sais ce qui est arrivé ?

– Oh, oui ! fit la *mil'ser*. Tu as tellement regretté ta décision stupide que depuis, tu cherches à retrouver ton bienfaiteur pour le supplier de te prendre à son service !

– Tu penses vraiment ce que tu dis ? demanda Pelmen.

Sache qu'après mon refus, ils ont tenté de me tuer. Ils ont des shamans pourpres. Capables de détruire par le feu.

– Et alors ? Je ne veux plus rien avoir à faire avec eux ! Je rentre à Belenia !

– Tu comptes y vivre comme une recluse jusqu'à la fin de tes jours, je suppose ? S'ils te remettent la main dessus, ils voudront t'embrigader de nouveau, ou bien s'arrangeront pour te faire disparaître discrètement.

– C'est un risque que je peux prendre. »

Pelmen se mordit la lèvre. Aussi obstinée qu'il l'avait imaginée. Peut-être plus encore. Et inconséquente.

« Crois-tu vraiment, dit Elisan, que cet éclat d'ambreroche te permettra de trouver équilibre et harmonie ? »

Il y eut un silence. L'isolée fixait de ses iris verts la *feless'tu* avec l'expression d'un animal blessé. Pelmen tendit l'oreille pour comprendre la réponse qu'elle marmonna. « Ce n'est pas dans le bassin de la Seconde Chance que je trouverai ce qui me manque, en tout cas.

– Qu'en sais-tu ? T'y es-tu seulement immergée dans le bon état d'esprit ? »

La malian remua d'un pied sur l'autre. « Je l'ai fait. Plus d'une fois, et pendant les conjonctions. Et maintenant, il faudra six nouvelles années pour que j'essaye encore. J'ai l'impression que je pourrais essayer cent fois sans arriver à rien !

– Pour certains, l'harmonie nécessite un apprentissage, dit Finella.

– Nous pourrions t'enseigner à trouver l'état d'esprit le plus favorable, proposa Elisan. Et même te permettre d'accéder au bassin d'Eau turquoise la plus pure qui soit. Oui, nous pourrions t'aider à découvrir ton *mil'nan.* »

Le terme rappelait à Pelmen quelque chose. Subitement, il se souvint. Xuven lui avait expliqué. Le *mil'nan* était l'être concordant, le double d'un isolé. Les pièces du puzzle s'emboîtèrent dans son esprit. D'après ce que lui avait dit Xuven, la plupart des malians trouvaient dès leur naissance leur *mil'nan* et devenaient par là même *feless'tu*, ces étranges êtres à quatre bras, deux têtes et deux jambes, mais pour ceux qui échappaient à la règle, il y avait le bassin de la Seconde Chance. Il devait y avoir des périodes plus propices, puisque la *mil'ser* avait fait allusion aux conjonctions des lunes avec Astar, et aux six ans qu'il lui faudrait attendre avant sa prochaine tentative.

L'isolée sondait Elisan du regard. L'air revêche avait presque disparu de sa figure, laissant place à de la perplexité, et, oui, à de l'intérêt. « Vous m'aiderez à condition que je me mette à votre service, c'est bien ça ? »

Pelmen aurait pu s'interposer – après tout, la *mil'ser* était sa prisonnière. Au lieu de cela, il remit son arc en bandoulière et attendit la suite des événements. La *mil'ser* avait prouvé sa détermination. La magicienne fusionnée, dont la mission semblait similaire à celle confiée à Pelmen et son oncle par l'Infatigable Voyageuse, paraissait avoir les arguments pour la rendre plus docile.

« Tu as parfaitement compris, fit Elisan.

– Tu peux refuser, ajouta Finella, mais il y a une chose que nous pouvons te garantir : ce n'est pas l'ambreroche qui t'apportera ton *mil'nan.* »

La *mil'ser*, les paupières baissées, traça un arc de cercle au sol. « Je pourrai dépenser mon ambreroche comme je l'entends ?

– Tu en feras ce que tu voudras, confirma Elisan.

– Vous me permettrez d'utiliser les bassins de félicité ? »

Elisan hésita. La *mil'ser* contemplait toujours la poussière devant ses pieds. « Si tu y tiens. En ce moment pourtant, nous en déconseillons l'usage.

– Je n'y tiens aucunement, c'était un piège. » Elle avait relevé la tête et ses yeux brillaient effrontément. « Si vous m'aviez fait n'importe quelle autre réponse, j'aurais refusé. Quelle sera ma paie ? »

Pelmen ouvrit la bouche, puis la referma en esquissant un sourire incrédule. L'isolée ne manquait pas de toupet ! A peine venait-elle de rencontrer une magicienne capable de surgir à l'improviste du néant et de l'emprisonner dans une bulle, émissaire de l'Hortal par-dessus le marché, qu'elle en était déjà à négocier son salaire !

Elisan répondit froidement : « Celle des apprentis. Le gîte et le couvert, et cinq béryls blancs par jour. Ta décision ? »

La *mil'ser* se racla la gorge, la tête haute, ne résistant pas au plaisir de prolonger l'attente quelques secondes. « On dirait bien que vous vous êtes trouvé une apprentie » déclara-t-elle finalement.

Elisan hocha la tête. Finella fit vibrer sa voix sur un ton de basse et à quelques coudées de là une masse allongée surgit de derrière un rocher. Le melepek transportait plusieurs jarres, des besaces ainsi qu'une cuvette plus lourde que celle dont Pelmen se servait pour abreuver les nidepoux. Une confortable selle à pommeau double était ajustée sur son dos, sur laquelle Elisan-Finella prit place d'un mouvement gracieux.

« Allons rejoindre ton compagnon, dit Elisan en fixant Pelmen. Il doit t'attendre avec impatience. Pendant le trajet, nous nous ferons un plaisir d'écouter ton histoire.

– Je veux bien vous conduire à lui, mais je ne dirai rien pour le moment », rétorqua Pelmen. Bien que son instinct lui suggérât de faire confiance à la *feless'tu*, il préférait laisser son oncle décider en la matière. Lui amener un personnage aux pouvoirs aussi déroutants le mettait déjà suffisamment mal à l'aise.

« A ta guise. Au fait, j'allais oublier. » Elisan se retourna à moitié sur sa selle et joignant l'extrémité de ses longs doigts, forma un cercle qu'elle acheva en accolant les paumes de ses mains. A cet instant, l'air entre ses doigts se troubla et une sphère aux reflets bleutés apparut, dont la taille diminua tandis qu'elle se dirigeait vers la *mil'ser* à côté du melepek. Avant que cette dernière ait pu réagir, la Bulle lui frôla le pourtour du cou, épousant sa courbure. Pelmen battit des paupières, mais sa vue ne le trompait pas. Les dernières marques sombres sur la peau de la *mil'ser*, témoignages de l'agression du strangul, n'étaient plus qu'un souvenir. Plutôt que d'éclater, la Bulle se résorba jusqu'à s'évanouir dans l'air.

« Merci » dit l'isolée d'une voix où respect et gratitude le disputaient à l'incrédulité, tout en se palpant la gorge.

« Quel est ton nom ? demanda Elisan.

– Lominan.

– Un joli nom », approuva la voix onctueuse de Finella.

Le lit asséché fut aisé à retrouver. Elisan-Finella devait disposer de ses propres moyens de détection car sans hésiter, elle indiqua de contourner l'obstacle par le nord puis de poursuivre vers le nord-est. Peu après leur départ, Pelmen l'avait vu former un nouveau cercle avec ses mains. Aucune sphère n'était apparue, mais les yeux mi-clos d'Elisan avaient ensuite semblé perdus dans le lointain la plupart du temps. La magicienne faisait montre d'un si grand détachement, d'une telle confiance en soi que Lominan elle-même la considérait avec révérence.

Le trio progressa jusqu'au déclin complet d'Astar, dont la lueur fut supplantée dans le firmament par l'éclat des étoiles. Quand Pelmen perçut l'odeur familière de son oncle et de son nidepoux, il fit signe aux malians de l'attendre sur place. « Inutile de le mettre sur la défensive », dit-il.

Le nidepoux était abrité derrière des cactus et Xuven se tenait dans l'ombre.

« Pas plus près » l'arrêta-t-il lorsque Pelmen voulut le rejoindre. Un courant d'air environna ce dernier avant de se retirer.

Voilà ce que c'est de se retrouver au milieu de magiciens, pensa Pelmen en fronçant les sourcils.

« Qui est le malian qui t'accompagne ? » Le ton de Xuven était froid et dur.

« Une envoyée de l'Hortal, ou du moins, c'est ce qu'elle prétend. Elle dit s'appeler Elisan-Finella. Elle a réussi à convaincre notre… invitée de revenir sur sa décision de s'en retourner à Belenia. » En quelques mots, Pelmen relata la fuite de leur captive suivie de la surprenante apparition. Xuven se fit répéter chaque détail qu'il jugeait important.

« Les femelles ne sont bonnes qu'à apporter des ennuis, bougonna-t-il. D'abord cette Lominan, et maintenant une Elisan-Finella, magicienne, qui plus est ! Nous ne sommes pas sortis du gouffre ! » Il se lissa la barbe. « Enfin, ce n'est pas de ta faute, j'imagine.

– A ton avis, on peut lui faire confiance ?

– Où as-tu vu qu'une femelle pouvait être fiable ? Alors, deux en une ! » Il secoua la tête.

« Ce n'est pas ce que je te demandais.

– Peut-être, fit Xuven. Je préfère attendre de la rencontrer avant de me prononcer. »

Pelmen ignorait d'où pouvait provenir la misogynie de son oncle. Ce n'était pas la première fois qu'il dénigrait les « femelles ».

Xuven s'immobilisa à une cinquantaine de coudées des malians. Il s'inclina avec cérémonie, puis fit les présentations. En retour, Elisan-Finella démonta souplement avant de se fendre d'une révérence pleine de distinction – Lominan considérait la scène avec étonnement. La *feless'tu* déclina son identité.

Pelmen sourit intérieurement. Un peu plus tôt dans la journée, il traquait la *mil'ser* en s'efforçant de l'épuiser comme un rocol. A présent, il aurait presque pu se croire dans la salle de réception d'un palais.

« Pelmen m'a appris que vous et moi avions le même objectif, avança sans détour Xuven.

– Nous cherchons à découvrir qui provoque l'exode de si nombreux *mil'ser*, confirma Elisan, et dans quel but. Votre compagnon n'a pas daigné me dévoiler vos motifs...

– Ils sont identiques. L'un de nos Aguerris nous envoie enquêter sur les disparitions de voyageurs, également en recrudescence. »

Pelmen s'éclaircit la gorge. « J'ai des raisons de croire que l'un de mes amis a choisi l'exil ou y a été contraint. Sa sœur m'a demandé de le retrouver. »

Xuven regarda en fronçant les sourcils Pelmen, qui demeura impassible.

« Je comprends » dit Elisan, inclinant le menton à destination de Pelmen avant de reporter son attention sur Xuven. « Acceptez-vous que nous joignions nos forces ? Pelmen a mentionné les shamans pourpres. S'il s'avère que le pouvoir de Valshhyk est à l'œuvre derrière tout cela, notre alliance ne sera pas de trop.

– J'accepte. » Xuven avait répondu sans hésiter en baissant la tête – de manière un peu sèche peut-être.

Elisan sourit, et ainsi fut conclu leur pacte. Plus tard, Xuven devait révéler à Pelmen qu'une telle alliance entre une magicienne malanite et un shaman hevelen ne s'était plus produite depuis plusieurs siècles.

Ils s'installèrent pour la nuit, Pelmen auprès de son oncle, le noueux de ce dernier fiché au sol et dispersant leurs odeurs, Elisan-Finella et Lominan un peu plus loin, à proximité du melepek. Pelmen jeta un coup d'œil à son oncle. Autant qu'il pût en juger, son visage ne trahissait aucune agitation – ce qui était habituel chez lui, mais en tout état de cause il ne surveillait pas les malians.

Ce fut la pluie qui réveilla Pelmen en s'écrasant sur sa figure. L'aube venait d'éclore et l'on pouvait croire qu'Hamal avait contaminé l'ensemble de la voûte stellaire de sa luminescence verdâtre. Ce n'étaient que des nuages, pourtant, vastes masses cotonneuses en mouvement, qui avaient commencé à déverser de grosses gouttes. Pelmen tourna la tête de droite et de gauche, troublé. Hormis le melepek, pas la moindre trace des malians. Les odeurs dans l'air étaient dominées par l'humidité, rendant le tri délicat. A peine s'était-il fait la réflexion que la jambe de Lominan sembla franchir un rideau transparent, puis la *mil'ser* apparut tout entière. Ce qui camouflait les malians se brouilla alors, et ce fut au tour d'Elisan-Finella de devenir visible. Pelmen frémit. *La magie de la fusionnée est vraiment stupéfiante. Je ne crois pas que j'arriverai à m'y habituer.* Elisan lui adressa un sourire discret avant de désigner à sa nouvelle apprentie une sacoche sur le flanc de sa bête de somme. Tandis que Lominan en retirait des plantes aux feuilles beiges, elle-même se chargea de décrocher la pesante cuve et de la poser au sol. La pluie se mit à crépiter en s'écrasant à l'intérieur, ce dont ne se formalisa pas la magicienne. Elle créa une Bulle qui se gonfla peu à peu et s'alourdit.

Lominan avait suspendu son geste, les feuilles à mi-chemin de la bouche. Pelmen retenait lui aussi son souffle, et un peu plus loin, Xuven observait la scène avec un intérêt non dissimulé. Elisan guidait la Bulle de ses mains, comme si d'impalpables liens y étaient reliés. La sphère se positionna à la verticale de la cuve au fond blanc veiné de bleu. Elle se déchira soudain et l'eau se déversa à grand bruit. Une eau non pas verte, mais qui par quelque alchimie revêtait un fascinant aspect bleu turquoise. Elisan-Finella releva sa robe, enjamba le rebord et disposa ses pieds à l'intérieur. Les visages de l'ascendante et de la répondante se détendirent.

Pelmen avait du mal à en croire ses yeux. *La Bulle a bel et bien capturé l'eau de pluie ! Et cette couleur ! Cette cuve...on dirait bien une version des bassins adaptée au voyage.*

Son bain de pieds terminé, la *feless'tu* invita Lominan à l'imiter. L'isolée fit d'abord mine de refuser, mais se laissa convaincre plus facilement que Pelmen ne l'aurait supposé. Elle ne parut s'en porter que mieux, la tension évacuant ses traits à vue d'œil.

Pelmen alla rejoindre Xuven à proximité d'une vieille souche vermoulue. « Une cuve en belenite, à ce qu'on dirait, fit Xuven. La même matière que celle des bassins originels... Remarquable, vraiment remarquable.

– Elle semble leur faire de l'effet.

– Les malians ont besoin d'eau, et pas seulement pour boire. D'Eau turquoise, en particulier.

– Oui, j'avais cru comprendre. Mais, dis-moi... » Pelmen se fit expliquer ce qu'étaient les bassins originels. Selon Xuven, ils avaient été façonnés par Audunievë et Malia eux-mêmes, et chacun répondait à des fonctions distinctes.

« On ne les trouve qu'aux deux premiers degrés de Belenia. A partir du troisième, on a les bassins subsidiaires, des imitations qui n'ont évidemment pas toutes les vertus de leurs modèles. C'est pourquoi l'Eau turquoise est la plus pure aux premiers degrés.

– Pour posséder un tel objet, la *feless'tu* ne doit pas habiter dans le quartier des Egarés.

– Je suis de ton avis. »

Ils se mirent en route avec Xuven et Pelmen pour ouvrir la voie, Elisan-Finella et Lominan en retrait. A l'exception de rares veguer'en qui chassaient la pluie devant leur bulbe mauve, la steppe était plus monotone que jamais. A plusieurs reprises, Pelmen vit Xuven hésiter après avoir eu recours au Signe d'Aoles – la pluie compliquait la traque. Quand Xuven opta pour un passage sinuant entre des collines, Elisan-Finella l'accosta pour l'en dissuader.

« Il y a des sanrkhas, là-bas » assura-t-elle.

Contrairement à Xuven et Pelmen qui avaient tendance à rentrer les épaules sous l'averse, elle et Lominan se tenaient bien droites, paraissant apprécier le ruissellement de l'eau sur leur peau. Elisan indiqua une plaine rocailleuse. « Nous regagnerons du terrain en passant par là. »

Xuven fit la grimace mais marmonna son acceptation, ce qui ne surprit qu'à moitié Pelmen. La magicienne paraissait vraiment savoir ce qu'elle faisait.

La pluie ne cessa qu'en fin d'après-midi. Xuven fit de nouveau appel au vent et dut convenir de la justesse de la prédiction d'Elisan-Finella.

Durant les jours, puis les semaines qui suivirent, Lominan se dérida, et Pelmen l'aperçut même sourire en s'adressant à Elisan-Finella. Dans la journée, les malians conversaient le plus souvent entre elles, se tenant à distance respectueuse des nidepoux. Le soir en revanche, il arriva qu'elles prennent leur repas avec lui et son oncle. Plus d'une fois, leurs révélations plongèrent Pelmen dans la confusion. D'après ce qu'il put démêler, le *mil'nan*, le double idéal d'un isolé, n'était pas une fin en soi, mais un simple préalable à la recherche du bonheur et de l'épanouissement – qui chez les malians, était tout sauf individuel. C'était du moins la conception d'Elisan-Finella : l'état de *feless'tu* dégageait l'esprit et permettait aussi bien au répondant qu'à l'ascendant de mieux connaître leur propre nature. Ainsi ce dernier pouvait-il aborder d'autres *feless'tu*, trouver ou non des intérêts communs, et choisir de nouer des relations plus ou moins étroites avec un ascendant de sexe opposé. Le répondant profitait des émotions partagées pour enrichir sa vie personnelle, jusqu'au moment où se serait son tour de devenir ascendant, et peut-être de découvrir l'âme sœur.

Les possibilités donnaient à Pelmen la migraine. Finella avait parlé d'une famille vivant dans des conques interconnectées où par associations de *feless'tu*, il y avait *vingt-quatre* maris et épouses ! Qui mettaient en commun leurs sentiments en se touchant ou en s'immergeant dans un bassin appelé Don de Malia... En entendant cela, Lominan avait *souri*, comme si c'était une perspective des plus enviables ! Pelmen ne pouvait guère imaginer les relations intimes des *feless'tu*, mais assurément la reproduction en découlait, et l'indécence et le voyeurisme que supposaient ces rapports à quatre – voire davantage, qu'en savait-il ! – le perturbaient profondément. Il se garda donc de creuser la question et à l'inverse, prit soin de maintenir ses distances avec Elisan-Finella. Un minimum de courtoisie suffisait, après tout.

Lominan le surprit en sollicitant de l'accompagner à la chasse. Comme elle lui fit la promesse de lui obéir en tout, il accepta. Et en effet elle suivit ses instructions, se bornant à l'observer sans faire de bruit. Quand il eut criblé d'épines un quadrupède à fourrure bleue et hissé sa dépouille sur son épaule, il lut un certain respect dans ses yeux.

« Alors comme ça, on t'a proposé à toi aussi de l'ambreroche ? » lui demanda-t-elle.

Nous y voici. Il reposa son gibier et l'examina avec curiosité.

L'intérêt de la *mil'ser* paraissait sincère, si bien qu'il prit le parti de lui narrer son expérience. Elle se révéla impressionnée – et tout autant écœurée – par le shaman au visage brûlé et les pouvoirs dont il avait fait preuve.

« Quant à moi, dit-elle, c'est Ezechian-Uzève qui m'a présentée à Regnan au *Palais d'Ambreroche*. La vie ne m'avait jamais paru plus terne qu'à ce moment. Cette ambreroche… Elle a brillé comme l'espoir d'un nouveau départ.

– Je comprends ce que tu veux dire. Et même trop bien. »

Elle fit la grimace. « J'ai bien vu ensuite, dans le chariot, que ce Regnan nous considérait comme des moins que rien.

– Mais aucun d'entre vous n'est parti.

– Ce voyage était notre seule perspective. Regnan nous avait promis que nous pourrions mener notre existence comme nous l'entendions, en accumulant des richesses dont nous n'osions pas rêver. Un projet d'avenir, même désespéré, c'est mieux que rien du tout.

– Oui, et c'est aussi ce qu'a dû se dire Teleg. Mon ami, celui que je recherche. »

Les yeux émeraude de Lominan brillèrent d'un éclat plus intense tandis qu'elle se mordillait la lèvre inférieure. « Il y a une chose que je tenais à te dire… Merci… merci pour ce que tu as fait pour moi. »

Pelmen haussa les sourcils. « Eh bien, eh bien, quel courage ! Qui aurait cru que cela finirait par sortir ! Astar a marqué cette journée de son empreinte…

– Ne te moque pas, c'est juste que… je n'ai rien vu de ce qui s'est passé, et je n'aurais pas cru que quelqu'un d'aussi… euh, petit, pouvait venir à bout d'un monstre comme celui qui m'a attaqué. »

Pelmen plissa les narines. « Je crois que je préfère encore ton indifférence à tes éloges. »

Lominan battit des paupières. « Mais non ! se récria-t-elle. Oh, excuse-moi, je suis si maladroite. Ce n'est pas que tu es petit, tu es juste… trapu ! Je… je voulais dire que c'est en te voyant abattre ce gibier, là, que j'ai réalisé à quel point tu es habile avec ton arc. »

Pelmen eut un sourire en coin. « Ça ira. Je ne regrette pas ce que j'ai fait, en tout cas.

– Moi non plus ! » Tous deux partirent d'un éclat de rire.

A plusieurs reprises, elle l'accompagna de nouveau à la chasse. Elle aussi avait grandi dans la pauvreté. D'abord élevée dans un refuge de *mil'ser*, elle s'était révélée douée pour cet art inconnu de Pelmen appelé écriture, pourtant elle n'avait trouvé nul maître qui acceptât de l'engager, n'apprenant que par elle-même, et avait dû se résoudre pour subsister à cueillir des champignons, récolter des toropones ou accomplir le nettoyage de conques. Elle ne fit qu'allusion à ses tentatives pour découvrir son *mil'nan*. Pelmen devina que chacune de ses déconvenues l'avait rendue plus amère. Au cours de leurs sorties, elle l'invita à parler des Canyons. Pelmen y consentit, sans parvenir à masquer l'envie qui était sienne de retourner au pays.

Peu à peu, le paysage devenait plus âpre, la végétation rare et pelée. Ils n'apercevaient que très rarement le chariot qu'ils suivaient, ombre lointaine et bientôt évanouie. Un mois s'était écoulé depuis la rencontre avec Elisan-Finella lorsque le vent commença à convoyer en de brusques rafales d'âcres relents de soufre. Pelmen repensa aussitôt à Stenlen et à ses restes carbonisés, mais contre toute attente, ni Xuven ni Elisan-Finella ne semblèrent s'inquiéter outre mesure. Pelmen décida malgré tout de redoubler de vigilance. Le gibier était plus difficile à dénicher, quoique certains animaux ne réagissaient plus comme ils l'auraient dû. Ainsi un rocol, plutôt que de s'enfuir voleta vers Pelmen, ses petits yeux noirs emplis de fureur. Cible facile. Les nidepoux se faisaient plus nerveux, ils étaient parfois pris de tremblements violents et inexplicables. La nuit, Pelmen se voyait précipité dans des abysses dont jamais il n'atteignait le fond, sa peau liquéfiée bien avant cela par l'extrême chaleur. Il se réveillait en sueur, réprimant des cris de terreur. Les cauchemars s'insinuaient aussi dans le sommeil de ses compagnons. Lominan hurla dans les ténèbres, et des rides de souci inhabituelles au petit matin sillonnèrent le visage de Xuven. Elisan-Finella elle-même paraissait avoir perdu de sa sérénité. A chaque repas désormais, elle invoquait une Bulle qui roulait à la surface de l'eau au creux des mains ou épousait la forme des aliments. Sans cela, eau et nourriture révélaient un goût aigre à la limite du supportable.

Un soir, Xuven fit la distribution des colliers de Cilamon et demanda à Pelmen d'enfiler le sien. L'odeur de soufre s'était faite plus présente dans la journée, de sorte que Pelmen sentait un fond de migraine s'installer à demeure. Trop souvent, il lui venait à l'esprit combien leurs chances de succès étaient faibles et l'adversité supérieure. Dès qu'il eut refermé sa boucle, l'air parut s'échapper du collier pour lui caresser le visage – un air miraculeusement frais et dépourvu de tout miasme. La sensation était agréable, il se mit à respirer plus librement et redressa les épaules tandis que ses pensées gagnaient en clarté. *Fantastique ! Ce collier est fantastique. Si seulement il n'isolait pas des odeurs de la steppe...*

Elisan-Finella, pour sa part, leva l'objet vers le ciel empourpré des rayons du couchant. Tournées ou non vers la lumière, les gemmes oranges de l'artefact luisaient d'un éclat intérieur inaltérable. La corde accepta de se distendre quand elle l'enfila autour de leurs deux cous.

« Pourquoi devons-nous les porter ? » demanda Lominan.

Pelmen prêta une oreille plus qu'attentive à la réponse, qui en l'occurrence provint de la *feless'tu*.

« Ce sont là des objets sacrés. On les croyait définitivement égarés, quoique certain parchemin dans la spire des Arts Magiques les mentionne. Leur création remonte à l'époque d'Astian, et il est écrit que leur pouvoir est grand. Ils protègent des exhalaisons de l'haleine de Valshhyk lui-même.

– Valshhyk ? fit Lominan en souriant. Un conte à faire peur aux enfants ! Ce que nous sentons n'est pas empoisonné. Juste une odeur de soufre, naturelle dans la région.

– Tes cauchemars seraient donc aussi naturels ? rétorqua

Elisan en braquant sur elle son regard perçant. Quand tu chutes au fond du gouffre et que les souffles brûlants font fondre ta peau ? »

Lominan ouvrit la bouche, mais il lui fallut quelques secondes avant de parvenir à articuler une réponse. « Co…comment le savez-vous ?

– Les shamans pourpres seraient donc tout proches ? » interrompit Pelmen, n'y tenant plus. « Ils essayent de nous faire perdre la piste ? »

Lominan le dévisagea, terrifiée.

« Impossible d'être aussi affirmatif, tempéra Xuven. La seule chose dont je suis sûr, c'est que la prudence est de rigueur. » Elisan-Finella approuva.

Au regard que Lominan lança à la cantonade après avoir enfilé son collier, il fut aisé de comprendre qu'elle aussi bénéficiait à présent de la magie de Cilamon.

« Le protecteur mérite bien son nom, commenta Finella.

– Notre gratitude vous est acquise, Xuven, déclara Elisan en s'inclinant devant l'intéressé.

– C'est un ami du nom de Fekkar qu'il vous faut remercier, bougonna-t-il. Un krongos.

– C'est donc le peuple de la roche qui avait conservé ces artefacts, murmura Elisan. Le krongos Fekkar doit vous honorer d'une bien grande confiance, pour vous les avoir confiés. Ce qui signifie que sa communauté soutient notre cause. Je ne sais si nous devons nous sentir réconfortées ou bien plus effrayées encore.

– Tout ce que je vous demande, dit Xuven en considérant tour à tour Elisan et Lominan, c'est d'en prendre soin comme de la prunelle de vos yeux. »

Elles acquiescèrent, à la suite de quoi chacun prit ses dispositions pour la nuit.

Deux jours plus tard, sur une plaine rocailleuse dominée dans le lointain par des monts aux sommets enneigés, ils aperçurent des volutes de fumée grise s'échapper de lézardes. Les moindres de ces craquelures auraient pu engloutir des bâtiments entiers. Toutes rejoignaient un axe principal qui zigzaguait tel un fleuve enténébré aux reflets roux, cicatrice béante s'enfonçant jusque dans les entrailles de la terre.

« La Grande Déchirure » murmura Xuven.

CHAPITRE SEIZE

EN TERRITOIRE HOSTILE

Ils s'étaient arrêtés, contemplant la faille qui aurait pu délimiter la lisière du monde. Elle attirait l'œil tout comme elle semblait devoir entraîner ce qui en approchait dans ses profondeurs sans fin. Pelmen était estomaqué par ses dimensions. *Quelle force a bien pu éventrer la terre à ce point ?* On pouvait sentir sur la peau les émanations irritantes, corrosives. Le souffle d'Aoles ne faisait que rendre plus pénible la pesanteur de l'air. Pelmen grimaça en percevant la respiration plus rauque qu'à l'accoutumée de son nidepoux. *Sans le collier je serais dans le même état. Si les shamans pourpres sont derrière cela, ils ne doivent plus être loin.*

Les traits de son oncle étaient impavides et son regard, celui d'un hevelen s'apprêtant à affronter une épreuve annoncée de longue date. Pelmen ouvrit la bouche, sans émettre un son. Ce n'était peut-être que son imagination, mais il lui semblait que seul le vent, qui s'engouffrait en mugissant sous la terre, était en droit de troubler le silence des lieux. En parlant, il risquait d'éveiller une attention non désirée, dont la malveillance devait être plus profonde que le gouffre lui-même. Un frisson glacé descendit le long de sa colonne vertébrale. Ses compagnons demeuraient tout aussi silencieux.

Je ne dois pas laisser la peur me dicter ma conduite.

Le son de sa voix s'éleva dans l'air, pas aussi ferme qu'il l'aurait souhaité mais assez distinct. Du coin de l'œil il vit Lominan s'agiter, comme émergeant d'un mauvais rêve.

« L'atmosphère ici serait presque irrespirable sans collier, dit-il. Les shamans pourpres ? »

Elisan remua la tête négativement. « Depuis des temps oubliés, la Déchirure est l'un des symboles de la présence de Valshhyk sur Ardalia. Ce ne sont pas ses laquais versés dans la sorcellerie qui engendrent ce qui nous vient aux narines... bien qu'ils aient hélas le pouvoir de le restituer.

– Lorsqu'ils corrompent le souffle d'Aoles, précisa Xuven, les shamans pourpres le font de façon plus condensée.

– Cela vient donc de la Déchirure, déduisit Pelmen. Dans ces conditions, comment vas-tu t'y prendre pour continuer de pister le chariot à l'odeur ? »

Xuven contempla la faille. « J'ai bien peur de ne plus en être capable. Le soufre est trop présent ici, son empreinte masque toutes les autres.

– Tu ne veux pas même essayer ? »

Le regard gris de Xuven se fixa sur lui. « Seulement en dernière extrémité. Je dois retirer le collier pour m'ouvrir au Signe d'Aoles.

– Nous vous guiderons, assura Elisan. Nos sortilèges ne nécessitent pas de retirer le collier. »

Xuven acquiesça. « Logiquement, dit-il, ils vont continuer le long de la faille pour plus de discrétion. C'est ce que je ferais à leur place. La crainte qu'engendrent ces lieux est leur meilleure alliée, on dit que ceux qui s'approchent trop de la Grande Déchirure mettent en péril leur âme. »

Il fut décidé que l'on s'éloignerait de la faille béante avant de reprendre le chemin vers l'est. Cela signifiait se résigner à ne plus suivre les traces du chariot de toropones pour s'en remettre aux seules capacités de détection de la magicienne, néanmoins la décision soulagea Pelmen. Quoique les pensées de son oncle fussent difficiles à deviner, il eut le sentiment que ce dernier considérait l'aide d'Elisan-Finella comme un mal nécessaire. S'il ne devait pas lui être agréable de dépendre de la *feless'tu* – loin de là – sa conception des « femelles » était peut-être plus nuancée qu'il le laissait entendre la plupart du temps. La veille, Xuven avait évité le regard de Pelmen quand celui-ci avait demandé pourquoi il s'était mis au service de l'une des Aguerries, s'il ne faisait pas confiance aux femmes.

« Elle est l'exception qui confirme la règle, avait marmonné Xuven. Et puis, je ne l'ai jamais envisagée de cette manière. » Pelmen ne l'avait pas contredit, mais le trouble de son oncle avait démenti son propos.

Comme ils se remettaient en marche, il distingua à quelques centaines de coudées des silhouettes bestiales au poil bleu penchées au bord de la faille. Les quadrupèdes donnaient l'impression de s'abreuver de noirceur. Il frissonna.

Au cours des jours qui suivirent, Pelmen et ses compagnons livrèrent combat à plusieurs reprises contre des créatures aux flancs terriblement émaciés et au pelage aussi miteux que la végétation, dont certaines avaient pu être des nidepoux dans une autre vie. Ces affrontements se révélaient presque trop faciles, avec Elisan ou Finella pour les prédire à l'avance, puis emprisonner les monstres dans des Bulles ou ralentir leurs mouvements. Pelmen ne se lassait pas d'admirer les pouvoirs des deux magiciennes, et dans le même temps, les yeux des créatures dénaturées exprimaient tant de folie et de haine qu'il éprouvait un dégoût mêlé de pitié au moment de libérer ses traits. Xuven, quant à lui, assommait ou projetait en l'air les survivants sous le regard d'abord apeuré puis plus confiant de Lominan, blottie dans l'ombre du melepek.

L'isolée et Elisan-Finella devenaient chaque jour plus irritables. Pelmen ne put s'empêcher de faire le lien avec la cuve de belenite qui ne quittait plus le melepek, délaissée.

« Ni Elisan ni Finella n'arrivent plus à extraire assez

d'humidité dans l'air, avait expliqué Lominan. Selon elles, l'atmosphère est de toute façon trop corrompue. Purifier la nourriture leur prend déjà beaucoup d'énergie, sans parler des Bulles de Vision. » Elisan avait alors haussé les sourcils dans leur direction et Lominan s'était détournée, comme si elle regrettait d'en avoir trop dit. Pelmen savait à quoi s'en tenir à ce sujet. Il avait bien remarqué qu'une bonne part des discussions de Lominan avec Elisan-Finella semblait porter sur la magie. Dans les Canyons, il était de notoriété publique que les shamans se montraient peu diserts sur tout ce qui avait trait à leurs secrets. Peut-être n'en allait-il pas ainsi chez les malians… *A moins*, songea-t-il, *que la feless'tu ne se soit résolue à dévoiler certaines parcelles de son savoir dans le but de faire oublier les rigueurs du périple à Lominan.*

Un matin, ils tombèrent sur des empreintes se dirigeant vers le sud. Elisan-Finella confirma bientôt la nouvelle route de leurs prédécesseurs.

« Je serais surpris qu'ils poursuivent bien loin dans cette direction, déclara Xuven. Le risque de croiser des Cilamenites deviendrait trop important. »

Au nord des sources de l'Hado, ils découvrirent les traces d'un campement. Le secteur était relativement épargné par le souffle de la Déchirure, y croissaient élancés et trifeuillus. Xuven indiqua une plaine où le lichen le disputait à l'herbe rase. « L'ancienne cité d'Astian avait été bâtie ici, d'après les Avisés et les textes anciens. »

Pelmen examina l'étendue déserte, s'efforçant d'imaginer ce qu'avait dû être la coexistence des krongos, hevelens et malians. L'ère dont il était question avait dû être plus qu'étrange.

« Les textes anciens, dis-tu… Ainsi toi aussi tu sais… lire, fit Pelmen, c'est comme ça qu'on dit ?

– Il y a beaucoup à gagner à fréquenter les malians » sourit Xuven.

Elisan inclina légèrement la tête, comme acceptant le compliment pour elle-même.

« Pourquoi avoir bâti Astian si près de la Grande Déchirure ? »

interrogea Pelmen.

Elisan prit la parole. « La vocation d'Astian était double : en plus de renforcer la collaboration et l'entente entre les peuples, elle devait tenir lieu de point d'observation des voies d'accès vers le volcan Ixal, voire de tout premier bastion en cas de tentative d'invasion des séides de Valshhyk. Le pouvoir des plus puissants krongos de l'Ouest, associé à celui des shamans hevelens et magiciens malanites, fut mis à contribution pour enchanter des statues dressées autour de la cité. Ainsi les effluves environnants purent-ils être dissipés en permanence, et l'air purifié. »

Nul vestige n'avait subsisté, ni des statues ni de la ville. Pelmen songea qu'Astian aurait aussi bien pu n'avoir jamais existé.

Chasse et cueillette furent meilleures dans ces régions. L'espace de plusieurs jours, le moral remonta en même temps que le poil des nidepoux se faisait plus lustré. Bientôt pourtant, la piste s'orienta de nouveau vers le nord. Pis encore, le relief les contraignit à rejoindre la Déchirure. Ils avançaient désormais coincés entre des collines rocailleuses et l'abîme que surplombaient des montagnes aux crêtes acérées, si proches de la bordure opposée que leur destin était sans doute de s'y engloutir, si hautes qu'elles fussent.

Les nidepoux devaient avoir endurci leur cœur, car si la peur ne quittait pas leur regard, ils tremblaient moins. Pelmen puisait quelque réconfort dans le courage de ces fidèles compagnons.

« Là sont les Sentinelles Immuables, disait Xuven en désignant les pics enneigés, et ici (il pointa le doigt en avant) la région d'Aprescollines. »

Si loin au nord en cette saison, la chaleur ambiante paraissait surnaturelle. Pelmen aurait volontiers échangé la méphitique aridité contre la pureté du froid des montagnes.

« Là-bas ! s'exclama Lominan en pointant le doigt en l'air. Qu'est-ce que c'est ? »

Pelmen plissa les paupières dans la direction indiquée. Loin dans le ciel, tantôt masquées par l'ombre des montagnes, tantôt s'en détachant, évoluaient des silhouettes ailées à l'allure inquiétante malgré leur abdomen gonflé.

Xuven étouffa un juron. « Des protodactyles. Si jamais ils nous voient... » Il se tourna vers la *feless'tu*. « Elisan-Finella, vous pouvez nous masquer à leurs yeux ? »

Elisan fit « non » de la tête. « Nous sommes trop nombreux et n'avons pas la place de nous regrouper derrière le melepek. »

Une telle menace était inédite pour Pelmen. S'efforçant de garder son sang-froid, il s'empara de son arc et encocha une épine. L'un des volatiles s'était séparé de ses congénères et glissait à présent vers eux. Ses ailes membraneuses à l'envergure démesurée se terminaient par des griffes recourbées. Le protodactyle n'avait pu manquer de les repérer, pourtant il disparut soudainement derrière une colline.

Xuven, les paupières closes, s'était mis à entamer une litanie. Son noueux tremblait sous l'énergie invoquée.

Plus alarmé à chaque instant, Pelmen se tordait le cou à surveiller le faîte des collines alentour. Le protodactyle pouvait surgir de n'importe où. Des brumes se rassemblèrent autour d'eux, volutes pâles et légères, et les visages d'Elisan-Finella s'éclairèrent.

« Nous allons vous aider. » Ascendante et répondante formèrent un cercle avec leurs mains. En un moment la brume s'épaissit, devint plus froide et opaque. Impossible désormais d'apercevoir leur adversaire ailé, ce qui signifiait bien sûr qu'ils étaient à l'abri de son regard.

« Merci » murmura Xuven d'une voix presque chevrotante.

Pelmen et Lominan échangèrent un regard indécis. Ils tressaillirent tous deux quand des claquements sonores retentirent au-dessus d'eux, suivis d'un puissant trille qui ressemblait à un hurlement de dépit. Elisan-Finella, qui avait démonté, s'approcha de Xuven, son pas aussi majestueux que si elle avait marché dans le palais de l'Hortal. Ses traits plus pâles qu'à l'accoutumée, cependant, reflétaient son inquiétude. « Nous ne pouvons déplacer ce brouillard, dit-elle. Il nous faut pourtant nous éloigner au plus vite. »

Les rides de Xuven se creusaient sous la concentration. « Il est en mon pouvoir de le faire, articula-t-il. Rejoignez votre melepek et préparez-vous à intensifier de nouveau la brume, si elle venait à s'éclaircir. »

Au signal de Xuven, chacun fit avancer sa monture. Le brouillard demeurait au-dessus d'eux, si bien que Pelmen respira un peu plus librement.

Répit de courte durée. Comme ils approchaient du flanc de la montagne d'où provenait une cacophonie de battements d'ailes et trilles aigrelets, le mugissement du vent s'engouffrant dans le défilé couvrit le son des protodactyles. Xuven s'immobilisa et mit pied à terre. Les nidepoux se mirent à renâcler, et Pelmen se précipita vers celui de son oncle, le prenant par la bride et l'amenant vers son congénère. Dans un premier temps, le souffle d'Aoles parut se dérober car ils ne le ressentirent pas.

Les dents serrées, les veines du front saillantes, agrippé à son noueux qui vibrait de l'intérieur, Xuven ne devait pas même s'apercevoir qu'il était en nage. Ses jambes fléchirent et il se retrouva à genoux. Malgré tous ses efforts, à la consternation générale le bouclier qu'il avait invoqué autour du brouillard s'affaiblit. Le vent les frôla et la brume se fit moins dense, s'étiola. Devant la catastrophe imminente, Pelmen se mordit la lèvre sans en avoir conscience. Il enroula les brides des bêtes autour de son poignet et s'apprêta de nouveau à défendre chèrement sa vie.

La nappe protectrice, quoique moins volumineuse, regagna de la densité. La rafale s'éloigna aussi promptement qu'elle était venue.

Le visage d'Elisan-Finella, qui émergeait d'une transe similaire à celle de Xuven, était plus pâle que jamais. La mâchoire de ce dernier se décrispa et il se remit à marcher. Pelmen repositionna ses bêtes avec fébrilité, conscient du danger auquel les exposerait le moindre faux pas. Par un artifice de son cru, Xuven avait éclairci la brume à l'avant, de sorte que la vue y était dégagée. Bientôt, le gouffre béant ne fut plus qu'à quelques pouces. La chaleur qui s'en échappait ne desséchait pas seulement la peau, en dépit de la protection des colliers de Cilamon, elle altérait les émotions, incitant à contempler la noirceur du vide et ces touches de pourpre intermittentes qui étaient comme des battements de cœur.

« Ne regardez pas » ordonna Xuven – d'une voix si faible que Pelmen le dévisagea avec inquiétude.

Pas étonnant qu'il n'ait jamais fait appel au brouillard auparavant, si c'est le prix à payer. Comme il marchait, Pelmen s'efforça de repousser l'idée de cette bouche avide, cette bouche sans fond qui ne demandait qu'à les avaler, l'idée aussi de ces serres recourbées en altitude, prêtes à se saisir d'eux en les lacérant, pour les amener encore en vie dans quelque nid où ils seraient déchiquetés. *Dès que le brouillard ne pourra plus être maintenu…*

Le chemin formait un coude, et à cet endroit apparut subitement un quadrupède élancé. Ses queues terminées en pointes dures telles de la corne et aussi effilées que des épines de cactus s'agitèrent tandis qu'il évaluait les nouveaux arrivants de ses yeux rougis, envahis de souffrance et d'animosité démente. Le coureur des steppes se ramassa sur lui-même et Pelmen sut que leur fin était proche.

Xuven continua d'avancer, les épaules voûtées.

Pelmen, horrifié, réalisa que son oncle ne devait plus avoir qu'une conscience étrécie de son environnement. *Ou alors il n'a plus le choix.* Il leva son arc encoché, mais au même instant les nidepoux affolés repoussèrent son bras en arrière par les brides toujours attachées à son poignet. *Je ne vais même pas arriver à tirer !*

Venue de nulle part, une flaque d'une substance blanchâtre s'abattit sur le coureur, des gouttelettes éclaboussant la roche tout autour. L'animal se cabra puis se tordit en tout sens. Ses mouvements, cependant, se ralentirent au fur et à mesure que le liquide se solidifiait au contact de l'air. Les nidepoux s'étaient figés de terreur, tout comme les malians et les hevelens. Le coureur des steppes avait presque cessé de bouger, quand dans un sifflement une forme ailée plongea sur lui et l'emporta entre ses serres, juste sous les yeux de Xuven.

Pelmen secoua la tête, incrédule. Le protodactyle avait encore l'abdomen entrouvert et un restant de suc blanc en dégouttait. Sur le visage des malians, Pelmen lut le reflet de son propre effarement – Xuven était quant à lui trop épuisé pour montrer autre chose que de la fatigue. Les nidepoux, les pattes tremblantes, comme privés de volonté, suivirent lorsque Pelmen, surmontant à grand-peine le choc, tira sur les longes. Il avança d'un pas mécanique, à peine suffisant pour ne pas perdre de terrain sur son oncle.

La nuit mit un temps infini à recouvrir le rude décor de son voile, au terme duquel Xuven, la main agitée d'irrépressibles tremblements, rangea son noueux dans un repli de tunique. L'éclat des étoiles parvint alors jusqu'à eux. Ils s'abritèrent au creux d'une anfractuosité et Elisan-Finella prit soin de coucher le melepek en travers de l'issue. Les cheveux en bataille et les traits décomposés, Xuven mâchonna à peine quelques racines de trana et un peu de viande sèche avant de se blottir contre son nidepoux. Elisan-Finella ne paraissait guère en meilleure forme. Assise au centre de leur refuge, elle s'abîma dans une transe méditative qui se transformerait bientôt en sommeil.

Lominan et Pelmen s'entreregardèrent. Il y avait tant de désarroi dans l'expression de la *mil'ser* que Pelmen posa une main sur son bras – dont la fraîcheur le surprit compte tenu de la température. « Ça ira, murmura-t-il sans en penser un traître mot. Je prends le premier tour de garde. » Elle acquiesça, et il alla s'occuper des bêtes haletantes. Durant toute une partie de la nuit, il eut l'impression de sentir le souffle rauque de quelque démon sur sa nuque. Seul, le calme souverain du melepek lui inspira du réconfort et avant de s'endormir, Pelmen eut une pensée pour Fekkar, se demandant ce que devenait son ami.

L'aube révéla les silhouettes menaçantes de protodactyles tournoyant au loin. Xuven les considéra d'un œil noir avant de se tourner vers Elisan-Finella. « Des nouvelles du chariot ?

– Nous l'avons perdu de vue. »

Comme Xuven s'apprêtait à répliquer, Elisan l'arrêta d'un geste de la main.

« Nous sommes persuadées qu'il s'est rendu vers une... une sorte de ville édifiée dans ces collines.

– Une ville ? fit Xuven. Ici, au cœur d'Aprescollines ? Par Aoles, quelle nouvelle folie est-ce là ?

– Nous n'avons fait que l'entrevoir, mais nous sommes sûres qu'elle existe et pouvons vous y conduire. Elle se trouve à une journée de marche.

– Personne n'oserait s'établir ici, sinon des réprouvés, intervint Pelmen. Et dans ce cas, nous touchons au but.

– Ou à notre propre fin, contrecarra Xuven. L'excès d'optimisme est aussi dangereux que le défaitisme. Ne nous attardons pas, il sera temps de dresser nos plans une fois cette ville en vue. »

De nouveau il convoqua le brouillard, mais celui-ci fut encore plus long à se former, et Elisan-Finella peina tout autant à l'épaissir. Le camouflage s'avéra pourtant indispensable, car quelques instants plus tard de multiples battements d'ailes claquèrent à leur verticale. En fin de matinée le petit groupe s'éloigna de la faille et sur les indications d'Elisan-Finella, se mit à gravir un sentier tortueux à flanc de colline. Xuven refusa de s'interrompre pour s'alimenter, sans doute conscient qu'il lui serait impossible de maintenir son emprise sur les brumes ou de les invoquer une fois de plus. Astar était toujours haut dans le ciel quand finalement le précieux voile protecteur se déchira, puis commença à se dissiper. Pelmen pouvait à présent apercevoir les deux protodactyles qui les suivaient encore.

Comme il se tournait vers son oncle, celui-ci s'effondra sur la pente.

« Xuven ! » s'écria-t-il. Il se précipita et posa la main sur la gorge poisseuse de sueur de son oncle. Les palpitations étaient faibles, mais rassurantes. Il fit volte-face, une épine encochée. Les silhouettes ailées grandissaient peu à peu.

Elisan-Finella et Lominan jetaient des regards significatifs de tous côtés. *Elles cherchent une échappatoire.* Pelmen ne pouvait les blâmer de ne pas songer au combat. Les Bulles de Confinement de la *feless'tu* n'auraient pas le temps d'atteindre leur cible que tous seraient déjà recouverts du suc gluant qui gonflait le ventre des créatures.

Non ! Pas après tout ce que nous avons traversé ! Xuven ne mérite pas ça, ni aucun d'entre nous ! Les narines de Pelmen se dilatèrent sous l'effet de la colère et de la révolte. Il tendit son arc au maximum dans l'espoir de percer la peau membraneuse de l'un des protodactyles, et attendit le moment propice.

Un éclair roux fondit sur l'oiseau carnivore de gauche. Pelmen écarquilla les yeux, abasourdi. Le rostre planté dans le flanc de sa victime, laquelle poussait un hurlement de surprise et de douleur, lui fit deviner la nature du nouvel arrivant et comprendre pourquoi il n'avait pas décelé son approche.

« Un algam » murmura-t-il. Son épine faillit glisser de son arc.

Mortellement touché, le protodactyle chutait. L'algam se cabra avec vigueur pour dégager son rostre. A l'instant où il se stabilisait à grand renfort de battements d'ailes, le second protodactyle voulut plonger sur l'intrus. Son virage, trop serré, ne lui permit pas de happer sa proie dans son bec garni de crocs, cependant l'une de ses ailes se referma sur lui et à son extrémité les griffes le lacérèrent, dispersant des plumes ocre.

Les oiseaux étaient maintenant si étroitement entremêlés que Pelmen ne pouvait ajuster le protodactyle. Tandis qu'ils perdaient de l'altitude, l'algam fit coulisser son rostre avec habileté et frappa à plusieurs reprises. Il dut toucher un point sensible car en un mouvement convulsif, le protodactyle se rejeta en arrière. L'algam battit furieusement des ailes, mais ne put que ralentir sa chute et disparut à son tour derrière un ravin.

Pelmen se sentait galvanisé, transporté par une énergie inconnue. Il lança un regard à Finella. Son ascendante, Elisan, guidait une Bulle sur la figure de Xuven, qui à son contact frémit et ouvrit les yeux. « C'est l'algam qu'il faut soigner maintenant, fit Pelmen, si nous le pouvons ! Suivez-moi ! »

Finella haussa les arcades. Sans plus lui prêter attention,

Pelmen, dans un état second, dévala le sentier à toutes jambes – à peine s'il jeta un coup d'œil vers le ciel, qui paraissait exempt de menaces. Il avait l'intime conviction qu'un événement longtemps attendu, et peut-être rêvé était sur le point de se concrétiser ou de s'évanouir à jamais.

Au fond du ravin, le protodactyle devait avoir au moins une aile cassée. Il remuait encore le bec. L'algam était quant à lui parvenu à se loger un peu en surplomb, entre un piton rocheux et la falaise. L'espace où il gisait ailes repliées était trop étroit pour un protodactyle, mais amplement suffisant pour un hevelen. Beaucoup plus bas la Grande Déchirure, plus menaçante que jamais, promettait un destin sinistre à quiconque oserait se porter au secours de l'oiseau blessé. Pelmen prit une inspiration. Aucune végétation ne poussait ici mais les rochers, nombreux à affleurer, offraient des prises régulières. Il mémorisa la voie d'accès, puis, le cœur cognant dans sa poitrine, descendit plus vivement que le recommandait la prudence. A une cinquantaine de coudées, son regard croisa celui de l'algam.

Il y avait toujours autant de sagacité dans les yeux dorés. Etait-ce une impression, ou bien l'oiseau n'était-il pas surpris de le voir ? Malgré la similitude avec celui entraperçu dans son rêve, Pelmen n'aurait pu affirmer qu'il s'agissait du même. Son trouble, sa fébrilité ne cessèrent de croître à mesure qu'il se rapprochait. Il atteignit l'ombre du piton, et bientôt n'eut plus qu'un pas à faire avant d'être à portée de l'algam. Un seul coup du rostre effilé et il passerait de vie à trépas. Il avança, ses craintes à cet instant reléguées au second plan. Ce qui parcourait ses membres et courait le long de son échine, répandant partout une voluptueuse chaleur, était bien différent. Incapable de comprendre pourquoi il ressentait une joie si profonde et intense, il savourait chaque seconde.

L'algam attendait.

Pelmen fit encore deux pas. Les prunelles dilatées et retenant sa respiration, il tendit sa main vers le cou. A cet endroit, le plumage était d'une douceur incroyable. L'algam inclina imperceptiblement le rostre. Dans son regard aucune soumission, mais une lueur qui suggéra à Pelmen qu'il devait à son tour faire quelque chose.

« Je te salue » murmura-t-il d'une voix méconnaissable en hochant la tête.

L'algam parut s'en satisfaire. Alors seulement, Pelmen inspecta les zones où les plumes étaient tachées d'écarlate. Si la plupart des blessures n'étaient que griffures superficielles, l'une d'elles faisait couler du sang presque noir.

La gorge serrée, Pelmen se retourna et leva la tête. Elisan-Finella avait commencé à descendre le long du ravin, avec une lenteur insupportable. L'ascendante se laissait guider par les indications de sa répondante et – il devait au moins lui reconnaître cela – progressait sans hésiter. Xuven, apparu sur le faîte de la falaise, se mit en devoir de la suivre malgré sa faiblesse. Pelmen lui cria que c'était inutile, l'exhorta à la prudence en le voyant trébucher et se rétablir au dernier moment, le supplia de remonter. Rien n'y fit. Il eut beau traiter son oncle de dément, celui-ci demeurait sourd à toutes ses prières et imprécations. Là-haut sur le sentier, Lominan les observait, mais c'est à peine si Pelmen la remarqua.

Elisan-Finella s'appuya à son tour contre le piton rocheux. Pelmen lui indiqua aussitôt la blessure la plus importante, puis s'écarta à sa demande. Ascendante et répondante invoquèrent chacune une Bulle de Guérison. L'opération prit quelque temps, à la suite de quoi Pelmen se précipita vers l'algam. Craignant le pire, il souleva les plumes.

La chair était rose en dessous, le sang avait cessé de couler. Un examen plus complet révéla que la majeure partie des griffures n'était plus que mauvais souvenir. Pelmen se tourna vers Elisan-Finella, s'inclinant profondément. « Merci. Je ne sais que dire d'autre, je... De tout cœur, merci. A vous deux. »

Elisan opina du chef. Ses minces lèvres pincées étaient presque blanches tandis qu'elle concentrait son attention sur l'algam, l'étudiant comme un spécimen des plus insolites. L'oiseau n'avait pas bougé, mais son regard avait gagné en vivacité. Elle fut interrompue dans ses méditations par Xuven, qui lui demanda de lui céder le passage. Le visage extrêmement pâle, ce dernier s'était jusque-là adossé au piton, haletant comme un poisson hors de l'eau. Elle tenta de s'effacer mais il dut s'y reprendre à deux reprises pour escalader la falaise suffisamment pour la contourner. La respiration sifflante, il se redressa et brandit son noueux.

« Qu'est-ce qui te prend ? interrogea Pelmen d'un ton hargneux. Es-tu décidément si fatigué de vivre ? Tu as déjà très largement accompli ta part. »

Xuven, le noueux pointé sur son neveu, parut faire un ultime effort pour parler.

« Certains pouvoirs... drainent votre énergie... d'autres redonnent... vigueur. »

Pelmen fronça les sourcils, n'y comprenant goutte. Plus léger qu'un frôlement, le souffle qui lui parvint ne semblait pas prêter à conséquence. Quand il l'eut traversé, pourtant, sa vue se troubla une fraction de seconde. Il cligna des yeux, d'abord décontenancé puis frappé de stupeur. Le courant d'air, mince fil presque transparent, était à présent *visible !* Celui-ci atteignit l'algam, puis revint vers lui, plus épais. Il le traversa derechef et rejoignit Xuven, pour repartir dans sa direction et celle de l'algam. Et ainsi de suite à plusieurs reprises, gagnant toujours en consistance, annihilant toute distance entre lui et l'algam ! Pelmen pouvait percevoir le moindre frémissement, chacun des battements de cœur de l'imposant oiseau. L'expérience était à la fois terrifiante et merveilleuse.

Puis l'échange cessa.

Le vide et l'abattement furent tels que Pelmen eut le sentiment de se tenir à nouveau à quelques pouces au-dessus de l'abîme. Les traits de Xuven, en revanche, s'étaient détendus, ses joues s'empourpraient, ses globes oculaires brillaient d'un éclat disparu depuis plusieurs jours.

« Qu'as-tu fait ? demanda Pelmen d'une voix blanche.

– Ce que la situation commandait. Le tissage complexe du lien entre un algam et son Cavalier est réputé l'un des seuls sortilèges à pouvoir rendre vigueur à un shaman. Je puis attester qu'une fois de plus, l'enseignement des anciens se vérifie.

– Que vous alliez mieux est une bonne nouvelle, interrompit Elisan, mais il n'est plus temps de discourir. Lominan s'impatiente et je crois qu'elle a raison. Nous avons fait ce que nous pouvions ici. »

Pelmen sut que l'algam allait tenter de se redresser avant même que celui-ci ne bouge. Sans réfléchir, il se précipita pour l'aider à dégager ses ailes, le soutenant du mieux qu'il le pouvait, fléchissant les jambes et pesant de tout son poids là où c'était nécessaire. L'algam sautilla gauchement, heurta la roche, puis, une fois le piton contourné, s'élança ailes déployées. Il descendit en flèche et frôla le sol avant de remonter, emplissant le ciel de majesté. Comme il s'éloignait, son plumage scintilla et il disparut. Pelmen, le cœur gonflé de joie et de fierté, continua quelques instants à suivre un point dans le ciel où ses yeux seuls lui disaient qu'il n'y avait rien.

***

Ils avaient franchi le sommet de la colline, descendu le versant opposé et étaient sur le point d'atteindre le faîte d'une deuxième. Xuven avait résolu de prendre le risque de ne plus faire appel au brouillard, de sorte qu'ils avaient avancé d'un bon pas. L'esprit tout entier préoccupé de sa récente expérience, Pelmen n'avait jusque-là prêté nulle attention au paysage. Les paroles de son oncle relatives au lien avec l'algam le rendaient perplexe. Le titre de Cavalier était-il juste honorifique ? Ou bien serait-il appelé un jour à grimper sur l'échine de l'oiseau des légendes ? La perspective était grisante, quoiqu'un peu effrayante aussi. Pelmen ne pouvait plus percevoir la présence de l'algam, néanmoins le lien créé entre eux existait encore, il le sentait sans pouvoir se le représenter clairement.

La réalité se rappela soudain à lui. Il serra les dents tandis que Lominan faisait mine de détourner le visage, sans y parvenir tout à fait.

Dominant la ligne d'horizon rougie par le crépuscule, les sombres contours d'une montagne conique défigurée par une monstrueuse balafre se dessinaient dans le prolongement de la faille. De la fumée noire s'élevait au-dessus du cône. Pelmen le sut aussitôt, l'impression de malveillance émanant de la Déchirure trouvait sa source là-bas, à plusieurs lieues de distance peut-être.

« Déjà si proches d'Ixal, murmura Xuven.

– Le volcan où Valshhyk se serait immolé ? interrogea Pelmen, incrédule. J'ai toujours cru que c'était une légende. »

Xuven le considéra comme si la question se passait de réponse.

« La ville se situe derrière la colline, un peu à l'écart de la Faille » dit Elisan. Sa voix était absente comme chaque fois qu'elle se plongeait dans l'une de ses transes. Elle avait les paupières baissées et ses longs doigts palpaient l'espace devant elle. « Les citadins – hevelens et malians – sont très actifs. Toutes ces constructions… un shaman… un pourpre… je crois qu'il ne m'a pas vu. Je retourne par-delà les enceintes… oui, là-bas il y aurait une voie d'accès… juste deux guetteurs à éviter. Le plus proche est sur une colline… de l'autre côté. » Ses mains retombèrent sur ses cuisses et Elisan poussa un profond soupir, répété en écho par Finella.

« Ainsi donc nous y sommes. Après tant de jours et de péripéties » commenta Xuven d'une voix où perçait une émotion contenue.

Un shaman pourpre ! C'est ici que se terrent les meurtriers de Stenlen, songea Pelmen avec un frisson. *Et peut-être Teleg.* Il observa les alentours sans distinguer aucune trace de construction. Sur la droite, un affleurement rocheux masquait le point de vue. Le guetteur malanite devait surveiller un autre versant de la colline.

Remarquant le teint cireux d'Elisan, Xuven avait retiré de

sa besace des racines de trana qu'il lui tendait. « Ce sont les dernières, dit-il. Je ne puis les utiliser à meilleur escient qu'en vous les donnant. »

Elisan ne se fit pas prier.

« Il y aurait donc des guetteurs ? s'enquit Xuven au bout d'un moment.

– Par chance ce sont des malians, opina Elisan. Remarquablement armés, mais ça ne changera rien. » Ses yeux cobalt furent traversés d'une lueur glacée. « Ils n'ont pas goûté à l'Eau turquoise depuis longtemps, trop longtemps. Ils sont vulnérables et cette nuit, leurs pensées vont dériver. Grâce à Finella et moi-même, ils se croiront revenus à Belenia, dans la douceur et l'harmonie de l'un des Bassins originels. Ils ne verront plus que cela. » Il n'y avait aucune chaleur dans le sourire qu'elle adressa à Xuven.

« Et ensuite ? demanda-t-il.

– Nous n'avons pas d'alternative, il faut que l'un d'entre nous parvienne à escalader le mur d'enceinte et à observer ce qui se trame. Le mieux serait de profiter de l'obscurité pour se faire passer pour l'un des habitants.

– Audacieux, jugea Xuven. Mais peut-être faisable, à condition de ne pas avoir à s'expliquer. Ils doivent recruter presque tous les jours pour avoir édifié une ville si vite, à l'insu de tous. Ils trouveront normal de ne pas reconnaître l'un d'entre nous.

– Lominan ou Pelmen me paraissent les plus indiqués, si nous voulons avoir une chance de persuader l'un des citadins de s'en retourner avec nous. Lominan connaît les derniers arrivants et pourra peut-être…

– Pas question » coupa l'intéressée. Elle baissa la tête sous le double regard de reproche d'Elisan-Finella et sa voix se radoucit. « Je suis désolée maîtresse, mais ce serait du suicide. Je les connais assez pour vous dire qu'aucun de mes anciens compagnons ne se laissera convaincre. Et si l'un d'entre eux se souvient de moi, il ne manquera pas de se demander comment j'ai pu survivre. »

Sans chercher à argumenter, Elisan s'adressa à Pelmen. « Vous nous avez parlé d'un ami…

– J'irai, trancha-t-il. L'algam que nous avons croisé… Je crois que c'est ce qu'il attend de moi. En tout cas ce n'est pas un hasard s'il nous est venu en aide. Si Teleg est bien dans cette ville, je le trouverais et ferais tout ce qui est en mon pouvoir pour le ramener.

– Une décision lourde de conséquences, commenta Xuven. Tu as bien réfléchi ?

– Il ne vaut mieux pas. »

La main calleuse de Xuven se posa sur son épaule.

« Je suis fier de toi. »

Pelmen ne tira qu'un maigre réconfort de ces paroles. Il avait l'impression d'avoir franchi un point de non-retour, et n'était plus sûr que sa vie lui appartenait encore. Mais il devait agir ainsi. Si quelque part, maître Galn le regardait, il devait le faire.

Xuven éleva la voix en pivotant vers les malians. « Mieux vaut revenir un peu en arrière. Nous sommes trop visibles, ici. »

Tandis qu'ils surveillaient les extrémités du chemin en pente dans l'espoir que personne ne surgirait, la nuit remplaça peu à peu le crépuscule. Tinmal, dans son dernier quart ce soir-là s'éleva dans le ciel, îlot bleuté. A l'opposé était Hamal, gibbeuse. Les deux lunes entremêlaient leur clarté, jetant sur les reliefs stériles alentour une lueur cyan à dominante verdâtre. Calme et vigilant, Xuven, debout, ignorait les rafales de vent aussi soudaines que violentes. Ses traits n'étaient plus affaissés comme lorsqu'il s'était écroulé d'épuisement – tant de choses s'étaient passées depuis, que Pelmen avait de la peine à croire que cela remontait à quelques heures seulement. Il repensa à Laneth, puis à Alicène et à Dryna, et sa résolution se fissura. *Du concret. Je dois me fixer sur du concret, et non sur tout ce que je risque de perdre*, s'exhorta-t-il.

« Comment vais-je m'y prendre pour retrouver Teleg ? » demanda-t-il d'une traite.

Xuven hocha la tête comme s'il s'était attendu à la question.

« Il te faudra peut-être aborder un autre hevelen, si tu ne le trouves pas. Quelqu'un qui chercherait à quitter la ville.

– Il y en aurait retenus contre leur gré ?

– C'est ce qu'il te faudra découvrir.

– Aucun de ceux que nous suivons n'a essayé de s'enfuir, en tout cas.

– Exact, répondit sombrement Xuven. Pour commencer, je te conseille donc de vérifier les demeures de charpentier, ou tout autre endroit où ton ami aurait voulu vivre. Si tes recherches sont infructueuses ou bien que tu estimes les risques trop grands, reviens immédiatement. Si tu penses en avoir appris assez pour rendre superflu le témoignage d'un des habitants, reviens aussitôt. Dès lors que tu auras pénétré dans la ville, chaque chose que tu verras ou apprendras vaudra son pesant d'ambreroche.

– C'est compris. »

Xuven soupira. « Si ta mère savait où je te conduis, je gage que ma tête ne tarderait guère à orner le bout d'une pique… Es-tu bien sûr de vouloir t'aventurer là-bas ?

– Il le faut. Sinon, tout ce que nous avons accompli n'aurait aucun sens. » Tout en prononçant ces paroles, il espéra que la pénombre ambiante masquerait l'incertitude sur son visage.

Xuven jeta un regard à Elisan, qui ferma les paupières. Un globe diaphane s'échappa des mains de la magicienne et s'éleva pour disparaître en direction du versant opposé de la colline. Un moment plus tard elle fit un signe et, toujours juchée sur son melepek, le fit avancer, flanquée de Lominan. Les six pattes de la créature des roches se posaient sur la pente avec la même régularité qu'en terrain plat, les plaques qui lui recouvraient le corps remuant de manière quasi hypnotique. La concentration d'Elisan contrastait avec la sérénité du beau visage de Finella, qui manifestement ne doutait pas de son ascendante. Ils dépassèrent le point où le volcan Ixal se dressait, ombre menaçante, redescendirent le long du sentier et débouchèrent sur l'autre face, à découvert.

Comme l'avait prédit Elisan, à quelques centaines de coudées en surplomb, une silhouette armée d'une lance se découpait sur un éperon rocheux qui commandait l'approche de la ville. Immobile, la svelte sentinelle ne manifestait en rien qu'elle avait pu les repérer. *Une bonne chose, puisqu'elle est hors de portée de mon arc*, se dit Pelmen.

Une petite partie du mur d'enceinte de la mystérieuse cité apparaissait devant eux, entre deux collines – Pelmen n'en aurait probablement pas deviné la nature exacte si Elisan ne leur avait appris son existence. *Aucune sentinelle de ce côté-là. Pour l'instant.* A mesure qu'ils s'approchaient, la tension croissait. Lominan avait les épaules tassées. Elle lança un regard de biais dans lequel Pelmen lut la terreur à l'état pur. Finella s'en aperçut aussi, qui l'examina d'un air préoccupé. Lui-même tint son arc prêt. *Si seulement il ne faisait pas si clair.* Quiconque serait survenu sur le haut des remparts n'aurait pu manquer de les voir, à présent. Peut-être le melepek avançait-il un peu plus vite qu'à son habitude, mais ce n'était guère sensible. Les nidepoux, quant à eux, devaient avoir perçu l'inquiétude de leurs maîtres, car après avoir grogné et rechigné au moment du départ, ils ne tiraient plus sur leur longe, s'efforçant plutôt de se rapprocher l'un de l'autre.

Au pied du mur de roche sombre, le chemin se divisait. Sur la droite l'enceinte faisait une courbe, et à quelque distance dans cette direction, l'espace en vis-à-vis se dégageait. Elisan leur fit prendre à gauche, où le sentier s'incurvait en pente, sinuant entre une colline et le rempart qui gagnait en hauteur à mesure qu'ils descendaient. Sa figure se détendit, et Pelmen comprit qu'elle avait relâché son sortilège.

« A toi de te charger du deuxième malian » murmura-t-elle.

Finella s'exécuta à l'endroit où le chemin rejoignait un nouvel embranchement, lequel s'inclinait vers la Grande Déchirure. Plusieurs centaines de coudées les séparaient de la monstrueuse faille, qui émettait un rougeoiement presque continu. Pelmen grimaça – il ne l'aurait pas crue si proche. Ils dépassèrent le croisement et continuèrent de longer la muraille tandis que le sentier remontait. C'était au tour de Finella d'avoir les yeux clos.

Le garde malanite apparut au sommet d'une butte. Une discrète mais révélatrice lueur rouge doré palpitait sur l'extrémité de sa lance et sur son armure de cuir. Les entrelacs d'ambreroche devaient rendre la seconde aussi résistante que la première était acérée. D'abord frappée de stupeur, Lominan réagit en tentant de s'accroupir derrière le melepek – ne réussissant qu'à s'affaler à quatre pattes. Pelmen avait lâché la bride de son nidepoux et, surmontant sa répulsion, encoché une épine. Xuven, cependant, abaissa son arc de la main.

« Sa disparition alerterait les autres », chuchota-t-il.

De plus près, il s'avéra que la sentinelle avait le regard fixe, perdu dans le vague. Finella ne paraissait guère éprouver de peine à la maintenir sous son empire, comme si son influence s'accroissait de par la proximité entre elle et sa victime. Soulagé de ne pas avoir à intervenir, Pelmen reprit la longe mais ne détourna son attention du garde qu'un peu plus loin, sous le couvert d'un éboulis de roches.

« Finella devrait pouvoir continuer à le distraire le temps que tu franchisses la muraille », dit Elisan en hochant la tête en direction de Pelmen.

Lequel fronça les sourcils. A cet endroit le rempart, moins haut qu'en bas de la pente, devait tout de même approcher les vingt-cinq coudées. Les saillies ne semblaient ni nombreuses ni prononcées, l'escalade serait périlleuse. Il s'avança néanmoins, d'un pas mal assuré.

« Ton arc ne te servira pas, l'arrêta Xuven. Il risque au contraire de te gêner et de te faire repérer. »

Pelmen ne pouvait le nier. Il rangea donc son fidèle compagnon sur son nidepoux, non sans une muette prière pour le retrouver à son retour. S'il rentrait. *Par Aoles, je n'aurais pas cru que j'en viendrais à regretter Durepeaux ! Comment s'y prenaient les héros de l'ancien temps pour affronter sans peur le danger, c'est ce que je voudrais bien savoir.*

« Ta tâche sera délicate voire périlleuse, lui asséna Xuven.

Evite tout risque inconsidéré. Et surtout, garde bien à l'esprit que nous t'attendrons autant de temps qu'il le faudra. »

Avec résignation, Pelmen s'approcha de la paroi et y plaqua les mains… Pour les retirer aussitôt en étouffant un cri. Une seconde de plus et elles se seraient probablement noircies ou recouvertes de cloques.

« Ce mur est en fusion » grimaça-t-il.

Elisan haussa les arcades. « Il nous avait bien semblé sentir quelque chose, mais nous ignorions de quoi il s'agissait. L'œuvre des shamans de Valshhyk. La roche est froide en apparence mais brûle ceux qui la touchent. Certains textes l'évoquent, mais c'est la première fois que nous en sommes témoins. »

Xuven tendit à son neveu le pot de terre cuite contenant l'Eau de Guérison. La sensation de brûlure s'apaisa peu après que Pelmen se fut enduit les mains.

« Aoles est assez puissant ici pour que je puisse te faire franchir la muraille, évalua Xuven. La difficulté sera de retomber sans dommage. »

Pelmen écarquilla les yeux. « Tu veux me projeter en l'air, c'est ça ? Comme les créatures de la steppe ? »

Xuven ne le contesta pas.

« As-tu déjà essayé avec quelqu'un que tu n'aies pas tué ou estropié ? »

Son oncle cilla mais s'abstint de répondre.

« Non, déduisit Pelmen, bien sûr. Dans ces conditions je préfère passer mon tour.

– Je vous avais bien dit que c'était du suicide » murmura Lominan. Elle ne cessait de jeter des regards d'effroi sur le rempart et dans les recoins sombres de l'éboulis, ne parvenant à fixer son attention nulle part. Son poing crispé était refermé sur son éclat d'ambreroche. Xuven baissa la tête avec fatalisme, mais Elisan intervint.

« Nous n'avons plus beaucoup de temps. Je crois pouvoir former une Bulle de Confinement et la maintenir au-delà du rempart, le temps de te faire redescendre en douceur.

– Vous... vous en êtes sûre ? fit Pelmen.

– C'est possible, à condition que la Bulle n'entre à aucun moment en contact avec la muraille.

– Sera-t-elle affectée par le vent ? » interrogea Xuven.

Elisan-Finella acquiesça.

« Dans ce cas, je ferai en sorte de la pousser par-dessus la muraille. Il le faut. »

Pelmen les dévisagea tour à tour. « Euh... Cela reste plutôt hasardeux, non ? »

Le silence qui suivit fut éloquent. Pelmen se retourna vers l'obstacle et laissa échapper un juron entre ses dents. Il prit une longue inspiration frémissante. « J'imagine qu'on n'a pas fait tout ce chemin pour détaler comme des galcynes au moindre danger. Allons-y. »

A peine eut-il achevé ces paroles que l'air autour de lui sembla s'épaissir en se refroidissant. Ses pieds décollèrent du sol et Pelmen ne réussit à remuer ses membres qu'au prix de grands efforts, comme s'ils étaient pris dans une chape de glace. Même respirer devint plus ardu. Il ne sentit pas le courant d'air qui emporta la Bulle, mais vit qu'il gagnait en altitude. Lentement, trop lentement à son goût, il approchait du sommet de l'enceinte.

Aucun garde. Tinmal est peut-être avec moi, en fin de compte. Si seulement je n'avais pas si froid ! Pourvu...

La dernière chose que Pelmen entendit avant de basculer tête en bas fut le mugissement du vent, distordu. Si l'air n'était resté bloqué dans ses poumons, il aurait crié de surprise, puis hurlé tandis qu'il se mettait à tournoyer et que les images devant ses yeux se brouillaient. A un certain moment, le dessus de la muraille fondit sur lui. Puis l'obscurité l'engloutit.

A l'abri derrière les éboulis, Xuven et Lominan retinrent leur souffle en scrutant le visage sévère, émacié d'Elisan et ses mains qui tremblaient comme sous une charge trop pesante.

« Je… l'ai stabilisée » finit-elle par lâcher d'une voix sans timbre. « Elle s'est posée à notre hauteur de l'autre côté… Où exactement, je ne puis le dire.

– L'arrivée a été brutale ? demanda Lominan.

– Pas autant que je le craignais. La Bulle l'a protégé.

– Merci, dit Xuven en inclinant le chef devant la magicienne. Je n'aurais pas dû me laisser surprendre par cette rafale.

– La fatigue, fit Elisan. Nous sommes tous éprouvés. » Une lueur d'inquiétude traversa son regard. « A présent, cachons-nous et plus un bruit ! Finella est sur le point de rompre le contact avec la sentinelle. »

Les premiers moments furent angoissants. Dans le firmament orné d'éclats argentés, Tinmal et Hamal poursuivaient tranquillement leur course elliptique. Aucun bruit, excepté ceux du vent par intermittence et de la respiration paisible des nidepoux. Lominan, adossée au melepek, finit par se mettre à dodeliner de la tête. De temps en temps elle tressaillait et se réveillait en inspectant les alentours d'un air angoissé. Elle changeait alors de position en soupirant pour se remettre bientôt à sommeiller.

Après s'être concerté avec Elisan-Finella, Xuven avait dissimulé les nidepoux au centre des décombres. Il partageait son attention entre les abords des remparts et la *feless'tu*, assise en tailleur. L'ascendante lui fit soudain signe de la main. Il s'approcha, espérant empêcher ses vieux os de craquer mais n'y réussissant pas aussi bien qu'il l'aurait souhaité.

« Nous avons le renseignement que vous sollicitiez », murmura Elisan.

A cet instant, Lominan battit des cils, tourna la tête vers eux et se leva pour les rejoindre.

« Il y a bien un passage à l'est, vers la trouée que vous nous avez indiquée, dit Elisan.

– Très bien, fit Xuven, c'est par là que nous fuirons dès qu'il sera de retour.

– Il met nettement trop de temps à revenir » commenta

Lominan d'une voix pâteuse.

Elisan l'interrompit en levant la main d'un geste impérieux. « Silence ! Une patrouille longe en ce moment l'extérieur de la muraille. Quatre hevelens, bien armés eux aussi. A environ trois cents coudées au nord-est. Ils seront bientôt sur nous.

– Il faut fuir ! s'exclama Lominan, les pupilles dilatées.

– Non. » Xuven lui avait saisi le poignet, les yeux braqués sur elle. Lominan sembla se ratatiner sous le poids de sa désapprobation.

« Alors, il faut distraire leur attention, geignit-elle avec un regard de supplique vers Elisan.

– Cela ne fonctionnera pas avec des hevelens, répartit l'ascendante. Quant à se cacher, inutile d'y penser. Ils ne manqueront pas d'inspecter ces éboulis.

– Il faut combattre » trancha Xuven.

Tout en donnant des ordres d'un ton péremptoire, il se livrait à un rapide examen des lieux. « Lominan, vous allez rejoindre les nidepoux cachés derrière ces rochers. Elisan-Finella, pouvez-vous utiliser votre capacité de camouflage sur vous et votre melepek ? Très bien. Il serait bon de vous placer ici. »

Tandis que Lominan, surmontant non sans grimacer sa répugnance pour les nidepoux, se faufilait dans l'ombre, Xuven disposa en haletant quatre pierres de taille moyenne en des points stratégiques. Le temps qu'il en finisse, Elisan-Finella et son melepek avaient disparu derrière un rideau d'humidité, lequel s'était fondu dans le décor. Xuven saisit son noueux et se tint prêt. Dans le silence de la nuit retentit alors un bruit de pas cadencé. Celui-ci se fit bientôt plus distinct.

Du coin de l'œil, Xuven entrevit un mouvement. Il tourna la tête et réprima un juron. La silhouette de Lominan s'élançait dans la direction opposée. En un quart de seconde, Xuven prit sa décision. Faisant volte-face, il courut à son tour. Lominan, cependant, surgit dans la plaine granitique avant qu'il puisse l'intercepter. Elle était trop rapide, aussi s'immobilisa-t-il à l'ombre de l'un des derniers rochers.

CHAPITRE SEIZE

Du haut de son monticule, la sentinelle venait de repérer la malian prise de panique. Déjà, le garde pointait son bras pour mieux viser et s'arc-boutait, la lance en équilibre.

« *Halneven* » murmura Xuven en levant son noueux.

Le Poing de Vent percuta le lancier malanite au moment où il détendait son bras. Il n'acheva pas son geste et bascula, sa tête heurtant la falaise dans sa chute. Son corps roula jusqu'au pied de la pente.

Lominan avait accéléré sa course. Xuven se détourna – il n'était plus temps de s'occuper d'elle – et progressant furtivement entre les roches, se rapprocha des quatre hevelens qui avaient pris possession des lieux. L'un tenait un arc encoché, deux autres brandissaient une massue et le quatrième une lance et un bouclier. Ce dernier, perplexe, désigna l'une des pierres disposées en évidence… puis tressauta avant de s'écrouler quand ladite pierre s'écrasa avec un son mat sur son front. Ses trois compagnons s'animèrent et aperçurent Xuven, le noueux tendu vers un nouveau morceau de roche. Leurs mouvements semblaient subitement ralentis, comme s'ils étaient pris dans de la mélasse. La corde de l'archer n'était pas complètement tendue qu'il s'effondrait à son tour. Les deux autres hevelens tentèrent de s'écarter de la trajectoire des projectiles sifflants, pour réaliser avec effarement qu'ils étaient trop engourdis pour y parvenir.

CHAPITRE DIX-SEPT

LE NYLEV

Le collier de Lominan rebondissait sur sa poitrine tandis qu'elle courait à perdre haleine. Le bruit qu'elle avait entendu sur sa droite – quelque chose de lourd était tombé – n'avait fait que redoubler sa terreur. Les reliefs du terrain défilaient à toute vitesse, tout était flou à l'exception de la muraille, qui s'incurvait lentement. Sous ses pieds, le sol s'inclina et sa course en fut encore accélérée. Survint un virage qu'elle n'avait pas prévu. Elle dérapa. Ses mains battirent l'air en une vaine tentative de rétablissement, puis elle ressentit la brûlure du frottement sur une jambe et roula à terre, se protégeant instinctivement le visage.

Le choc fut brutal. Rejetée en arrière, Lominan s'arqua en couinant, une main sur le flanc. Elle se figea dans cette posture un temps indéfini. Quand enfin, la douleur lui permit de nouveau de penser de manière cohérente, elle força son corps à revenir en position allongée, les mâchoires si serrées qu'elle craignit pour ses dents. Ses doigts se mirent en activité, palpant les endroits qui la faisaient souffrir, particulièrement le côté de son abdomen. Si son squelette n'avait été composé de glumass, si à l'instar des hevelens elle avait eu des os, certainement s'en serait-elle brisé. Sa peau était plus dure là où elle avait heurté l'obstacle. Elle geignit en essuyant les larmes dans ses yeux. Elle en serait quitte pour une contusion, laquelle se traduirait par une vilaine tache noire.

Lominan demeura étendue quelques instants encore, puis, procédant par étapes, ayant l'impression de rassembler ses membres comme elle rassemblait ses esprits, se remit debout. Le rocher sur lequel elle avait si durement rebondi l'avait empêchée de rouler vers le fond du fossé. Lui sauvant la vie. Plus bas, les contours de la Grande Déchirure étaient à peine distincts, ce qui rendait l'abîme d'autant plus redoutable. Elle porta la main à son cou. *Je l'ai toujours.* Contre toute attente, le collier de Cilamon ne paraissait pas endommagé. Jamais le courant d'air qui l'environnait n'avait été aussi réconfortant.

Les gardes. Ce sont les gardes que je fuyais. Vivement, elle jeta un regard vers le haut de la pente. Tout était calme. Ses jambes, cependant, persistaient à trembler. Il lui fallait se ressaisir.

Son cœur manqua un battement.

Sa main s'était mise en quête de l'ambreroche sous le pli de son pantalon et ne l'y avait pas trouvée. Elle écarquilla les yeux et s'accroupit, effarée.

Là !

A la vue du fragment sur le sentier, elle crut défaillir de soulagement. D'un geste fiévreux, elle le ramassa et le pressa contre sa poitrine. Avec ceci, elle pourrait s'offrir une conque dans le quatrième Degré. Reléguer le quartier des Egarés au rang de mauvais souvenir.

Comme elle se remettait en marche, la réalité de sa situation se rappela à elle et un sourire sinistre se dessina sur son visage amaigri. Elle était seule, meurtrie et démunie, sans vivres ni eau, à des centaines de lieues de Belenia. Elle avait abandonné ses compagnons. A l'idée de la confiance que lui avait accordée Elisan-Finella, son cœur se serra. De quelle façon avait-elle récompensé la magicienne !

Elle devait bien le reconnaître, pourtant, les objectifs poursuivis par Xuven et Pelmen – et même ceux d'Elisan-Finella – n'étaient pas les siens. Tout ce qu'elle voulait, c'était mener une vie tranquille, à l'abri du besoin.

Que faire, à présent ? Si elle choisissait de demander assistance aux habitants derrière ce rempart, il y avait de grandes chances qu'ils décident de l'emprisonner. A l'heure qu'il était en effet, les gardes avaient dû se rendre maîtres de Xuven et d'Elisan-Finella – elle n'osait imaginer leur sort. On l'associerait à eux, à ce fou de Pelmen également et à leur tentative d'espionnage. Quand bien même ce ne serait pas le cas, personne ne voudrait la laisser revenir à Belenia de peur qu'elle ne révèle l'existence de la ville. *Prisonnière ici, si loin des bassins…* Les commissures de ses lèvres s'affaissèrent. Elle aurait dû se douter que frayer avec quelqu'un d'aussi puissant que la magicienne ne pouvait que l'amener dans des difficultés insurmontables. Il ne lui restait plus qu'à retourner sur ses pas, s'efforcer de regagner le sud dès que possible dans l'espoir fou d'implorer l'aide de voyageurs si elle en croisait.

Sa jambe éraflée la faisait souffrir et occasionnait une légère claudication. Le croisement avec le sentier descendant vers la Grande Déchirure était en vue, quand des voix en provenance des abords de la muraille lui parvinrent, portées par le vent. Les sons étaient déformés, inintelligibles. Bientôt, le silence se fit. Jusqu'à ce bruit de pas se rapprochant.

Lominan blêmit. Jeta des coups d'œil affolés autour d'elle.

Si je fais demi-tour, je risque de retomber sur les gardes de la patrouille.

Sans plus se poser de questions, elle s'élança vers le sentier qu'elle se mit à dévaler. Malgré la douleur, elle fit tout ce qui était en son pouvoir pour contrôler au mieux sa descente. Le gouffre grandissait et avec lui, la promesse de l'oubli dans les ténèbres empourprées. Fascinée, elle faillit une nouvelle fois ne pas réaliser que le chemin obliquait. Elle fléchit les jambes, réussit à incliner ses épaules sur la gauche et appuya de toutes ses forces sur la pointe des pieds. Trois foulées plus loin elle s'immobilisa, haletant, les mains sur les cuisses. Elle était hors de vue.

La pente s'infléchissait en rejoignant la bordure de la faille. A moins d'une centaine de coudées se tenait un malian, penché au-dessus du vide.

Lominan s'approcha avec circonspection. L'individu oscillait sur un rythme hypnotique. De plus près, elle reconnut le profil à la faveur de l'éclat souterrain qui embrasait ses traits. Ces lèvres ourlées, ce menton fuyant et ce nez recourbé ne pouvaient appartenir qu'à Mital, l'un des *mil'ser* avec lesquels elle s'était exilée de Belenia. Elle fit un pas vers lui, trop heureuse de rencontrer une personne de connaissance.

Elle s'immobilisa en se raidissant. Entre deux rafales, elle venait de percevoir un crissement de pieds en surplomb. Hagarde, elle se plaqua contre la falaise. *Trop visible, trop vulnérable.* En dernier recours, elle s'accroupit, puis rampa derrière des rochers qui ne devaient pas dépasser trois pieds de haut.

Le son sur le sol de granit se fit plus net. Lominan sentit qu'une imposante silhouette s'avançait vers elle, la dominait… Puis continuait sans ralentir. Comme le bruit de pas s'estompait, elle décrispa la mâchoire et relâcha son souffle. Lentement, avec d'infinies précautions, elle osa redresser la tête. De dos, l'inconnu, un malian, ne semblait pas armé. Il portait une tunique qui devait être blanche à col relevé et épaulettes, avec une ceinture sertie de perles sur un pantalon ample à la mode malanite. Il s'immobilisa à côté de Mital, lequel, toujours abîmé dans sa contemplation, ne réagit pas. Comme elle l'observait, l'inconnu inclina la tête de biais. Peut-être cédait-il à son tour à la fascination exercée par la Déchirure, à moins qu'il n'écoutât une voix intérieure. Sa figure était entièrement brûlée. Gravé sur la peau noircie du front, un trait sinueux renvoyait un éclat violacé.

Les yeux de Lominan s'agrandirent et son cœur se mit à cogner dans sa poitrine. Nul à Belenia n'ignorait l'histoire de Sinistan le Marqué. A elle seule, sa cicatrice en forme de serpent à double tête aurait suffi à l'identifier entre tous. Par quel prodige ce banni, ce profanateur de l'harmonie avait-il pu survivre jusqu'ici ?

Ses lèvres parsemées de cloques s'étirèrent en un sourire mauvais et Lominan crut qu'il avait échangé une plaisanterie avec Mital. Celui-ci n'avait pas bougé. Sinistan dégagea de sa ceinture un serpent de feu – ce fut du moins ce qu'elle vit tout d'abord. En seconde analyse, il devait plutôt s'agir d'un fouet, un fouet composé d'ambreroche et de quelque chose d'autre qui aurait dû le consumer de l'intérieur. Elle n'aurait su se l'expliquer, mais elle était certaine que sa teinte cramoisie n'était pas due à l'éclat incandescent du gouffre. Sinistan venait de se placer derrière Mital. Il leva le bras et frappa, faisant gicler le sang mauve. Mital ne poussa pas un cri, mais se retourna. Son regard se révéla dépourvu de toute expression, si ce n'était peut-être une lueur d'incompréhension. La voix rauque qui résonna alors dans la nuit était celle, à n'en pas douter, d'un être soumis à la démence, pris d'une folie froide et meurtrière.

« Le moment est venu pour toi de t'élever, de te montrer digne de la faveur de notre Maître tout-puissant. Tu dois souffrir et le satisfaire ! » Derechef, Sinistan abattit son fouet, cette fois sur le torse. Puis encore, et encore. Les gouttelettes de fluide vital jaillissaient et retombaient sur le sol.

Lominan, les yeux embués de larmes, tremblant de tous ses membres, détourna le visage. Mital ne méritait pas cela. C'était peu dire qu'elle ne le tenait pas en haute estime. Il avait vécu de rapines la majeure partie de son existence, et dans le peu de temps qu'elle l'avait côtoyé avait paru incapable de prononcer une phrase dépourvue du mot « ambreroche. » La punition qui lui était imposée, cependant, dépassait toute mesure.

Le rythme des insoutenables claquements s'accéléra. Sans même avoir conscience d'avoir pris la décision, Lominan s'était mise à ramper en retrait, en direction du haut de la pente. L'atmosphère autour d'elle était devenue plus dense et elle ressentit soudain une pression extérieure, qui n'avait rien à voir avec le vent. Elle toucha son collier. L'artefact diffusait de l'air avec vigueur, en continu. Les gemmes brillaient d'un feu orangé intense, très différent du rayonnement du gouffre. Un cri la fit se retourner. Mital, enfin sorti de sa transe mortifère, se débattait de toutes ses forces. Le fouet était désormais nimbé de flammes, sa lanière enroulée sur le torse calcinait la peau.

« Là ! exulta Sinistan. Maintenant ! »

A cet instant, le fouet se rigidifia, comme si l'objet avait pris vie – peut-être n'avait-il jamais été inerte. Toujours prisonnier, Mital fut transporté au-dessus de l'abîme. Là, il demeura suspendu, ses hurlements amplifiés par l'écho. Alors s'éleva *de l'intérieur de la faille* une flamme qui l'enveloppa. Sa peau grésilla et fondit, sa figure s'étira de manière impossible tandis qu'il se tordait encore de douleur. Au mépris de toute logique, au fur et à mesure que le corps de Mital brûlait, les flammes, qui n'étaient plus alimentées par aucune source extérieure, ne diminuaient pas de volume. Quand bien même toute matière s'était consumée, elles perduraient, offrant l'aspect de ce qui pouvait s'apparenter grotesquement à un bipède doté d'une paire de bras.

Un sourire hideux se découpa à l'emplacement du visage.

Lominan se rejeta en arrière. Ne se connaissant plus, elle courut à quatre pattes, se redressa et s'enfuit aussi vite qu'elle le pouvait. Un rugissement de triomphe retentit derrière elle.

« Va, nylev ! Rejoins la couche du Maître et attends-y son appel ! Tu le serviras bien ! »

Les parois alentour semblèrent ne jamais vouloir cesser de répercuter l'écho de la caricature de rire de Sinistan.

Ses jambes la portant presque de leur propre initiative, Lominan atteignit le virage où elle avait failli déraper. Un fil de conscience surnageait au-delà de la panique, et cette fois elle obliqua sans perdre l'équilibre. Le cœur au bord des lèvres, sentant l'épuisement la gagner, elle n'avait plus qu'une pensée, fuir, fuir le plus loin possible. Les cailloux sur le sol rougeoyaient comme autant de démons vicieux.

Son bras fut tout à coup agrippé. Elle trébucha, pivota et se cogna contre quelque chose de souple. Elle leva les yeux.

Elisan la contemplait, son expression un mélange confus d'anxiété, de soulagement et de reproche.

***

L'épaule de Pelmen heurta le sol et il roula en arrière en grimaçant de douleur. Il lui était interdit de crier, cependant. Prenant appui sur le pavé, il se releva avec précaution. Se massa les tempes, puis le bras contusionné. La sensation de froid glacial s'atténuait peu à peu et il pouvait de nouveau respirer librement. Son collier luisait dans la pénombre, aussi le dissimula-t-il sous son surcot de cuir.

L'atmosphère était lourde, tout était sombre autour de lui. L'absence du poids familier de l'arc sur son épaule aggravait son malaise. Il se trouvait entre l'enceinte et une structure dont la forme ovale ne lui était pas inconnue. *Une conque malanite.* Son regard s'attarda sur le rempart, lequel s'avéra posséder un chemin de ronde. *Inoccupé pour le moment. Ils estiment sans doute que leurs sentinelles et leur magie sont une protection suffisante. A moins qu'ils ne soient confiants en leur anonymat.* A plusieurs centaines de coudées, un escalier rejoignait le haut du rempart. Pelmen grava son emplacement dans sa mémoire. L'obscurité était si profonde qu'il décida de contourner la conque en palpant sa paroi arrondie plutôt que de courir le risque de heurter quelque chose.

Hors de l'ombre de la muraille, la clarté des deux lunes s'imposait de nouveau. Pelmen se garda de s'avancer à découvert. C'était bien la rue principale d'une véritable cité qui s'étendait devant lui, toute proche. Des passants richement vêtus, malians et hevelens, circulaient d'un pas affairé malgré l'heure plus que tardive, individus esseulés se croisant sans se parler. Les bâtisses alentour étaient de style malanite ou hevelen, conférant une allure dépareillée à l'ensemble. Si certaines possédaient des auvents qu'illuminait l'éclat incandescent de torches, nombreuses en revanche étaient celles en construction.

Bien que ne s'y connaissant guère, Pelmen nota que plusieurs, de facture hevelen, devaient avoir été bâties à la va-vite ou en dépit des règles de l'art. Les murs de guingois, elles menaçaient ruine. Curieusement, même ces façades-là se révélaient le plus souvent ornementées.

Désireux de demeurer à l'écart de l'artère principale, Pelmen avait commencé à contourner les édifices par l'arrière. Quoiqu'il procédât avec précaution, son collier l'empêchait de percevoir les odeurs, en particulier celles du sol. Impossible dans ces conditions de se plonger dans la transe qui l'aurait rendu plus furtif. Il aurait ôté l'artefact si l'impression diffuse d'une *présence* ne l'avait retenu. Un animal dont l'instinct n'aurait pas été altéré se serait sans doute enfui à sa place, les oreilles rabattues et la queue basse. Pelmen s'efforça d'ignorer sa peur pour se concentrer à nouveau sur son environnement. Sans conteste, l'extravagance était ici de mise. Il n'était pas rare de voir des lambris d'ambreroche renforcer la porte d'une maison par ailleurs quelconque, ou bien de longer les fenêtres de cristal d'une conque aux parois de terre cuite. A proximité de l'atelier d'un forgeron trônait un chaudron dont il ne put distinguer le fond. Les échoppes de marchand hevelen abondaient – toutes fermées à cette heure, bien entendu. Comme Pelmen traversait un lopin de terre, trottant en courbant l'échine, son pied s'enfonça dans une flaque boueuse.

Il eut un brusque mouvement de recul.

A y regarder de plus près, ce n'était pas une flaque mais bien une étendue semi-liquide, et d'imposantes dimensions, dans laquelle il avait manqué s'empêtrer.

Un gargouillis se produisit. Pelmen haussa les sourcils. Son premier réflexe fut de se rejeter contre le mur d'enceinte – le cuisant souvenir du sortilège qui protégeait la muraille l'en dissuada. A une vingtaine de coudées tout au plus, une silhouette émergeait peu à peu. Inconsciente de sa présence, la créature dégingandée se mit debout et entreprit de se débarrasser de la boue qui la recouvrait. Elle procédait à grand renfort de gestes nerveux, la respiration rauque. Pelmen dut se rendre à l'évidence, il s'agissait bien d'un malian. Il distinguait maintenant des vêtements divers et variés rassemblés un peu plus loin. *Il doit y en avoir d'autres comme lui, encore immergés sous la surface.* La réflexion lui inspira une grimace d'effroi et de dégoût.

Toujours de dos, le malian se dirigea vers ses vêtements. Pelmen en profita pour contourner sans un bruit l'étendue boueuse. Il n'osa se retourner de peur de paraître suspect, mais il était repérable, à présent, car les constructions se faisaient plus rares sous la clarté étoilée. Il avait d'autant plus de peine à se retenir de courir que la nuit s'écoulait beaucoup trop vite. Lorsque viendrait l'aube il serait à coup sûr découvert – quant à ses compagnons, ils pouvaient l'être à tout moment. Il se rapprocha à la hâte d'une dernière conque. Des clameurs entrecoupées de sons insolites provenaient de l'autre côté. *Quand donc ces gens-là dorment-ils ?* Le dos courbé, il se faufila le long des spires. Les bruits étaient désormais reconnaissables, morceaux de silex heurtant le bois ou bien s'entrechoquant, ponctués de grognements, de jurons et d'invectives. Pelmen se mit à ramper.

Une voix le cloua sur place narines dilatées et poils de la nuque hérissés. Il essaya de déglutir, mais sa gorge était nouée. La voix émanait de derrière lui. Empoignant son silex, il fit volte-face.

Personne.

Pelmen écouta plus attentivement. Gutturale, l'intonation avait néanmoins des accents féminins. Elle lui parvenait d'une ouverture en creux entre les spires qu'il n'avait pas remarquée, fenêtre rudimentaire dont le volet circulaire était en position ouverte. L'inconnue n'avait pas cherché à l'apostropher, ses paroles étaient trop monocordes pour cela. Les mêmes mots incantatoires revenaient si souvent que Pelmen put leur donner un sens.

« *...un seul esprit dans plusieurs corps... un même corps pour plusieurs esprits... un seul esprit dans plusieurs corps...* »

Plus Pelmen écoutait la litanie, plus il lui paraissait douteux que la malian à l'origine de ces mots les prononçât consciemment. En silence, il se leva et se haussa sur la pointe des pieds. Malheureusement, l'intérieur de la pièce était trop sombre pour distinguer quoi que ce fut.

Les clameurs se poursuivaient sans interruption. Sa curiosité s'avérant la plus forte, Pelmen reprit ses reptations. Derrière la courbure de la conque s'étendait une vaste esplanade jonchée de pantins de bois, dont certains, pathétiques, avaient une tête à demi découpée quand ce n'était pas un bras ou une jambe en moins. Les individus qui s'acharnaient contre ces cibles pivotantes en tentant d'éviter les contre-coups de leurs assauts étaient aussi bien des malians, tous *mil'ser*, que des hevelens des deux sexes. Armés de massues, de haches ou de lances d'ambreroche, ils frappaient sans retenue. Grondements de douleur et cris de triomphe provenaient de quelques-uns équipés de simples bâtons. Ceux-là s'entraînaient par paires, se tournant autour, en quête de l'ouverture propice. La plupart du temps les duels étaient équilibrés, malian contre malian ou hevelen contre hevelen. Lorsque ce n'était pas le cas, les hevelens devaient rivaliser de souplesse et de vivacité pour échapper aux coups de taille ou d'estoc d'antagonistes à l'allonge bien plus importante. Plusieurs gisaient au sol, assommés ou agrippant un membre touché.

Des claquements mats dominaient le tumulte, issus des abords d'un champ de tir inoccupé. Là, dans des gerbes d'étincelles, des haches de silex rebondissaient contre des armures luisantes d'ambreroche. Caparaçonnés des pieds à la tête, les combattants supportaient sans broncher des assauts qui auraient fendu en deux un nidepoux, attendant que vienne leur tour de répliquer.

Pelmen était mortifié. Malgré l'entraînement dont il avait bénéficié, il doutait de pouvoir se mesurer à aucun de ces guerriers en combat rapproché. *Comment affronter des ennemis qui ne connaissent pas la peur ?*

L'abnégation dont faisaient preuve les protagonistes était pourtant loin de contenter leur instructeur. Silhouette vêtue d'étoffe moirée, aux larges épaules que Lominan lui avait décrite comme appartenant à Regnan, celui-ci les abreuvait d'injures et anathèmes qui lui auraient valu de devoir défendre sa vie dans n'importe quelle taverne des Canyons. Les combattants auxquels il s'en prenait se redressaient sans un mot pour se remettre en position, mais se battaient ensuite avec la fureur de sanrkhas cinglés à vif. Chaque geste de Regnan, chacune de ses inflexions de voix trahissait son sentiment de supériorité, son arrogance. Ce ne fut toutefois pas lui qui fit s'accélérer les battements de cœur de Pelmen, sa main se portant sur une cicatrice presque oubliée à son flanc. De moitié plus petit que le malian, un personnage dont la capuche dissimulait les traits se tenait aux côtés de Regnan. Son immobilité était telle que Pelmen ne l'avait repéré que quand le vent avait agité les replis de sa robe.

L'encapuchonné se tourna vers lui.

Pelmen se rejeta dans l'ombre, tomba sur le dos et recula en s'écorchant les coudes, haletant, gagné par la panique.

Si son regard a croisé le mien...

Malgré la distance, l'aura de danger et de vigilance environnant le shaman pourpre lui avait glacé le sang. Il lui sembla qu'il le fixait encore à travers les parois de la conque. Pelmen jeta un regard éperdu aux alentours. Quiconque l'aurait aperçu aurait jugé son attitude anormale sinon alarmante.

La ville était calme, toutefois.

Ne pas rester ici. Fuir, me cacher.

Au mépris de toute prudence, il se mit à courir dans la rue principale. Dès qu'il le put, il obliqua afin de plonger dans l'ombre des bâtisses qui faisaient face à celles qu'il avait précédemment côtoyées. Il se plaqua contre un mur et s'y laissa glisser, les lèvres tremblantes. Reprenant son souffle, il s'efforça de rejeter la panique et de rassembler ses pensées.

Il en savait assez. Il pouvait à présent s'enfuir par le plus court chemin. Xuven serait le premier à l'applaudir des renseignements glanés. A l'heure qu'il était, le shaman pourpre avait sans doute commencé à battre le rappel des guerriers et leur communiquait ses instructions.

Pelmen prit une inspiration et se redressa. *Je suis fou d'être ici, alors autant être fou jusqu'au bout.* Si grande était sa fébrilité qu'il se mit à marcher d'un pas raide. Il scrutait les demeures, cette fois en quête d'un détail spécifique. Il estimait avoir fait largement plus de chemin qu'à l'aller quand il avisa, juchée sur une élévation de terrain, une masse rocheuse aux angles acérés dont les façades étaient couvertes d'ambreroche, et qui paraissait avoir été bâtie au sommet d'une caverne naturelle. Cette bouche obscène, dominée par cette face aveugle, avait quelque chose d'inexplicablement attirant.

Pelmen détourna la tête en fronçant les narines. Le courant d'air en provenance du collier s'était fait plus présent. Ses yeux se posèrent sur un groupe d'habitations à mi-distance. Un peu plus proche encore, se dressait une bâtisse de facture hevelen à demi achevée, en bois rehaussé d'éclats d'ambreroche. Pelmen plissa les paupières. Autour des parois gisaient des pantins tels ceux qu'il avait aperçus sur l'esplanade. En piteux état pour la plupart, ils attendaient de remplacer celui déposé sur l'établi, sous l'auvent de l'échoppe.

Les narines de Pelmen se dilatèrent. Quelque chose ici le faisait vibrer, le remuait jusqu'au tréfonds. *La maison. Elle m'est familière.* Il en avait vu de la même sorte à Falsine. Etait entré à l'intérieur de l'une d'elles à de nombreuses reprises.

Il fallait de nouveau s'avancer à découvert pour atteindre la demeure, mais à cet instant Pelmen n'en avait cure. Restreindre son impatience, se composer l'attitude d'un client ou d'un messager fut une épreuve pour lui. Une fois à hauteur de l'atelier, il se glissa vers la paroi la plus sombre. Il y avait bien une fenêtre, mais le volet était clos et ne bougea pas, même quand il inséra son silex pour essayer de l'ouvrir. En désespoir de cause, Pelmen décida de se risquer sous l'auvent éclairé de torches. Il jura dans sa barbe. La porte d'entrée était solidement verrouillée. Il n'osait frapper et son comportement devait paraître de plus en plus suspect. Sans s'attarder davantage il se remit en marche, continua de longer la demeure pour rejoindre la partie en construction, où seul le squelette des façades avait été assemblé. Sur le mur du fond, une petite porte se découpait dans la pénombre.

Quelqu'un parlait, de l'autre côté.

Pelmen plaqua son oreille contre le revêtement de bois. Son cœur tambourina follement dans sa poitrine et il eut envie de bondir de joie. La voix était celle de Teleg, en un peu plus éraillée.

Il s'humecta les lèvres. Il devait garder son calme. Ne pas oublier où il se trouvait et réfléchir aux meilleures options. Autour de lui, aucun mouvement, aucun son autre que la voix de Teleg pour troubler le silence. Les doigts de Pelmen palpèrent les jointures. La porte, moins bien ajustée que celle commandant l'entrée, devait aussi être moins épaisse. De nouveau, il joua de son silex. Cette fois, quelques fiévreuses tentatives suffirent à faire sauter le loquet. Pelmen poussa la porte.

La voix de Teleg déclamait d'un ton uni :

« *...un seul esprit dans plusieurs corps... un même corps pour plusieurs esprits... un seul esprit dans plusieurs corps... un même corps pour plusieurs esprits...* »

Pelmen ne put réprimer un frisson. *Il parle en dormant. Les mêmes mots que la malian. Exactement les mêmes.*

Il n'y avait quasiment pas de lumière, mais Pelmen put bientôt sentir le rebord d'un lit contre sa jambe. Peu à peu, il devina une forme allongée. Il se pencha, puis, haletant, se contraignit à l'immobilité. Il tremblait de tous ses membres. Celui pour lequel il avait affronté tant de périls et surmonté tant d'obstacles, l'hevelen envers lequel il avait contracté une dette depuis que son père lui avait légué son arc, son ami d'enfance était à quelques pouces.

Se calmer. Oui, se calmer et réfléchir. Teleg ne serait peut-être pas aussi enthousiaste que lui. Il pouvait, volontairement ou par imprudence, donner l'alarme. Pelmen s'assura de pouvoir reculer, se mit en appui et étendit son bras. Ses doigts se refermèrent sur ce qui devait être le poignet de Teleg. Il le secoua.

« Teleg ! Réveille-toi ! »

Le silence se fit et Pelmen retint sa respiration. Un mouvement brusque le fit lâcher prise et se rejeter en arrière en s'emparant de son silex. Bruit d'un corps sur le sol, craquement, étincelle. Une lumière d'abord fragile projeta une lueur grandissante.

Teleg, ou plutôt quelqu'un qui ressemblait à Teleg, ses cheveux fauves encadrant un visage recouvert de croûtes noirâtres, brandissait une lance d'ambreroche dans une main, levant une lanterne de l'autre. Il portait une de ces chemises en soie malanite, véritable tissu liquide anthracite, et avait les jambes nues. Un sourire torve lui déforma les traits tandis qu'il balançait avec l'assurance d'un traqueur accompli sa lance dans sa main – pointée vers la poitrine de Pelmen. Une étincelle pourpre était allumée au fond de ses prunelles.

« Teleg ? Teleg ! Ce... c'est moi, Pelmen. Ton ami, Pelmen ! Tu te souviens ? Falsine... Ton père, maître Galn... Alicène. »

Le balancement mortel s'interrompit. La pointe de la lance s'abaissa quelque peu.

« A...licène. » La voix de Teleg était comme enrouée.

« Oui, Alicène ! Ta sœur, Teleg ! Elle est toujours vivante, et se languit de te revoir. C'est elle qui m'a demandé de venir te chercher. De te ramener dans les Canyons.

– Les... Canyons », articula Teleg. Il inclina la tête de côté en fronçant les sourcils, puis battit des paupières. L'étincelle dans ses prunelles s'affaiblit. « Les Canyons, répéta-t-il. C'est là une époque révolue... C'est bien toi, Pelmen ? »

La pointe de la lance reposait maintenant contre les fourrures du lit.

Pelmen aurait voulu étreindre son ami de toute la force de ses bras. Dans le même temps, son cœur se serrait à la vue des croûtes sur son visage. Ce regard à demi égaré était pire encore. Quels sacrifices avait pu consentir Teleg pour survivre ici, en Aprescollines, et y amasser toutes ces richesses – la pièce était encombrée de coffres dont certains, entrouverts, révélaient étoffes luxueuses et bijoux ouvragés. Pelmen s'efforça de dissimuler la pitié qu'il ressentait. « Oui, c'est moi. Ton ami. Il faut revenir, à présent. Revenir aux Canyons. Ta vraie vie t'attend là-bas. »

Teleg rejeta ses cheveux en arrière en un étrange rire silencieux. Un large sourire lui fendait la face, ses yeux mauves brillaient.

« Revenir ? Pour vivre ma vraie vie ? » Son sourire se mua en grimace de dégoût, sa physionomie se décomposa. « Une vie de misère, tu veux dire ! En tant que larbin du… du… (Teleg parut faire un effort de mémoire) Charpentier Emérite ? C'est pour ça que tu es venu jusqu'ici ? Pour me convaincre de faire ça ? »

Pelmen hocha la tête.

« Par Valshhyk, tu n'y penses pas, j'espère ? Tu as regardé autour de toi ? Les richesses ici feraient pâlir d'envie les plus opulents des Opulents d'Alveg ! » Sa voix se réduisit à un murmure, son regard s'intensifia. « Il y a une mine, ici, Pelmen. Une mine d'ambreroche. » Il haussa de nouveau le ton et laissa tomber sa lance en ouvrant la main d'un geste ample. « Les marchands d'Alveg, de Seledchâ, de Belenia, de Guernal et bientôt d'Halian, chaque jour plus nombreux, se présentent ici pour déposer à nos pieds ce qu'ils ont de mieux à offrir en échange de cette ambreroche. C'est plutôt toi qui devrais nous rejoindre ! Tu vois, je suis en train de m'agrandir. Dans quelque temps, je pourrai demander à Alicène de venir s'installer ici ! »

Teleg s'interrompit pour se racler la gorge et dévisagea Pelmen, lequel venait de ranger son silex.

« Sceptique, hein ? C'est que tu n'as jamais écouté notre m… je veux dire, Sinistan. »

Pelmen arqua les sourcils. Teleg se méprit sur le sens de sa réaction. « Un malian, précisa-t-il. Il a commis des erreurs de jeunesse, mais il s'est amendé. Un grand personnage, à la vérité. Il a réalisé un rêve impossible, celui de recréer une cité à partir de rien. Une cité comme la glorieuse Astian de nos ancêtres, qui réunisse à la fois hevelens et malians. Et peut-être prochainement, qui sait, des krongos. » De nouveau, son rire silencieux. « Tu ne dois même pas savoir de quoi je parle, pas vrai ? Ce sont là des peuples d'Ardalia, longtemps séparés. Ici, en Sinista, ils pourraient être réunis de nouveau, pour leur plus grande gloire ! Et la nôtre, aussi ! » Il cligna de l'œil et l'espace d'un instant, Pelmen retrouva presque l'espièglerie du Teleg qu'il avait connu.

« Cette ville… cette cité s'appelle Sinista ?

– C'est ainsi qu'il l'a baptisée. Je te prie de me croire, il avait bien le droit de lui donner son nom. Sans Sinistan, rien de ce que tu vois autour de toi n'existerait.

– Teleg… » Pelmen hésita. Le sujet pouvait s'avérer dangereux pour lui. « As-tu conscience que, dans ton sommeil…

– Oui ?

– …tu parles. Tu dis des mots. Les mêmes mots que j'ai pu entendre, prononcés par quelqu'un d'autre, ici. Des mots étranges.

– Tu serais là pour nous espionner ? » La voix de Teleg était devenue froide et coupante, aussi tendue que ses traits de visage.

« Espionner ? Non ! se récria Pelmen. Je suis… fasciné. Euh… ce qui se passe ici est fascinant.

– Fascinant… » Teleg porta son index à son menton. « Tu as parfaitement raison, c'est le mot. Oui, quelque chose est à l'œuvre ici. Quelque chose de grand. Quand je vais à la mine, que je travaille le bois ou que je m'entraîne à la lance, je sens du feu couler dans mes veines. Je deviens plus fort, plus endurant, capable d'exploits… que je ne pensais pas à ma portée. » Teleg fronça les sourcils en lui jetant un regard inquisiteur. « Dis-moi, tu la ressens aussi ? Cette force ?

– Eh bien, à vrai dire… » Pelmen regarda ailleurs, à la fois pour chercher l'inspiration et masquer sa répulsion. Il revint aux prunelles fiévreuses de Teleg. « … oui. Il y a quelque chose dans l'air ici. Quelque chose qui vous transporte.

– Tu y es, c'est exactement ça ! » Teleg frappa du poing dans sa main. Il s'emplit les poumons d'air avec délectation, les narines frémissantes. Son sourire ne s'attarda pourtant pas sur ses lèvres. « Bon, il y a cette contrepartie un peu gênante. Tu sais, de ne plus sentir l'odeur des choses. Ni leur saveur, d'ailleurs. C'est un peu troublant au début.

– Je n'en suis plus capable depuis que je suis ici, acquiesça Pelmen.

– Mais regarde bien ! » Teleg s'empara d'un collier de perles opalines et le tendit à Pelmen. « Te crois-tu capable de pouvoir amasser suffisamment dans toute ta vie pour obtenir ceci ? »

Pelmen saisit le collier et l'approcha de ses yeux.

« Je dois dire qu'il est fabuleux.

– Il est pour Alicène.

– Et tu as obtenu tout cela rien qu'en travaillant ici ? Grâce à l'ambreroche ? C'est fantastique !

– Tu pourrais en profiter, toi aussi. Il ne tient qu'à toi. »

Pelmen égrena les perles, pensif. Il tendit le collier à Teleg, qui le récupéra en sourcillant.

« Je dois te faire un aveu, dit Pelmen en baissant la tête.

– Vas-y.

– Tu vas pouvoir remettre toi-même ce collier à Alicène. » Pelmen avait relevé la tête et souriait.

« Tu veux dire que… elle est ici ? A Sinista ? »

Pelmen abaissa le menton.

« Tu me l'as amenée ? »

Pelmen se contraignit à élargir son sourire. Teleg l'étreignit vigoureusement, et Pelmen détourna la face en espérant que son ami interpréterait cela comme un trop-plein d'émotion. En réalité, jamais il ne s'était senti aussi coupable. Il maudit la fortune contraire qui le forçait à agir de la sorte.

« Qu'est-ce qu'on attend ? On y va !

– Pas tout de suite, l'arrêta Pelmen. Elle ne s'attend pas à voir quelqu'un d'autre que moi pour le moment. Cette cité… lui fait un peu peur. Si un autre que moi s'approche d'elle ou l'appelle, elle s'enfuira.

– Tu proposes quoi ?

– Allons tous les deux sur les remparts. Rien que nous deux, sans prévenir personne. Discrètement. Tu te tiendras en retrait pendant que je l'appellerai. Dès qu'elle sera rassurée, tu pourras lui parler à ton tour. Alors nous pourrons la convaincre de nous rejoindre en se présentant à l'entrée principale. »

Teleg paraissait soucieux. « Les Porteurs du Feu sacré disent... de ne pas approcher de la muraille. Que c'est dangereux. »

Pelmen en resta le souffle coupé, se sentant blêmir. *Les Porteurs du Feu sacré... les shamans pourpres ?*

Non sans un effort de volonté il se reprit, pour rejeter l'argument d'un haussement d'épaules. « Si c'était dangereux, je ne serais pas devant toi. A ton avis, je suis passé par où pour venir ici ? »

Teleg fronça les narines. Il déplaça le poids de son corps d'un pied sur l'autre.

« Tu veux revoir ta sœur, ou non ? Allons-y ! »

Sans attendre de réponse, Pelmen franchit le seuil de la porte secondaire. Il se porta jusqu'au coin de la bâtisse en s'astreignant à ne pas regarder derrière lui, les oreilles frémissantes. L'attente lui parut interminable, mais il lui semblait entendre Teleg s'agiter dans sa chambre. Le bruit feutré de ses pas fut pour lui la plus douce des récompenses.

Plus claire que jamais, la nuit vivait ses derniers instants. Au loin, quelques passants circulaient de leur démarche rapide. Pelmen grimaça en avisant la lance que Teleg avait amenée avec lui. « Tu devras la cacher, sinon Alicène risque de s'enfuir. »

Teleg acquiesça. Il avait enfilé à la hâte un manteau de fourrure, un pantalon de cuir et des bottines.

« Bien, dit Pelmen. Je vais partir en avant. Tu me suivras à distance. Il ne faut pas qu'on nous voie ensemble.

– D'accord. »

Pelmen sortit de l'ombre et se mit à aligner un pas devant l'autre. Ses jambes étaient molles, cotonneuses et il avait des difficultés à respirer normalement. La victoire était presque à portée de main, toutefois le moindre incident pouvait encore tout compromettre. Il estimait pouvoir donner le change aux malians ou hevelens anciens Déshérités, mais que se passerait-il si le shaman pourpre avait déjà commencé à organiser les recherches ?

Il observait les remparts, en quête de l'escalier qu'il avait repéré à son arrivée, se désespérant de ne rien reconnaître. Comme il rejoignait la grande rue, un attelage tiré par deux melepeks s'avança.

Ezechian-Uzève le conduisait. Pétrifié sur place, Pelmen se prépara au pire.

L'ascendant et le répondant le dépassèrent sans le remarquer, apparemment plongés dans leurs pensées. Pelmen souffla. Il demeura immobile tant que le chariot était en vue, puis traversa, sans oser se retourner pour vérifier que Teleg suivait. Ce ne fut qu'après avoir regagné un secteur moins fréquenté qu'il se plaqua derrière un tonneau et jeta un coup d'œil. Teleg s'approchait, la mine inquiète. Pelmen attendit qu'il le rejoigne avant de reprendre sa progression. Ils atteignirent les abords d'une structure ovale ramassée sur elle-même, qui n'était pas une conque et dont les ténèbres de l'entrée se voyaient tant bien que mal repoussées par des torches. Un hevelen qui avait la peau noircie, comme brûlée de longue date en sortit, poussant devant lui une brouette remplie d'éclats de roche. Des éclats veinés de rouge et d'or. Son regard aussi fixe que celui de la plupart des habitants des lieux, l'hevelen remonta à grands pas la rue principale.

Une poigne puissante se referma sur l'avant-bras de Pelmen, qui sursauta.

« Perçois-tu l'appel ? » demanda Teleg.

Effaré, Pelmen s'aperçut que les étincelles étaient redevenues plus vives dans les pupilles de son ami.

« Tu dois l'entendre ! Viens ! » coassa ce dernier en l'entraînant avec une vigueur inattendue.

Pelmen était sur le point de se débattre, quand il les repéra. Le shaman pourpre et plusieurs soldats avançaient le long de l'avenue centrale. Glacé d'effroi, Pelmen cessa de résister pour s'engouffrer dans l'ouverture aux côtés de Teleg. L'air en provenance de son collier se fit plus intense, à tel point qu'il craignit que Teleg ne ressente le souffle de l'artefact – il rajusta son surcot. L'atmosphère ici était étouffante. Les torches écarlates sur les parois dégageaient de la chaleur mais pas de fumée. Les nuances particulières de leurs flammes étaient les mêmes que celles de la boule de feu qui avait frôlé Pelmen dans les Canyons.

Ils s'enfoncèrent quelque temps dans les longs tunnels sombres et dorés, si oppressants que Pelmen se demanda comment les travailleurs qu'ils croisaient ne s'enfuyaient pas à toutes jambes. Ruisselants de sueur, ces derniers étaient tellement absorbés par leurs coups de pioches – des pioches d'ambreroche – qu'ils ne leur prêtaient pas la moindre attention. Certains étaient brûlés en plusieurs endroits. Ils accomplissaient leur tâche avec la même exaltation fiévreuse que les combattants avaient employée à s'entraîner. Les murs rougeoyants donnaient le sentiment de pulser d'une vie qui leur était propre. Pelmen avait l'impression que l'air ne tarderait pas à lui manquer. Il songea en se mordant la lèvre que la Grande Déchirure ne devait pas être bien loin.

« Je sais où il y a des pioches, dit Teleg. Toi aussi tu vas devenir riche ! » Sa voix était presque méconnaissable. « Tu verras, c'est comme si tu ciselais des flammes. Oh oui, tu deviendras toi aussi un maître des flammes !

– Teleg ! » Pelmen avait empoigné son ami par le col. Il le plaqua contre une paroi et l'y maintint en faisant appel à toutes ses ressources physiques.

Teleg tenta de le repousser avec le manche de sa lance, mais manquait de recul. « Qu'est-ce… ? Qu'est-ce qui te prend ? »

Pelmen le fixa dans les yeux. « Teleg, Alicène va s'en aller ! Si elle ne nous voit pas revenir, elle va s'en aller, et tu ne la reverras plus ! Nous *devons* la rejoindre !

– Mais l'appel… » Le désarroi se lisait à présent sur le visage de Teleg.

« Immédiatement ! Ferme-toi à cet appel. Tu reviendras, de toute façon. Concentre-toi sur l'image de ta sœur. Ne pense qu'à Alicène. »

Teleg voulut se détourner, cependant Pelmen ne relâcha pas son étreinte. Son ami déglutit et ferma les paupières.

« D'accord… On s'occupe d'elle, et on revient ici. Guide-moi. »

Teleg gardait les yeux clos, son attitude désormais soumise. Pelmen haussa les sourcils devant la versatilité de son ami. Passée la première hésitation, il le saisit par le bras.

Tandis qu'ils refaisaient le chemin en sens inverse, ils furent rejoints par des malians et hevelens, tirant une charrette remplie de fragments précieux ou traînant des sacs pleins à craquer. Nul ne s'inquiéta de voir Teleg armé d'une lance, ni ne parut s'apercevoir qu'il marchait les yeux clos.

Pelmen eut soudain l'horrible pressentiment de ce qui allait suivre. *Les gardes patientent à l'extérieur. La patrouille nous a repérés tout à l'heure, et depuis attend que moi et Teleg ressortions.* Il lança des coups d'œil sur les côtés, mais les mineurs qui le cernaient et l'entraînaient vers la sortie l'empêchaient d'y voir à plus de quelque pas.

Impossible de faire demi-tour. Comme ils franchissaient le seuil, son cœur se mit à battre à tout rompre. Au moment crucial, il sentit qu'on lui enfonçait un bâton dans les côtes.

Ce n'était pas un garde, mais Teleg avec la hampe de sa lance. « Les remparts sont par là » dit-il.

Pelmen souffla. Il ne s'était pas rendu compte que son compagnon avait repris ses esprits. Il suait de tous les pores de sa peau, mais n'osa reprocher à voix haute à Teleg de lui avoir causé la peur de sa vie. La patrouille du shaman n'était plus visible. Ils s'écartèrent de l'entrée et rasèrent la muraille, s'immobilisant à plusieurs reprises pour éviter d'être aperçus. Au bout d'un moment, Teleg dégagea son bras en jetant un regard où

Pelmen crut lire une certaine perplexité doublée de méfiance. Peut-être était-il moins agité, mais tenter de deviner ses prochaines réactions était futile.

Il se demande sans doute pourquoi je n'ai pas perçu l'appel de son maître. Heureusement qu'il n'a pas vu le collier.

Ils venaient de dépasser un vaste bâtiment en bois qui pouvait être un entrepôt quand Pelmen réalisa que les lieux lui devenaient plus familiers. Pris d'une intuition, il se retourna. L'escalier était juste derrière lui. Les remparts, quant à eux, semblaient toujours déserts.

« Par ici ! » chuchota-t-il avant de s'élancer à l'assaut des degrés de pierre. Il espérait que ses sandales le préserveraient de la chaleur de la muraille, mais ne la ressentit pas.

Seul le mur d'enceinte doit être ensorcelé.

Le souffle rauque de Teleg se fit entendre. Le but était proche, et pourtant l'angoisse de Pelmen, loin de se calmer, atteignit son paroxysme. Sa gorge était brûlante, sa langue desséchée. Xuven et les autres seraient-ils au rendez-vous ? Cela faisait si longtemps qu'il avait franchi la muraille… S'il ne les retrouvait pas, sans doute vaudrait-il mieux sauter en ayant toutes les chances de se briser le cou plutôt que de risquer d'être pris. La chose tapie dans la cité broyait les consciences et soumettait les volontés.

Arrivé sur le parapet – peut-être un peu plus chaud que le reste, mais dont la température demeurait supportable – Pelmen fit signe à Teleg de se courber en progressant. Il fit un vœu pour que personne n'ait l'idée de lever les yeux dans leur direction. Tout en trottant, il scrutait le paysage.

Un nuage venait de passer devant Hamal, aussi ce fut baigné dans la lueur bleutée de Tinmal que lui apparut l'éboulis. N'étant pas sûr d'apercevoir Xuven, Pelmen agita le bras.

La silhouette de son oncle s'avança. Pelmen repéra Elisan-Finella à l'instant où elle se déplaça à son tour. Il lâcha un soupir si profond qu'il perdit la notion d'équilibre et dut mettre un genou à terre. Il y avait peut-être une chance, finalement, que tout se déroule sans accroc.

« Mais… ce n'est pas… ce n'est pas Alicène ! »

C'était Teleg, survenu à l'improviste.

« Mais si ! protesta Pelmen en se relevant. Regarde bien, là-bas ! » Il lui fit signe de prendre sa place, et comme il s'effaçait, sa main partit à la rencontre des aspérités dures et familières de la pierre à sa ceinture. Pelmen ne se posa pas de questions. Au moment où Teleg se penchait, il abattit son silex sur le sommet de son crâne. Il y eut un craquement et Teleg oscilla. Pelmen le tira vers lui pour le recevoir dans ses bras, puis en reculant le déposa sur le parapet.

Teleg paraissait inconscient. Il *fallait* qu'il soit seulement inconscient. « Je suis désolé. Vraiment désolé, mon vieux » bredouilla Pelmen sans cesser de s'activer. S'emparer de sa lance et la jeter par-dessus la muraille fut l'affaire de quelques secondes. Pour ce qui était du silex, fendu sur une partie de sa longueur, il ne pourrait plus guère servir. Pelmen en éprouva suffisamment de regret pour ranger les fragments dans sa ceinture.

C'est maintenant que tout se joue. Si Alicène savait ce que je m'apprête à faire, elle deviendrait folle. Mais le monde est fou, ici. Ses genoux ployèrent, l'un d'eux s'abaissant même jusqu'à appuyer une nouvelle fois sur le sol dur et chaud. Pelmen glissa ses mains sous les jambes et les aisselles de son ami avant de se redresser. Une fois debout, il modifia sa prise. L'effort pour soulever Teleg à bout de bras fit trembler chacun de ses muscles, mais il tint bon.

Lui et sa charge étaient à présent exposés à tous les regards. *Pourvu qu'Elisan comprenne vite.* Une rafale vint lui fouetter la face, menaçant de le faire lâcher prise.

Elle comprit. L'air autour des bras de Pelmen devint glacial. Alors, il contracta ses muscles et, la mâchoire serrée projeta son ami. Dans son élan, le bout de sa sandale heurta la paroi brûlante sans qu'il en eût conscience, penché au-dessus du vide.

L'instant fut terrible. Le corps de Teleg franchit la muraille, sembla devoir s'écraser pour de bon, avant de *rebondir* tout à coup. Puis de retomber comme une plume légère, juste à côté de Xuven qui abaissa son noueux.

La chaleur sur ses orteils rappela Pelmen à son propre cas et avec un sursaut il retira son pied. En contrebas, Elisan s'était retournée. C'était maintenant Finella qui courbait les doigts de ses mains tendues dans sa direction. Sa Bulle ne pourrait l'atteindre tant qu'il n'aurait pas sauté par-dessus le rempart, il le savait.

Il remplit d'air ses poumons et, les narines encore dilatées, bondit à pieds joints dans le vide. La sensation de froid intense l'environna tandis que le sol se rapprochait à vive allure. *Trop vite.* Il crut vomir tripes et boyaux quand une force supérieure le freina. Le repoussa. Le froid s'accentua pendant qu'il retombait, lentement. La Bulle s'évanouit au contact du sol, le laissant hagard, haletant à quatre pattes.

Là-bas, derrière une colline, le premier rayon d'Astar pointait.

Xuven accourait vers lui alors qu'Elisan-Finella se penchait sur Teleg. Les jambes flageolantes, Pelmen se leva, mais dut s'appuyer sur son oncle pour ne pas tomber.

« C'est Teleg ? demanda celui-ci.

– Oui.

– Qu'as-tu fait ?

– Pas… pas tout de suite. » Pelmen se dégagea, et ignorant le froncement de sourcils de son oncle, courut auprès de son ami. « Il est vivant ? » croassa-t-il, la gorge nouée.

Elisan le dévisagea, l'évaluant comme pour la première fois. « Sa respiration est régulière. J'espère qu'il se remettra de lui-même. Je ne suis pas en mesure de le soigner, et Finella non plus.

– Donc, le souffle est encore en lui ! Ô Astar, merci ! Merci ! Teleg, mon vieux ! Peut-être que ceci pourra t'aider. »

L'instinct de Pelmen lui hurlait de ne pas faire ce qu'il avait à l'esprit. Il l'ignora. Plongeant les mains sous son surcot, il en retira son collier qu'il fit passer par-dessus tête. Aussitôt, il fut pris d'un étourdissement et crut qu'il allait s'effondrer. L'atmosphère était devenue tout à coup infiniment plus lourde. Il tituba, battit des paupières. Il s'agenouilla cependant et d'un geste résolu, enfila l'artefact autour du cou de Teleg.

« Que fais-tu ? s'exclama Xuven. C'est folie ! »

Des lumières rouges dansaient devant les yeux de Pelmen. Il percevait mieux les martèlements sourds de *quelque chose.* Oh oui, beaucoup mieux. Sa puissance était incommensurable. Se laisser emporter dans son flot, être enfin envahi d'une joie sans pareille…

Non !

S'il s'abandonnait à l'exaltation de cette force, il ne conserverait plus longtemps sa lucidité. La tentation était là, omniprésente. Il savait qu'il n'en serait délivré qu'en lui cédant ou en reprenant le collier.

« C'est… le seul moyen… de lui donner une chance. Il est…comme possédé. »

Xuven secouait lentement la tête. « Tu as du courage, mon garçon. Et même de la témérité. Aussi bien, je ne suis pas sûr de t'approuver. Je t'ai vu l'assommer, tu l'emmènes contre sa volonté. Et tu prends un risque terrible. »

Pelmen lui décocha un regard noir. « Il nous fallait… un témoin, non ?

– Quelqu'un qu'il fallait persuader de venir.

– Le collier l'aidera… à retrouver ses esprits. Il le faut.

– Tu ne crains donc pas de perdre le tien ? interrogea sans ambages Elisan.

– Je lutterai.

– L'amitié est sans doute la plus belle et incompréhensible des choses, commenta Finella de sa voix chaleureuse. Tu aurais mérité de naître malanite. »

Pelmen tenta de sourire, mais c'était devenu trop pénible. D'intolérables élancements avaient commencé leur œuvre de torture. « Je vous préviendrais… si je vois que je perds le contrôle… éloignons-nous, maintenant. Vite. »

Prostrée au milieu de l'éboulis, Lominan avait le regard perdu. Bien qu'éprouvant des difficultés à se concentrer, Pelmen remarqua derrière elle des corps attachés à l'aide de cordes. Des hevelens. Poser des questions requérait trop d'énergie, c'est pourquoi il s'en abstint. Ils récupérèrent les nidepoux et en un geste familier, Pelmen passa la main sur la courbure de son arc avant de le mettre sur son épaule. Xuven l'aida à hisser Teleg sur son nidepoux. L'un des prisonniers s'était penché de côté et les fixait d'un air mauvais. Malgré son mal de crâne qui l'empêchait presque de réfléchir, Pelmen se demanda pourquoi son oncle le laissait voir dans quel sens ils partaient.

Xuven et Elisan-Finella prirent vers l'ouest.

Aussitôt, Lominan glissa le long du flanc de son melepek et s'élança en sens inverse.

Pelmen bondit sur la *mil'ser.* Ils roulèrent au sol. Pelmen était nauséeux, il sentit qu'il ne pourrait la retenir. Elisan et Xuven agrippèrent à leur tour Lominan. Les traits révulsés d'horreur, cette dernière se débattit lorsqu'ils s'employèrent à la faire remonter sur le melepek. Bientôt néanmoins, elle abandonna toute résistance pour plonger la tête entre ses mains.

Pelmen ne comprit qu'un peu plus tard pourquoi ils s'étaient montrés si peu soucieux des prisonniers, en réalisant qu'ils accomplissaient une large courbe qui les ramènerait vers l'est. Cachées parmi les éboulis, leurs victimes ne pouvaient les apercevoir et étaient trop loin pour les entendre. Lominan s'était quelque peu redressée derrière Finella en s'avisant du changement de direction.

Comme Pelmen et ses compagnons se rapprochaient de la faille en contrebas, les élancements qui n'avaient jusque-là cessé de s'accentuer, lui déchirant l'intérieur du crâne, si intenses qu'il progressait sans y voir clair, ces élancements le cédèrent aux images de flammes glorieuses et puissantes. Pelmen mourait d'envie de s'y embraser, de s'y perdre. Les lèvres tremblantes, le front ruisselant de sueur, il détourna le visage de l'abîme. Il le savait, il ne pourrait tenir longtemps ainsi. La douleur réapparut, lui compressant le crâne de plus belle, menaçant de le faire éclater. Ce ne fut que lorsqu'ils s'engagèrent dans un défilé orienté au sud-est que l'étau se desserra. Pelmen respira l'air saturé de soufre à grandes goulées, n'en tirant qu'un maigre réconfort. La ville de Sinista était dorénavant derrière eux. Les corps des hevelens ne tarderaient pas à être découverts et l'alerte donnée, mais ils pouvaient raisonnablement espérer que les recherches se porteraient vers l'ouest et le chemin qu'ils avaient emprunté à l'aller. Leur faisant gagner un temps précieux.

Le corps de Teleg oscillait sur le rythme du nidepoux que Pelmen tenait par la bride. Le collier de Cilamon luisait sur le cou de son ami. Pelmen espérait qu'il se remettrait. Il l'espérait vraiment. Si par bonheur cela se produisait, ils auraient triomphé de tous les obstacles et Pelmen pourrait ressentir une exultation bien différente de celle qui menaçait par instants de le submerger. Chaque fois qu'il se refusait à céder, les lancinements revenaient, entamant peu à peu sa résistance, le contraignant à en appeler à ces moments de répit où il serait tenté. Il eut un rictus. Si victoire il y avait, les incertitudes qui pesaient sur eux tous, lui le premier, la rendaient ô combien fragile.

La piste était assez large pour que les nidepoux puissent flanquer le melepek d'Elisan-Finella sans le côtoyer de trop près. Ils avancèrent ainsi de conserve, assemblage hétéroclite qui n'aurait manqué de susciter la curiosité, porteurs de secrets qui auraient suffi à écraser des épaules plus solides que les leurs.

Retrouvez les aventures de Pelmen dans le deuxième tome du cycle d'Ardalia : Eau Turquoise

Dépôt légal - Mars 2010
Imprimé par BookPress
ISBN : 979-10-90571-31-0
Editions Emmanuel Guillot
27 rue du Bastion – 95300 Pontoise

Abonnez-vous à la newsletter d'Alan Spade
sur le site http://emlguillot.free.fr/ pour être informé
de ses nouvelles parutions